1_ 제18회 현대문학 신인문학상 시상식(1973년, 서울대 교수회관).

2_ 『화산도』를 쓴 김석범 소설가와 5·18묘역에서(1990년경).

3_ 암태도사건의 유일한 생존인물 서동오 옹과(1979년).

4_ 경남 하동 섬진강변 마을에서 동학농민전쟁 현지조사(1987년).

5_ 민족문학작가회의 회장 자격으로 일본 토오꾜오를 방문한 자리에서 영화감독 이장호와(1994년).

6_ 전남 장흥 동학농민전쟁기념탑에서 동학농민전쟁 당시 석대들 전투에 대해 설명하며(2004년경).

사진 제공
송기숙 가족, 장흥별곡문학동인회

도깨비 잔치

송기숙 중단편전집

2

도깨비 잔치

조은숙 엮음

창비

2009년 10월 1일 송기숙 선생은 선암사 해천당 앞에 있었다. 당시 그는 건강이 어느정도 회복되어 『송기숙의 삶과 문학』(역락 2009)을 집필하고 있던 필자의 궁금증을 해소해주기 위해 인터뷰에 응하거나 직접 작품 속 장소를 찾아 작품의 배경 등을 설명해주곤 했는데, 이날은 그의 소설 『녹두장군』을 집필했던 선암사 해천당을 찾은 것이다. 이처럼 당시 필자는 작가와의 만남이 잦아지면서 자연스럽게 그의 중단편 작품 대부분이 절판 또는 품절 상태여서 연구에 어려운 점이 많다는 점과 중단편전집을 발간해야 할 필요성을 말씀드렸다. 이에 선생은 "작가 살아생전에 전집을 낸다는 것은 최고의 선물이지. 근디, 나 좋자고 출판사 힘들게 하면 안 되지"라고 하면서 전집 발간을 미뤘다.

이후 필자는 2010년 스승의날을 맞아 선생을 모시고 선운사를 방문했다. 그때 선생은 도솔암 미륵불 앞에서 불현듯 곧 출판사에서 중단편전집에 대한 연락이 올 것이라고 하면서 함께 전집 작업을 하자고 했다. 그러나 곧 연락이 올 것이라고 한 출판사는 끝내 연락이 없었고, 그사이 선생의 건강도 악화되었다. 그로부터 6년이라는 시간이 속절없이 흘러갔고, 이제는 더이상 기다릴 수 없다는 생각에 필자는 몇몇 출판사에 선생의 중단편전집 출간을 제안했다. 그리고 다행스럽게도 2016년 5월 선생과 굳건한 신의 관계를 유지해오던 창비에서 중단편전집 출간 의사를 밝혀왔다.

선생은 1965년 문단에 데뷔한 이래 「백포동자」 「부르는 소리」 「우투리 ─ 산 자여 따르라 1」 「고향 사람들」 「길 아래서」 등의 단편뿐 아니라, 『자랏골의 비가』 『암태도』 『이야기 동학농민전쟁』 『녹두장군』(전12권) 『은내골 기행』 『오월의 미소』 등 장편과 대하소설을 모두 창비에서 발표했다. 선생은 평생토록 한국사회의 모순과 진실을 문학이라는 장르를 통해 독자들과 공유하고자 했는데, 이러한 그의 바람이 창비의 이념과도 상통했기 때문이었다. 이에 독자들도 그의 이러한 작가정신과 올곧고 용기있는 비판의 목소리에 호응하며 그의 작품이 다시 발간되기를 고대하고 있었다. 그런데 이번에 절판 또는 품절 상태인 그의 중단편전집까지 창비에서 발간되면서 명실상부 당대의 모순과 싸워온 행동하는 지식인이자 작가로서의 궤적이 담긴 작품들이 모두 한 출판사에서 엮어지게 되었다. 따라서 이번 중단편전집의 발간은 송기숙 소설의 전체적 모습과 그의 인간적 면모를 이해하는 데 밑거름이 될 것으로 확신한다.

이 전집에는 이미 출간된 여덟권의 단편소설집 『백의민족』(형설출판사 1972), 『도깨비 잔치』(백제출판사 1978), 『재수 없는 금의환향』(시인사 1979), 『개는 왜 짖는가』(한진출판사 1984), 『테러리스트』(흔거레출판사 1986), 『어머니의 깃발』(심지 1988), 『파랑새』(전예원 1988), 『들국화 송이송이』(문학과경계 2003) 등에 실려 있던 작품 가운데 꽁뜨 열네편을 제외하고, 위의 작품집에 누락된 「백포동자」「신 농가월령가」「우투리 ── 산 자여 따르라 1」「제7공화국」 등의 네편을 새로 추가하여 송기숙의 중단편을 모두 수록했다. 전집의 편집 체제는 기존 작품집에 실린 순서를 따르지 않고 작가가 발표한 순서대로 재구성했다.

선생은 지난 몇년간 새로운 작품을 쓰기보다는 기존 발표작을 마음에 들 때까지 끊임없이 수정했다. 이 때문에 작품의 정본은 가장 최근에 실었던 작품집의 것으로 결정하고, 전남대학교 국어국문학과 박사수료 또는 과정에 있는 연구자들의 도움을 받아 기초작업을 완료했다. 다만 이 과정에서 사투리를 표준어로 고친 경우가 많아 선생만이 가지고 있었던 사투리의 구수함도 함께 사라져버렸다. 그래서 다시 연구자들의 도움을 받아 작품마다 기존 발표본과 대조하는 작업을 거쳤다. 일이 거의 완성될 무렵, 2009년 10월 선암사에서 작가가 "기존에 썼던 작품 중에서 마음에 안 든 부분을 다시 손봤어"라고 한 말이 떠올랐다. 이미 개고(改稿)되었을 가능성이 있다고 보고 가족에게 급히 연락을 취하니, 다행히 노트북에 개고한 자료가 남아 있었다. 이러한 우여곡절을 거친 뒤, 정본은 가장 최근 작품집에 실었던 작품과 작가가 최근에 개고한 작품을 일일이 대조하여 확정했다. 정본으로 확정된 작품은 다시 발표한 시기에 따라 다섯권으로 분류한 뒤 교감(校勘)을 시작했다. 이로써 전집 작업에서 가장 험난했던 산을 하나 넘을 수 있었다.

하지만 다섯권의 체제를 일치시키는 과정은 더 험난했다. 선생은 2003년 이후 개고하는 과정에서 국민학교를 초등학교로, 「재수 없는 금의환향」을 「김복만 사장님 금의환향」으로, 「북소리 둥둥」에서 '김명수'를 '김명호'로, '유상수'를 '유기수'로 바꿨다. 그뿐 아니라 문장을 삭제하거나 문단을 삭제하면서 의미가 불분명해진 경우가 발생하기도 하고, 새로운 단어와 문장, 문단을 덧붙이기도 했다. 아마도 작가가 중단편전집 작업을 하면서 한번 더 검토하려고 했다가 갑자기 건강이 악화되어 미처 손을 대지 못한 것으로 보인다. 이처럼 의미가 불분명해진 경우에는 최근의 작품집 및 『송기숙 소설어 사전』(민충환 편저, 보고사 2002)을 참조하여 수정했다.

송기숙 중단편전집 작업은 그의 전체 작품을 한데 묶음으로써 독자나 연구자에게 그의 작품세계에 쉽게 접근할 수 있는 기회를 제공하는 데 그 의도가 있다. 연구자에게 무엇보다 필요하고 소중한 것은 온전한 전집을 구비하는 일이다. 이제 송기숙 연구의 기초 자료가 확보된 만큼 연구자들의 다양한 연구도 가능해질 것으로 생각된다. 또한 송기숙 소설이 독자층에 따라 다채로운 재미를 줄 것을 확신한다. 그의 소설을 읽으면서 독자들은 '도끼'처럼 가슴을 후벼 파는 문장과 만나게 될 것이다.

전집 작업은 송기숙을 사랑하는 이들의 도움이 있었기에 가능한 일이었다. 이미 단행본으로 출간한 출판사 측의 양해가 없었다면 전 작품을 한자리에 싣기가 어려웠을 것이다. 이를 흔쾌히 허락해 주신 출판사 대표들께 다시 한번 깊은 감사를 드린다. 아울러 누구보다 전집 간행을 축하하며 기꺼이 전집의 의의를 짚어주신 염무웅 선생님, 강의 때문에 바쁘신데도 정성껏 작품 해설을 써주신 공종구 임규찬 임환모 김형중 교수, 작업 시작부터 끝날 때까지 애정을 가지고 지켜봐주신 이미란 교수께 감사드린다.

그리고 어려운 여건에서도 전집 작업을 기꺼이 맡아주신 창비의 강일우 대표, 편집과 교정 등 세세한 부분에 신경을 써준 박주용 편집자께도 감사드린다. 한결같은 마음으로 사랑과 격려를 아끼지 않았던 송기숙 선생의 가족들께도 고마움을 전한다. 마지막으로 이 전집을 최고의 선물이라고 웃어주실 송기숙 선생께 바친다.

2018년 1월
엮은이 조은숙

민중적 인간상의 다채로운 소설화
송기숙의 소설세계

염무웅(문학평론가·영남대 명예교수)

1

내가 송기숙 선생을 처음 만난 것은 1975년 여름방학 때였다. 이렇게 똑똑히 기억하는 데는 사연이 있다. 당시 나는 덕성여대 국문과에 전임으로 재직하고 있었는데, 그해에도 학생들을 데리고 전남 구례 쪽으로 학술답사를 나갔다. 민요반 설화반 방언반 따위로 팀을 꾸려 주로 할머니, 할아버지 들을 면담하고 자료를 채록하는 것이 일이었다. 하지만 학생들은 '학술'보다 '여흥'에 더 관심이 많았고, 인솔교수들도 그 점을 묵인해주었다. 이렇게 시늉뿐인 답사를 끝내고 마지막 날엔 쌍계사 입구에 이르러 여관에 짐을 풀었다. 잠시 앞마당 평상에 앉아 쉬고 있는데, 한 학생이 와서 나를 찾는

분이 있다고 알린다. 이런 곳에 나를 아는 사람이 있을 리 없는데, 하면서 그 학생을 따라 여관 뒤켠으로 돌아서자 거무스레하게 생긴 40대 사나이가 얼굴 가득히 함박웃음을 지으며 덥석 내게 손을 내민다. "염 선생이오? 나 전남대 있는 송기숙이오."

사실 나는 그때까지 송기숙에 대해 아는 바가 많지 않았다. 여자가 아닌 남자라는 것, 술이 들어가면 자못 요란해진다는 것, 『현대문학』 출신의 소설가라는 것…… 이런 정보도 아마 '문단의 마당발'인 이문구(李文求)를 통해 얻어들었을 것이다. 그러고 보니 그 몇해 전 소설집 『백의민족』을 받았던 기억도 났다. 하지만 한두편 읽고서 매력을 못 느껴 밀쳐둔 터였다. '송기숙'이란 말을 듣자 대뜸 그런 점들이 떠올라 찜찜했지만, 그가 하도 반가워하는 바람에 나도 곧 친근감이 생겨 그가 이끄는 대로 가까운 냇가로 나갔다. 그리고 갓 낚은 은어회를 안주로 송 선생의 동료교수들과 소주잔을 나누었다. 그들은 대학에서 쓸 교과서 원고를 집필하느라고 방학동안 거기서 장기투숙 중이었다.

이렇게 안면을 튼 뒤로 그는 서울 올 때마다 창비 사무실을 찾았고, 사무실에서 한바탕 떠들고 나면 으레 나를 끌고 근처 술집을 향했다. 어떤 때는 평론가 김병걸(金炳傑) 선생과 함께 오는 수도 있었다. 사실 두분은 함께 다니는 것이 의아해 보일 만큼 서로 다른 개성의 소유자였다. 김병걸 선생은 키도 작고 약골에다 술도 전혀 못하는 샌님 같은 함경도 출신인 데 비해 송 선생은 강인한 체력에 애주가요 왁자지껄 활기에 넘치는 왈짜 같은 전라도 출신이었다. 그런데도 무슨 인연이 어떻게 맺어졌는지 아주 가깝고 서로를 존

중하며 깊이 통하는 데가 있는 듯했다. 이런 신변사를 이야기하는 것은 다름 아니고 송기숙 문학의 이해와 무관치 않다고 생각되기 때문이다.

원래 송기숙은 평론가 조연현(趙演鉉)의 추천으로 『현대문학』에 문학평론을 추천받고 문단에 나왔다. 그가 쓴 평론이 이상(李箱)과 손창섭(孫昌涉)에 관한 것이라는 점은 '소설가 송기숙'을 생각하면 뜻밖이다. 알다시피 이상은 1930년대 전위문학의 대표자라 할 수 있고 손창섭은 1950~60년대 전후문학의 상징적 존재라 할 수 있는데, 송기숙의 소설은 이상이나 손창섭의 세계와는 완전히 대조적인 것이기 때문이다. 어쨌든 그는 더이상 평론을 발표하지 않고 소설가로 변신했다. 별다른 추천절차 없이 1966년 단편소설 「대리복무」를 『현대문학』에 발표했고, 1972년 간행된 소설집 『백의민족』으로는 이듬해 제18회 『현대문학』 소설부문 신인문학상을 받았으며, 이어서 1974~75년에는 첫 장편소설 『자랏골의 비가』를 『현대문학』에 연재할 수 있었다. 이것은 『현대문학』 주간이자 문단 실력자의 한 사람인 조연현의 특별배려가 아닐 수 없었다.

그런데 송기숙의 경우 평론가에서 소설가로의 변신은 단순히 장르 선택의 문제가 아니었다. 짐작건대 그것은 송기숙의 삶과 문학 전체가 걸린 일대 전환이라 할 만했다. 고백하거니와 나는 송기숙의 평론 「창작과정을 통해 본 손창섭」도 「이상 서설」도 읽어보지 못했다. 하지만 그럼에도 확신할 수 있는 것은 이 평론들과 단편 「대리복무」 이후 그의 수많은 소설들 사이에는 단순한 장르의 차이로 설명할 수 없는 거대한 세계관·문학관의 격차가 존재할 것이라는 점이다. 송기숙의 경우와 같은 극적인 전환은 아니라 해도 완만하지만 비슷한 변화가 김병걸에게서도 일어났을 터인데, 1970년대 접어들어 점점 죄어오는 박정희 유신독재의 압박은 김병걸·송기숙 같은 분들의 문학적 발상뿐 아니라 그들의 일상적 발걸음도 '현대문학사'에서 '창비'로 향하게 하지 않았을까 하는 것이 내 짐작이다.

2

글이 곧 사람이라는 말을 흔히 듣지만, 송기숙의 문학이야말로 그의 사람됨의 직접적 반영이 아닐까 생각한다. 만나면 만날수록 그는 요즘 세상에 드문 '진국'이라고 느껴지는 분이었다. 때로 그의 얼굴이 험상궂어 보이는 수도 있었지만, 그건 그가 용서 못할 불의와 부정에 화를 내고 있다는 뜻일 뿐이었다. 하지만 마음 맞는 사람들과 즐겁게 농담을 주고받을 때의 그의 얼굴은 하회탈처럼 온통 웃음으로 덮인다. 이런 웃음은 경쟁과 타산이 지배하는 자본주의 사회에서는 원천적으로 존재하기 어려운 것이다. 왜냐하면 경쟁사회에서는 누구나 타인과의 사회적 관계에 따라 표정과 웃음을 적절하게 관리해야 하기 때문이다. 그런데 하회탈 같은 데서 우리가 보는 것은 그런 계산된 표정이 아니다. 그것은 봉건적 억압과 질곡에도 굴하지 않고 거리낌 없이 대들며 웃음을 터뜨릴 수 있었던 농민적 낙천성의 자기발현과도 같은 것인데, 송기숙의 얼굴에 나타나는 해학과 낙천성은 잠재된 형태로 전승되던 바로 그 민중정서의 자연발생적 표출인 것이다. 단편 「불패자」가 발표된 잡지 『문학사상』 1976년 9월호에서 이문구는 송기숙을 평하여 "나라에 천연기념물 보호법은 있으면서 왜 이런 천연인간 보호법은 없는지, 다시 생각게 해주는 사람이다"라고 말한 바 있거니와, 이문구의 '천연인간'이 가리키는 것도 송기숙의 이런 천의무봉일 것이다.

송기숙의 소설에 등장하는 주요 인물들은 대체로 작가의 혈연적 동지들이다. 가령, 「도깨비 잔치」 주인공의 시선에 비친 할아버지는 이렇게 묘사된다. "할아버지는 평소에는 더없이 인자하신 분이었지만, 비위에 한번 거슬렸다 하면 타협이나 양보가 없었다. 커엄 하고 돌아앉아버리면 그것으로 그만이었다. 거기서 더 뭐라고 주접을 떨면 그때는 입에서 말이 아니라 불이 쏟아졌다." 이런 강인하고 비타협적인 인간형은 장편 『자랏골의 비가』에 등장하는 용골영감과 곰영감을 비롯하여 「가남약전」 「만복이」 「불패자」 「추적」 등 작품의 주인공들에 모두 일맥상통하는 공통성으로 제시되고 있다. 그들은 평소에는 말이 없고 세상사에 둔감한 듯이 보이지만, 비위에 안 맞고 사리에 어긋난다 싶은 일이 닥치면 물불 가리지 않고 나서서 나름의 원칙을 완강하게 밀고나간다. 그렇게 하는 것이 설사 개인적 불이익을 초래한다 하더라도 그것이 그들의 고집을 꺾을 수는 없다.

여기서 우리가 주목할 것은 그들이 높은 교육을 받았다거나 많은 재산을 가진 인물들이 아니라는 점이다. 즉 그들의 행동은 그 어떤 관념이나 이론의 산물이 아닌 것이다. 그들은 대체로 육신을 움직여 노동으로 먹고사는 존재들이며, 그들의 행동도 인간 본연의 심성에서 우러난 자연발생적 표현이라고 여겨지는 것이다. 물론 인간 심성의 본래적 바탕에 대한 관념적 예찬 자체에 머물렀다면 그것은 단순한 이상주의거나 추상적 인성예찬론일 수 있다. 그러나 송기숙 문학의 진정으로 뛰어난 점은 그가 인간 심성의 원초적 바탕에 대해 단지 낙관과 신뢰를 가지는 데 그치는 것이 아니라 그것이 어떻게 실제의 역사적 상황 속에서 당면한 사회적 조건들과 부딪치면서 구체화되어왔는가를 끊임없이 소설적으로 묻고 있다는 사실이다. 다른 말로 부연하면 송기숙 소설의 인물들은 전통적 농촌공동체 안에서 힘겹게 생존을 이어온 전형적으로 구시대적인 인간들이기는 하지만, 그들의 삶이 뿌리내리고 있는 민중적 전통과 그들 인간성 간의 불가피한 밀착에 근거하여 근현대의 엄혹한 역사를 거치는 동안 일본제국주의의 침략과 그뒤를 이은 동족간의 전쟁 및 군사독재의 폭력에 대한 저항의 주력부대 또는 지원의 후방세력으로 나서지 않을 수 없는 존재들이었다고 할 수 있다. 1978년 6월의 '교육지표 사건'과 1980년 5월의 저 광주항쟁에서 보여준 송기숙 자신의 치열한 삶 자체가 그러했듯이, 『자랏골의 비가』『암태도』『녹두장군』『은내골 기행』 등으로 이어지는 장편소설은 물론이고 그의 주요 중단편들도 위에서 서술한 것과 같은 민중적 내지 농민적 인간상이 불의와 억압 속에서 겪는 좌절과 고통의 기록이자 권력과 금력에 맞선 저항과 투쟁의 역사인 것이다. 이런 점에서 그의 문학은 일제강점기부터 분단과 전쟁을 거쳐 민주

화투쟁의 시기에 이르는 한국 근현대문학사에 있어 가장 빛나는 성취에 해당한다고 말하지 않을 수 없다.

3

송기숙이 소설창작에 몰두하던 시기, 즉 1970~90년대도 어느덧 20여년의 세월이 흘러 이제 젊은 독자들 중에는 그의 이름을 기억하지 못하는 사람도 적지 않을 것이고, 설사 그의 소설책을 잡는다 하더라도 많은 독자들은 거기에서 '시대를 관통하는' 살아 있는 문제의식을 발견하기보다 시대에 뒤처진 '감각적 낙후'만을 느낄 가능성도 있다. 그런데 이런 점을 다만 시대가 변했다는 사실로만 설명하는 것은 일면적이다. 가령, 그가 1964년에 석사학위논문의 주제로 다루었던 이상(李箱)의 문장이나 이상의 동시대 작가 박태원(朴泰遠)의 소설은 감각의 세련성 측면에서 지금도 결코 낡았다고 할 수 없기 때문이다. 문학에서 정치적 올바름의 추구가 때때로 미학적 완성도의 부실이라는 결과로 이어지는 수가 많은 것, 요컨대 한 예술가의 내부세계에서 발생하는 정치와 미학의 괴리를 어떻게 설명할 것인가.

최근 나는 이 글을 쓰기 위해 송기숙의 첫 소설집 『백의민족』(형설출판사 1972)을 서가에서 꺼내들었다. 그러자 뜻밖에도 책갈피에서 딱 엽서만 한 크기의 종이 한장이 떨어졌다. 그것은 저자가 기증본을 보내면서 책에 끼워넣은 인사장이었다. 앞뒤의 형식적 인사말을 자르고 몸통을 그대로 옮기면 다음과 같다.

　　여태 발표했던 단편을 모았기에 새해 인사를 곁들여 보내오니 하감(下鑑)하시고 지도편달 바랍니다. 더러 구성이 허술하고 문장이 뜨는 외(外)에 여러 면으로 자괴불금(自愧不禁)이오나 제재를 고루 손대본 것만은 공부였다면 공부였다고 할 수 있어 어렴풋이나마 물정이 잡히는 것도 같고 방향을 잡아설 수도 있을 듯하여 후일을 약속하오니 배전의 격려를 바랍니다.

　요컨대 이 단편들의 구성과 문장에 모자람이 많지만 작품을 쓰는 동안 창작의 방향을 잡았으니 앞으로 주목해달라는 것이다. 아주 솔직한 편지인데, 실제로 송기숙의 초기소설은 작가가 인사장에서 자인한 대로, 그리고 이 인사장의 문장 자체가 실증하는 대로 인물과 사건을 전달하는 서사의 구조가 어설프고 디테일을 연결하는 감성적 짜임새가 거칠다. 배경이 주로 구시대의 농촌이므로 등장인물들의 감정이 섬세하지 않은 건 당연하지만, 그것의 소설적 처리 즉 작가의 솜씨는 더 주도면밀해야 하는 것 아닌가. 그런데 송기숙 초기소설에서는 묘사의 대상과 묘사의 주체가 충분히 분리되어 있지 않다고 여겨지는 것이다.
　그러나 이러한 기술적 결함이 그의 문학을 평가함에 있어 무시해도 좋은 약점은 아니지만 근본적 한계일 수도 없다고 나는 생각한다. 도리어 오늘의 독자들이 송기숙처럼 낡아 보이는 소설세계에 더 적극적으로 다가섬으로써 현재 통용되는 당대문학의 역사적 위상에 대한 더 깊은 성찰의 원근법을 얻을 수 있다고 믿어지는 것이다. 문학사를 살펴보면 송기숙의 경우와 반대로 미학적으로 세련된 외관의 작품 속에 반동적·퇴폐적 세계관이 은밀하게 또는 공공연하게 내장되어 있을 수도 있다. 지난날의 일부 친일문학이나 어용작품이 대표적인 사례가 될 것이다. 예술가의 정치적 입장과 그의 창작적 결과 사이에 있는 이와 같은 모순의 양상들을 생각해보면 예술작품은 작가의 사상의 단순한 기계적 반영물이 아니고 작가와 사회의 복잡한 변증법적 연관으로부터 태어난 그 자체 하나의 역사적 생성물임을 깨달을 수 있다. 따라서 송기숙과 같은 진지한 작가의 경우 표면적으로 드러나는 일부 미학적 불완전은 1960~90년대 한국 농촌사회 자체의 낙후성의 불가피한 증거로서, 그리고 그러한 낙후성과의 힘겨운 투쟁의 문학적 잔재로서 적극적 의의를 인정하게 된다.

차례

전설의
시대

집에 든 도둑을 쫓아 담을 뛰어넘다가 그 아래 벼랑으로 굴러떨어져 위급하다는 것이다. 나는 얼른 믿어지지 않았다. 몸이 온전한 사람도 오르기 어려운 담을 한쪽 다리가 무릎 밑에서 잘려 나간 이가 그런 터무니없는 짓을 하다니 얼른 곧이들리지 않았다. 그 아래는 담 높이 두배가 넘는 벼랑이었다. 도둑놈은 남의 집이니까 몰랐다 하더라도 그걸 아는 주인이, 도둑 따위를 쫓아 그런 어처구니없는 짓을 한 것이다. 원체 과격한 성격이지만 자기 죽을 일에 그렇게 분별없는 짓이 어디 총한 정신 가진 사람의 행동이겠는가?

"아니, 그게 정말입니까?"

"글쎄 말이다."

다급하던 아버지 목소리는 한숨으로 푹 가라앉았다. 나는 전화기를 놓고 그 자리에 한참 서 있었다. 평소 침착하시던 아버지의 다급한 목소리는 그만큼 나의 등을 떼밀고 있었다. 나는 멍청한 표정으로 자리에 앉아 담배를 태워 물었다. 형님의 지난날 행적들이 스크린처럼 빠르게 스쳐갔다. 그 형님의 마지막이 결국 이렇게 맺어지는가?

내 입에서는 저절로 담배연기가 길게 뿜어져 나가고 있었다. 그 벼랑 높이와 아버지의 다급한 목소리로 미루어 형님은 거의 숨이 넘어가고 있는 것 같았다. 이런 다급한 판에 이러고 앉아 있는 것은 형님의 죽음에서 오는 충격이나 무슨 회한 때문도 아니었다. 형님의 죽음을 어느 만큼의 거리에서 수용할 것인가 그 거리를 타산하고 있었다. 나는 여태 형에게 증오에 가까운 혐오감을 느껴왔고, 형의 행동에 대한 아버지 태도에도 불만이었다.

나는 단순한 불만이 아니라 자신도 모르는 사이에 형과 아버지를 자기 생애에서 저만치 밀어놓고 있었고, 그런 태도에 한번도 반성을 해본 적이 없었다. 그러나 주검 앞에서도 그런 냉랭한 방관자의 위치에서 행동을 할 것인가, 조용히 정리를 한 다음에 움직이고 싶었다.

나는 한참 만에 자리에서 몸을 일으켰다. 무슨 결론을 얻어서가 아니고 전화를 받던 내 목소리와 표정에서 심상찮은 일이 있음을 눈치채고 나를 힐끔거리고 있는 동료 사원들의 긴장을 풀어야겠고, 또 너무 오래 그러고 있으면 사실을 말한 다음에도 불필요한 의문의 꼬리를 남길 것 같다는 데 생각이 미쳤기 때문이다.

"제 형님이 돌아가셨습니다. 며칠 휴가를……"

과장한테 말하는 자신의 목소리가 감정대로 담담했으나 듣기에 따라서는 꽤나 침통하게 꾸며지고 있었다. 내 목소리는 이 두개의 감정 사이에 상당히 정확한 균형을 유지하고 있었고 또 충분한 효과를 내고 있었다.

과장은 깜짝 놀라는 표정으로 몇마디 입에 붙은 위로 말을 하고, 친목회에서 나오게 되어 있는 조의금과 자기 몫의 조의금을 따로 챙겨 내밀었다. 경리과장다운 재빠르고 능란한 솜씨였다. 내가 과장한테 입을 떼고 나서 내 손에 돈이 쥐어지기까지 오분쯤 걸렸을 것인데, 몇몇 동료들이 인사치레로 하는 위로의 말을 듣는 시간은 너무 긴 것 같았다.

나는 마치 빚쟁이가 돈을 받아 도망치듯 바쁜 걸음으로 회사를 나왔다. 호수에 돌멩이가 떨어진 것같이 사무실이 잠깐 일렁거리고 있는 것 같아 분위기를 얼른 정상으로 돌려놔야 할 것 같았다. 과장의 그 재빠른 행동도 마치 돌아가던 기계가 멈췄을 때 고장 부분을 손보는 그런 능란한 손놀림이었다.

나는 집에 가며 고향에 언제 갈 것인가 줄곧 그걸 생각했다. 임종을 지키는 번거로움을 견디기가 지겹고 끔찍스러웠다. 하루 늦게 가면 그 번거로움에서 그만큼 벗어날 것 같았다. 집에 들어설 때까지 결론을 못 내리다가 문득 지금 고향에 윤수가 내려가 있다는 생각이 났다. 정신을 잃었다가 깨난 사람처럼 부랴부랴 서둘렀다. 가도 윤수와 한가한 시간을 가질 여유는 없겠지만, 윤수가 떠오르자 고향 동네가 갑자기 화창하게 느껴졌다. 윤수는 초등학교부터 대학까지 함께 다녔던 친구인데 외국에 나갔다가 지금은 고향에 와서 쉬고 있다.

　두 성씨가 반반으로 한마을을 이루고 사는 우리 동네는 그 두 성씨가 걸핏하면 티격이 붙어 아웅다웅이었다. 6·25 직전에는 형님이 지금 형수와 결혼할 때만 하더라도 형수를 두고 우리 형과 윤수 형이 라이벌이어서 두 성씨가 불꽃 튀기는 파란을 치르고서야 성혼이 되었다. 형수는 두 성씨 사이에 몇집 낀 외톨이 성씨였는데, 대단한 미모에다 좋은 대학을 나왔기 때문에 두 성씨가 눈에 불을 켜고 쟁탈전을 벌인 꼴이었다.

　따지고 보면 두 성씨 사이에 이렇다 하게 무슨 원한이 있는 것도 아니었다. 그렇지만, 무슨 일이 생겼다 하면 욱하고 서로 뭉쳐 시퍼렇게 도끼눈을 하고 나섰다. 그러나 그런 일이 한바탕 지나고 나면 욱했던 만큼이나 또 쉽게 잠잠해져버렸는데, 그래도 그런 사소한 일들이 쌓이다보니 그런 티격이 겉으로는 가라앉았어도 서로 항상 마음 밑에는 싸늘한 냉기가 깔려 있었다. 어른들이 그 꼴이라 학굣길의 병아리 싸움까지 두패로 갈라놓아 그럴 때마다 나하고 윤수는 이만저만 난처한 게 아니었다. 나와 윤수는 그만큼 친했다.

　더러 양쪽 패거리들이 두패로 갈려 눈알을 부라리며 맞설 때면 나는 똥그란 눈으로 먼저 윤수를 찾았고 윤수도 그랬다. 눈이 부딪치면 우리들 눈에는 순간적으로 의혹과 긴장이 희뜩거렸다. 그렇지만, 우리들은 아니라는 걸 금방 알 수 있었고, 그러고 나면 그 잠깐의 눈길이 그지없이 미안하고, 야속하게 느껴졌다.

　더러 패싸움을 할 때는 저만치 뒤에서 엉거주춤 얼쩡거렸다. 그래서 그런 패싸움은 되레 우리들의 우정을 더 두텁게 해주었고, 그렇게 싸움이나 하는 녀석들보다 우리들은 훨씬 어른스럽다는 깜찍한 자부심을 갖기도 했다. 그래서 우리는 되도록 그들과 어울리지 않고 우리 둘이만 산으로 들로 쏘다니며 놀았다. 그런 기억은 언제 되새겨도 유쾌한 추억이었다.

그렇지만 우리 형들은 전혀 딴판이었다. 그런 싸움판에서 양쪽 선봉장은 언제나 내 형과 윤수 형이었다. 그들은 체격도 비슷하고 공부도 라이벌이었다. 평소에는 그런 내색이 없다가도 패싸움만 붙으면 선봉에 나서서 맞붙었다. 물론 이런 일은 초등학교 때 빈번했었는데, 그들은 줄곧 그렇게 라이벌이었다가 나중에는 공교롭게 결혼할 때까지 맞붙고 말았다.

윤수 형에 비하면 우리 형은 훨씬 괄괄하고, 무슨 일이든지 전투적이어서 심지어는 성적표가 나올 때면 내 학과성적이 윤수에 미치지 못하면 이게 뭐냐고 주먹다짐을 했다. 정치가를 꿈꾸는 패기만만한 형이 미덥고 자랑스럽다가도 그렇게 극성을 부리면 금방 싫어졌다. 나도 윤수한테 지기 싫었지만 형 같은 식의 그런 삭막한 경쟁의식은 아니었다.

그러다가 6·25가 터졌다. 동네가 좌우익으로 갈라졌다. 저쪽 성씨가 좌익이었는데 그들이 좌익이 될 이유가 없었듯이, 우리 성씨도 우익이 될 만한 이유가 없었다. 큰 부자도 없고 경찰이나 무슨 감투를 쓰고 설친 사람도 없었다. 양쪽이 다 고르게 웬만치 먹고살 만큼 전답을 지니고 있었고, 초봄이면 기껏 너덧집 '입춘대길' 따위 춘축을 써 붙이는 그런 덤덤한 시골이었다. 자기들 이익이나 처지를 정치에까지 연결시켜 깃발을 치켜들고 나설 만한 사람은 없었다. 다만 윤수의 형이 좌익 깃발을 치켜들고 나서자 우리는 가만히 앉아서 우익으로 몰려버린 꼴이었다. 그 바람에 양쪽 사람들이 대여섯이나 죽었다.

그 난장판에서도 형님은 다리만 하나 잃고 용케 목숨을 건졌는데, 성미가 과격한 형님은 눈에 핏발을 세우고 보복에 앞장섰다. 저쪽 젊은이들은 미리 피해버려 애먼 사람들만 다쳤다.

한쪽 다리와 함께 꿈이 깨진 형의 울분은 쉽사리 가라앉지 않았다. 사회 질서가 제대로 잡힌 다음에도 조금만 눈에 거슬리는 사람이 있으면 빨갱이 새끼 죽인다고 두들겨 팼다. 형의 그런 변화는 그의 몸뚱이에서 다리 하나가 잘려 나간 것에 비길 바가 아니었다. 나는 형의 처지에 동정을 했지만, 그 핏발 선 눈과 잘려 나간 다리는 형에게 어느만치 남았던 연민까지 공포로 변하게 했다.

그런 형의 태도가 조금 누그러지자 보복을 피해 집을 나갔던 젊은이들이 하나씩 마을에 나타나기 시작했다. 저마다 더러는 군복을 입고, 더러는 경찰의 모습으로 나타났다. 형은 다시 이를 갈아붙였지만 이미 어제가 옛날이었다. 형은 그들에게 직접 보복은 못했지만 무슨 꼬투리가 잡히기만 하면 찍자를 붙어 목발을 휘둘렀다. 그들은 형님의 이런 행패도 행패였지만 이미 객지 바람을 쐬고 난 다음이라 굳이 고향에 눌러 있지 않았다. 그런데 윤수 형님은 끝내 나타나지 않았다. 빨치산으로 입산하여 지리산에서 죽었다는 소문이었다.

윤수는 그때 중학교 일학년이라 처음에는 그런 피해의 대상에서 벗어나 있었지만, 그렇다고 윤수를 보는 형의 눈초리가 고운 것은 아니었다. 윤수와 나는 시골에서 중학교를 졸업하자 도시의 명문 고등학교에 나란히 진학했다. 그런 학교에 들어간 기쁨도 기쁨이 었지만, 바득바득 양철 긁는 듯한 형의 그 극성에서 벗어나는 게 어쩌면 그리도 홀가분하던지 감옥살이하다가 풀려난 해방감이 이럴까 싶었다. 우리 둘은 한방에서 자취를 했는데, 방학이 다가오면 형님의 쇳소리를 견뎌야 할 지겨움이 미리 한 짐이나 어깨를 눌렀다.

그러던 어느 여름방학 때 집에 갔을 때였다. 우리가 탄 버스가 다른 회사의 버스와 거의 살인적인 경쟁을 하며 위태롭게 질주했다. 중간 정류소에서 손님을 한사람이라도 더 낚아채려고 앞서거니 뒤서거니 좁은 시골길에 부옇게 먼지를 일으키며 벌이는 경쟁은 간이 밭아올 지경이었다. 6·25가 끝난 지 오래였지만 사회 질서가 제대로 잡히지 않아 이런 일은 어디서나 예사로 볼 수 있는 일이었다.

"아까 우리가 차를 탈 때 저 차를 탔더라면 우리는 지금 저 차 편이었겠지? 지난번 축구시합 때 저쪽 학생들하고 패싸움 벌인 것도 마찬가지야. 우리가 그쪽 학생이었더라면 우리는 우리 학교를 향해서 돌팔매질을 했었을 거거든. 적과 동지가 이런 우연한 선택으로 결정된다는 것은 정말 난센스야."

윤수 말은 그때 나에게 큰 감동을 주었다. 우리 동네 두 성씨 사이에 긴 우리들의 관계는 물론 휴전선으로 잘린 남북 중에서 이쪽에 소속된 사실이며, 6·25 때 총질까지 확대시킬 수 있는 논리였다. 유장한 논리보다는 '피레네산맥 저쪽에서의 진리가 이쪽에서는 허위' 따위 한두마디 산뜻한 경구에 감동하던 때라, 나는 '우연한 선택'이란 이 단순한 논리를 진리처럼 신봉하는 것 같았다. 나는 이 논리에서 오래도록 벗어나지 못하고 병역기피 구실까지 그 말에서 찾으려 했다. 그러나 이런 생각은 마치 자기가 이쪽 사상의 기수이기나 한 것처럼 설치는 형님의 극성을 극복하는 데 여유를 갖게 했던 것 같기도 했다.

대학에 들어가서도 우리는 함께 자취를 했다. 누구 것이었던지 우리 자취방에는 라디오가 한대 있었는데, 우리는 공부하다 지치면 곧잘 이북방송에 다이얼을 맞췄다. 막혀버린 저쪽 세계에 대한 소박한 호기심이었다. 그러나 우리는 천편일률적인 방송내용과 앙칼진 쇳소리에 어느새 식상해버렸다. 그 판에 박은 내용은 그만두고 그 살벌한 쇳소리에서 형님의 핏발 선 눈초리가 연상되었던 것이다. 저쪽에 대한 우리들의 소박한 호기심을 감각적으로 극복했던 셈이다. 그래도 가끔 거기다 다이얼을 맞추었는데 특히 우리는 밤 열두시가 넘으면 나오는 여자 아나운서의 간첩 연락용 암호 숫자 부르는 걸 즐겨 들었다. 세상이 다 평화롭게 잠자는 괴괴한 밤중에 그 내밀한 속삭임을 듣고 있노라면 무슨 굉장한 음모를 엿듣는 듯한 긴장에 그 살기 어린 쇳소리를 역설적으로 즐기고 있었다.

그 무렵 우리 동네는 또 형님을 자극할 일들이 자라고 있었다. 집을 나갔던 저쪽 젊은이들이 집 나간 게 전화위복이 되어 소문나게 출세를 한 것이다. 사법시험에 합격하여 판사가 되고 사무관이 된 사람도 둘이나 되었고, 엉뚱하게 염료에 손을 대서 돈을 많이 번 사람도 있었다.

"뭐, 사무관? 그 자식이 어떻게 사무관이야? 그 자식 중학교 때

성적이 어쨌는지 알아? 기가 막혀서 말이 안 나오는군. 돈밖에 모르는 그런 자식을 사무관으로 앉혀놓으면 세상은 도대체 어떻게 돌아가란 거야, 엉? 그냥 싹 쓸어야 해, 싹 쓸어버려야 한다니까."

그다음 방학 때 가자 동네 앞에 말쑥한 세단이 한대 멈춰 있었다. 동네가 또 시끄럽겠다 했더니 짐작대로였다.

"그 흉악한 빨갱이가 이번에는 날도적이 됐군! 도대체 강아지새끼가 당상에 올라도 유분수지, 빨갱이에다 날도둑놈이 세단을 굴리고 다니다니, 이게 촌한 세상이야, 미친 세상이야? 세상이 썩어도 어디 근리한 데가 한군데나 있어야 사람이 기통이 터져 숨을 쉬고 살 게 아냐, 엉! 여보 당신도 저런 날도적놈이 부러워? 날도둑질해서 세단 굴리고 다니는 저런 도적놈이 부럽냐 이거야?"

형은 가만히 있는 형수까지 쏘아보며 시퍼렇게 닦달이었다. 나는 그때 뜨끔한 충격을 받았다. 다소곳이 앉아서 쓸쓸하게 웃는 형수 얼굴이 아직도 너무 예쁘고 젊다는 생각과 함께, 형님의 광기 밑에 깔린 뭔가 무서운 것을 본 것 같았다. 형수의 얼굴에는 학생 때 말쑥한 세일러복 차림의 예쁜 모습이 너무 많이 남아 있었다. 그 소녀를 아내로 삼고 위대한 정치가 꿈을 꾸었던 형님의 옛날 모습이 떠올라, 나는 연민과 혐오가 엇갈린 착잡한 기분으로 형님의 잘려 나간 다리를 건너다보고 있었다. 그런데 형님의 얼굴은 살색부터 추해져 형수와는 대조를 이루고 있었다.

이런 형님에 대한 아버지의 태도는 답답하기만 했다. 형님이 저 꼴이 된 것은 할아버지 묘를 잘못 쓴 탓이라며, 이런 일을 모두 자신의 죄업으로 여겨 체념하고 계셨다. 묘 뒤로 신작로가 나서 혈

(穴)이 잘린 곳에 묘를 쓴 게 이런 환란의 원인이라며, 묘를 다시 이장해놓고 새로 쓴 묏자리의 소응(昭應)만 기다리고 있는 눈치였다.

서당에서 글도 웬만큼 읽으시고 일상적인 일에는 사리가 분명하신데, 형님에 대한 태도는 도무지 납득이 가지 않았다. 그러나 형님이나 아버지의 그런 태도에 내가 참견할 만한 나이가 되었을 때는 이미 그런 태도가 너무 굳어버려 참견하고 나설 한계를 넘어버린 것 같았다. 그래서 대학 때는 방학 때도 아예 집에 가지 않고 서울에서 빈둥거렸고, 군대에 갔을 때는 휴가도 집에서 하룻밤만 자고 서울에서 빈둥거리다가 귀대했다.

윤수와 나는 대학을 다니다 또 나란히 군에 입대하여 복무를 마치고 복학하자 4·19가 터졌다. 그때 우리 자취방에는 새 식구를 하나 맞았다. 군대에서 사귄 친구로 재기발랄한 익살꾼이었다. 그는 머리도 비상했지만 이만저만 익살꾼이 아니었는데, 익살꾼답지 않게 다혈질이고 배짱도 대단했다.

"지금 공산당 덕을 가장 많이 보고 있는 녀석들이 누구야? 바로 자유당 녀석들 아냐? 만약 공산당이 없었더라면 저 작자들은 진즉 거덜이 났을걸. 비위 상한 사람이 있으면 무작정 공산당으로 몰아붙여버리니, 정적 때려잡는 데는 이렇게 편리한 올가미를 가진 정권이 세계 어느 나라에 있겠어?"

조만식 선생 호는 처음에는 지라(志羅)였는데 성하고 붙여 읽으면 고약한 뜻이 되기 때문에 나중에 바꾸었다거니, 병 가운데서 걸리기만 하면 죽는 병은 숙환(宿患)이라거니, 이런 식으로 익살을 부리다가도, 정색을 하고 나서면 입에서 불이 터져 나오는 것 같았다.

"요새 불안·초조 어쩌고 심각한 체하는 작자들 말이야. 그런 녀석들만 보면 구역질이 나. 사기꾼들이 따로 있나? 왜정 때 지주들 수탈에 견디다 못해 밤봇짐을 지고 만주로 가는 유랑민이 줄을 설 때, 바로 그 소작료로 대학 다닌다고 건들거리며 날마다 술통에나 빠졌던 작자들이, 인도주의가 어떻고 카추샤가 어떻고 눈물 찔끔거리던 꼬락서니하고 이게 뭐가 달라? 썩은 정치현실에 분노가 아니라 니체가 어떻고 불안·초조가 어떻다니, 사기꾼도 가지가지야."

윤수가 미국 가기 전날 윤수와 내가 이 친구 묘 앞에서 마지막 술잔을 나눌 때 나는 말을 잃었다. 형님 때문에 윤수한테 도무지 낯을 쳐들 수 없는 일이 있었던 것이다.

6·25 때 입산해서 죽었다던 윤수 형이 실은 죽은 게 아니라 월북하여 거기 요직에 있다는 소문 때문이었다. 이 소문이 나돌자 윤수 성씨 쪽에서는 이를 갈고 나섰다. 이것은 윤수의 미국행을 방해하고 관직에 있는 그 일가들을 곤경에 빠뜨리려고 누가 조작한 모략이라는 것이다. 겉으로 내놓고 따질 일이 아니라 뒷공론으로 숙덕거렸는데, 까놓고 할 소리가 아니라 저쪽 사람들은 더 이를 갈고 눈에 불을 켰다.

지리산에서 죽었다는 소식을 전해준 게 그때 빨치산으로 같이 다니다 자수한 사람이라, 새삼스럽게 그걸 확인하고 어쩌고 할 필요도 없었다. 설사 저쪽에 살아 있다 하더라도 이쪽으로 소문이 넘어올 만큼 높은 자리에 올랐을 것 같지도 않았다. 조작이 틀림없고 그 조작의 장본인은, 저쪽 사람들이 다 그렇게 믿고 있듯 우리 형님을 내놓고는 없을 것 같았다. 미리 손을 썼기 때문에 윤수가 미국 가는 데는 그 소문이 지장을 주지는 않았지만, 그때 형님에 대한 내 감정은 그냥 모멸이었다.

"미안하다."

"신경 쓸 것 없어."

윤수가 되레 나를 위로했다. 그뒤 윤수가 잠깐 고국에 돌아올 때까지 오륙년 동안 나는 거의 고향에 가지 않았다. 그때 윤수는 박사학위논문 준비 관계로 자료 수집을 하려고 잠깐 귀국했었다. 그동안 나는 조그마한 무역회사 평사원이었으나, 윤수는 학자다운 의젓한 태도가 몸에 배어 있었다. 외모만 그런 게 아니고 생각도 그랬다. 경제학 전공인 윤수의 학위논문 주제는 공산주의 경제이론을 비판하는 것이었는데 부논문은 '개발도상국에 있어 상업자본의 농촌경제 수탈과정'이었다.

"수탈? 이런 말을 써도 괜찮아?"

북한 사람들이 많이 쓰는 말이라 수탈 하면 그들이 분류한 계급 간의 착취를 떠올리고 그런 살벌한 분위기를 연상하는데, 그렇지 않다고 친절하게 설명해주었다.

"니가 자꾸 쓰고 있는 계급이란 말에서도 그런 걸 느꼈을 거야. 계급 하면 저네들 식의 분류방식에 따른 계급만을 떠올리고 찔끔하거든. 그래서 학자들 몇사람을 제외하고는 대개 계층이란 말로 대치하고 있더군. 의미를 따지면 계급은 단절적인 개념이고 계층은 연속적인 개념이라 할 수 있는데, 모조리 계층이란 말로 대치하는 것은 학문적인 태도로서는 좀 우스운 일이지. 하여간 이런 사소한 것이 아직도 본질적인 것을 가리고 있으니 이러고 있으면 통일은 언제 생각하지? 우리 동네 분단 사정도 별로 달라지지 않았겠지? 하하하."

나는 형님이 연상되어 낯을 붉혔다. 그때도 형님의 그 양철 긁는 쇳소리와 극성은 그대로였다. 윤수와 모처럼 고향에 갔더니 저쪽 성씨와 싸움이 붙어 공산당 놈들 다 죽인다고 목발을 휘두르고 있었다. 오랜만에 간 고향길이 그렇게 삭막할 수가 없었다. 외국에 있다 온 윤수 기분은 더 씁쓸했을 것이다.

재작년 '남북 적십자 예비회담'이 진행되고 있을 때도 마찬가지였다.

"공산당 놈들하고 순순히 얘기가 될 것 같아? 그 자식들하고 말이 통할 거라고 생각하는 작자들 대가리는 도대체 어떻게 생겨먹은 대가리야? 대화? 대화 좋아하네. 저 새끼들은 그냥 드륵드륵 갈기는 것밖에 방법이 없어. 원자폭탄으로 그냥 싹 가루로 만들어야 한단 말이야. 여보 당신 생각은 어때? 당신 생각은 어떠냐 말이야?"

내가 신통한 반응을 보이지 않자, 다소곳이 바느질하고 있는 형수를 쥐알리듯 다그쳤다. 형수는 말없이 바느질감만 만지고 있었다.

"저 녀석들 농간에 말려드는 녀석들부터 대가리를 세탁을 해야해! 피 흘리고 싸운 사람들은 누군데, 지금 그런 작자들하고 고개를 맞대고 쑥덕이는 놈들은 누구야? 국군묘지는 본보기로 치장해 놨나?"

전 국민이 가슴 죄고 있는 일에 이런 엉뚱한 소리라 나는 새삼스럽게 허탈한 기분이었다. 그런데 그때 우리 동네에는 또 터무니없는 소문이 하나 나돌고 있었다. 저쪽에 살아 있다던 윤수의 형이 적십자 예비회담 저쪽 대표로 나왔다는 것이다. 아무리 시골 사람들이라고 이쯤 되면 할 말이 없었다. 저쪽 대표의 명단에 윤수의 형 이름이 있는 것은 고사하고 텔레비전이나 신문에 윤수의 형과 비슷하게 생긴 사람도 없었다.

나는 어이가 없어 혼자 실소를 머금고 있다가 퍼뜩 스치는 게 있어 빠듯 긴장했다. 형수더러 당신 의견은 어떠냐고 쏘아보던 형님의 그 날카로운 눈과 그 소문이 연결되었던 것이다. 형님은 윤수의 형에 대한 그런 터무니없는 소문을 틀림없는 사실로 믿고 있는 것 같았다. 적십자회담이 성공해서 양쪽이 극적으로 손을 잡고 나설 때 형수 앞에 나타날 윤수의 형을 생각하고 있는 것 같았다. 윤수의 형이 직접 자기의 가해자는 아니었지만, 자기를 지금 이 꼴로 만들어놓은 공산집단에 이를 갈고 있기 때문에 윤수의 형이 그 집단의 덩실한 고관의 모습으로 나타날 환상에 몸부림치고 있는 것 같았다.

자기의 쓰라린 상처를 형수 앞에서 또 아프게 짓밟힐 환상에 몸부림치는 형을 바라보며 한숨을 쉬었다. 지난번 윤수가 미국 갈 때 형이 조작했던 소문이 씨가 되어 이런 엉뚱한 낭설로 발전한 것 같았다. 형님은 왜 신문도 한번 제대로 보지 않고 그런 맹랑한 소문만 믿어버릴까?

그게 자기가 뿌린 씨에서 나온 소문이든 아니든 형님은 허무맹랑한 망령에 붙잡혀 그렇게 몸부림을 치고 있으니 답답한 일이었다. 그러나 겉으로는 내색을 하지 않고 있는 그 부분에 내가 참견하고 나설 수는 없었다. 나는 형님의 쇳소리를 귓결로 흘리며 형수의 모습으로 눈이 갔다. 형수의 검은 눈 속에는 한숨과 체념이 가라앉은 어두운 그늘이 한층 짙어져 있었다. 이제 중년에 접어든 모습은 얼굴 표정뿐만 아니고 치마저고리에도 그런 분위기가 짙게 드리워 있었다. 우물가에 앉아 있는 모습이나 부엌에서 서성거리다가 밥상을 들고 오는 모습이, 더구나 흰 수건이 검은 머리에 드리워 있을 때면 그런 분위기가 한층 짙게 느껴졌다.

대퇴골 골절에다 출혈이 심해 손써볼 여지가 없다는 의사 말을 듣고 병실로 들어가자 형은 거의 사색을 뒤집어쓰고 있었다. 나를 알아보고 잠깐 반기는 표정이었다. 숨을 거두었기를 은근히 바랐던 생각이 들킨 것 같아 찔끔했다. 그런데 형님은 내가 오기를 기다리며 그런 기력을 비축해두고 기다리기라도 했던 것처럼, 나를 보자마자 그날 저녁 도둑놈 쫓던 무용담을 늘어놓는 게 아닌가?

"밖에서 무슨 수상한 소리가 나잖냐? 살금살금 나가 확 외등을 켰다. 뒤란으로 언뜻 옷자락이 돌아가더라. 쫓아갔어. 이 녀석이 겁김에 담을 뛰어넘지 않겠냐? 목발을 휙 던졌다. 바로 뒤꿈치에 직방으로 맞더라. 이만저만 쎄게 맞은 게 아냐. 여보, 당신도 봤지?"

나는 형의 말을 듣는다기보다 기를 쓰고 말하는 형의 안간힘에 어리벙벙해 있었다. 의사 귀띔이 아니더라도 이미 반쯤 사색을 뒤집어쓰고 있는 형님의 어디에서 저런 기력이 나오는지 그것도 놀라웠지만, 그런 어리석은 만용이 뭐가 그리 대단하다고 저토록 기를 쓰며 늘어놓는 것일까? 나는 무슨 억울한 말을 들을 때의 어이없는 표정으로 망연자실 형을 보고만 있었다.

"그런데 말이야, 거꾸러질 줄 알았던 새끼가 그대로 담을 뛰어넘는 거야. 나도 훌쩍 뛰어올랐다. 단번에 뛰어오른 거야, 단번에. 여보 당신도 봤지? 단번에 뛰어오른 것 당신도 봤지? 응?"

형님은 나에게 말한다기보다 자기 용맹을 형수에게 확인시키고 있는 꼴이었다. 형님은 더러 얼굴을 일그러뜨리기도 하고 숨을 몰아쉬기도 하며 기를 쓰고 말을 했다. 이마에는 땀방울이 보송보송 맺히고 눈은 벌겋게 충혈이 되었다. 형이 기를 쓰는 모습은 마치 맹수한테 쫓겨 가파른 고갯길을 허우적거리며 기어오르는 사람의 처참한 꼴이었다. 죽기 전에 꼭 해두어야 할 막중한 말을 하려고 최후의 기력을 짜는 것 같았다. 고통스럽게 일그러진 처참한 얼굴에는 득의와 희열이 넘치고 있었다. 불만과 울분으로 항상 이맛살이 찌푸려져 그 찌푸린 미간의 주름살이 군살로 굳어버린 형님의 얼굴이 오랜만에 펴져 있었다. 처참하기는 했으나 정말 오랜만에 형님의 평온한 모습을 본 것 같았다.

형수는 형님이 다짐을 둘 때마다 크게 고개를 끄덕여주었다. 검은 눈에 드리운 그림자는 더 속으로 깊이 가라앉아 있었고 물기가 맺히고 있었다. 나는 형님의 활짝 펴진 얼굴을 오랜만에 보았듯이 형수의 눈물도 처음 보는 것 같았다. 형님은 성한 사람도 엄두를 낼 수 없는 자기의 무용담을 내가 아니라 형수에게 확인시키고 있는 것 같았고, 형수가 그때 고개를 끄덕여주자 그만큼 만족한 것 같았다. 형수는 나처럼 건성으로 고개를 끄덕이는 게 아니었다. 마치 아픈 상처를 정성스럽게 어루만져주는 것 같았다. 형수가 어루만지고 있는 것은 형님의 열등감이라는 것을 느끼는 순간 나도 진지한 표정으로 고개를 끄덕이기 시작했다. 형님은 형수의 고갯짓을 보며 아주 만족스런 표정이었고, 그런 만족스런 표정으로 눈을 감았다. 눈을 감은 뒤에도 입가에는 만족스런 표정이 그대로 남아 있는 것 같았다.

윤수는 형님의 장례식에 참석했다. 6·25 이후 처음으로 우리 집에 발을 디딘 것이다. 나와 윤수는 서울까지 같이 가면서도 형님에 대한 말은 한마디도 하지 않았다. 윤수는 한마디쯤 할 법했으나 그런 얘기는 입을 봉하고 자질구레한 생활 주변 이야기로 나를 웃기다가 기상천외의 장난을 해놓고 가버렸다. 서울에 올라오던 날이 바로 윤수 출국 예정 전날이어서 우리는 옛날 그 익살꾼 친구를 찾아 4·19 묘지에 갔다. 택시를 잡으려 했지만 윤수는 한사코 버스를 타자고 했다. 타고 보니 입석인데다 주말이어서 여간 붐비지 않았다. 이리저리 밀려다니다가 내릴 때였다. 차장이 표를 달라고 윤수한테 손을 내밀었다.

"아까 표를 받지 않았어?"

차장은 얼핏 윤수의 위아래를 훑더니 그냥 놔주었다. 나한테 손을 내밀었다.

"그분 것도 내가 줬어."

차가 떠나자 윤수가 크게 웃었다.

"왜 그래?"

나는 어리둥절했다.

"버스 값을 떼먹었다. 생각나는 일 없어? 저 친구!"

윤수는 묘역을 가리키며 웃음을 걷잡지 못했다. 나는 잠시 어리둥절했다가 실소를 머금었다.

"에끼, 박사님이 그게 뭐야?"

나는 핀잔을 주며 웃었다. 그 친구가 학교 다닐 때 버스 값 떼먹던 수법을 윤수가 영락없이 재연했던 것이다. 익살꾼이던 그 친구는 물론 장난으로 곧잘 그런 엉뚱한 짓을 했는데, 곁에서 보고 있으면 시치미 떼는 게 이만저만 능청스런 게 아니었다. 그런데 박사에다 교수, 더구나 국제학술회의에 참석하러 모국을 방문한 학자가 그런 어처구니없는 장난을 했으니 어이가 없었다.

"이 돈으로 저 친구 좋아하던 막걸리를 사자!"

윤수는 또 한바탕 웃고 나서 그 사십원에다 더 보태 막걸리를 사고 오징어를 샀다. 묘역에 들어서자 말을 않고 경건한 표정이었다. 묘비 앞까지 가는 사이 그 말 없는 시간이 꽤나 긴 것 같았다. 우리는 묘비 앞에 서자 한참 묘비를 보고 있었다. 한참 그렇게 서 있다가 윤수가 막걸리를 따라 그 앞에 놓고 오징어를 찢어놓았다.

"네가 즐겨 쓰던 수법으로 버스비 사십원을 사기 쳐서 막걸리를 사왔다. 그동안 변한 것은 아무것도 없다. 정치는 한사람의 쉿소리나는 구호뿐이고, 국민들은 그 구호 밑에서 여유가 없으니 유머도 이렇게 치졸하다."

웃으며 말하고 있었으나 윤수 표정은 울 것처럼 일그러져 있었다.

『문학사상』 1973년 9월호(통권 12호) ; 『파랑새』(전예원 1988)

어느
여름날

소나기가 한무더기 지나간 다음이라 차창으로 몰려드는 바람이 깊은 산속 냇물처럼 시원했다. 나는 산속 계곡을 생각하면서 느긋한 기분으로 지그시 눈을 감았다. 얼굴과 팔목을 어루만지며 지나가는 바람의 부드러운 감촉은 또 그만큼 환상적이었다. 바람은 그림으로 그린다면 어떤 형상으로 그려야 할까? 선녀의 날개옷 같은 것일까?

들판에는 제대로 땅 맛을 당긴 모포기들이 잔물결을 일으키고 있었다.

나는 옆자리의 원(元) 계장을 돌아보았다. 그도 눈을 감고 의자에 등을 기대고 있었다. 수중구조 전문가의 우람한 가슴팍이 새삼 미덥게 느껴졌다. 그는 이곳 적십자사 안전계장으로 지금 어느 대학생 써클 수중구조 교관으로 가는 길인데, 공교롭게 내가 민요 수집하러 가는 섬도 바로 거기여서 동행하게 된 것이다. 그 써클은 지금 농촌봉사를 하고 있다는데, 봉사활동을 끝내고 나서 해수욕 겸 수중구조 훈련을 받는다는 것이다. 원 계장과는 진즉부터 안면이 있었으나 이렇게 가까이 대하기는 이번이 처음이다.

"원 계장이 지금까지 살려낸 사람은 몇이나 됩니까?"

원 계장은 또 그 얘기냐는 듯이 빙그레 웃었다.

"약 삼십명쯤 됩니다. 지금은 어지간한 해수욕장에도 경찰이 나와 있고 구조보트가 있지만, 몇년 전만 해도 엉성했지요. 여태까지 건져낸 사람들을 촘촘히 세면 오십여명쯤 될 것 같습니다만, 아주 숨이 멎어버린 사람을 구조한 사람은 삼십명쯤 될 것 같습니다. 그 가운데 대여섯명은 건져내긴 했지만 너무 늦어서 살려내지 못했고."

나중에 천당은 영락없이 가났다고 싱거운 농담을 하려다 말았다.

"삼십명, 삼십명!"

이렇다 하게 내세우는 표정도 아니었지만, 받아들이는 내 편에서도 삼십명이라는 숫자가 얼른 실감되지 않았다. 삼십명을 데리고 해수욕장엘 갔다거나, 농촌봉사를 갔다거나 그런 평범한 숫자로 느껴졌다.

"재미있는 건, 그렇게 살려놓으면 거의가 인사 한마디 없이 가버립니다. 송장이 다 된 사람을 천신만고 끌고 나와 물을 토해낸다, 인공호흡을 시킨다, 한바탕 북새질을 치고 나면 나는 녹초가 됩니다. 그렇게 살려놓고 축 늘어져 한잠 자고 나면 어느새 감쪽같이 사라져버립니다. 하하하."

"뭐요? 그런 나쁜 놈들이 어딨어요?"

"열에 아홉은 그래요. 제대로 고맙다는 인사를 받아본 것은 서너 사람쯤 될까? 그 가운데는 내 친구도 한사람 있는데, 그는 늘 얼굴을 대하니까 지금도 하는 수 없이 술을 삽니다. 하하하."

"생명의 은인인데 그럴 수가 있단 말입니까? 물에 빠진 놈 건져놓으면 보따리 내놓으란다더니, 하하 거참!"

"나도 그때마다 그 속담이 떠오르는데 그게 예사 속담이 아닙니다. 물에 빠졌던 사람 심리를 아주 잘 설명하고 있는 속담입니다."

"허 참. 아무런들 그럴 수가?"

"얼마 전에 일본 신문을 보았더니 아주 재미있는 기사가 났더군요. 일본 어느 조그마한 해수욕장에서 젊은이 한사람이 좀 멀리 나갔다가 쥐라도 내렸던지 허우적거리고 있었습니다. 구조조직이 없는 조그마한 해수욕장이었던지 가족들이 발만 동동 구르고 있었습니다. 그때 건장한 청년이 가족들 앞에 나타났습니다. 내가 저 사람을 건져주겠으니 얼마를 내겠느냐고 천연덕스럽게 흥정을 하고 나섰습니다."

"뭐요? 돈을 내라는 겁니까?"

"그렇습니다. 신문에서 요란스럽더군요. 사람이 죽어가는 판에 사람의 생명을 놓고 돈으로 흥정을 하다니 이게 될 법이나 한 일이냐는 거죠. 금전만능이 어떻고, 교육이 어떻고 야단이었습니다. 하하하"

"그럴 만하지요."

"그 청년이 좀 심하긴 했지만, 나는 이해가 되어 혼자 웃었습니다. 따지고 보면 이런 일은 우리 주변에 허다합니다. 내 친구 병원에서 위급환자를 거절했다가 대학병원으로 옮기는 사이에 숨이 넘어간 일이 있었는데, 그때 이 지방 매스컴이 벌컥 뒤집혔습니다. 금전만능이 어떻고 인명 경시가 어떻고, 매스컴이 총동원돼서 그 병원에 집중타를 퍼부었습니다. 그렇지만, 만약 그 병원에서 그런 위급환자를 받았다가 죽어보세요. 그 병원은 이만저만 타격이 아닙니다. 환자 가족한테 시달리는 건 둘째고 당장 환자가 떨어집니다. 의술이 인술이기는 하지만 병원도 장사가 아닙니까? 그런 경우 매스컴이 할 일은 일방적으로 인술만을 내세울 게 아니라 큰 병원으로 가도록 계몽을 하는 게 옳은 일일 겁니다."

"그런데 원 계장은 인사 한마디 없는 그런 야박한 작자들을 상대로 무엇 때문에 일부러 이런 데까지 쫓아다니며 사서 고생을 하십니까?"

"하하, 한창 힘이 팔팔할 때는 사람을 살려놓고 만인 앞에서 으쓱거리는 기분이 괜찮더군요. 지금 생각해보면 물에 빠진 사람을 끌고 나오다가 들러리로 죽을 뻔했던 일이 여러번이었습니다. 그러다보니 지금은 너무 전문가가 되어버렸어요."

"전문가? 네, 전문가! 하, 결국 그러니까 인술이군요."

"인술? 글쎄 이게. 허허."

그는 멀겋게 웃었다.

"이런 일을 하신 지 몇년이나 되셨습니까?"

"그럭저럭 지나다보니 십오년이나 되어버렸습니다. 하하하."

소탈하게 웃는 웃음소리가 그 우람한 체구만큼 듬직하게 느껴졌다.

"십오년, 십오년!"

십오년이 아까 오십명이라고 할 때와는 달리 내 가슴에 뭉클한 파도를 일으켰고, 적십자사 계장이란 직책이 너무 초라하게 느껴졌다.

"그런데 금방 죽게 된 사람을 건져냈으니 생명의 은인인데, 어째서 그렇게들 야박할까요?"

원 계장은 내 물음에 다시 한번 웃었다.

"하하. 글자 그대로 생명의 은인이지요. 그런데 인사치레를 하자면 생명의 은인으로 어마어마하게 대접을 해야 할 판입니다. 그런데 자기의 행위가 죽음을 실감하기에는 너무 갑작스런 일이고, 또 그렇게 됐던 계기가 창피하기 짝이 없는 실수거든요. 결국 병신 꼴을 인정하고 나서야 하는데, 그런 실수를 죽음과 연결시켜 그 은혜를 정면으로 받아들이려면 상당한 교양이 있어야 하겠지요. 그렇지만 그만한 교양이 있는 사람이면 처음부터 그런 실수를 하지 않았을 거예요."

"그러니까, 결국 형편없는 사람들만 살려내는 꼴이군요."

"사실 사람을 살릴 때 이편의 수고란 것도 따지고 보면 무슨 대접을 받기에는 너무 미미하잖습니까? 처음에는 좀 괘씸하기도 했지만, 모두가 그러거니 생각하니까 요사이는 아무렇지도 않습니다."

"그렇지만 결과가 죽음인걸요."

"글쎄, 따지면 그렇지만 죽음이란 게 어디 쉽게 이야기할 수 있는 건가요?"

"허허."

"그런데 아까 너무 전문가가 되어버렸다고 좀 주제넘은 말을 했습니다만, 요사이는 그런 일이 생기려면 예감이 좀 이상합니다. 기후하고 관계가 있는지 모르겠어요. 이상하다 싶으면 바짝 긴장을 하는데, 그런 날은 대개 사고가 납니다."

그는 담담하게 말했다.

"저도 좀 배우고 싶은데 될까 모르겠습니다. 헤엄은 좀 칠 줄 압니다만……"

"헤엄만 어느정도 자신 있으면 요령은 쉽습니다. 그렇지만 위험해요."

"빠져 허덕거리는 녀석한테 붙잡히면 위험하겠죠?"

"그렇습니다. 그게 제일 위험합니다. 물에 빠지면 지푸라기도 잡는다는 속담이 있잖습니까? 지푸라기가 아니고 사람을 붙잡으니까 이만저만 세게 틀어잡는 게 아닙니다."

"죽는 판이니 글자 그대로 사력을 다하겠죠."

"한번은 두녀석이 한꺼번에 빠졌는데, 그 두녀석한테 붙잡혔습니다. 제일 위험한 게 뒤에서 목이 감기는 건데 한녀석은 뒤에서 내 목을 감았어요."

"저런!"

"그렇게 붙잡히면 방법은 한가지밖에 없습니다. 아무리 후려쳐도 안 되고 무작정 물속으로 들어가야 합니다."

"하하! 물에 빠진 녀석들이라 물로 닦달하는군요. 하하하."

"그렇지만 뒤에서 목이 감겨놓으면 이쪽에서 먼저 숨이 막히기 때문에 그 팔부터 풀어내야 되지 않겠습니까? 한사람이라면 간단한 방법이 있는데, 한녀석은 또 앞에서 엉겨들었습니다. 하마터면 큰일날 뻔했는데, 한창 힘을 쓸 때라 용케 풀려났습니다."

"그들을 살리긴 살렸습니까?"

"살렸지요. 물속에서 한참 붙잡고 숨이 넘어가기를 기다렸다가 끌고 나왔지요."

"그 녀석들도 인사도 없이 뺑소니였습니까?"

"송장이 다 된 것을 살려냈으니 꼴이 뭐가 되겠습니까? 남녀였는데 인공호흡을 시키느라 이 녀석 저 녀석이 달려들어, 빨고 주무르고 해놨으니, 창피해서 인사할 경황이 있겠어요?"

"빨긴 왜 빱니까?"

"잘 모르시는군. 빠는 게 아니고 코로 바람을 불어넣는 거죠. 우선 그렇게 불어넣는 게 손쉽고, 다급한 판이라 그래야 직성이 풀립니다."

"그러니까 같은 값이면 다홍치마라고 기왕 빠지려면 여자가 빠지는 쪽이 건지는 쪽에서도 신명이 나겠습니다그려."

"하하, 그러고 보니 김 선생이 배워놓으면 잿밥에만 정신이 쏠리겠는걸요!"

두사람은 한참 웃었다.

원 계장과 이런 얘기를 하다가 스르르 잠이 들었는가 할 때였다. '아이고!' 하는 비명소리와 함께 차체가 휘청 한쪽으로 쏠리는 것 같았다. 깜짝 놀라 소스라쳤다. 우두둑 튀기는 소리가 나며 차체가 넘어지고 있었다. 나는 반사적으로 앞 손잡이를 힘껏 틀어쥐었다. 내가 할 수 있는 동작은 그것뿐이었다. 차가 옆으로 쿵 눕자 바로 내 눈앞에서 우두둑 유리창이 깨지며 시퍼런 유리조각이 튀었다. 차가 한번 더 굴러 내 머리가 거꾸로 곤두박이는 것 같았다. 차체가 휘청하다 말고 유리창을 깔고 우당탕 옆으로 누웠다. 차는 길옆 큰 소나무에 걸려 죽은 짐승처럼 누워 있고, 바퀴들은 공중에서 헛돌고 있었다. 차가 한바퀴만 더 굴렀더라면 그 아래 낭떠러지로 떨어졌을 텐데, 공교롭게 그 소나무에 아슬아슬하게 걸려 옆으로 누워 있었다.

차가 넘어진다는 것을 느끼는 순간, 나는 꼭 자동차만 한 무게에 눌려서 전혀 어떻게 몸뚱이를 운신할 수가 없었다. 특히 손잡이를 잡은 내 팔에는 보릿자루같이 큼직한 것이 얹혀 꼼짝할 수가 없었다. 그렇게 꼼짝할 수 없는 상태에서 내 온 신경은 깨진 유리창 쪽으로만 쏠렸다. 유리창이 깨져 시퍼런 유리조각이 튀는 걸 너무도 맑은 정신으로 보았는데, 다행히 내 볼이 닿는 부분은 유리창이 아니었다. 만약 내 볼이 닿는 부분이 유리창이었더라면 내 볼은 깨진 유리조각에 엉망이 되었을 것이고, 또 내가 손잡이를 놨더라도 역시 엉망이 되었을 것이다.

그런데, 그때 나는 만약 차가 뾰족한 바위라도 깔고 넘어져 그것이 내 볼 밑에서 솟아오른다면 내 몸뚱이를 누르는 이 무게에 내 머리는 그대로 으깨지고 말겠다는 생각을 했다. 그러나 겁이 난 게 아니고, 그렇게 되면 이렇게 죽는다는 것을 뻔히 알면서 머리가 으깨지며 의식작용이 그치겠다고 생각하며, 이렇게 죽는 수도 있는가 하는 지극히 한가한 생각을 하고 있었다. 옴나위를 할 수 없는데 그런 한가한 생각이 떠올랐던 것 같았다.

이것은 물론 그다음 순간이겠는데, 차체가 구르던 기세로 휘청해서 거꾸로 곤두박이는 순간, 한바퀴 더 구르면 이 답답한 상태에서 벗어날 수 있겠다는 생각이 들어 그에 대비를 하려고 했다. 그러나 더 구르지 않고 반대편으로 쿵 구르자 내 몸뚱이는 더 다져지며 폭삭 눌렸다. 몸뚱이보다 어깨에 더 큰 무게가 느껴졌다. 그때까지 내 눈은 줄곧 시퍼런 유리조각에만 멈춰 있었다. 따지고 보면 전부가 이삼초가 될까 말까 한 순간이었으나 나는 너무도 분명하게 그 순간순간을 기억할 수 있다.

차체가 모로 자리를 잡아 눕자 차 안이 잠시 수런거리는가 싶더니, 어느새 내 몸뚱이가 가뿐하게 풀렸다. 승객들은 벌써 운전석 앞 깨진 유리창으로 기어 나가고 있었다. 차가 운전석 쪽으로 뒤집혔기 때문에 출입문은 공중으로 올라가버리고, 운전석 앞 유리창이 비상통로가 된 것이다. 앙상한 차 속에 덜렁 나 혼자였다. 만약 불이라도 났더라면 나 혼자 죽을 뻔했다는 생각이 뒤미쳤다. 차가 그런 꼴로 뒤집혀지자 차 안은 온통 앙상한 쇠붙이로 변해서 금방 나한테 달려들 것 같았다. 나는 경황 중에도 다시 차 안을 한바퀴 둘러보고 무덤 속을 빠져나오듯 그 앙상한 쇠붙이를 밟고 밖으로 나왔다.

승객은 이십여명이었는데 중년 부인 한사람이 땅바닥에 엎디어 있을 뿐, 모두 제 발로 걸어 다니고 있었다. 저 여인도 제 발로 걸어 나왔을 것이므로 대단치 않겠다고 생각했다. 원 계장은 저만치서 열두어살 난 어린애 피 흐르는 손을 손수건으로 묶어주고 있었다. 원 계장 곁으로 가려다 여인이 늘어져 있는 꼴이며, 신음소리가 예사롭지 않아 일으켜보려고 손을 내밀었다. 그런데 내 팔이 말을 듣지 않았다. 제대로 움직여지기는 하는데 소아마비 걸린 것처럼 도무지 힘을 쓸 수가 없었다. 겁이 더럭 났다. 아까 그 보릿자루 같은 것한테 깔렸을 때 삔 모양이다. 팔꿈치의 관절 부분이 무지근했다.

도로의 아래 냇가로 내려가 찬물에 한참 담그고 있다가 올라왔다. 원 계장이 여인을 돌보고 있었다. 여인의 가슴팍에 피가 흥건했고 얼굴이 사색이었다. 중상인 모양이었다. 그러고 보니 아까 곁에 있던 사람들은 너무 놀라 여인을 돌볼 경황이 없었던가? 반대쪽에서 버스가 한대 왔다. 원 계장이 여인을 떠안고 버스 쪽으로 갔다.

"아이고, 나 죽으면 우리 새끼들 어쩔꼬?"

여인은 버스에 실리는 사이 잦아드는 소리로 계속 자식 타령이었다. 원 계장은 사고 차 안내원 아가씨한테 뭐라 몇마디 일러서 달려 보냈다.

"이럴 때 보면 죽고 사는 것이 다 적저금 운수소관이여. 아무리 죽을 자리에 뛰어들어도 운수가 닿아야 죽지, 운수가 쎄면 일부러 죽으려도 안 죽어."

허우대가 멀쩡한 서른두셋쯤의 젊은 녀석이 길가 바위 위에 달랑 올라앉아서 한가하게 뇌까리고 있었다. 그러고 보니 그 녀석은 아까부터 거기 앉아서 시시덕거리며 뭐라 그런 소리를 뇌까리고 있었던 것 같았다.

"사람이란 것이 이랄 때 보면 뒤에서 돌보는 것이 있는지 없는지 알거든!"

"야, 이 새끼. 너 이리 내려와!"

나는 녀석을 노려보고 있다가 버럭 고함을 질렀다. 녀석은 뻥한 눈으로 나를 내려다보고 있었다. 성큼 쫓아 올라갔다. 멱살을 잡고 주먹을 들었다. 그러나 팔이 말을 듣지 않았다. 내친 서슬이라 발로 녀석의 아랫배를 질러버렸다.

"이 자식아, 운수소관이니까 사람이 죽어가는데 구경만 하고 있었냐?"

녀석은 뒤로 나가떨어진 채 벼락 맞은 꼴로 나를 쳐다보고 있었다.

"왜 사람을 치요?"

녀석은 한참 쳐다보고 있다가 일어서며 달려들 기세였다. 원 계장이 내 곁에 와 있었다.

"이 자식아, 그 알량한 운수소관으로 살아났으면 다친 사람은 돌봐야 할 게 아냐? 이 걸레 같은 자식아!"

녀석은 제 잘못을 알아차려 그랬던지, 체구가 우람한 원 계장이 나하고 일행인 것을 알고 그랬던지, 뭐라 구시렁거리며 눈길을 거뒤갔다.

나이 먹고 사람을 쳐보기는 처음이었다. 그러니까 나도 그만큼 흥분하고 있었던 것 같았다.

하여간, 이번 교통사고는 내가 죽음에 가장 가까이 얼굴을 맞대본 그야말로 희귀한 경험이었다. 평소 별로 침착한 성격도 아니던 내가 그 몇 순간은 아주 차근했던 것 같았다. 두어시간 뒤에 차를 바꿔 타고 자리를 잡아 앉자 그 순간순간 기억들이 다시 되살아났다. 그중에서 이렇게 죽는다는 사실을 빤히 알면서 죽는 수도 있는 가 생각이 떠올랐다.

원 계장의 옆모습을 보는 순간 아까 나를 짓눌렀던 게 바로 원 계장 몸뚱이였다는 생각이 머리를 쳤다. 이건 정말 어처구니없는 일이었다. 그때 원 계장이 내 옆자리에 앉아 있었으니, 차가 뒤집힐 때 나를 짓누른 게 원 계장일 거란 건 너무도 뻔한 일인데, 나는 여태까지 전혀 그 사실을 깨닫지 못하고 있었다. 차가 구르다가 멈췄을 때 손잡이를 잡은 팔에 느낀 무게는 원 계장의 몸무게였으며, 몸이 풀렸던 것도 나를 깔고 있던 원 계장이 일어섰기 때문인데 나는 그것을 보릿자루 같은 것으로만 느꼈다.

교통사고라는 엄청난 사태에서는 으레 있을 것 같은 무슨 당연한 사실로만 받아들이고 있었던 것이다. 그래서 나를 짓누른 게 무엇이었던가에 대한 구체적인 생각은 없었던 것이다. 그러니까 그런 고정관념에서 내가 깨어난 것은 의문이라는 반성의 형태로서가 아니고, 말하자면 잠을 깨는 것 같은 것이었다.

그럼 원 계장은 어쨌을까? 그는 내 몸뚱이를 깔고 아주 편안하고 안전하게 위기를 넘긴 것인데, 그 밑에 깔려 죽을 뻔한 사람이 있었다는 사실을 알고 있었을까? 밑에 깔린 사람이 그걸 몰랐으니, 깔고 있던 사람은 말할 것이 없는 일이다. 내 눈은 계속 깨지는 유리조각에만 멈춰 있었기 때문에 몰랐는데 그때 원 계장의 눈은 어디에 멈춰 있었을까? 나는 옆에 앉아 있는 원 계장을 돌아보았다. 우람한 체구가 갑자기 징그럽게 느껴지고, 다정하게 얘기하고 가던 사람들이 그토록 순식간에 보릿자루로 느껴질 정도로 멀어져버릴 수가 있는지 좀 허망한 생각이 들기도 했다.

여름에 배 여행은 신선놀음이었다. 우리는 소주와 오징어를 사 들고 위층 갑판으로 올라갔다. 뭘 깔고 자시고 할 것도 없었다. 그 대로 갑판 위에 널리 퍼더버리고 앉아 차근하게 술판을 벌였다.

멀고 가까이 그림처럼 떠 있는 섬이며 시원한 갯바람이 술자리 의 운치로는 이만한 데가 쉽지 않을 것 같았다.

"그러니까, 민요 수집이라면 노랫가락 같은 것을 할머니들한테 읊조리게 해서……"

"맞습니다. 지금 나이 든 할머니들이 계속 세상을 뜨기 때문에 중요한 문화재가 사라져가고 있는데, 너무 소홀히 여기고 있으니 안타깝습니다."

"그렇게 말씀하시니까 생각납니다만, 그보다 더 중요한 일도 사 라져가고 있는 게 있습니다."

"더 중요한 일이라뇨?"

원 계장이 내민 잔을 받으며 물었다.

"한말 의병 있잖습니까? 전국 각지에서 일어났던 그 의병들에 대한 조사가 거의 안 돼 있더군요."

"맞습니다. 그런데 원 계장이 어떻게 그런 일까지 아십니까?"

나는 원 계장이 그걸 알고 있다니 뜻밖이었다.

"실은 제 할아버지가 의병장이었습니다. 한일합방 직전에 참살 당하셨지요."

"아아, 그래요?"

나는 오징어를 찢던 입을 멈추고 감격했다.

"별로 유식한 분도 아니라 대단한 투쟁 경력이나 업적을 남기시지도 않으셨습니다. 실은 말이 의병장이었지, 서너 동네 청년 사오십 명을 모아 대창을 들고 나가셨던 모양인데, 변변히 싸워보지도 못하고 일본군 신식 총에 거의 학살을 당하셨다고 합니다."

"그러면, 제3기 의병이었습니다. 정말 훌륭한 선조를 두셨습니다."

나는 감격하지 않을 수 없었다.

"감사합니다. 그런데 조상 팔아먹고 싶은 생각은 없지만, 그런 분들 공적이 너무 소홀히 취급되고 있는 것 같아 화가 납니다."

"부끄러운 일이죠. 조상한테 부끄러운 일이 그것뿐만 아닙니다마는, 특히 그때 그 의병투쟁은 너무나 소홀하게들 생각하고 있는 것 같아요."

"의병도 그때 의병이 본때 있게 싸운 것 같죠?"

"그렇습니다. 민비 시해 때나 을사보호조약 때 1, 2기 의병들은 모두 글만 읽던 나약한 유생(儒生)들이라, 의병입네 하고 요란만 떨었지 왜놈들이 총 한방 쏘면 풍비박산 쥐구멍 찾기에 바빴습니다. 그뒤 농민들이 일어나자 왜놈들도 놀란 것 같았습니다. 그게 제3기 의병입니다."

"사실은 그 3기 의병도 단연 전라도가 으뜸이었지요?"

"잘 아시겠지만, '남한대토벌작전'의 남한이란 지금처럼 한반도 남쪽 반이 아니고 바로 전라도였습니다."

"1기, 2기 때는 전라도가 별것 없었는데, 3기에 와서야 농민들이 그렇게 거셌던 이유가 무엇 때문이었을까요?"

원 계장은 나한테 잔을 넘기며 물었다.

"어느 책에 보니까, 그 남한대토벌작전 사령관이란 작자가 이런 말을 했다더군요. 이 전라도는 옛날 분로꾸케이쪼오(文綠慶長, 壬辰倭亂) 때 대일본 군대의 말발굽이 제대로 미치지 못했기 때문에, 이 놈들이 분수없이 날뛰고 있다. 차제에 대일본 군대의 용맹을 유감없이 발휘하여 천황 폐하의 위엄이 산간벽지까지 떨치게 하라고 했다는 것입니다."

"그러니까, 전라도는 임진왜란 때 일본군 맛을 보지 않은 곳이라 의병이 많이 일어났다는 것입니까?"

"그것은 그 자식들이 하는 말이 그렇다는 것이고, 동학농민전쟁 후손들이 그때 응어리졌던 원한이 다시 터져 나온 것이라고 보는 게 옳을 것입니다."

"그럴 것 같군요. 그런데 일본의 남한대토벌작전은 정말 잔인했던 것 같더군요."

원 계장은 남의 이야기를 잘 받아주는 사람이었다. 자기도 뻔히 알고 있으면서도 알은체하지 않고 이쪽의 신명을 알맞게 돋워주었다.

"『매천야록(梅泉野綠)』을 보면 그때 길거리에 사람 구경을 할 수 없었다니 말 다했죠. 그 사령관이란 녀석이 용맹을 유감없이 발휘하라는 말은 멋대로 학살하라는 소리가 아니고 뭐였겠습니까?"

"우리 동네 가면 의병굴이 있는데, 거기에 의병들이 숨어 있었다던가, 거기다 잡아다 죽였다던가, 하여간 그건 확실치는 않은데 그것도 그때 생긴 이름 같아요."

"의병골이 있다는 말은 들어봤지만, 의병굴이 있다는 말은 첨 듣습니다."

"국사 교수들 말입니다. 그런 걸 보면 그 교수란 사람들 뭘 하고 있는지 이해가 안 갑니다. 저의 할아버지 행적을 정리하려고 그 분야 자료를 찾아봤더니 이건 숫제 황무지더군요. 방금 그 의병골과 의병굴만 하더라도 그런 이름이 붙을 정도라면 의병들이 그만큼 대단하게 싸웠을 것입니다. 그런데 그곳 주민들도 깜깜하고 조금 알고 있는 사람들도 말이 헷갈리고 있으니 이게 뭡니까? 남의 나라 군대를 끌어다가 제 민족을 쳐부순 일은 삼국통일 어떻고 요란을 떠는데, 그런 일은 일판이 크니까 대단한 일이고 제 나라를 찾으려고 왜놈들과 맨주먹으로 싸우다 죽은 사람들은 농투성이들이니까 무시해도 좋다는 겁니까?"

원 계장의 우람한 목소리도 목소리지만, 그이 말에 나는 연신 고개만 끄덕였다. 그는 술을 마시고 말을 계속했다.

"나는 역사뿐만 아니라 학문 쪽으로는 깜깜한 사람입니다. 그렇지만 아무리 무식한 사람의 소견이라 하더라도 그게 사람이 하는 일이다 보면, 나름대로 짐작이 있는데, 도대체 이건 너무한 것 같더군요."

"그렇습니다. 요사이 초등학교에서 조상의 빛난 얼이 어떻고 하며, 베틀이야 물레야 미투리야 이런 것이나 모아서 민속실이라 꾸며놓고, 바로 그 속에 조상의 얼이라도 들어 있다는 것처럼 떠들고 있습니다. 그 학교 바로 뒤에 있는 의병굴은 학생도, 선생도 깜깜한데 그런 건 알아볼 생각도 않습니다. 민속실 그 자체가 어떻다는 것이 아니라 의병굴 같은 그야말로 빛나는 조상의 얼이 담겨 있는 것은 내던져놓고, 미투리나 만지고 있는 게 얼빠진 수작이라 이겁니다."

우리는 어느새 술을 두병째 비우고 있었다.

"의병굴 이야기니까 말씀입니다만, 우리 동네는 더 기막힌 일도 있습니다. 아까 그 의병굴 바로 건너편에 요새 고관으로 휜칠하게 출세한 자가 자기 아버지 묘를 치장해 왕릉만큼 요란스럽게 꾸몄는데 그 아비가 어떤 작자인지 아십니까? 일본 경찰로 악명을 떨쳤던 작자입니다. 바로 그 건너편 산에는 한말 의병으로 나갔다가 일본군한테 쫓겨 몰살을 당한 의병굴이 있는데, 그 의병굴에서 돌아가신 선조들은 우리나라가 지금도 일본에 합방되어 있는 줄 알 것입니다. 그러지 않고서야 자기들은 내던져놓고 왜놈 경찰 뒷등이 그렇게 화려하게 치장될 줄은, 비록 귀신이라 하더라도 쉽게 상상하지 못할 것입니다. 이러고도 독립된 나라 백성들이라고 국위 선양이 어떻고, 역사가 어떻고 떠벌리고 있으니 한심하죠."

"허허, 원 계장 고향 좀 알아둡시다. 그런 일은 사진으로 찍어다 세상에 알리게요."

"그분들이 나라 위해 싸울 때 그런 것 바라고 싸운 것 아니지만, 그런 일은 정말 너무한 것 같습니다."

"원 계장이 물에 빠진 사람을 보고 물에 뛰어들 때 사례를 바라고 뛰어든 건 아니겠지만, 얼굴에 대패질하고 달아나버리면 사례를 바라지 않았던 만큼 더 괘씸할 것 같아요. 그거나 마찬가지죠."

"무슨 일이든지 목숨 걸고 할 때는 세속적인 차원을 떠난 것인데……"

"하여간, 원 계장의 그 봉사정신도 역시 뿌리가 있다 싶으니까 이해가 됩니다."

"사람 무안 주지 마십시오. 하하하."

원 계장은 잔을 건네며 걸쭉하게 웃었다.

"뿌리가 있다는 건 물론 핏줄을 이야기한 것입니다마는, 그런 것도 유전인지 어쩐지는 모르겠는데 가풍에는 그런 정신이 배어 있잖겠어요?"

"글쎄요, 아버님이나 숙부님들한테서 할아버지 이야기는 많이 들었고 그때마다 감동했지요. 자부심도 느꼈고."

나는 사흘간의 수집을 끝내고 원 계장과 약속대로 그 해수욕장으로 나갔다. 해수욕장은 이 킬로가 넘는 모래사장이 경사도 완만하고, 바다에서 나와 몸을 씻을 육수도 충분하여 교통만 좋다면 일류 해수욕장이 될 조건이었다.

봉사활동을 끝낸 학생들은 그동안 시커멓게 탄 몸을 바닷물에 잠그고 구조훈련에 열심이었다. 그때 물속에서 움직이는 원 계장은 방죽에 뛰어든 오리 같았다. 네 손발을 유연하게 움직여 자유자재로 몸을 놀리는 모습은 보는 쪽에서 해방감이 느껴질 지경이었다. 나는 천막 안에 앉아서 원 계장 헤엄치는 모습을 황홀한 눈으로 바라보고 있었다. 저만치 가상 익사자를 놔두고 시범을 보일 때 원 계장이 크롤로 솟구쳐 나가는 기세는, 마치 먹이를 보고 아래로 내리꽂히는 독수리 같았다. 너무 전문가가 되어버렸다던 말이 떠올랐다.

그날은 점심 먹고 나자 파도가 심해 이론 강의를 했다. 태풍이 몰려오고 있는 날씨라 바다가 허옇게 뒤집혔다. 원 계장은 적당히 익살을 섞어가며 자기 경험담을 바탕으로 물속에서 주의할 점을 여러가지로 설명했다. 특히 물에 빠져 허우적거리는 사람을 보면 어지간히 수영을 하는 사람은 금방 뛰어들고 싶은 충동을 느낀다며, 그게 가장 위험한 순간이라고, 그때는 냉정하게 자기 능력을 생각하여 대들어야 한다고 했다.

"익사자가 완전히 숨이 넘어가 가라앉아버린 경우가 있습니다. 시간상으로 살려내기 틀렸다고 판단되면 그때는 절대로 들어가면 안 됩니다. 숨이 넘어가서 물밑으로 가라앉으면 그 앉아 있는 모양이 꼭 물귀신 같습니다. 눈을 허옇게 까뒤집은 송장이 손을 이렇게 벌리고 있다가, 욱!"

원 계장이 눈을 크게 뜨고 두 손을 벌리며 '욱!' 하자, 학생들은 '어이쿠!' 기겁을 하며 몸을 뒤로 피했다. 한참 웃었다.

"실제로 그렇게 달려들 자세를 하고 있는 경우가 많습니다. 영웅심에 붙잡혀 무작정 들어갔다가 물속에서 그런 꼴을 보면 기절할 지경입니다. 당장 기절은 않더라도 너무 겁을 먹고 솟구쳐 나오다가 경련이라도 일으키면 그게 바로 사고의 원인입니다. 익사의 가장 큰 원인은 수중공포증이라고 했지요? 멀쩡하게 헤엄치다가도 물귀신이나 물구렁이가 쫓아온다는 환상에 쫓겨 무리를 하다가 사고가 나기도 합니다. 그런데 진짜로 아까 그런 물귀신을 물속에서 만나면 어쩌겠어요? 아무리 철판 심장이라도 넋이 나갑니다. 하여간 전혀 예기치 않은 일이 허다하니 항상 조심해야 합니다. 더구나 오늘같이 이렇게 파도가 세면 헤엄이 아무리 능란해도 튜브 같은 부구(浮具) 없이는 그건 자살행위입니다."

원 계장 말에 수강생들은 겁먹은 표정으로 고개를 끄덕였다.

"여러분은 이제 수중구조의 요령을 대충 터득했고, 이만하면 기술이나 체력이나 크게 손색이 없으니 수중구조 자격증에 해당하는 이수증을 받게 됩니다. 그런데 수중구조 자격 가운데서 가장 중요한 자격은 사실은 이런 기술 문제가 아닙니다. 구조기술은 세번째, 네번째 자격에나 해당하고 그보다 중요한 자격은 다른 데 있습니다. 그 가장 중요한 자격이 뭐냐? 그것은 사람이 눈앞에서 물에 빠져 구조를 해달라고 아우성을 칠 때 여러 조건이 내 능력으로 구조가 가능하냐를 판단하는 능력입니다."

수강생들은 손끝 하나 꼼짝하지 않고 원 계장 말에 집중하고 있었다.

"익사자와의 거리, 기상조건, 자기 컨디션, 기타 사정을 종합하여 내가 저 사람을 충분히 건져내겠는가 여부를 냉정하게 판단해야 합니다. 이게 물에 빠진 사람의 들러리 죽음을 하느냐, 않느냐의 여부를 결정하는 일입니다. 우선 자기가 죽느냐, 사느냐를 결정하는 일이니까 그만치 냉정하게 판단해야 하는데, 사람이 빠져 아우성을 치고 있으면 평소에 상당히 침착한 사람도 좀해 냉정을 유지하기 어렵습니다. 그러니까, 처음부터 냉정하게 자기 능력을 실제의 반으로 잡고, 그 기준에서 판단하라 이겁니다. 평소 백 미터 구조가 가능했던 사람은 오십 미터로 잡고 판단해야 합니다. 그래도 내 경험으로는 나 자신의 능력을 과대평가했던 경우가 한두번이 아니었습니다.”

원 계장 표정은 진지했고, 학생들은 손끝 하나 까딱하지 않고 듣고 있었다.

“실은, 지금까지 한 말이 두번째 조건이고 더 중요한 것이 있습니다. 그러면 수중구조의 자격요건 가운데서 가장 중요한 첫번째 조건은 무엇인가? 그것은 자기 능력으로 구조하기 어렵겠다고 판단됐으면 절대로 덤비지 않고 자제할 수 있는 자제력입니다.”

얼핏 들으면 맹물 같은 소리인데, 원 계장은 진지하게 말하고 있었다.

“여기에는 두가지 무서운 적이 있습니다. 영웅심이란 악마와 설마라는 악마입니다. 이 두 악마는 특히 젊은 혈기에 기생하는 악마라 다른 일에서도 그 무서운 얼굴을 나타내지만, 특히 이 수중구조에서는 한층 요사스럽게 기승을 부립니다. 생각해봅시다. 물속에 사람이 빠지는 것은 해수욕장같이 사람이 많이 모이는 곳입니다. 그 수많은 사람이 보고 있는 속에서 물에 빠져 허덕이는 사람을 닦달해서 겨드랑이에 끼고 나오는 모습은 이만큼 멋있는 일도 많지는 않을 것입니다. 영웅심이 발동하기에 얼마나 좋은 조건입니까? 그때는 꼭 이렇게 생각하십시오.”

모두 숨을 죽이고 듣고 있었다.

“지금 물속에서 물귀신이 사람을 하나 잡아가면서 나까지 잡아가려고 내 영웅심에다 손짓을 하는구나, 이렇게 생각하는 겁니다. 그렇게 생각하고 나서도 그 물귀신의 아가리에서 사람을 빼앗아올 자신이 있으면 나가십시오. 그때는 물귀신과 함께 설마란 귀신도 거들고 있다는 사실을 잊어서는 안 됩니다. '설마가 사람 죽인다'는 속담은 아마 수중구조에서처럼 본때 있게 들어맞는 경우도 없을 것입니다. 결론을 말씀드리면 여태 내 경험으로 미루어 이게 사람이 죽고 사는 일이라 그런지, 평소에는 도저히 생각할 수 없는 여러가지 불가사의한 일이 엉뚱하게 일어난다는 것입니다."

그때 무슨 일인지 윗동네 젊은이가 찾아와 원 계장이 잠시 자리를 떴다. 그사이 잡담을 하던 학생들 눈이 갑자기 바다 쪽으로 쏠렸다.

등산복 차림의 학생 칠팔명이 배낭을 지고 모래사장으로 뛰어들고 있었다. 활활 벗고 물로 뛰어들 줄 알았더니 그게 아니었다. 배낭을 진 채 모래사장 한쪽에 매여 있는 조그마한 채취선으로 뛰어올랐다. 녀석들은 마치 도적질이라도 해서 도망치는 도둑놈들처럼 다급하게 배를 띄우더니 노를 걸었다. 이 모래사장에 배라고는 이 채취선 한척과 모래사장 저쪽 끝에 전마선 두척이 매여 있을 뿐이었다. 이 배들은 정치망 어장에서 그날 정치망에 들어 있는 고기를 잡아온 배 같았다. 아까 저 배가 들어오는 것을 기다렸다가 학생들이 싱싱한 전어를 사온 일이 있었다.

"저 자식들 또 사고 쳤구나!"

내 곁에 앉았던 학생이 몹시 아니꼬운 눈초리로 그들을 쏘아보며 혼잣말로 뇌었다. 저 녀석들은 처음부터 형편없는 건달패들로 이웃 섬에서 사고를 내고 이 섬으로 쫓겨 왔다는데, 여기 와서도 남의 외밭에서 참외를 따다 먹는가 하면, 남의 닭도 잡아다 먹는 등 못된 짓만 했다는 것이다.

"그러니까 도시 사람들이 한쪽에서는 봉사하고, 한쪽에서는 피해를 주고 있었군! 하하."

"정말 창피해서 견딜 수가 없습니다."

나는 웃었으나 학생들은 아니꼬운 눈으로 그들을 노려보고 있었다. 그들은 노 젓는 솜씨가 제법이어서 상당히 거센 파도를 헤치고 힘차게 나가고 있었다.

"그럼 도망치면 어디로 가는 거지?"

"저 건너편 섬으로 가겠죠."

"저런 형편없는 작자들이구먼."

녀석들은 노 하나에 두녀석들이 붙어 뱃전에 발을 버티고 힘껏 저었다. 조그마한 채취선은 힘차게 머리를 내두르며 파도를 박차고 나갔다.

"으여차, 으여차!"

소리를 맞춰 신나게 노를 저으며 우리한테 손까지 흔들었다. 배는 이따금 큰 파도에 받혀 뺨 맞은 얼굴 돌아가듯 뱃머리가 홱홱 밀리며 물보라를 튕겨 올렸다. 원체 그악스럽게 저어대는 바람에 배는 큰 파도도 쉽게 가르며 내달았다.

"노 젓는 솜씨가 바닷가에 사는 녀석들 같군. 이 섬 애들일까?"

"글쎄."

원 계장은 그들은 보며 돌아와 이야기를 계속했다.

"그런데, 나는 이런 훈련을 시키고 나면 뒷맛이 좋은 것이 아니라 오히려 마음이 무겁습니다. 그것은 앞에 말한 노파심 때문입니다. 내가 괜한 것을 가르쳐 멀쩡한 젊은 녀석을 되레 위험에 빠뜨린 것이 아닌가 싶기 때문입니다. 수중구조 자격은 방금 말한 첫째, 둘째 조건을 따져 주어야 하는데, 그것은 테스트할 방법이 없으니까 결국은 자격 여부를 제대로 따지지 않고 주는 엉터리 자격증을 주는 셈입니다."

그때였다.

"아이고."

힘차게 노를 젓던 그 작자들이 뱃전 밖으로 휘청 쏠리며 네 몸뚱이가 그대로 물속으로 쑥 들어가버렸다. 물에 박혔던 노 끝이 깃대처럼 번쩍 하늘로 솟아올랐다. 그 순간 중심을 잃은 배는 파도에 옆구리를 받혀 나뭇잎처럼 엎어져버렸다.

"아이고, 노끈이 끊어졌구나!"

모두 일어서며 그대로 굳어버렸다.

머리가 하나 떠올랐다. 그 머리도 금방 파도 속으로 묻혀버리고, 또 두개의 머리가 떠올랐다. 지켜보고 섰던 원 계장이 웅성거리는 학생들 쪽으로 돌아섰다.

"학생들은 아무도 절대로 나를 따라오면 안 돼!"

침착하나 단호하게 명령하며, 빨갛고 하얀 무늬 수영모를 쓰며 턱밑에서 조여 맸다. 바닷가로 달려가 바다로 뛰어들었다. 파도를 박차고 힘차게 나갔다. 파도를 타지 않고 크롤로 파도를 뚫고 나갔다. 마치 고래가 물을 가르고 가는 기세였다. 그러나 삼백여 미터의 거리는 너무 멀고 파도가 너무 거칠었다. 원 계장 속력도 그만큼 늘어졌지만 그 기세로 채취선에 어지간히 접근했다. 그러나 엎어져 고래 등같이 민틋한 배 등 위로 올라가지는 못할 것 같았다. 바다에서 허우적거리던 머리들은 둘만 파도에 묻혔다가 솟아났다 할 뿐이었다. 원 계장이 어지간히 접근했다.

"배를 뒤집지는 못할 텐데요."

배를 뒤집어야 배 안으로 끌어올린 것인데, 그게 어려울 거란 말이었다. 배가 뒤집히면 속에 든 공기 때문에 그대로는 좀처럼 일으키기 어렵다는 말을 나도 들은 적이 있었다.

원 계장의 빨갛고 하얀 수영모가 깜박거리는 머리들 곁으로 다가갔다. 원 계장이 하나를 붙잡았다. 배 곁으로 끌고 가려는 것 같았다. 그때 원 계장 뒤에서 갑자기 머리 두개가 솟아올랐다. 원 계장 뒤에서 목을 감았다. 넷이 한덩어리가 되는가 했을 때 엉킨 덩어리가 파도에 깜박 묻혀버렸다.

"아이구!"

뒤엉킨 머리들이 다시 솟아올랐다.

"아, 나왔다!"

다음 순간 다시 묻혀버렸다. 머리들은 다시 나타나지 않았다. 아까 나타났던 시간의 두배는 지난 것 같은데 나타나지 않았다. 배에 붙었던 녀석이 이쪽을 향해 고함을 질렀다.

"원 계장님은 어떻게 된 거야?"

학생들은 벌떡 일어나 바닷가로 몰려갔다. 원 계장의 빨간 머리는 다시 나타나지 않았다. 그 곁에서 깜박거리던 다른 머리들도 보이지 않았다. 학생들은 바닷가에 서서 보고 있었다.

"큰일났네."

"그 얼치기들 때문에 이게 뭐야?

"너무 전문가가 되었다고 하더니, 그런 얼치기들 때문에 이게 무슨 꼴이지?"

푸른 바다는 저 멀리 일망무제로 아득하고, 수평선 끝에는 커다란 화물선 한척이 종이배처럼 떠 있었다. 모래톱에는 자잘한 파도가 학생들 발등을 할랑할랑 어루만지고 있었다.

『월간문학』 1973년 9월호(통권 6권 6호); 2007년 7월 개고

흰 구름
저 멀리

그해 우리들 첫 낚시는 좀 빠른 편이었다. 나는 항상 혼자 다니다가 작년 가을부터 세사람이 한패로 다녔다. 봉제회사 한 사장과 고등학교 박 선생, 그리고 나였다. 그런데 한 사장이 지프를 사는 바람에, 그게 반은 낚시 목적이어서 우리는 그만큼 들떠버렸다. 거기다가 들뜬 이유가 또 하나 있었다. 이 앞 해 늦가을 마지막 손을 씻었던 저수지에 대한 미련이 너무 크게 남아 있었다.

그때는 나하고 박 선생 두사람만 갔는데, 월척을 서너마리씩 올린데다 마릿수도 살림망 둘째 테까지 치면했다. 낚시 경력 십년의 박 선생도 이런 일은 처음이라 했다. 한번 더 가자고 별렀었는데, 그다음 주에는 첫눈이 왔고, 그다음 주에도 날씨가 궂어 아쉬운 대로 그해 낚시는 손을 씻었다.

내내 같이 다니던 한 사장이 하필 그때 빠져, 그 이야기를 할 때마다 박 선생은 애석해 못 견뎠고, 그래서 이번에는 한 사장이 먼저 서둘렀다. 우리는 한 사장 차 신세를 지면서도 그런 기막힌 낚시 정보를 제공한다는, 낚시꾼 특유의 득의로 제법 뽐낼 수 있었다.

문제는 도로 사정이었다. 비포장이라 버스를 이용할 경우 한시간이나 차를 타고도 삼십여분은 걸었다. 그나마 거기까지 바로 가는 차가 없어 중간에 한번 갈아타야 했다. 이런 험한 곳을 편하게 갈 수 있다니, 사또 덕에 비장 나리 호사랄까, 모두가 느긋한 기분이었다.

"나는, 금년부터 박 선생은 낚시에서 손을 씻어버린 줄 알았더니, 이번에 보니 더 열성이더군요."

내가 핀잔 조로 나오자 박 선생은 멀젛게 웃었다.

"무슨 일이 있었습니까?"

한 사장이 참견했다.

"말씀 마시오. 회사에서 내는 사보에다 낚시 이야기를 썼는데, 낚시를 이만저만 깐 게 아닙니다."

"허허. 그게 깐 건가, 사실대로 말한 거지."

"낚시꾼을 나무꾼과 노름꾼에 비기고, 낚시질을 오입질에까지 비긴 게 깐 게 아니면 뭡니까?"

"그건 너무했는걸. 사실이라면 낚시계에서 파문을 시켜야겠어."

세사람은 한참 웃었다.

낚시꾼들 낚시 태도를 강조한 것인데, 독단이 있긴 했다. 낚시꾼들은 낚시질을 무슨 수도 행각이라도 되는 듯, 정신수양 어쩌고 미화하는데, 그게 '꾼'이나 '질'로 표현되는 것만 보아도 그건 정신수양과는 사뭇 번지수가 다르다는 것이다. 정신수양이 아니고 요산요수(樂山樂水)쯤으로 반열을 한단계 낮춰놓고 봐도 수확물에 대한 집착 때문에 거기에도 끼기가 어렵다는 것이다. 고기에 대한 집착이 백원짜리 한장에 눈에 불을 켜는 노름꾼의 그것에 비겨 다를 것이 뭐냐는 것이다.

풍류의 일차적인 조건은 정신적 여유인데, 낚시질은 지나친 집착 때문에 낙제라는 얘기였다. 그리고 요산요수라면 자연을 즐긴다는 것인데, 낚싯대를 비롯해서 그 요란스런 인공물을 매개로 한 그런 접근이 어찌 순수할 수 있겠냐는 것이다. 그러니까 '꾼'들의 '질'이니 오락치고는 저질의 오락이라는 것이다.

"허허, 말인즉 다 옳은 말이구먼."

한 사장은 내 말에 한바탕 크게 웃었다.

"헌데, 문제의 '꾼'과 '질' 말입니다. 나도 좀 유식하게 이야기해서 낚시의 발생부터 따져보면, 그게 원래는 고기를 잡아서 먹거나 돈을 벌자는 실리적인 목적에서였을 게 아닙니까? 그러니 노동을 천시하는 옛날 사람들의 관념으로는 '꾼'이나 '질'일 수밖에 없었겠지요. 허지만, 요사이 우리들이 하는 낚시는 고기가 목적이 아니고, 그 행위 자체가 목적이니 이것은 훌륭한 도락이다, 이 말입니다. 그러니까 '꾼'이나 '질'이란 말만 가지고 노름꾼이나 오입질에 비긴다는 것은 지나친 비약이지요."

내 말에 박 선생이 웃으며 받았다.

"그러니까, 긴장을 해소한다는 의미에서 정신위생상 좋은 오락이라는 것쯤으로 소박하게 생각하자는 것이 내 결론이지요.”

“이런 부분은 좋았습니다. 고기 마릿수에 집착하지 말고 느긋하게 낚시질하는 사람은 급을 따져 도락쯤으로도 인정할 수 있다는 대목 말입니다. 그 대목은 꼭 나를 두고 하는 말 같더군요.”

“하하. 그러니까, 낚시에도 급이 있다는 얘기가 되는가요? 그런데 급으로 따진다면 이 선생은 하지하급일걸.”

“아니, 그게 무슨 말씀입니까? 내 낚시 경력이 몇년인데, 그런 말씀을 하십니까?”

“박 선생 말은 그 급에는 연조나 기술이 문제가 아니라는 말 아닙니까?”

“그러면 한 사장은 나보다 한급 높다는 얘깁니까?”

“그렇지요. 고기가 물지 않는다고 이리저리 옮겨 다니지 않고, 한자리를 일편단심 지키고 있는 것은 결과에 급급하지 않은 것이고, 낚시가 안 된다고 내가 낚시터에서 이 선생처럼 술에 곤드레만드레가 되는 것 봤소?”

나는 멋쩍게 따라 웃었다. 사실, 한 사장 낚시 자세는 본받을 만했다.

일행은 유쾌한 기분으로 낚시터에 도착했다. 역시 시골길에는 지프가 안성맞춤이라 그 험한 길을 잘 달렸다. 한시간도 채 못 돼서 온 것이다.

나는 차에서 내리다가 깜짝 놀랐다. 벌써 낚시꾼이 한사람 와 있었다. 작년에도 바로 저기 앉아서 낚시하는 것을 봤는데, 먼발치로 봐도 그때 그 사람이었다. 그때 그 옷차림으로 그때 그 자리에 호젓하게 앉아 있었다. 저 사람과는 인사는커녕 가까이 얼굴도 보지 않았지만, 먼 데서 봐도 그때 그 모습이 너무도 확실했다.

이 저수지는 깊은 산속에 있기 때문에 그만큼 물이 맑고, 울창한 숲이 싸고 있어 풍치 또한 그만이었다. 전에 냇물이 감고 돌았음직한 곳에서 산봉우리 하나가 우뚝 치솟았는데, 그 중턱에는 아담한 정자 하나가 호젓하게 앉아 있고, 그 밑으로 가파른 벼랑이 내리질러 저수지에 처박힌 것 같은 곳에 마치 손바닥 내밀듯 낚시터가 한 자리 있었다. 그 사내는 거기 앉아 있었다. 시퍼런 물에 빨간색 파카가 대조를 이루어 사내 모습이 유난히 산뜻해 보였다. 게다가 그 사나이는 낚시 버릇이 좋아 하루 종일 꼼짝 않고 그곳 한자리에 앉아 있었다.

그러니까 겨우내 내 머릿속에 박혀 있던 이 저수지의 인상은, 그 낚시꾼 모습이 중심이 되어 형성되었던 셈인데, 바로 그 사내가 그 모습 그대로 거기 앉아 있었다. 처음에는 얼핏 착각이 아닌가 싶기도 했고, 이 저수지에서는 시간이 멈춰 있었던 것같이 느낄 지경이었다.

그렇지만 그런 생각도 잠깐이고, 나는 금방 대어가 하나 물릴 것 같은 흥분에 낚싯대 펴기에 정신이 없었다. 이번 낚시는 금년 첫 낚시인데다, 또 한 사장이 차를 사고 첫 낚시라, 마수로 월척이 한 마리 물려주기를 바라며 낚시를 힘껏 멀리 던졌다. 일행도 적당한 간격으로 자리를 잡았다.

한참 기다려도 입질이 없었다. 열두시가 가까워도 입질이 신통치 않았다. 한참 앉아 있다보니, 어느새 한 사장이 자리를 뜨고 없었다.

무슨 일인지 한 사장이 마을 쪽으로 가고 있었다. 아까 우리가 지나 왔던 산등성이 밭둑길로 가고 있었다. 전에는 없던 일이었다.

한 사장은 한시가 가까워지도록 돌아오지 않았다. 나는 아침밥을 먹지 않아 열시가 지나면서부터 시장기를 느꼈으나, 한 사장은 얼른 나타나지 않았다. 한시 반까지 기다리다가 우리끼리 먹을까 하는 참이었다. 한 사장이 소주병을 들고 왔다. 얼굴이 불콰한 게 상당히 취해 보였다. 입질이 없다고 자리를 뜬 것도 전에는 없던 일이지만, 낚시터에서 낮에 술을 마신 것도 좀처럼 없던 일이었다.

"오늘은 웬일입니까? 그러다가 급수 떨어지겠습니다."

내가 핀잔을 주었다.

"하하. 그럴 일이 있었습니다. 여기가 이북에 두고 온 우리 동네 하고 너무도 같습니다."

나는 깜짝 놀랐다.

"저수지도 꼭 이런 자리에 있었고, 정자도 저 모양으로 호젓하게 앉아 있었습니다. 그 저수지 둑에서는 우리들이 소를 먹이며 씨름을 했지요. 이래 봬도 내가 우리 동네 꼬마들 사이에서는 장원을 했던 씨름꾼이었습니다. 그래서 모처럼 고향에 온 기분으로 이 동네 사람들과 한잔했지요. 하하하."

우리는 연방 고개를 끄덕였다. 이북에다 고향을 두고 온 사람들의 심정을 어렴풋이 짐작할 수 있을 것 같기도 했다. 더구나 고향을 떠날 때가 살벌한 전쟁 때고 보면, 예사로 고향을 떠난 사람들과는 향수가 사뭇 다를 것 같았다. 한 사장은 게다가 월남해 오는 사이 가족을 몽땅 잃었다는 것이다. 그래서 우리는 어쩌다가 그런 이야기가 나오면 아픈 데를 건드릴까 싶어, 함부로 무엇을 묻거나 참견하지 않았다.

한 사장은 고향 마을 이야기를 하며 우리에게 자꾸 술을 권했다. 마치 자기 고향 마을에라도 온 것 같은 느긋한 기분이었다.

"나는 고향 생각에 울적해지면, 이렇게 술을 마시지요. 우리 부모님들은 살 만큼 사셨지만, 내 동생 생각을 하면 견딜 수가 없습니다. 피난 오다가 비 오듯 쏟아지는 포탄 속에 그 녀석을 챙기지 못하고 혼자 도망쳤던 것입니다. 여섯살짜리였습니다."

한 사장은 혼자 쓸쓸하게 웃었다. 전에도 한번 들은 이야기였다.

그 말을 듣는 순간, 얼핏 내 머리를 스치고 지나가는 게 있었다. 그는 지금 어느 고아원 후원자가 되어 상당히 많은 돈을 대고 있다는 말을 들은 적이 있었는데, 그게 그 동생 때문이 아닌가 싶은 생각이 든 것이다. 한 사장은 고향을 떠날 때 이야기를 꽤나 길게 늘어놓았다.

오후에도 낚시는 신통치 않았다. 겨우 잔챙이 네댓마리를 올렸을 뿐이다. 우리는 다섯시가 되자 낚시를 거두기 시작했다. 그러나 건너편 사내는 그대로 앉아 있었다. 그 분위기가 어찌나 호젓하고 조용한지 그쪽으로 울려가는 말소리도 조심스러울 지경이었다.

"저 친구 진짜 강태공인걸."

"낚시질로 정신수양 어쩌고 하려면 저 정도는 되어야 그런 소리 곁에라도 가겠어. 입질이 없는데도 하루 종일 꼬박 저러고 있기란 처음부터 빈 낚시 던져놓은 강태공이 아니고는 쉽지 않겠어?"

"글쎄. 나는 저렇게 혼자 온다는 것도 상상을 못하겠어."

다음 주일에도 우리는 그 저수지로 갔다. 그 사내는 이번에도 그 자리에 그 모양으로 앉아 있었다.

"저 친구 아주 여기서 사는 모양이지?"

"글쎄. 꾼도 예사 꾼이 아니군요."

정말 여기서 산다고나 해야 말이 될 것 같았다. 우리가 지난해 가을 마지막 여기를 떠날 때도 저렇게 앉아 있었고, 지난주에 왔을 때도 그랬으며, 이번에도 저렇게 앉아 있었다. 마치 저 뒷산 정자가 거기 그렇게 앉아 있듯이, 그 자리에 꼼짝도 하지 않고 앉아 있었다. 우리들은 그때도 별로 재미를 보지 못했다. 그다음 주에는 다른 데로 갔다가 한주 걸러 또 그리 갔다.

"그 강태공이 오늘은 안 왔네."

우리는 모두 그 강태공 자리로 갔다. 먼 데서 보기는 세사람이 앉기는 좁을 것 같았는데, 가보니 보기와는 달리 자리가 충분했다.

"그 사람이 오면 좀 미안하겠는걸."

"오면 한번씩 교대로 앉자고 하지 뭐."

그 자리는 마치 그 사내 자리로 정해진 것 같아, 그 사내가 온다면 좀 미안할 것 같았다. 그러나 그 사내는 나타나지 않았다. 입질이 어지간했다. 뱀치를 두어마리씩 올렸다.

"오늘은 여럿이 오셨군요."

점심때가 가까웠을 때 동네 노인이 알은체했다. 한 사장이 건성으로 고개를 끄덕여주었다.

"아니?"

노인은 한 사장을 보더니 눈이 둥그레졌다.

"내가 사람을 잘못 봤나?"

노인은 고개를 갸웃거렸다.

"잘못 보다니요?"

한 사장이 물었다.

"늘 이 자리에서 낚시질하던 그분 아니신가요?"

"아닌데요."

"아이고, 미안합니다. 얼굴이 어쩌면 그렇게도 닮을 수가 있지요?"

노인은 그제야 껄껄 웃었다.

"나하고 닮다니, 누가요?"

"이 자리에서 항상 낚시질하던 분이 계셨는데, 그이 얼굴을 빼다 박았군요."

"여기 와서 낚시질하던 사람이 나하고 그렇게 닮았다고요?"

한 사장은 고개를 잔뜩 튼 채 물었다.

"나이는 조금 차이가 있어 보입니다마는, 그이를 빼다 박았습니다."

"그럼, 그 사람 이름이 뭐라던가요?"

"이름까진 모르겠고, 그냥 한 선생이라고 불렀지요. 작년 일년 동안 꼬박 이 저수지에서 살다시피 했습니다."

"그 사람 성이 한가란 말이오?"

한 사장은 벌떡 일어섰다. 한 사장의 갑작스런 행동에 노인은 머쓱해졌다.

"혹시 고향이 어디라는 말은 안 하던가요?"

"북한 어디라던데, 이 동네나 이 저수지가 자기 고향 동네하고 거의 똑같다고 합디다. 여기 오면 꼭 자기 고향에 온 기분이라고 했습니다."

"그이가 지금 어디서 산다고 합디까?"

"서울이겠죠, 서울일 겁니다."

한 사장은 몇가지를 더 물었으나, 신통한 말은 나오지 않았다. 한 사장 눈길이 안으로 잦아들며 미간이 모아졌다. 한 사장 얼굴에는 이십년 전의 처참했던 사건이 회오리치고 있는 것 같았다.

"그럴 리가 없어!"

한 사장은 고개를 절레절레 저으며 혼자 그럴 리가 없다고 했다.

"그 포탄 속에서 살아났을 리가 없어."

한 사장은 다시 고개를 저었다.

"허지만, 혹시 모르지요."

박 선생이 참견했다. 한 사장은 그대로 혼자 생각에 잠겨 잠시 말이 없었다.

"영감님, 다음 주에도 오겠습니다마는, 혹시 그분이 여기 또 오시거든, 이리 전화 좀 해달라고 하세요.

한 사장은 노인에게 명함을 넘겼다. 그는 돌아올 때 한마디도 말이 없었다.

우리는 다음 주에도 그 저수지로 갔다. 그러나 그 사람은 오지 않았다. 그다음 주에도, 그다음 주에도 오지 않았다. 동네 노인은 그뒤로는 온 적이 없다고 했다.

한 사장은 그사이 오도청(五道廳)에도 가서 이름을 대고 피난 올 무렵에 찍은 사진을 보였으나, 모두 고개를 저었다.

그때부터 한 사장은 낚시터에만 가면 저수지를 한바퀴 빙 돌며 낚시꾼들을 한사람 한사람 유심히 살폈다. 서너달을 그렇게 다니다가 다른 낚시터로 가기 시작했다. 그사이 한 사장은 술이 늘었다.

우리 세사람은 항상 한패가 되어 낚시를 갔고, 그때마다 낚시질보다는 형제간의 극적인 상봉을 기대했지만 허탕이었다. 요사이는 깊은 산골 저수지만 골라 다니고 있지만 그 사람을 만날 수 없었다.

낚시질하다가 언뜻 한 사장을 돌아보면, 눈은 찌가 아니고 저 멀리 흰 구름에 얹혀 있을 때가 많았다.

『개는 왜 짖는가』(한진출판사 1984)

김복만 사장님 금의환향

산자락에 흐드러지게 핀 들국화가 들판을 휘질러 온 가을바람을 받아 환성이라도 지르듯 호들갑스럽게 허리를 휘둘러댔다.

두 꼬마 녀석들이 노루 새끼들처럼 뛰어다니며 들국화를 꺾기에 정신이 없었다. 가을바람에 한들거리는 들국화는 마치 아이들하고 장난이라도 치는 것 같았다. 아이들이 하도 정신없이 싸대는 바람에 선구는 걸음을 멈추고 차근히 길가 바위에 앉아 담배에 불을 붙였다. 아이들 뛰어다니는 게 노루 새끼, 곰 새끼들이 산을 싸대고 있는 것 같았다. 도시에서 살다가 이런 시골에 오면, 더구나 이런 산골 동네에 오면 어디 요란스런 거리를 싸대다가 자기 집에 온 것 같았다. 시끄러운 기계 소리 속에 있으면 그 소리 속에 있을 때는 어쩐 줄 모르다가, 그 소리가 딱 그치고 나면 세상을 싹 쓸어내버린 것 같은 정밀감에 몸뚱이가 어디로 한없이 내려앉는 것같이 느껴지던, 그런 평온과 안도감이 느껴졌다.

따가운 초가을 햇살이 들판에 눈부셨다. 들에는 청량한 초가을 햇발만이 한낮의 들판을 누르고 있었다. 햇발은 누렇게 기름기를 흘리고 있는 것 같고, 벼 이삭은 그 기름기를 빨아 그것을 여물로 채워가고 있는 것 같았다. 콩이나 수수도 그럴 것이고 땅속의 고구마도 저 햇발의 기름기를 빨아 알이 여물어가고 있을 것 같았다.

발밑 풀 속에서 이상한 소리가 들렸다. 뱀이었다. 꽃뱀이 개구리를 삼키고 있었다. 몸뚱이가 반쯤 뱀 아가리 속으로 들어간 개구리는 뒷다리를 쭉 뻗고 있었다. 모두가 이렇게 가을이었다. 햇살이 눈부신 한낮의 정적 속에서 계절의 내밀한 역사(役事)가 힘차게 진행되고 있었다. 꽃을 찾아 산속을 쏘다니고 있는 꼬마들도 이런 역사에 한몫을 맡고 있는 것 같았다.

아이들 손을 잡고 산굽이를 돌아서던 선구는 거기 길가에 화려하게 치장된 묏등을 보고 깜짝 놀라 걸음을 멈췄다. 눈에 빠듯 긴장이 피어올랐다. 왜정 때 헌병 보조원으로 이곳 사람들을 못살게 했다는 작자의 묘였다. 묘역을 전보다 훨씬 넓히고 요란스런 석물에 봉분까지 더 돋워놨다. 선구는 한대 얻어맞은 것 같은 눈으로 멍청하게 보고 있었다.

전에 이 묏등 앞을 지날 때마다, 이 묏등에 침을 뱉던 내동양반이란 분이 떠올랐다.

"저놈이 얼마나 악질이었는지 아느냐? 너희들도 이 앞을 지나댕길 때마둥 저 묏등에다 침을 뱉어라! 그래야 커서 이런 놈 안 되고 옳은 사람 된다.”

그래서 우리 조무래기들은 그 앞을 지날 때마다 마치 옻나무 곁을 지날 때 침 뱉듯 침을 택택 뱉으며, 오줌을 갈기기도 했다.

바로 한 모퉁이를 더 돌아가면 거기는 화약골이라는 한말(韓末) 때 의병들이 몰살당한 골짜기인데, 여기에 그런 작자 묘가 이렇게 치장을 하고 있으니 도대체 뭐가 뭔지 어리벙벙했다.

선구는 멍청하게 묏등을 건너다보고 있다가 얼핏 뒤를 돌아봤다. 늘씬한 최신형 승용차가 한대 올라오고 있었다. 이 산골 마을에 저런 차가 들어오다니 어리벙벙한 눈으로 보고 있었다. 자갈길이라 차는 천천히 오고 있었다.

차 안에는 어린아이와 여자까지 탄 게 한 가족 같았다. 선구는 더욱 눈을 크게 뜨고 차를 보았다. 차가 선구 곁에서 멈췄다. 뒷자리에 앉았던 사내가 차에서 내려 새까만 색안경을 벗고 환하게 웃으며 선구에게 다가섰다.

“야. 오래만이다.”

“아니, 너 복만이 아니냐?”

선구는 한대 얻어맞은 것같이 놀라 사내를 건너다봤다. 선구는 손을 내맡기고 그냥 멍청하게 서 있었다.

“사업이 잘된다는 말은 간혹 듣기는 했다마는……”

선구는 겨우 이렇게 입을 떼다 아차 하고 말을 멈추었다. 서울 가서 돈을 많이 벌었다는 말을 들었다마는, 도대체 네깐 자식이 이렇게 고급 자가용까지 몰고 다닐 만큼 됐는지는 몰랐다는 말로 들릴 것 같아서였다.

"하하. 사업이라고 벌이고 있다마는 항상 골치가 아파 죽겠다. 너는 지금도 그 비료공장에?"

"응. 거기 그대로야."

"그런 자리가 속 편하지."

복만이는 잔뜩 벋대는 가락이었다. 떵떵거리고 대학까지 나온 너는 지금 남의 밑에서 굽실거리고 있지만, 초등학교도 제대로 나오지 못한 나는 지금 이쯤 되었다. 어떠냐? 이렇게 으스대는 것 같았다. 사업이 상당히 잘된다는 말은 들었지만, 이렇게 고급 자가용까지 굴리게 될 줄은 미처 상상하지 못했다. 그러나 선구는 너무도 가난했던 복만이 어린 시절을 생각하며 그가 아무리 으스대도 달게 받아주겠다고 마음먹었다.

"정말 오랜만이다. 너도 지금 추석 쉬러 오는 것 같은데 같이 타자."

"아냐. 저렇게 짐도 많고, 나도 애들이 둘이나 되잖아. 오늘 저녁에 만나자."

복만이는 같이 타자고 우겼으나, 우선 차 안에 짐이 많아 아이들 둘까지 탈 자리가 없었다. 복만이는 그럼 저녁에 보자며 등받이에 잔뜩 몸을 기대고 저만치 멀어지고 있었다.

"아빠, 누구야?"

"아빠 친구. 옛날 아주 친한 친구였다. 너희들만 할 때 이 길을 걸어서 함께 학교에 다녔거든."

"날마다 이 길로 학교 다니면 얼마나 좋았을까."

"하하. 눈이나 비가 올 때는 생각하지 않고?"

"눈 올 때는 미끄럼 타고 다니지 뭐."

선구는 그냥 웃기만 했다.

"아빠 이게 무슨 꽃이지?"

"어이구, 도라지꽃도 모르는구나."

선구는 아이들 말에 대꾸하면서도 복만이 옛날 모습이 눈앞으로 지나고 있었다. 선구 집도 그렇게 넉넉한 편은 아니었지만, 복만이 집은 너무 가난했다. 이런 추석 같은 명절에도 복만이는 새 옷은 커녕 떡 하나도 변변히 해 먹을 형편이 못 되었다. 어쩌다가 잘하면 고무신이나 얻어 신으면 고작이었다. 그러나 복만이는 고무신을 신고 다니지 않고 거의 들고 다녔다. 집에서 신고 나와서 동네를 벗어나면, 책보자기와 함께 고무신을 옆구리에 끼고 맨발로 학교까지 가서 교문 앞에서 신었다. 그때는 고무신이 비싸고 귀할 때였지만, 복만이는 그렇게 아껴 신어 고무신 한켤레면 일년도 더 신었다.

한번은 이런 일도 있었다. 초등학교 삼학년 때였다. 우리 동네서 학교까지는 삼 킬로 거리였는데, 길 아래는 조그마한 냇가여서 여름에는 학교에서 올 때는 냇가에서 징거미를 잡았다. 징거미는 손가락 크기의 바다새우와 같았다. 우리들은 고무신을 벗어 징거미를 살살 몰아 잡았다. 개울물이 밭았을 때는 징거미를 서른마리도 더 잡았다.

그런 복만이가 맨발로 다니던 학굣길에 최신 고급 자가용을 몰고 왔다니 감격하지 않을 수 없었다. 어린이들에게 추석 같은 명절은 그만큼 기다려지는 날이었지만, 지금 생각해보면 복만이는 모두가 기다리는 추석이 두렵고 서글픈 날이었을 것 같았다. 다른 아이들은 새 옷에 새 신을 신고 즐거워하는 날이었지만, 복만이는 저만치 서서 다른 아이들 모습을 부러워하는 날이었다.

복만이는 그만 나이 때의 찢어지게 가난하고 서글펐던 추억을 떠올리며 이제는 이렇게 화려하게 추석을 쇠러 가는 자신이 무척 대견스러울 것 같았다. 그리고 지금도 고루 가난하기만 한 동네 사람들은, 우화등선(羽化登仙)에나 비길 복만이의 이 화려한 금의환향에 넋을 잃을 것이다. 사촌이 논을 사면 배가 아프다지만, 배가 아파도 겨룰 만한 상대라야 아프지 저런 자가용 앞에서는 배도 아플 수 없을 것 같았다. 우리 동네서도 저런 자가용을 가진 사람이 났다는 것만 다른 동네 사람들한테 자랑스러울 것 같았다.

복만이는 선구하고 나이도 같고 학년이 같아 선구는 항상 복만이하고 붙어 다녔다. 학교가 멀어 고통스러웠지만 즐거운 일도 많았다. 학교에서 돌아오는 길에 그들은 곧잘 길가를 따라 흐르는 냇가를 쏘다니며 징거미와 참게를 잡았다. 고무신으로 살살 몰아 마지막 튀어 오르려는 순간 징거미를 덮쳤다. 더러는 어른 손가락 굵기보다 더 탐스런 징거미를 잡기도 했다. 이런 초가을 냇물이 받아들고 맑을 때는 징거미를 도시락 가득히 잡았고, 더러는 참게를 두서너마리 잡기도 했다. 토요일이라도 되어 마음껏 내를 더틀 때는 둘이 잡은 징거미가 선구 도시락으로 가득할 때도 있었다.

그렇게 잡다가 동네가 가까워지면 그들은 냇가 옴팍한 자리에 불을 피우고 징거미를 구워 먹었다. 성냥은 언제나 복만이가 가지고 있었다. 복만이는 세숫비누 갑 크기의 양철갑 속에 별의별 괴상스런 것을 다 담고 다녔는데, 거기에는 성냥알 한두개와 성냥집 쪼가리도 들어 있었다. 성냥은 징거미를 구워 먹는다거나 달리 무슨 쓸쓸이가 있어 가지고 다니는 게 아니고, 그 부엉이 집 같은 주머니 세간살이 통 속에 성냥도 귀한 물건으로 구색을 이루고 있었다.

그들은 그날도 맛있게 징거미를 잡아 구워 먹었다. 선구는 복만이보다 힘도 세고 공부도 잘했으며, 집안 형편도 월등 나아 평소에는 복만이가 항상 선구한테 꿀렸지만, 징거미를 잡고 구워 먹는 솜씨는 복만이 솜씨를 따라갈 수 없었다. 복만이는 징거미도 배나 잘 잡았고 나무를 모아다 불을 붙여 징거미를 요리조리 구워내는 솜씨도 단연 으뜸이었다.

한번은 이렇게 맛있게 징거미를 구워 먹고 일어서는 참인데 복만이 고무신 한짝이 없었다. 그 근방을 아무리 찾아봐도 보이지 않았다.

"어디까지 가지고 있었던가 생각해봐!"

"저기까지 가지고 온 것 같은데……"

그들은 그 사이를 두번 세번 오르내리며 신을 찾았지만 없었다. 복만이는 잔뜩 겁을 먹고 위아래를 몇번이나 왔다갔다했다. 선구는 복만이 아버지 얼굴이 떠올라 더 겁이 났다. 하나밖에 없는 외눈으로 잡아먹을 듯이 복만이를 노려볼 복만이 아버지가 이때처럼 무섭게 생각된 적은 없었다.

그들은 물속 바윗돌 밑이며 들어가지도 않았던 깊은 물까지 살살이 들여다보았지만 없었다. 해가 넘어갈 때까지 고무신을 찾다가 할 수 없이 그대로 돌아갈 양으로 책보를 챙길 때였다. 이게 뭔가, 뜻밖에도 고무신 한짝이 선구 도시락 밑에 숨어 있는 게 아닌가? 그들은 서로를 한참 보고 서 있었다. 그러다가 복만이는 그 고무신짝을 움켜 들었다. 그러면서 엉뚱하게 그때야 엉하고 울음보를 터뜨렸다.

그게 복만이 본인에게는 어쨌는지 모르지만, 선구는 너무도 가혹한 경험이었고, 그때 일이 무슨 깊은 상처처럼 잊혀지지 않았다. 그때 선구는 차라리 자기 신뿐만 아니라 책보며 제 옷까지도 몽땅 잃어버렸으면 하는 생각을 몇번이나 했었는지 모른다.

어렸을 때는 그게 애가 달았던 기억으로만 남았었는데, 나이를 먹어가면서는 그때 허둥대던 복만이 모습과, 고무신을 찾아 끌어안고 울음을 터뜨리던 모습이 가난에 대한 가혹한 체험으로 악몽처럼 되살아났다. 그 바직바직 애가 달았던 기억은 꿈속에서 가위눌리는 장면으로까지 오랫동안 선구를 괴롭혔다.

산굽이 하나를 돌아서자 갑자기 복만이 차가 멈춰 있었다. 고장난 것 같았다. 복만이 부인은 어린애를 안고 길가에 앉아 있고, 두 꼬마들은 아까 선구 애들처럼 꽃을 찾아 산을 싸대고 있었다.

"최신식이라는 외제 차가 도대체 이게 뭐야? 더구나, 하필 이런 데서 고장이 날 게 뭐야."

복만이는 담배꽁초를 신경질적으로 내던지며 투덜거렸다.

"고급 차니까, 큰 고장은 아니겠지. 애들은 셋인가? 저게 막내고?"

"셋도 너무 많은 것 같애. 그 비료공장은 큰 공장이라던데 월급은 얼마쯤 되나?"

"월급? 그저 먹고살 만큼은 주더라. 하하하."

"요새는 경기가 너무 없어서 사업도 못해먹겠어. 사업이라고 하나 벌이고 있는 게 원체 공원들이 많아놓으니 인건비는 그런다 치고, 그놈의 세금은 도대체 그냥 생으로 뜯어먹자는 배짱이야."

복만이는 계속 엄살이었지만, 실은 자기 사업 규모와 부유한 생활 자랑이었다.

"술자리도 앉았다 하면 몇십만원이고, 더구나 여기저기서 손 벌리는 사람들은 꼭 제 것 달라는 식이야."

선구는 복만이 아내와 인사라도 하고 싶었으나, 복만이는 제 이야기에만 정신이 없었다.

"아빠, 빨리 가. 할머니가 기다리겠어."

둘째가 선구 손을 끌며 보챘다. 선구는 복만이 이야기가 흥미가 없었지만, 이야기를 열심히 들어주는 게 친구로서 성공을 축하하는 도리 같아 애들을 달래며 듣고 있었다. 그러나 차가 얼른 고쳐지지 않는지 운전사는 잔뜩 기름을 뒤집어쓰고 땀만 뻘뻘 흘렸다.

"이렇게 장거리를 뛸람 미리 정빌 좀 잘해얄 것 아냐? 길가에서 창피하게 이게 무슨 꼴이야."

선구에게 자기 자랑 하기 바쁜 틈에도 운전사에게 호통을 쳤다.

"아빠, 이게 무슨 꽃이야?"

복만이 아들놈이 꽃을 가지고 와서 이름을 물었다.

"그런 건 알아서 뭐 해! 옷 버리지 말고 가만히 앉아 있어."

아이는 뽀로통해서 자기 엄마 쪽으로 갔다. 선구 애들이 어서 가자고 또 보챘다.

"부인이시지? 인사나 시켜."

"참. 그렇군. 여보. 인사해. 내 어렸을 적 단짝 친구야. 지금 ××
비료공장에 있는데, 지금 계장쯤 됐지?"

선구는 그 말에는 그냥 웃으며 부인에게 정중하게 인사를 했다.
과장에서 부장 승진한 것도 이년이나 된 선구에게 계장쯤이라니.
마치 두 계단이나 강등이라도 시켜버린 것 같아 괘씸했으나, 내색
하지 않았다.

"남편 옛날 친구를 만난 인사가 그게 뭐야? 반갑달지, 서울 오시
거든 한번 찾아오랄지, 그런 말이라도 있어야 할 게 아냐?"

복만이가 윽박지르자 아내는 가볍게 웃기만 했다. 좀 피로해 보
이는 얼굴이었다.

선구는 아까 옛날 고무신 잃었다 찾은 일이 떠올랐을 때, 오늘
저녁에는 그 이야기를 하며 한바탕 웃을 생각을 하며, 저렇게 가난
을 벗어나 큰돈을 번 다음에는 그 이야기도 즐거운 추억으로 좋은
웃음거리가 되겠다고 생각했다. 그러나 복만이와 잠시 이야기하는
사이, 사업, 공원, 월급, 세금, 자가용 등 복만이 입에서 쏟아져 나
왔던 그런 말들은, 그 처절했던 고무신 사건의 주위를 맴돌고 있는
것 같아, 옛날 그런 이야기는 오히려 가혹한 이야기로 받아들일 것
같아 혼자 고개를 저었다.

"거기 온 것이 선구 아닌가?"

건너편 산등성이에 모여 앉아 있던 사람 중에서 누가 소리를 질
렀다. 동네 친구들이었다. 소나무 가지치기라도 하다가 새참이라
도 먹고 있었던 것 같았다.

"어이, 달중인가? 그간 별일 없었는가?"

"어이, 객지에서 고생이 많제?"

"그저 그렇네. 농사는 잘되었는가?"

"시절이 이만하면 농사는 너나없이 방불한 것 같네. 그런디 거기 고장난 차가 누구 찬지 모르것는디 말 쪼깐 전해주게."

말을 해놓고 작자들은 킥킥 웃었다. 선구는 생뚱맞은 소리에 어리둥절했다. 예사 같으면 알은체하기에 너무 먼 거리였으나, 오랜만에 만난 정분이거니 싶어 그걸 되레 고맙게 받았더니 그게 아닌 것 같았다. 이 작자들이 복만이 핀잔주는데, 자기를 딛고 건네자는 수작 같아 패씸한 생각이 들었다.

"그 차가 제절로 고장난 것이 아니고, 그 길가에 있는 당산할미가 잡아 앉혀놓은 것이라 아무리 고쳐도 못 고칠 것이라고 귀띔을 좀 해주게."

달중이는 복만이보다는 한두살 손위로, 원래 입이 걸쭉했는데, 말 돌아가는 게 심통 사납게 가시가 돋쳐 있었다.

"그 당산할미가 예사로 계시는 성불러도, 해마다 제사 받아 잡수시고, 보실 것 다 보시고 들을 것 다 들으시고 내려다볼 것 다 내려다보고 계시네. 그렇게 보고 듣고 계시다가 복을 줄 때는 소리 안 나게 주지마는, 동티를 내기로 하면 두억시니 못잖게 까다로워. 그 차 임자도 당산할미 앞에 크게 반성할 일이 있는 모양 같구면."

질지이심이 선구를 건네서 들떼놓고 말을 울려가게 하는 것부터가 되게 뒤틀린 사단이 있는 것 같았다. 선구는 달중이가 심통 부리는 게 복만이보다 그 부인한테 민망스러웠다. 복만이는 원체 너울가지가 없는 작자이기는 하지만, 그런 말을 듣고도 말이 없는 게 크게 꿀리는 일이 있는 것 같았다.

선구는 더 있기도 거북살스러워서 애들을 데리고 먼저 동네로 들어왔다. 선구는 동네 이장인 동생 선호한테 달중이 얘기를 했더니, 선호도 대뜸 복만이한테 욕설부터 했다. 동네 새마을회관 지으며 기부를 하라고 했더니, 돈 만원을 기부라고 보내와서 동네 사람들이 모두 비위가 상해 있다고 했다.

복만이는 근래 일이년 사이에 엄청나게 돈을 벌어 지금은 삼억대를 훨씬 넘어섰다는 것이다. 그렇게 돈을 벌자 복만이는 금년 봄에 이 동네에서 가장 귀가 바른 기와집을 사서, 거적때기로 부엌문 하던 오두막에서 그 부모들을 그런 대궐 같은 집으로 들어앉혀 하루아침에 활원을 시켜버렸다는 것이다. 여기서 이사 간 부자 부부는 노인들만 살다가 얼마 전에 세상을 뜨자, 서울에서 살고 있는 그 자식들이 집뿐만 아니라 가대까지도 몽땅 내놔서 복만이는 이십여마지기 논밭까지 모두 사버렸다는 것이다. 그 집은 이 동네에서 옛날부터 대대로 큰소리치고 살던 집이라 동네 한가운데 널찍하게 자리를 잡아 앉았을 뿐만 아니라 대밭으로 아늑하게 에워싸여 방으로 치면 이 동네서 맨 아랫목인 셈이었다.

복만이 부모들은 엊그제까지 굽죄고 드나들던 강 부자 집을 차지하자, 처음에는 상전댁 안방에 들어간 것같이 그 집 드나들기가 만만찮은 눈치였다. 그러나 계절 따라 갖추갖추 새 옷으로 갈아입고 손발에 찬물 안 묻히고, 시래기 국만 먹던 입에 토막반찬이 떨어지지 않았다. 여름이면 그늘 따라 자리를 옮겨 앉고, 겨울이면 낭

창한 마고자에 갓신을 신고 마른 데만 가려 다녔다. 그러자 옛날 등 빠진 잠방이 머슴 꼴은 간데없고 등 따시고 배부른 신색이 그 화색에서부터 해돋이의 동쪽 하늘처럼 번하게 풍신이 잡혀갔다. 잘 먹고 잘 입어 못난 놈 없고 왕후장상에 씨가 없다던 옛말 틀린 데 없었다.

저녁상을 물리고 나서 밝은 달빛 아래 나와 땀을 들이고 있는데, 뜻밖에 달중이가 같은 또래인 만득이와 함께 들어섰다. 달중이는 손에 되들이 병을 들고 있었다.

"저녁 자셨는가? 복만이 그 작자 하는 행티가 어찌나 꼴사납던 지, 한바탕 오금을 박아준다는 것이 자네한테 걸쳐서 이야기를 하 다본께, 자네 기분까지 상해놓은 것 같아서 시방 이렇게 미안 닦음 을 하러 왔네."

달중이는 너스레가 여간 살갑지 않았다.

"뭘, 그런 걸 가지고."

"달중이가 입은 걸쭉해도 이럴 때 보면 인사깔 하나는 팅겨논 먹 줄이여. 술까지 가져온 것 봐. 하하."

만득이가 거들고 나섰다.

"하하. 제상에 올릴 것은 웃국 질러놓고 맑은 술로 쪼깐 따라 와 봤는디, 맛이 으쌀란가 모르겠구먼. 자네는 또 낼 아침에 성묘 끝나 면 불알 챈 중놈 내빼듯 돛 달아 부칠 것 같고, 한가한 시간은 오늘 저녁이겠다 싶어 계제 김에 한잔하자고 왔네."

"우리 집에도 있는데 술까지 가져오셨소?"

사랑방에서 스피커 앰프를 손보던 선구 동생 선호가 알은체를 했다.

"선호, 말 잡는 집에 소금은 해자라고 안주상은 자네 집에서 차리게. 개다리 상에 닭발 목댕이를 좆아 오든지 격식 차려 다담상을 내오든지 형편 따라 사정대로 가져와."

달중이는 술병을 선호한테 넘겼다.

"복만이한테는 어째서 그렇게 유감이 많아?"

"부자하고 재떨이는 모일수록 더럽다더니, 그 작자는 돈을 벌수록 오그려 쥘 줄밖에 모르는 걸 보면 사람질 하기는 진작 틀렸어. 어렸을 때는 자네 책보나 들고 따라댕기는 쪼다였지마는, 억대 재산에 수백명 공원 거느리고 사장님 소리 듣는다는 작자가, 글쎄 지난번 새마을회관 지음서 기부 쪼깐 하라고 했더니, 달랑 만원짜리 한장을 기부라고 보내왔네그려. 홑 만원을!"

달중이는 대번에 침을 튀겼다.

"복만이한테 기부 받자는 얘기가 달레 나온 것이 아녀."

만득이가 늘어진 소리로 갈마들었다.

"저 아래 화약골 의병비 세우자는 의논 끝에 나왔던 거여."

"의병비?"

선구가 깜짝 놀라 물었다.

"그전에부터 화약골 의병비 세우자는 말이 있었어."

"그런 의논이 있었던가? 그럼 나한테는 어째서 알리지 않았어?"

선구는 눈을 크게 떴다.

"더 들어보게. 그런 의논이 어째서 나왔냐 하면, 오늘 올라오면서 화약골에 왜정 때 헌병 놈 묘 치장해놓은 것 봤제? 전에 복만이 큰아버지 내동양반이 그 앞을 지날 때마다 침 택택 뱉고 댕기던 그 역적 놈 묏등 치장하는 것을 보고 있자니, 그런 놈들 총에 맞아 죽은 의병들 생각이 나서 눈에 생목이 오르더구먼. 자네도 아다시피 입 달렸다는 노인네들은 의병비, 의병비 노래를 부르다 돌아가셨는데, 모두가 애옥살이 애면글면 살다보니 예나 제나 형편이 닿지 않았어. 그런데 헌병 놈 묘 치장 하는 걸 보자니 너무도 면목이 없더구먼. 그동안 동답(洞畓) 수입을 키워오던 돈이 있지마는, 그것은 처음부터 새마을회관 짓자고 못 지어놨던 것이라 그 돈을 돌려 의병비를 세울 수는 없고, 두가지 일은 힘에 부치고 그래서 복만이 얘기가 나왔던 거여.”

선구는 몇번이나 고개를 끄덕였다.

“첨부터 우리가 소갈머리가 없었지. 언제는 외갓집 콩죽으로 살았더라고 당창쟁이 콧구멍에 마늘씨를 넘보지 복만이한테 기부 소릴 했으니. 허허.”

술상이 들어왔다. 그들먹했다.

“하하. 추석은 당겨 쇠겠네. 차례 지내려고 장만한 음식을 속없는 산귀신들이 보챈 꼴이 됐으니 권 타긴 틀렸네. 하하.”

“무슨 그런 정 부족한 말씀을 하시요.”

선호가 좌상인 달중이한테 잔을 권하며 한마디 했다.

“그런디, 복만이 그 작자, 공원들 험하게 부려먹는다는 소리 들어본께 제 명에 못 살겠더구먼. 종이 종을 부리면 식칼로 형문을 친다더니, 쇠가죽 무두질해서 돈 버는 것이 아니라, 공원들 깝대기 벗겨서 부자 된 작자라고 서울 갔다 온 사람이면 욕 소리가 서릿발이 치더구먼."

"요새 낮은 임금으로 기업주 재미 보는 것은 복만이뿐만 아니네. 생각해봐. 거기 말고 다른 데서 사람을 사람답게 부리고 돈 더 주는 데 있다면, 복만이 회사에서 일하는 공원들은 복만이한테 매여 사는 씨종이관데 거기에 붙박여 있겠어?"

그때 밖에서 인기척이 났다. 선호가 문을 열자 동네 꼬마들이 웬 수건을 한아름 안고 다니며 돌리고 있었다. 복만이 집에서 보낸 거라며 수건뿐만 아니라 별쫑맞게 술이 화려한 무슨 페넌트도 있었다. 선호가 펴보더니 지레 크게 웃었다.

"형님도 고향에 오시려면 이렇게 거창하게 한번 와보시요."

수건은 그렇다 치고 페넌트는 무슨 페넌트기에 시골까지 돌리는가 하고 글씨를 봤다.

'동해피혁 제2공장 준공 기념'

'동해피혁주식회사 김복만 사장 귀향 기념. 197× 중추절 POK-MAN KIM'

"허허. 요새 사장 되면 거동이 이렇게 요란한가?"

"이쁘잖은 며느리 달밤에 삿갓 쓰고 나온다더니, 허허 잔나비 딴스 하는 걸 보제. 눈꼴 시려 못 보겠구먼."

달중이와 만득이 핀잔에는 서릿발이 쳤다.

"그래도 이런 걸 보내는 것 보니 나는 별로 밉지 않은걸."

선구가 능갈을 치고 나섰다.

"자네들은 어렸을 때부터 한 패거리였으니, 가재는 게 편이겠지."

"가만있자. 이럴 게 아니라 있는 술에 복만이도 오라고 해서 함께 마시세."

여태 말이 없던 선구가 제안을 했다.

"그런 밥맛없는 작자하고 술을 마셔? 나는 그 작자 보기만 해도 작년 추석에 먹은 송편이 거꾸로 기어 나올라 하네."

"이 사람아, 그러는 것 아녀. 선호야, 가서 말이다, 내가 우리 집에서 한잔하게 오라더라고 데리고 와!"

"올까 모르겠소. 옛날 복만이가 아닌디."

"가봐. 내가 오란다면 틀림없이 올 것이다. 이 작자들 왔단 말은 하지 말고."

선호는 떠름한 표정이었으나, 형의 말이라 마지못해 일어섰다. 선구는 사립문께 나가는 선호를 다시 불렀다.

"지켜 섰다가 같이 와! 꼭 데리고 오란 말이야. 어디 이장님 능력 한번 보자."

달중이와 만득이는 마뜩찮은 표정이었으나, 더 참견하지 않았다.

"복만이가 본색이야 어디 나쁜 놈인가? 예전에 굽혀 살던 뒤라 지금도 마음이 굽죄인데다 서로 오래 말이 막혀 좋잖은 감정이 쌓였던 거야. 나도 바쁘게 살다보니 양 명절에 집에 와도 부모 뵙고 성묘하고 나면, 아까 달중이 말마따나 금방 돛 달아 부칠 궁리뿐이지 친구들하고 술 한잔 마실 여유가 없었어. 자네들하고도 일년 만이나 더러는 이년 만에 한번씩 만나면서도, 길거리에서 고개나 한번 까딱하고 헤어졌으니 사이가 뜰밖에. 그래도 옛정까지 사라진 건 아니라 이러고 앉으니, 이렇게 가까워지지 않아. 복만이하고도

술 한잔 나누며 한번 웃고 나면 감정이 여름 소나기에 수채 구멍 터지듯 할 걸세."

"고향 배반하기로는 한속이라 싸고도는 가락이 그럴싸하구먼, 잔이나 받아!"

"하하. 아까 복만이가 내 책보나 들고 다녔다는 얘기는 억지소리고, 우리 동네서야 나하고 복만이 사이만 한 옴살이 있었나? 하여간 기왕 역성든 김에 말인데, 제나 내나 이 흉악한 산골에서 나서 산골 너구리 사촌으로 자란 놈이, 서울 바닥에 부비고 들어 그만한 돈을 모았다면 알아줘야 해. 기고 나는 재주를 지녀도 한두가지 지니고서야 억대토록 돈을 모으겠어? 그런데 아무 재주도 없는 놈이 그렇게 돈을 모은 비결이 뭔 줄 알아? 우리가 알다시피 제가 유별난 셈속을 타고났을 까닭도 없고, 특별하게 다른 재주를 타고났을 까닭도 없어. 재주는 딱 한가지. 손에 돈이 들어왔다 하면 부라퀴같이 그저 오구라 쥐는 재주, 이것 하나뿐이었을 거야. 한닢 쥐면 손에서 비지땀이 솟고, 두닢 쥐면 뽀드득 소리가 나게 그저 거머쥐는 재주, 바로 이거여. 내가 곁에서 보든 안했지만, 복만이 속이라면 불 본 듯이 환해."

선구는 입을 열자 제물에 말이 쏟아지는 것 같았다.

"그럴 때 아침저녁 끼니를 제 끼니 찾아 먹었겠어, 국 따로 밥 따로 밥상 구색을 제대로 갖춰 먹었겠어? 오입 나가 돈 벌었다면 주인 없는 물외 밭에서 넉걸이하듯 걸태질하는 줄 알지마는, 다 뼈다귀 곰 곤 돈이야. 부지런 부자는 하늘도 못 막는다고, 남 잘 때 안 자고 먹을 때 안 먹고, 부지런히 나대고 아껴서 번 돈이면 알아줘야 해."

선구는 제물에 말이 너무 오도깝스럽다 싶었던지, 멋쩍게 웃으며 만덕이한테 잔을 넘겼다.

"그거야 누가 아니래나? 부자 하나가 나려면 세 동네가 망한다고 했는데, 그럴 잡이는 못 되지마는 남의 것 넘보지 않고 제 손으로 번 것만도 장한 일이긴 하지."

만득이는 멋쩍게 웃었다.

"개같이 벌어서 정승같이 쓴다는 말은 벌기는 어떻게 벌었든, 쓰기는 씀속 있게 쓰라는 말인디, 저 아래 의병비 같은 건 오죽이나 생색나는 일이냔 말이여."

달중이 말에 다시 만득이가 나섰다.

"따지고 보면, 그런 일은 어느 부자 한사람 돈을 넘볼 것이 아니었어. 설사, 끼니를 몇끼니 거르는 한이 있더라도 자식들 키우고 사는 사람덜이 지금까지 저기다 비석 하나 못 세웠으니, 내남없이 입이 백개라도 할 말 없게 됐어. 비석이 꼭 거창해야 한다는 법도 없으니 명색이라도 갖추는 것인디, 우리 선대들부터 거창하게만 생각하다가 이렇게 손주 턱에 수염이 나버렸어. 이제라도 못난 조상 탓 듣지 않으려면 이번 세안에는 조리 장사 체곗돈을 내서라도 일을 저질러놓고 보자고."

그때 문이 열렸다. 복만이었다.

"다들 여기 모였네."

"복만이 오랜만이네."

"모도 잘 있었어?"

복만이는 만득이 손을 잡아 흔들고 나서 달중이 손을 잡아 역시 흔연스럽게 흔들었다. 그래도 넓은 바닥에서 살았던 너름새가 있구나 싶게 흔연스러웠다.

"그런께, 아까 그 고장난 차를 타고 오던 것이 복만이 자네였던가?"

"망할 놈의 작자."

달중이 능청에 복만이는 지레 주먹질 시늉을 했다.

"이 사람아. 그런께 기왕 차를 타고 댕길라면 쪼깐 쓸 만한 차를 타고 댕기제, 자네같이 돈 많은 사람이 그런 헌털뱅이 차를 타고 댕길 중 누가 알았을 것이여? 하하하."

모두 호들갑스럽게 웃었다.

"자동차란 것이 굼벵이 걸음으로 구르더래도 그것이 굴러댕게사 자동차제, 고장이 나서 고개를 숙여노면 리어카만 못한 것이 자동차더만."

복만이한테로 거푸 잔이 가는 사이 만득이는 늘어진 소리를 계속했다.

"보통 기계는 그것이 고장이 나더래도 제 집에서 고장이 나는디, 자동차는 그 잡것이 내동 사람을 싣고 가다가 덜컥 고개를 숙이는 통에, 그것이 얼른 고쳐진다면 모를까 그 자리에서 짓수그리고 있으면, 소라고 족치기도 못하고 그런 골병이 없겠더라고."

"그런께 미국 놈덜은 차가 고장이 났다 하면 아침에 사서 저녁에 고장이 나더래도 고장난 자리가 내던지는 자리랍디다."

선호가 끼어들었다.

"그래얄 거여. 그런디 우리 한국사람들은 한번 샀다 하면 털털 소리가 자갈밭에 도라무깡 궁그는 소리가 나도록 끄집어 댕겨야 하니, 그러고 보먼 가난한 나라는 운전수들도 불쌍해."

"그래도 물자 귀한 나라에서 고장이 나면 애 숙여서 고물고물 고쳐 써야제, 고장이 나는 족족 내던지기로 하면, 누가 그 많은 자동차를 맨들어댈 거여."

만득이가 달중이한테 핀잔을 주었다.

"산 지가 얼마 안 되었는디, 여편네가 무슨 회의다 멋이다, 하도 나대고 댕기는 통에 차가 견뎌나지 못하는구먼."

"이 사람아, 여편네가 차를 그렇게 헌털뱅이를 만들어놨으면, 아까 같은 때는 여편네보고 뒤에서 밀라고 해서 기어코 타고 들어올 일이제, 모처럼 고향에 옴서 내둥 타고 오던 차를 내던져놓고 터덜터덜 걸어 들어온단 말이여. 자네가 여편네 버릇을 잘못 들여도 크게 잘못 들였네."

달중이가 익살을 떨며 복만이한테 잔을 넘겼다. 술을 따르다 술이 옷으로 넘치고 말았다.

"아따, 여편네가 보면 앙알앙알 하겠다."

복만이가 손수건으로 다급하게 술을 닦으며 중얼거렸다.

"그러고 본께 이 작자가 여편네한테 쥐여도 꽉 쥐였네. 어디 연장이 션찮아서 그려 어쩌?"

달중이 손이 덥석 복만이 사타구니로 들어갔다.

"아야야."

복만이는 악을 쓰며 사타구니에서 달중이 손을 떼어냈다. 복만이는 두 손으로 사타구니를 싸안고 죽는 시늉을 했다. 좌중은 자지러지게 웃었다.

"선구 자네 옛날 불두덩에 웃거름하던 생각 나는가?"

달중이 짓궂은 장난으로 생각난 듯 만득이가 새퉁스런 소리를 했다. 모두 웃었다.

"바로 여기 내 눈자위 밑에 할퀴인 자국이 있지? 이게 그때, 자네 불두덩에 거름하다 할퀴인 자국이여. 손톱자국이 맵다더니 그 자국이 지금까지 이렇게 안 가셔. 여기 봐!"

선구는 만득이 눈자위 밑의 손톱자국을 들여다보며 웃었다. 웃거름 기억은 있지만, 이렇게 할퀴었던 일은 까맣게 잊고 있던 것 같았다. 웃거름이란 불두덩에 거웃이 날 무렵 거기에 거름을 해줘야 거웃이 탐스럽게 자란다고, 두서너살 손위 녀석들이 억지로 아랫도리를 까고 화로에서 재를 집어다 불두덩에다 사정없이 뒤발하는 짓이었다. 특히 달중이와 만득이가 그런 일에 시망스러워 선구도 고등학교 일학년 무렵이던가 멋모르고 사랑방에 나갔다가 졸지에 작자들한테 붙잡혀 험하게 당하고 말았다.

"그러고 본께 복만이 자네는 웃거름도 안하고 넘긴 것 같은디, 그것이 제대로 났는가 모르겠어?"

선구가 능청을 떨었다.

"제때에 거름을 안 하면 거름 맛 못 본 곡식같이 털만 모질게 자라는 것이 아니라, 연장까지 굴타리먹은 물외 꼴이라는데, 어쨌는가 모르겠구먼."

달중이가 음충맞게 능갈을 치고 나왔다.

"허허. 그런 것이라면 모두 염려들 놓게."

복만이도 웃으며 받아넘겼다.

"아녀. 수상한 데가 있어."

선구가 단호하게 나섰다.

"여편네한테 꼼짝 못하는 것도 그렇고, 아까 저 아래서 오줌 누는 걸 봤는데, 발등에다 갈기고 있더만. 고장이 나도 크게 난 것 같아."

"아이고, 그렇다면 물건 버렸구먼."

만득이가 거들었다.

"그런께, 그런 일 없게 하자고 손위 형님들이 때맞춰서 거름을 해주었는데, 자네는 눈에 돈 꽃만 피어갖고 객지로만 나도는 바람에 그런 짬이 없었구먼. 늦었지마는 지금이라도 거름을 하세. 더 두면 물건 아주 버려."

"쇠뿔은 단김에 빼는 거여. 어서 잡아."

선구가 서둘고 나서자 달중이와 만득이는 죄인 만난 나장처럼 빙긋 웃으며 복만 쪽으로 돌아앉았다.

"어깨 잡아!"

달중이가 소리 지르며 복만이 양쪽 발목을 날쌔게 낚아 어깨 밑에 껴버렸다.

"이 사람들이 미쳤어?"

복만이는 악을 썼다. 그렇지만, 만득이는 어느새 복만이 두 팔을 뒤로 돌려 안아버렸다. 옛날 그 날래던 솜씨가 제대로 나왔다. 드잡이판이 벌어졌다. 선호는 얼른 스피커 앰프를 막아 앉았다.

"꽉 붙들어."

선구가 복만이 허리띠를 끄르고 바지춤을 헤쳤다.

"이런 제길, 이게 먼 짓이여?"

복만이는 있는 힘을 다해서 낭놀이를 했으나, 이미 결박 지어진 맹꽁이 꼴이었다. 아랫도리를 홀랑 까젖혔다.

"다행히 크게 버린 것 같지는 않네, 하하."

"그래도 거름은 해야 혀!"

"가만있자. 거름은 재로 해야 하는데, 에라 모르겠다. 나무에도 거름으로 막걸리 붓더라."

선구가 반쯤 남아 있는 술잔을 거기다 덜퍽 끼얹으며 부득부득 문질렀다.

"이런 제길."

복만이는 악을 썼다.

"엇쇠, 탈 없이 힘 잘 쓰고 남의 각시는 넘보지 말고."

그때 문이 벌컥 열렸다.

"어머!"

선호 아내가 안주 접시를 들고 문을 열다가 얼굴을 싸쥐고 달아났다.

"하하하."

모두 무안해서 어색하게 웃으며 물러앉았다. 복만이는 떫은감 먹은 상판으로 웃으며 바지를 추슬러 올렸다.

"에이, 죽일 놈의 작자들."

"자, 수고했네. 한잔 들게."

선구가 잔을 넘겼다. 술이 잔에 반쯤 차다 말았다. 달중이가 가져온 술은 벌써 다 마시고, 이 집에서 내온 술도 바닥이 났다.

"가만있자. 두 집 술은 묵었은께 이참에는 재벌 술 한번 먹어보세. 공짜로 먹자는 것이 아니고, 거기 거름해준 품삯이여."

"그러고 본께, 저 작자 장가갈 적에는 댕기풀이도 안 했구먼."

"허허. 그러면 마침 잘됐네. 떡 본 김에 제사 지내더라고 웃거름도 했겠다, 댕기풀이까지 해버려."

선구였다.

"허허. 사위 보게 생긴 사람한테 댕기풀이라니 이건 또 무슨 재변이여?"

"이 사람아, 정성이 있으면 한식에도 세배하는 거여. 어쩔 것이여? 그냥 존 말로 할 때 낼 것이여, 저기 들보에 매달려 호강을 한번 하고 낼 것이여?"

달중이와 만득이는 둘이 다 걸쌈스럽기가 이런 일에는 밥 싸 짊어지고 나대던 작자들이라, 복만이쯤 구슬리는 갈마들이가 의논 좋은 어이며느리 쌍절구질 하듯 손발이 맞았다.

"얼른 말만 해!"

"이 사람들이 꼭 애기덜맨키로 먼 장난이 이리 심해."

"저기 들보 안 보여? 자네 달아매라고 들보 머리가 저렇게 나와서 내려다보고 있어. 어서 말하게."

달중이가 복만이 발목을 잡았다.

"낼게. 내. 허허."

복만이가 항복을 하고 나왔다.

"내려면 얼마나 낼 건가? 제대로 내지 않으면, 눈 한번 깜짝할 사이에 자네 두 발이 저 들보에 올라붙을 거여.”

“제대로나 마나 대두병으로 쐬주 한병이면 이 수에 뒤집어쓰겄제.”

“쐬주? 재벌이 쐬주를 내?”

“이 사람아, 모르면 가만있어. 재벌이 마시는 쐬주가 우리덜이 마시는 쐬주하고 같은 줄 알어?”

만득이가 달중이 말을 채뜨리며 선호를 돌아봤다.

“선호, 자네가 쪼깐 또 수고를 해사 쓰겄네. 이장님을 부려먹어서 미안하네마는, 관청에서는 벼슬이 어른이고, 촌에서는 나이가 어른인께, 이런 자리에서는 나이 어린 것이 죄라, 할 수 없네. 복만이 집에 가서 복만이가 그러라 하더라고 오늘 가져온 서양 쐬주 한병 달래서 가져오게.”

“거, 먼 소리?”

복만이가 깜짝 놀랐다.

“응. 저 사람 놀랜 것 본께 틀림없이 이번에도 가져왔구먼. 지난 설에도 그런 술이 동네 들어왔더라는 소문이 났어. 어서 가게!”

“집사람이 국산 술은 몸에 안 좋다고 나 마실 것만 쪼깐……”

복만이는 말을 하다 아차 싶었던지 말끝을 얼버무렸다.

“선호, 뭣하고 있어?”

선호가 일어서자 복만이가 말리고 나섰다.

“내가 갔다 옴세.”

“자네는 얌전하게 앉아 있어. 사장님 체신에 술병을 달랑달랑 들고 온단 말이여?”

일어서는 복만이 허리춤을 만득이가 잡아 주저앉혔다.

"기왕 달라고 하려면 두어 병 달라고 해라!"

"예. 분부대로 거행하겠습니다."

선호는 부리나케 나갔다. 좀 만에 선호가 상자갑 두개를 안고 왔다.

"아주머니가 생각보담 쑬쑬하십디다."

복만이는 소태 마신 상판이었다.

"허허. 촌놈 뱃속에 거시들도 양주에 한번 취해보겄네."

"그려. 뱃속에서는 우리 쥔 양반이 시방 출세를 해도 어뜨크롬 했간디, 이런 술이 다 들어오다니, 이 양반이 미국에 왔다냐, 쏘련에 왔다냐 하고 고개를 갸웃거리겄네."

모두 웃었다.

"술 이름이 조니월커?"

선호가 술병을 들고 서투르게 읽었다.

"조니워커라고 한병에 이만원짜리여."

"이만원? 허! 거진 쌀 한가마니 값이구먼."

"그런께 폭만 킴 사장님께서 마시는 조니워컨가 미국 놈 군환가 미국 놈 쐬준가, 그 술이 시방 이로크롬 생겼다 이 말이제?"

달중이가 익살을 부리는 사이 선호가 마개를 틀어 벗기고 잔에 따랐다.

"독한 술인께 쬐끔씩만 따라. 쐬주 세배는 독한 것이라 지대로 마실라면 물을 타서 마셔. 그걸 막걸리 마시듯 했다가는 클나!"

복만이가 손을 저으며 주의를 주었다.

"젠장, 아무리 독하다고 첨 마셔보는 술을 잔도 안 채우고 마셔? 술은 철철 넘치게 따르는 것이 술 인심인디, 아무리 양놈덜 술이라고 술 인심까지 궂히란 말이여?"

양주를 한잔씩 받아든 작자들은 쳐다보고 내려다보고 병아리 물 마시듯, 혀끝에 쩝쩝해보기도 하고 혀를 내둘러보기도 했다. 그러다가 술이 한두잔 들어가자 막걸리 마시던 가락으로 홀짝홀짝 털어 넣었다. 권커니 잣거니 부어라 마셔라 술 한병이 잠깐 새에 바닥이 났다. 전작이 만만찮은데다 독한 양주를 끼얹어놓으니, 모두 금방 해롱해롱해졌다. 말소리가 차츰 커지더니 그 언걸이 기어코 복만이한테로 갔다.

"가만있자. 그러고 본께 우리들이 이 작자한테는 거기에 웃거름도 해주지 않았던 것 같네."

"맞아, 맞아. 이 사람이 도시로만 돌아다니는 바람에 우리들이 거기에 밑거름도 안 해줬구먼."

"허허. 이 사람들이 무슨 소리를 그런 정신 나간 소리를 하고 있어?"

"아녀. 아녀. 정성이 있으면 한식에도 세배하더라고 지금이라도 해줌세. 모두 나서게."

"그려. 그려."

술이 거나해진 작자들은 대번에 후닥탁, 보라매 꿩 덮치듯 복만이 두 다리를 잡아 들보에다 거꾸로 매달아버렸다. 복만이는 삽시간에 거꾸로 대롱대롱 물구나무서고 말았다. 너무도 순식간이라 마치 그렇게 생긴 덫에라도 치인 것 같았다.

"이런 젠장, 참말로 생사람 쥑일 참이여?"

복만이는 정색을 하고 화를 냈으나, 할아버지 상투라도 잡을 것 같게 걸쌈에 겨운 패들에게 그런 떠세가 먹혀들 까닭이 없었다.

"네이 요놈! 네놈 죄를 네놈이 잘 알렷다?"

달중이가 다듬잇방망이로 복만이 엉덩짝을 사정없이 갈기며 호령이었다.

"아이고, 사람 죽어. 그만해. 그만!"

들보에 매달린 복만이는 악을 썼다.

"아직 시작도 안 했는데, 그만이란 말이냐? 복만이, 이 싹퉁머리 쪼그라진 작자 잘 듣거라. 그래 한병에 이만원이나 되는 양주는 촌놈들 쐬주 마시듯이 퍼마시는 놈이, 새마을회관하고 저 아래 의병비 세우는 데 기부금 좀 하라고 했더니, 네놈이 마시는 양주 반병값을 돈이라고 내놨더냐?"

"아이고, 죽겠어. 끌러놓고 해. 끌러놓고 하란 말이여!"

복만이는 죽을 상판으로 악다구니를 썼다. 거꾸로 매달린 복만이는 상판이 벌게졌다.

"이놈아, 시작도 안 했는데 끌러놓으라고? 또 소리를 질렀단 봐라. 입에다 재갈을 물릴 것이다. 이 못된 놈아, 네놈 양주 한병이 촌놈덜 쐬주 한병하고 맞먹는다니 그런 계산으로 치면, 니가 낸 의병비 세우는 데 보낸 만원은 단돈 오십원이다. 이놈아, 요새 시골 여편네들이 사돈네 집에 부조 가는데도, 오백원짜리 한장 안 내놓고는 얼굴 뜨거 하는디, 그래 단돈 오십원을 기부라고 내논단 말이냐?"

닦달을 하는 본새가 라디오에서 들었음직한 사극 가락으로 제법이었다.

"아이고, 창자가 기어 나와. 내려놓고 해. 내려놓고."

복만이는 요동을 치며 악을 썼지만, 이미 달아맨 돼지 꼴이었다.

"이놈아, 왕년에 발목 안 달아매여본 놈 있다더냐? 사리엉!"

"예, 으이!"

달중이 호령에 만득이가 익살을 떨며 방망이를 들고 나섰다.

"그 방망이로 이놈 양쪽 발바닥을 사정없이 쳐라!"

"예, 으이. 이놈아, 니가 어느 사또 존전이라고 주둥아리를 함부로 아갈대느냐? 앵앵."

"아이고, 미치겠어. 끌러놓고 하란 말이여."

복만이는 죽는다고 악을 썼다.

"사리엉! 그놈 입에서 죄를 알았다는 소리가 기어 나오든지, 창자가 기어 나오든지, 둘 중에 하나가 기어 나올 때까지 매우 쳐라. 만약에 사정을 두었다가는 사령 네놈이 살아남지 못하리라. 알겠느냐?"

달중이가 준엄하게 호령을 했다.

"예에 으이. 분부대로 거행하겠습니다. 네 이놈. 네 죄를 알았느냐 몰랐느냐, 어서 말을 해라."

만득이는 나장 흉내로 익살스럽게 방망이를 크게 원을 그려 터덕터덕 갈겼다.

"사람 죽어. 사람 죽는단 말이여."

복만이는 벌겋게 충혈된 얼굴에 땀을 뻘뻘 흘리며 악을 썼다.

"이놈아. 죽는 것은 네놈 사정이고, 만약 내가 너한테 사정을 뒀다가는 내가 살아남지 못하는디, 내가 대신 죽어주란 말이냐? 앵앵앵."

"이놈 목숨이 아깝거든 바른대로 아뢰라!"

선구가 다른 방망이로 엉덩이를 치며 곁들었다.

"알았어, 알아."

"알기는 뭘 알았느냐?"

"쪼금 끌러주란 말이여. 참말로 죽겄어."

복만이는 벌겋게 충혈된 상판으로 숨을 헐떡이며 악을 썼다.

"요놈 봐라. 아직도 정신이 덜 들었구나. 사령! 정신이 화끈하게 치지 못할까?"

"아이고, 죄송하옵니다. 이놈아 알았느냐? 몰랐느냐? 앵앵."

"아이고, 알았단 말이야. 알아."

"알았으면 새마을기금으로 얼마 내겠느냐? 네놈 목숨 값이다 생각하고 돈 천만원 내놓지 않으면, 하늘이 두쪽으로 뽀개져도 내려놓지 않을 것이다."

"십만원!"

복만이는 사뭇 다급했던지 숨넘어가는 소리로 내뱉었다.

"뭣이 십만원? 네놈 목숨이 그래 양주 다섯병 값밖에 안 된단 말이냐? 이놈아, 시방 우리 집에서 기르는 진돗개도 십만원에 사왔는디, 네놈 목숨이 개하고 같단 말이냐? 모가지를 묶어다가 보신탕집에 폴아넘길 놈아. 이놈아."

"에라 죽일 놈, 나같이 사령질이나 하는 놈 소견에도 열번 죽어도 싸게 보인다. 이놈아, 앵앵앵."

"아이고, 정말 죽겠어. 내려놓고 혀, 내려놓고."

"돈 뒀다 뭣 해? 한 이백만원쯤 툭 내던져!"

선구가 핀잔 조로 한마디 했다. 복만이 충혈된 얼굴에서 비지땀이 흘러내렸다.

"아이고, 이십만원! 이십만원!"

복만이는 거의 비명을 지르듯 소리를 질렀다.

"예라이 순. 아까 그 보신탕 집에서 도로 물러다가 어혈병 든 도깨비 곰거리로 내발길 놈아, 이놈아! 똑똑히 듣거라. 이 동네는 자고로 백성 위에 거드름 피우는 버슬아치도 없었고, 남의 것 걸태질해서 부자 된 놈도 없었다. 그렇지만, 모두가 곧은 의기로 살아오기를 이 동네만 한 데가 이 근동에서는 없다. 그것은 저 아래 화약골이 말해주고 있다. 이놈아, 이런 동네서 귀가 빠져 뼈가 굳은 놈이, 그런 선조들 앞으로 자가용까지 타고 광내고 댕기는 놈이, 그래 고향 배반하기는 빵꾸 난 양말짝 내던지대끼 한단 말이냐? 이 죽일 놈아, 이놈아. 이십만원이 돈이냐? 이놈을 매우 쳐라."

"달중이 사또 말이 백번 옳다. 앵앵앵."

"아이고. 아이고."

"얼마 낼 것이냐? 백자 밑으로는 입도 벌리지 말어라, 이놈아! 앵앵앵."

"아이고 냈어, 내!"

"얼마냐? 백만원?"

"응 백만원!"

복만이는 거의 죽는 소리로 대답했다. 세사람은 얼핏 눈을 맞대며 웃었다.

"달중이 사또님, 백만원이면 쪼깐 고려할 바가 있을 듯하옵니다마는."

만득이가 너스레를 떨었다.

"응, 그럼 끌러놓고 볼거나, 끌러라!"

모두 달려들어 끌러 내렸다.

"아이고 머리야, 아이고."

복만이는 그대로 방바닥에 네 활개를 펴고 소리를 질렀다.

"하늘이 한참 빙빙 돌 거여. 하하하."

복만이는 한참 만에 땀투성이 얼굴을 문지르며 일어났다. 얼굴을 찡그리며 묶였던 발목을 주물렀다.

"자. 양주 한잔 하면 풀릴 거네. 그런께 진즉 내겠다고 할 일이지, 기어코 호강을 한번 하고 싶어서 버티다가 그 꼴이잖은가? 하하하."

복만이는 웃음 반 울음 반의 씁쓸한 표정으로 선구 잔을 받아 상에 놓고, 계속 발목을 문질렀다.

"이 사람아, 그런께 간혹 적선도 하고 시주도 하며 살아. 그래야 자네 이름대로 '복 많이' 받고 사는 거여. 알겠어?"

선구가 익살을 부렸다.

"옳은 소리. 재산이란 것은 지키기로만 하면 그런 애물도 없는 거여. 그런께 '복 많이 받고' 살려면 시주도 하고 기부도 하고 살아야지, 폭만 킴 으짜고 광이나 내고 댕기다가는 '폭망하는' 수도 있어."

그때 선호가 스피커 앰프를 만지더니 스위치를 넣고, 마이크를 들어 푸푸 성능시험을 했다.

"안녕하심까? 추석 장만하시느라고 바쁘신디, 더군다나 밤중이 야심한데, 이쁘잖은 첫소리를 왕왕대서 죄송함다. 이렇게 밤중이 야심한 견지로 봐서는 이것이 물 건너 시집간 딸이 첫아들 낳았다는 소식이더라도, 뒀다 전해야 할 것임다마는, 뭣이냐, 부락적인 견지에서는 그보담 더 기쁜 일이 있기 때문에, 이런 소식이라면 밤중이 아흔아홉이라도 전하는 것이 옳다는 견지에서 마이크를 왕왕대오니, 이 점 양해적으로 생각해주시기 바랍니다. 이 부락 출신이신 동해피혁주식회사 김복만 사장님께서 오늘 중추절 추석을 맞아 귀향하셨다는 사실을 모르는 분이 없이 다 알고 기실 줄로 믿슴다."

"뭘라고 그런 소리를 하고 있어?"

술잔을 들고 있던 복만이는 겁먹은 표정으로 말했다. 선호는 조용하라고 손을 흔들며 계속했다.

"김 사장 귀향 기념 수건이다, 또 그 뭣이냐 제2공장 준공 기념으로 맨든, 근사하게 생긴 헝겊 패때기를 집집마다 빠짐없이 고루 돌렸을 테니, 그것을 다 받아보셨을 줄 압니다. 그렇지마는, 김 사장이 평소에 안 하시던 일을 하시니께, 뭣이냐, 이 작자가 돈 벌었다고 광을 내도 별쫑맞게 낸다고, 혹연 오해적인 견지에서 생각하셨을 분이 계실지도 모르겠습니다. 그렇지만, 그것은 어디까지나 추측적인 견지에서 생각하신 것이고, 김 사장님은 그만큼 깊은 속마음적인 생각이 있어서 그런 것을 미리 돌린 것이다 이검다. 그 깊은 생각이 뭣이냐? 그것은 바로 방금 일금 일백만원을 우리 부락 새마을기금으로 내노신 일이라 이검다."

"어어. 이 사람아, 그런 소리를 아무케나 하면 어떻게 해?"

복만이는 소태 먹은 상판으로 선호 말을 채뜨렸다.

"그럼, 술 마시고 뻘소리 한 것을 내가 잘못 듣고 전한 것이라고 하까라우?"

선호가 마이크 스위치를 끄며 능청을 떨었다.

"그래도, 그것이 허허 참."

복만이는 안절부절 어쩔 줄을 몰랐다. 선호는 다시 스위치를 넣었다.

"잠깐, 실례했슴. 김 사장님은 오늘 저녁 모처럼 옛날 친구들과 만나 즐겁게 술을 마심시로 여러가지 추억적인 이야기와 동시에, 허물없는 장난까지도 우정적인 견지에서 하고 놀다가 이런 뜻을 밝힌 것이올시다. 우리 부락적인 견지에서는 이보다 더 영광스런 일이 없슴. 그래서 오는 정 가는 정으로 내일 오후 다섯시에 김복만 사장님 귀향 환영식과 겸하야 새마을기금 전달식을 새마을회관에서 거행하겠슴. 한사람도 빠지지 마시고 참석하여주시기 바람."

복만이는 웃음 반 울음 반의 얄궂은 표정으로 술잔을 들었다 놨다 부쩝을 못했다.

"참고적인 견지에서 한가지 더 말씀드릴 것은 이 돈을 어디다 쓸 것이냐, 그것도 내일 그 자리에서 결정할 것이니 모두가 생각해보시고 오시기 바람. 그런디 김 사장님이 이 돈을 내논 것은 저 아래 화약골 의병 이야기 다음에 내놓은 것으로 보면, 김 사장님의 사견적인 견지에서는 이 돈에다 동네 사람들 돈을 더 보태서 지난 번에 우리끼리 이야기가 나오다 말았던 의병비를 세우는 것이 으짜냐, 이런 생각인 것 같습다. 훌륭한 생각이라고 생각함."

모두 복만이를 보고 웃으며 고개를 끄덕였다.

"요새 라디오에서 걸핏하면 나라사랑이 어떻고 아갈거리는디, 그때마다 씨가 쪼깐 맥혀드는 소리를 하는가 귀를 쫑가보면, 모두 가 보리풀떼기 죽에 냉수 탄 것 같은 소리나 씨부렁대고 앉아서, 맨날 이순신 장군이나 나불대고 있습다. 내 사견적인 견지에서 볼 적에는 저 아래 화약골 의병덜이 이순신 장군보다 더 훌륭하게 생 각되더라 이겁다. 그 이유는 왜냐? 이순신 장군은 애초부터 군인이 었으니 군인이 나라를 위해 싸우는 것은 농사꾼이 농사짓는 것처 럼 당연한 일이다 이겁니다. 그렇지만, 우리같이 생판 무식한 농투 성이들이 맨손으로 나라를 지키려고 싸우다 죽은 것은 몇배 더 장 한 일이더라 이겁다."

"말마다 옳은 소리구먼."

"그런 의병들 혼이 화약골 잡초에 묻혀 있는 걸 여적지 보고만 있었다는 것은, 반성적인 견지에서 볼 적에 우리 후손들이 올바르 게 후손들 노릇을 했느냐 이겁다. 그런디 김복만 사장님은 회사 일 에 바쁜데도 불구하시고, 이런 일에까지 맘을 쓰신 것을 보면, 역시 나 너른 데서 크게 노시던 분이라 생각하는 것이 활달하시더라 이 겁다. 우리가 이번에 의병비를 세우면, 얼마 전에 돌아가신 내동양 반은 묏등 속에서 춤을 추실겁다. 하여간, 이런 경사스런 일에 한분 도 빠지지 마시고 모두 나오시기 바람다. 기분 좋은 추석이 되어서 대단히 기쁘다. 감사함다."
복만이도 빙그레 웃고 있었다. 싫지 않은 웃음이었다.

『현대문학』 1976년 9월호(통권 261호); 2006년 8월 개고*

* '재수 없는 금의환향' → '김복만 사장님 금의환향' 작품명 변경.

추적

"야, 이놈아! 도대체 나를 어쩌자는 것이냐? 생사람을 이렇게 무작정 가둬놓고 어쩌자는 것이냐 말이다. 그래 정신과 의사란 놈이 사람이 미쳤는지 안 미쳤는지도 모른단 말이냐?"

영감은 철창을 붙잡고 고래고래 고함을 질렀다. 눈에서는 시퍼렇게 불이 타고 있는 것 같았고, 입술은 부들부들 경련이 일어난 것 같았다. 영감은 의사가 나타나기만 하면 처음에는 조용조용 설득 조로 말하다가 나중에는 이렇게 고함을 질렀다. 고함소리는 사지를 묶인 맹수의 비명처럼 비참하다 못해 처절했다.

의사는 아침저녁으로 하루 두번씩 여기 올라와서 철창 사이로 방 안을 살피며 잠시 영감 고함소리를 듣고 있었다. 그러나 의사는 방을 구석구석 살펴볼 뿐 영감 고함소리에는 전혀 신경을 쓰지 않는 것 같았다. 마치 기계를 체크하고 다니는 숙련기사의 침착한 태도 같았다. 의사는 여태까지 영감이 아무리 크게 고함을 질러도 한번도 얼굴에 무슨 표정이 나타난 적도 없고, 한마디도 말을 한 적도 없었다. 직업적으로 굳어버린 표정 같아 인간이라고 느껴지지 않을 지경이었다. 어찌 보면 세상을 두루 다 살아 이런 일뿐만 아니라 인간 잡사를 초탈해버린 달관의 태도처럼 보일 지경이었다.

"허허, 세상에 저런 답답한 인종도 있단 말인가?"

영감은 의사가 사라진 쪽에 망연자실 눈을 대고 있다가 혼잣말로 탄식을 했다. 증오와 경멸과 원망이 착잡하게 뒤얽힌 비참한 고함소리였다.

그러나 영감은 이글이글 타는 분노에 비하면 한번도 크게 품위를 흩트려 악다구니를 쓰는 일은 없었다. 영감은 훤칠한 이마와 우뚝한 콧날에 얼른 범접하기 어려운 고고한 기품이 있었고, 서릿발 같은 눈초리에는 대쪽을 쪼갤 것 같은 성깔도 서려 있는 것 같았다. 이 성깔이 열화 같은 분노로 끓어올라 꽝꽝 고함을 지르며, 입술에서 부들부들 경련을 일으키다가 거기서 더 어쩌지 못하고 헐떡거리는 숨소리와 함께 잦아들고 말았다. 오늘도 처음에는 어린 애를 달래듯이 조근조근 말을 시작하더니 의사 반응이 매양 그 꼴이자 이놈 저놈으로 감정이 터졌던 것이다.

"여보시오. 나는 엊그제까지 전라도 ××에 있는 ××고등학교 교장이었소. 정년퇴직한 지가 꼭 한달 되었으니 전화를 걸어보시오. 내가 미쳤다면 전부터 어디 다른 데가 한군데라도 있었을 테니 전화를 걸어 알아봐요. 당신은 지금 저 박가 놈한테 농락을 당하고 있어요. 도대체 속을 것이 따로 있지 정신과 의사가 사람이 미쳤는지 안 미쳤는지 그걸 속고 있다니 이게 말이 됩니까?"

영감은 처음에는 차근하게 말하다가 점점 목소리가 커졌다.

"사람의 정신이상 여부를 그런 장사치 놈이 판단하다니 그럼 도대체 당신은 뭐요? 저 박가 놈이 나를 여기다 처박아 억지 정신병자를 만들려는 데는 흉악한 딴 속셈이 있어요. 저놈은 민족을 배반하고 동지를 배반한 돈으로 지금 저렇게 치부를 한 작자입니다. 그 사실을 아는 사람은 이 세상에 나 한사람밖에 없기 때문에 나를 미친놈으로 만들어버리려는 것이오. 내 말 알아듣겠소? 그래도 끝내 당신이 나를 여기에 가두어둔다면 당신은 저 박가 놈 하수인이라고밖에 볼 수 없소. 돈에 매수되어 인술을 악용하는 흉악한 악덕배라 이 말이오."

영감 말소리는 비수같이 날카로웠다. 영감은 그 서릿발 같은 눈으로 의사를 노려보며 계속 쏘아댔다.

"당신은 의과대학을 졸업할 때 히포크라테스 선서를 했겠지요? 이렇게 생사람을 환자 취급해서 돈을 벌라는 말도 거기 쓰여 있습디까? 인술을 악용해서 돈을 벌라는 말도 거기 쓰여 있더냐 말입니다."

영감은 가슴속에 들끓고 있는 울화 덩어리를 한조각씩 토막 쳐 내뱉듯 마디마디에 힘을 주어 쏘아댔다.

그러나 의사는 언제나 영감 말을 고장난 기계의 소음 이상으로 들으려는 태도가 아니었다. 의사가 여기 올라오는 것은 처음부터 환자의 용태를 살핀다거나 이런 말을 들으러 오는 게 아닌 것 같았다. 도망치려고 어디 창살이라도 한군데 어긋내놓지 않았나, 그동안 자살이라도 해버리지 않았나, 이런 것이나 살피러 오는 것 같았다. 산에서 금방 잡아온 맹수를 가둬놓고 감시하는 그런 태도였고, 그래서 영감 말소리도 그런 맹수의 으르렁거림으로밖에 들리지 않는 것 같았다. 이 병실에는 의사 말고는 얼씬거리는 사람도 없었다.

이 병실은 미쳐도 험하게 미쳐 펄펄 날뛰는 환자만 수용하는 병실인지 설계가 특수하게 되어 있었다. 이층 뒤편에 있는 이 방은 사방이 열자 크기로 예사 방하고 다를 것이 없었으나 유리창이 이중이고, 안쪽에 손가락 굵기의 철망이 쳐져 있었다. 그리고 화장실에는 변기와 욕조가 있고, 아래층에서 올라오는 계단은 이 방 전용의 계단이 따로 있었다.

이 방문은 밖에서만 열게 되어 있었으며 복도에서 유리창 곁으로 꼭 극장이나 버스 정류소의 매표구 같은 구멍이 하나 뚫려 있었다. 복도에는 마치 대학 강의실 간이책상처럼 책상에 의자가 붙어 있었다. 그러니까, 그 매표구 같은 구멍으로 환자 말을 듣고 그 책상에서 적는 모양이었다. 그러나 영감이 여기 들어온 뒤로 의사가 그 책상에 앉아본 적이 없었다.

방은 사방이 모두 새하얀 종이로만 발라져 눈 하나 멈춰둘 곳이 없었다. 다만 복도 쪽 유리창으로 고층 건물 사이가 조금 뚫려 멀리 하늘 한조각이 보이고, 한참 멀리 높은 고층 아파트와 도시의 원경이 조금 보일 뿐이었다.

── 땡땡.

한쪽 벽에서 종소리가 났다. 의사가 다녀간 뒤 넋 나간 사람처럼 멍청하게 앉아 있던 영감이 돌아보았다. 밑바닥의 사방이 한뼘쯤 되는 승강기가 밥을 싣고 올라와 멈춰 있다. 바닥이 사방 한자 크기 작은 승강기는 처음부터 이렇게 식사운반용으로 고안된 것 같았다. 거기에는 밥과 국, 그리고 반찬 몇가지가 놓여 있었다.

— 땡땡.

영감이 한심한 눈으로 바라보고 있자 승강기는 다시 종을 울렸다.

영감은 마치 맹수라도 보듯 보고 있었다. 영감이 여기 들어와서 맨 처음 저 승강기를 보았을 때도 저런 눈초리였고 지금도 그랬다. 영감의 이런 표정에는 아랑곳없이 승강기는 땡땡 종소리를 울려댔다. 영감의 입술에 경련이 일었다. 종소리는 이게 그렇게 구경이나 하란 것인 줄 아느냐는 듯 땡땡 신경질적으로 울려댔다. 밥그릇을 내려놓지 않으면 하루 종일이라도 울려댈 것 같았다.

영감은 무슨 결심이라도 하듯 입술을 사리물고 밥그릇을 내려놨다. 영감은 화풀이라도 하듯 밥을 먹기 시작했다. 밥을 씹는 영감 표정에는 살기마저 감돌고 있었다. 가슴속에 부글거리고 있는 울화 덩어리라도 우물거리듯 밥을 우물거려 삼켰다.

다음 날도 그 시간이 되자 의사가 나타났다. 의사는 아침 여덟시와 저녁 다섯시가 되면 꼭 그 시간에 하루 두번씩 나타났다.

"오늘은 조용조용히 말하겠으니 내 말을 한번 들어보시오. 내 말을 들어보면 내가 여기 들어온 경위를 자세히 알 것이오."

영감은 침착한 소리로 말했다. 의사는 어찌 생각했던지 영감을 한번 힐끔 보았다. 의사가 영감을 이렇게 맞바로 보기는 영감이 여기 들어오고 나서 처음이었다. 그러나 의사는 더 반응을 보이지 않고 돌아서서 아래층으로 내려가버렸다.

"여보시오. 여보시오."

영금은 다급하게 불렀으나 의사는 들은 척도 하지 않고 내려가 버렸다. 영감은 철창살을 붙잡고 멍청하게 서 있었다. 그러던 영감의 눈에 다시 긴장이 피어올랐다. 의사가 올라오고 있는 것 같았다. 의사는 손에 종이와 볼펜을 들고 있었다. 영감은 의사를 건너다보고만 있었다. 의사는 복도에 놓여 있는 책상으로 가서 종이에다 무엇을 한참 적었다. 다 쓰고 나서 영감을 건너다보았다.

"이야기할까요?"

영감은 멍청하게 묻고 있었다. 의사가 고개를 끄덕였다. 영감 말에 의사가 이런 식으로나마 반응을 보이는 것은 이번이 처음이었다.

"가만있자. 어디서부터 이야기를 시작한다?"

막상 말을 하자니 막연한 모양이었다.

"그 박가하고 나는 같은 고향으로 막역한 사이였습니다. 보통학교 때부터 대학까지 같이 다녔는데, 살림 형편도 비슷해서 일본으로 유학을 갈 때도 같이 갔습니다. 그러다가 중도에서 대학을 집어치우고 독립투쟁에 뛰어들었는데, 거기까지는 같이 행동을 했습니다. 그만큼 우리들은 의기가 투합했던 것입니다. 내 입으로 독립투쟁 했다는 말을 한 것은 이것이 처음인 것 같습니다. 거기에는 그럴 만한 이유가 있었습니다마는, 이 일의 사단이 거기에서 출발하다보니 이런 말이 나옵니다. 하여간 그때 우리는 어마어마한 음모를 하나 꾸미고 있었습니다. 박가하고 우리 두사람이 꾸민 일이 아니고 다른 동지들이 꾸며놓고 우리를 포섭해 들인 것입니다. 일본 천황을 납치해서 독립을 흥정하자는 것이었습니다. 천황이 살고 있는 궁성 밑으로 땅굴을 파고 들어가서 납치를 한다는 것입니다. 너무 황당무계한 말이라 처음에는 어리둥절했지만, 세부적인 계획을 듣고 보니 그럴듯했습니다."

영감은 의사를 힐끔 보며 말을 이었다. 궁성에서 되도록 가까운 지점에 집을 하나 사서 그 집 마당에서부터 굴을 파고 들어갔는데, 거기서 나온 흙을 처리하려고 그 집에다 꽃가게를 차리고 화원으로 꽃을 나르는 것처럼 화분에 흙을 담아 운반했다는 것이다. 화원에서 화분을 가져올 때는 빈 화분에 나무만 꽂아 위장하고, 나갈 때는 진짜 흙을 담아 갔다는 것이다. 그러니까 가장 어려워 보였던 흙 처리 문제는 이렇게 간단했지만, 가장 어려운 것은 거기서 나오는 물을 처리하는 일이었다는 것이다. 이런 땅굴 작전은 이미 중국의 『삼국지』에서도 있었던 작전이라 별로 새롭달 것도 없는 일이었다. 특히 봉건시대를 싸움만으로 살아온 일본사람들은 이런 것쯤 이미 축성할 때 예방을 해놓았다는 것이다. 궁성을 빙 둘러 깊숙이 호를 파고 거기다 물을 채워둔 것이다. 이것을 해자(垓子)라 하는데, 이것은 지상 공격에 대비하자는 것이 직접적인 목적이지만 이런 땅굴 작전에도 방비책이 되었다는 것이다.

의사는 바삐 받아쓰고 있었다.

"우리 동지 가운데 공과대학 토목과를 나온 사람이 있어, 물 처리는 기술적으로 극복이 가능하다는 것이어서 거기서부터 그 계획이 출발한 것인데, 그래도 거기에는 기술상의 난점과 발각될 위험이 따르고 있었습니다. 그래서 그 동지를 광산으로 보내 그 점을 더 연구하도록 하고, 우리들은 거사자금을 마련하러 나섰습니다. 이 일에는 많은 돈이 필요했던 것입니다. 되도록 궁성에서 가까우면서 꽃가게를 차릴 만한 위치에다 집을 구해야 했기 때문에 그런 집을 구하는 데 드는 돈도 돈이었지만, 화원을 사서 제대로 운영을 해야 하고 또 굴속에 쓸 갱목이며, 제반 공구며, 십여명이 삼년에서 오년 동안 살아갈 생활비 등 이만저만 돈이 드는 것이 아니었습니다. 이 일이 중대한 만큼 위험이 따르기 때문에 우리들은 시간을 넉넉히 잡아 삼년에서 오년을 계산하고 일을 시작한 것입니다."

영감은 남의 이야기 하듯 담담하게 말하고, 의사는 중학교 우등생처럼 영감 말을 하나도 놓치지 않겠다는 듯 열심히 적고 있었다.

"그렇게 적을 것 없이 듣기만 하시오."

영감이 한마디 했으나 의사는 들은 척도 않고 다음 영감 말을 기다렸다.

"우리는 세조로 나뉘어 한조는 광산으로 가고 두조는 자금 조달에 나섰는데, 우리 조 책임자는 나였습니다. 그때 박가는 우리 조에 소속되어 있었지요. 우리 조가 맨 처음 눈독을 들인 것은 만주에서 설치고 있는 일본인 아편밀매상이었습니다. 말이 밀매지 공공연하게 관의 비호를 받으며 대대적인 장사를 하고 있었지요. 우리는 그 돈을 빼앗아다가 독립자금에 쓴다는 점에 적잖이 흥분했습니다. 나는 그때 국내에 다른 일이 있어 동지들 세사람만 미리 만주에 들여보내 정보를 수집하라 했습니다. 두달 만에 연락이 왔습니다. 다 됐으니 들어오라는 것입니다. 가보니 소상하게 정보를 입수해서 손바닥에다 놓고 보듯 구체적인 행동계획까지 세워놓고 있었습니다. 그런데 어이없는 일이 하나 벌어졌습니다. 지금 생각해도 정말 기막히는 일이었습니다."

영감은 잠시 말을 끊고 수십년 저쪽을 보듯 한참 동안 눈길을 허공에 띄우고 있었다. 그러나 의사는 영감 말을 적는 데만 열심이었다. 마치 법정에서 피의자 진술을 적고 있는 서기처럼 열심히 적기만 할 뿐, 영감 말에 무슨 감동이나 놀라는 표정은 조금도 나타내지 않았다.

"동지 한사람이 너무 열심인 나머지 아편 소굴에 깊숙이 침투하느라 자기도 아편쟁이처럼 그들 앞에서 아편을 해 보이다가 그만 아편에 중독이 되어버렸습니다. 생살에 아편을 찌르는데 독립투사 몸뚱이라고 중독이 되지 말라는 법이 있겠습니까? 그때 독립투사들 의기는 적어도 이랬습니다. 요사이 걸핏하면 생명을 걸고 어쩐다고 쉽게 말하는데, 우리들은 실제로 죽음은 이미 초탈했었습니다. 굳이 생명을 들먹인다는 것부터가 그만큼 생명에 애착을 보이는 감상이 아니고 무엇입니까? 사람이 생명을 내던진다는 것은 어느 경우에나 장한 일이지만, 생명을 내던진다는 것만을 대단한 일로 알아 부나비처럼 달려든다면 그렇게 죽는 것이 자기 위안은 될지 몰라도 일의 효과 면에서 볼 때는 별것이 아닌 경우가 많습니다."

하여간, 그때 그 동지는 폐인이 되다시피 했는데, 그런 의기로 일을 했으니 일이 성공할 것은 너무도 당연한 일이라 생각했다는 것이다. 그들한테 걸려든 작자는 '키무라 주우따로오(木村中太郎)'란 그 방면의 거물이었는데, 그들은 그 작자가 수표 거래하는 방법까지 치밀하게 알아내서 몽땅 털었다. 굉장히 많은 돈이었다. 그 돈은 그때 그들을 도와주고 있던 중국인 상인의 도움을 받아 일본으로 송금을 하기로 하고, 그 일을 전부 저 박가한테 맡긴 다음 그들은 또다른 일에 착수했다는 것이다.

"그런데, 나중에 알아보니까 그 돈을 박가가 일본 은행에서 찾아간 것은 분명한데 이 작자가 온 데 간 데 종적이 없었습니다. 우리는 그가 경찰에 붙잡힌 줄 알고 뿔뿔이 흩어져 피신하는 등 소동이 벌어졌습니다. 그런데 일본 경찰을 동태를 보니 우리 정보가 샌 것 같지 않았습니다. 그래도 우리는 상당히 오랫동안 관망하다가 박가 행방은 수수께끼로 남긴 채 다시 활동을 시작했습니다. 그런데 그런 큰돈을 그렇게 극적으로 얻어내는 행운이란 쉽지 않았습니다. 결국 우리는 저 박가 때문에 거의 이년이란 시간을 허비한 셈이었습니다. 그러나 그동안 어지간히 자금도 마련되고 물 처리 문제도 상당히 연구가 되어 일을 본격적으로 시작했습니다. 그런데 우리의 운수가 그랬던지 국운이 그랬던지 이번에는 하늘의 방해를 받았습니다. 정말 기가 막힌 일이었습니다."

영감은 탄식을 하고 나서 계속했다.

"일을 시작한 지 반년 만에 원한의 그 관동대지진이 일어난 것입니다. 굴속에 있던 동지들은 그대로 생매장되어버리고, 밖에 있던 동지들도 미쳐 날뛰는 일본 군중들한테 몰매를 맞고 모두 죽어버렸습니다. 관동대지진의 참사 아시지요? 그것은 한국인에게는 이중으로 비참한 일이었습니다. 지진 뒤의 험악해진 민심의 방향을 다른 데로 돌리려고 일본정부는 야비하기 짝이 없는 모함을 했던 것입니다. 조선사람들이 이 기회에 보복을 하려고 우물에 독약을 뿌리고 집에 방화를 했다는 것입니다. 그들은 조선사람들을 이런 데까지 제물로 썼던 것입니다. 우리는 이런 사실을 일본인에 대한 적개심으로가 아니라 우리 스스로 자세를 가다듬기 위해서라도 뼈에다 아로새겨야 합니다."

영감은 또 잠시 말을 끊었다. 허공에 떠 있는 그 눈길에는 이글이글 불이 타고 있는 것 같았다.

"그때 나는 다행히 국내에서 돈을 구하다가 사기죄로 감옥에 있었기 때문에 목숨을 건졌지요. 그래서 지금 이북에 있는 내 호적에는 그때 죄목이 적혀 있을 것입니다. 나는 감옥에서 나와 다시 그 계획을 실천하려 했으나, 이미 시국이 달라져 돈줄도 예전 같지 않고 여러가지 조건이 여의치 않았는데 무리하게 돈을 구하려다가 또 감옥살이만 하다가 해방을 맞았지요."

해방이 되자 한때는 그 정열로 정치를 해볼까 했으나, 마음을 고쳐먹고 시골로 내려가 선생질을 한 것이 결국 그 길로 이렇게 여생을 보내고 말았다는 것이다. 그때 그가 정치에서 마음을 돌린 것은 과거에 테러만 일삼아오던 버릇이 있어 발상이 노상 극단적이어서 정치를 하다가는 아무래도 일을 크게 그르치고 말지 모른다는 주위 사람들의 충고를 받아들인 것이라 했다.

민족반역자를 처단하자는 '반민특위법'이라는 법이 삼년 만에야 국회에 상정되었지만, 친일파들 농간에 이것저것 손대다보니 죽도 아니고 밥도 아닌 꼴이었다. 그 법이란 것을 보자 주먹에 피 사발이나 든 사람치고 울화통이 터지지 않는 사람이 없었다는 것이다. 그러나 혁명가와 정치가는 활동하는 조건이 다르고 능력이 다른데, 조물주는 공평해서 그렇게 큰 능력을 좀해서 두가지씩은 한꺼번에 주지 않는 모양이라고 했다.

"그러니까, 그때 내가 낙향한 것은 절망이나 도피가 아니고 내 분수를 찾아 행동한 것이었습니다. 그랬던 게 이렇게 세월이 흘러 정년퇴직을 하게까지 되었습니다. 어차피 독립투쟁에 신명을 바쳤던 나로서는 이게 덤으로 얻어진 생애나 다름없으니, 무슨 여한이 있겠습니까만 단지 이제 하나 더 할 일이 있다면 그때 우리들이 활동했던 기록을 정리하는 일이었습니다."

그런데 그때 함께 투쟁했던 사람들이 거의 세상을 뜨고, 또 무슨 증거가 될 만한 것이 남아 있지도 않아 그것을 사실로 입증할 일이 문제였다는 것이다. 그런 일을 그전에 밝히지 못했던 것도 그 때문이었는데, 이제 와서는 더 묻어둔다는 게 그때 그 동지들을 배신하는 것 같아 어떻게든 정리를 하고 싶었다는 것이다. 그때 땅굴을 파고 들어갔던 곳을 파보면 거기 썼던 갱목이며 유골들이 나오겠지만, 그것은 현실적으로 불가능한 일이고, 그래서 여러가지로 궁리를 하다가 그때 박가가 일본 여자 하나를 사귀고 있던 기억이 문득 떠올랐다는 것이다.

"그 일 계획 단계에서는 우리 몇사람만 그 구체적인 내용을 알고 보안을 철저하게 했었기 때문에 박가가 누구한테 그런 말을 섣불리 했을 것 같지는 않았지만, 그래도 무슨 짐작 갈 만한 말이라도 했는지 몰라 그 여자를 한번 찾아보기로 했습니다. 마침내 제자 한사람이 일본 대사관에 근무하고 있어 그에게 편지를 띄웠습니다. 어렴풋이 옛날 기억을 더듬어서 그 여자의 이름과 그 여자가 다녔던 학교를 적어 보냈더니 뜻밖에도 빨리 회신이 왔습니다. 그 여자가 지금 동경에서 한국인 교포 재벌과 살고 있다는데, 그 재벌이 바로 그 박가라는 것입니다. 삼년 전부터 한국에 진출해서 사업을 시작했으니 필요하면 만나보라고 회사 이름을 적어 보내지 않았겠습니까? 마침 그가 지금 한국에 나와 있다는 것입니다.”

그는 그 편지를 읽은 순간 벼락을 맞은 기분이었다는 것이다. 도대체 믿어지지가 않는데, 그 믿어지지 않던 일이 사실이었다는 것이다. 박가도 자기를 알아보고 깜짝 놀라더라는 것이다.

“그렇게 놀라면서 여러번 변하는 그 착잡한 표정은 사십여년 전이 작자가 무슨 짓을 했었다는 사실을 너무도 역력하게 말해주고 있었습니다. 그 표정을 보고 있는 순간 내 생애는 사십여년을 뛰어넘어 옛날로 이어지며 내 혈관에는 그때 그 테러리스트의 피가 알알이 고개를 쳐들고 일어서는 것 같았습니다. 아마 그때 내 눈에는 살기가 돋고 있었을 것입니다.”

영감은 말없이 눈을 허공에 한참 멈춰 있었다. 그러나 의사는 영감의 이런 말에도 무슨 감동을 하거나 놀라는 표정이 아니었다. 열심히 적고 있었고, 영감이 이렇게 말을 끊고 있을 때는 그때까지 적은 것을 검토하고 있었다. 마치 기름종이에 떨어진 물방울이 저쪽으로 굴러가 밑으로 흘러내리듯 영감 말은 의사 귀로 들어가서 저쪽 손끝에서 글씨로 변하고 있는 것 같았다.

“그때 박가는 왕년의 테러리스트답게 내 표정에 나타난 살기를 재빨리 간파하고 사업가다운 솜씨로 나를 이렇게 유폐시킨 것입니다. 누구보다 내 성미를 잘 알고 있기 때문에 이런 조치 말고 다른 방법은 없다고 생각한 것이겠지요. 허허."

영감은 어이없다는 듯 웃었다.

"이것으로 내 이야기는 끝났습니다. 어떻습니까? 내 이야기가 지금도 미친놈 소리로 들립니까? 이렇게 조리 있게 말하는 미친놈도 있습니까? 당신은 지금 저 박가한테 농락을 당하고 있소. 의사인 당신은 환자의 병을 성실하게 치료해야 할 의무도 있지만, 이런 경우에는 의술이 엉뚱한 목적에 농락당하는 것을 막아야 할 의무도 있습니다. 저 박가 놈은 돈이면 안 될 것이 없다는 확신을 하고 있을 것입니다. 당신은 지금 중대한 결단을 내려야 할 처지에 있습니다. 뭐 결단이랄 것까지도 없습니다. 사람이 병이 없으면 병원에서 내보낸다는 것은 너무도 당연한 일 아닙니까? 어서 나를 내보내 주시오."

영감은 담담하게 말을 맺었다. 그러나 의사는 영감의 말은 제대로 듣는 것 같지도 않았다. 아무 표정도 없이 종이를 챙겨 들고 일어섰다.

"어떻소? 내 말이?"

의사는 들은 척도 않고 아래층으로 내려가버렸다.

"여보시오. 여보시오."

영감은 다급하게 소리를 질렀지만, 의사는 말없이 계단을 내려가고 있었다. 의사는 마치 노름판에서 판돈을 몽땅 긁어 들고 훌쩍 일어서버리는 노름꾼 같았고, 영감은 밑천을 홀랑 날리고 안달이 난 꼴이었다.

── 땡땡.

승강기가 올라와 종을 울리고 있었다. 꿈속에서 헤매는 것 같은 영감을 현실로 불러들이는 소리 같았다. 영감은 멍청한 표정으로 승강기를 바라보고 있었다.

영감은 다음날 아침 평소보다 일찍 일어나서 세수를 하고 옷을 단정히 입은 다음 방안을 초조하게 서성거리고 있었다. 어제 의사의 태도가 조금 달라진 것 같아 희망을 가져본 것 같았다.

아래층에서 문 열리는 소리가 났다. 계단을 올라오는 발자국 소리가 평소보다 빨랐다. 한사람 발자국 소리가 아니었다. 영감은 잔뜩 긴장한 눈으로 그쪽을 보고 있었다. 영감은 깜짝 놀랐다. 의사가 박가를 앞세우고 나타난 것이다. 영감은 멍청한 눈으로 박가를 건너다보고 있었다. 어제 말했던 게 이렇게 박가를 불러들인 것이 아닐까 하는 표정이었다.

"증상이 어떻다고?"

박가가 의사에게 물었다.

"지금까지 진단으로는 아주 심한 지저스콤플렉스 증상을 보이고 있습니다."

"뭐야? 지저스콤플렉스? 그게 어떤 증상인데?"

"예, 알기 쉽게 말씀드리면……"

영감은 꼭 벼락 맞은 사람처럼 그들을 건너다보고 있었다. 박가가 여기 나타난 것도 갑작스런 일인데다, 의사가 말하는 것을 들어본 것도 여기 와서 처음이고, 또 무슨 증상이 어떻다고 하는 게 틀림없이 자기를 두고 하는 말이라 희망을 가지는 모양이었다.

"지저스란 예수를 말하는데, 예수가 그랬듯이 자기가 아니면 이 세상을 구할 사람이 없다고 생각하는 일종의 망상증입니다. 왜정 때 나라를 구하려고 천황이 사는 궁성 밑으로 굴을 뚫고 들어가 천황을 납치하여 우리나라 독립을 흥정하려 했다는 따위 터무니없는 망상에 빠져 있습니다. 그런데 그 말이 아주 논리적입니다. 그런 말은 물론 망상이기 때문에 현실적으로 아무 결과가 없었으니까, 그 말이 논리적이려면 그 일이 중간에 실패했다고 해야 하지 않겠습니까? 그런데 그 일의 실패 원인이 다른 심리현상과 교묘하게 결부되어 그 실패 원인이 사장님 때문으로 되어 있습니다. 이런 증상은 이분한테 전부터 있었던 것으로 생각되는데, 그가 교직에 있는 동안은 교육을 통해서 나라를 구한다는 생각 때문에 그것으로 보상이 되었습니다. 그래서 그는 이만저만 극성스런 교장이 아니었을 것입니다. 그때 그 밑에 있는 선생들은 몹시 시달렸겠지만, 사회적으로는 교육관이 투철하고 성실한 교육자로 칭송을 받았을 것입니다. 그것이 이 정도에서 사회의 이익과 일치할 때는 오히려 사회에 유익하기도 하지만, 지금 사장님에 대한 경우는 문제가 엉뚱합니다. 물론 지금은 잠재해 있던 증상이 제대로 발작을 했으니까 그때와는 양상이 다르기는 합니다. 하여간, 이런 사람한테 잘못 걸려놓으면 이만저만 곤란하지 않습니다."

의사는 말문을 열자 여간한 달변이 아니었다.

"이분한테서 이런 증상이 나타나게 된 직접적인 계기는 정년퇴직입니다. 일반적으로 정년퇴직같이 급격히 생활조건이 변하면 정신적으로 견디기 어려운 것이라 신경증이 유발되는 경우가 많습니다. 그런데 이분한테는 아까 그런 보상의 길까지 막히는 결과가 되자 잠재하고 있던 신경증이 나타날 충분한 조건이 무르익어버렸던 꼴입니다. 그런데 그런 신경증을 한층 강하게 자극하고 그런 망상을 논리적으로 완결시켜준 계기는 사장님과의 해후였습니다."

사장은 심각한 표정으로 고개를 끄덕였다.

"그러지 않아도 좌절감에 싸여 있는데, 사회적으로 화려하게 성공한 옛날 라이벌을 갑자기 만나게 됐던 것입니다. 자기 처지를 사장님과 비교했을 때 그 열패감이 어떠했겠습니까? 여기에서 자기를 합리화시킬 구실을 무의식적으로 강렬하게 찾게 되었던 것입니다. 그러자면 사장님의 지금 성공이 형편없이 부당한 것이어야 했습니다. 저 작자가 저렇게 돈을 벌었지만, 형편없이 부정한 방법으로 돈을 벌었다. 그러나 나는 나라를 구할 일에만 전념한 나머지 이 꼴이다, 이렇게 말입니다."

영감은 멍청하게 의사만 보고 있었다.

"그런데 이런 합리화 과정이 옛날 독립운동을 하다가 실패했다는 망상 가운데서 그 실패 원인과 찰칵 아귀가 맞아떨어졌던 것입니다. 그때 천황을 납치하려고 마련한 돈을 사장님이 가지고 도망쳐서 그것을 밑천으로 재벌이 되었다는 부분입니다. 여기에서 자기의 위치가 상대적으로 합리화됨과 동시에 옛날 천황 납치 어쩌고 하는 터무니없는 망상은 하나의 픽션으로 완결을 본 셈입니다. 이런 망상은 야심이 많고 꿈이 컸던 이분의 성격 탓인 듯한데, 이분도 한때는 크게 한번 돈을 벌어보려다 실패한 적이 있는 것 같습니다."

독립운동을 했다는 것도 돈과 관계되어 망상이 진행되고 있고, 또 옛날 남의 돈을 사기하다가 감옥에 들어간 적이 있었던 모양인데, 그것도 아까 그 망상의 맥락에서 합리화하여 말하고 있다는 것이다.

"하여간 여기 입원을 했기 망정이지 그런 터무니없는 말을 세상에 떠벌려놓았더라면 사장님 처지가 어떻게 되었겠습니까? 보통 사람 눈으로 보면 저렇게 멀쩡한데다가 엊그제까지 교장선생이었던 사람 말을 누가 의심하겠습니까? 그 말이 아무리 허황하다 하더라도 세상 사람들은 잘된 사람이 나쁜 짓 했다는 말을 그대로 믿어버리기 때문에 이쪽에서 아무리 변명을 해도 소용이 없었을 것입니다. 큰일날 뻔했습니다."

의사는 상관에게 무슨 전과 보고라도 하는 부하처럼 의기양양했다.

"하하하하하."

박가는 갑자기 미친 사람처럼 웃었다. 영감은 얼음판에 나자빠진 소처럼 눈만 말똥거리고 있었다.

"하하하, 저런 고얀. 하하하."

박가는 한참 웃다가 장난스럽기까지 한 표정으로 영감을 보고 다시 웃었다.

"그러나 이런 경우 도덕적으로 나무랄 수는 없습니다. 처음에는 내가 왜정시대 그런 일을 한번 해보았더라면 어쨌을까 하고 소박하게 공상을 했을 것입니다. 그런데 그것이 신경증 단계에 이르면서 그런 망상이 무의식적으로 사실인 것처럼 진행이 되었습니다.

그러기 때문에 저분의 의식이 현실에서는 의문의 여지없는 사실로 믿어지고 있는 것입니다."

"하하하하하."

박가는 또 한참 소리내어 웃었다. 영감은 금방 그렇게 바보가 되어버린 것처럼 이건 영락없이 대통 맞은 병아리 꼴로 멍청해 있었다.

"그럼 치료는 가능한가?"

"상당히 힘들 것 같습니다. 바닷가에 가보면 죽은 고둥 껍데기를 제 패각(貝殼)으로 삼아 그 속에 살고 있는 게고둥이란 고둥이 있습니다. 이분은 아까 그 망상의 고둥 껍데기 속에서 지금 정신적으로 자기를 지탱하고 있는 셈입니다. 그 껍데기를 틀림없는 자기 것으로 생각하고 있고, 그것이 자기 것이 아니라는 것을 인정하기를 무의식적으로 완강하게 거부하고 있습니다. 사장님에 대한 적의는 그 완강한 거부의 반사적인 표현인데, 그 강도가 이만저만 심한 게 아닙니다. 자기가 과거에 사기한 것까지 서슴없이 이야기하는 걸 보면 합리화가 얼마나 철저하게 되어 있는지 알 수 있습니다. 그리고 자기를 대혁명가처럼 착각하고 이승만 박사 같은 사람과 비교할 지경입니다."

"허허허."

박가는 또 크게 웃었다.

"히틀러가 무서웠던 것은 무슨 필요가 있어 거짓말을 해야겠다고 생각하면, 그 스스로가 그것이 거짓말이 아니고 사실이라고 철저하게 믿어버렸기 때문이었습니다. 일단 그렇게 생각하고 나면

추호의 의심도 없이 그것이 사실이라고 확신해버리기 때문에 거기에서 남을 설득시킬 수 있는 정열이 나올 수 있었던 것입니다. 이분의 경우는 그보다 더한 것 같습니다. 히틀러의 경우는 사실이 아닌 것을 사실이라고 해야 하겠다는 의식이 개입했었지만, 이분은 그것이 그냥 무의식적으로 진행되었기 때문에 실제로 자기가 그런 일을 했던 것으로 의식에 박혀 있기 때문입니다. 치료를 한다는 것은 그 망상이 사실이 아니라는 것을 거부하는 무의식과의 줄다리기인 셈인데, 이것을 달리 말하면 아까 그 게고둥의 껍데기를 벗겨내는 잔인한 일이기도 하지요."

"하하하하하."

두사람은 한참 웃어젖혔다.

"그러면 그냥 두는 것이 인간적이라 이 말인가? 하하하."

"글쎄올시다."

"하여간, 사람의 마음속을 그렇게 꿰뚫어 보는 자네는 천재야, 천재! 어떻게든 자네가 알아서 잘 치료하게나. 내 종종 들르겠네."

"예, 예. 잘 해보겠습니다."

"야, 이 도적놈들아! 뭣이 어쩌고 어째?"

여태 멍청하게 듣고만 있던 영감은 악몽에서 깨어난 사람처럼 고함을 질렀다.

"야, 이놈아! 너 같은 놈보고는 어용이라고 할 수도 없고, 너 같은 놈을 뭐라고 하느냐? 이놈아, 아무리 돈에 환장을 했기로서니 그래도 네가 의사란 말이냐?"

영감은 고함을 질렀으나 그들은 말없이 계단을 내려갔다. 영감은 이제야 제정신이 돌아온 듯 새삼스럽게 입술에 경련이 일고, 눈에서 불꽃이 튀는 것 같았다.

의사는 다음 날도 그 시간이 되자 이층으로 올라왔다. 언제 그런 일이 있었냐는 듯 전과 똑같이 무표정한 얼굴이었다. 영감은 뚫어지게 의사를 쏘아보기만 할 뿐 말이 없었다. 그러나 독기 어린 영감 눈은 의사의 눈과 부딪치면 그대로 동공째 녹여버릴 것같이 표독스러웠다. 의사는 영감의 눈을 피해 방 안을 대강 살펴보고 내려갔다.

그때 영감은 어제처럼 소리를 지르는 게 아니었다. 눈에서는 이글이글 불이 타는 것 같던 눈초리가 갑자기 안으로 잦아들며 종일 생각에만 잠겨 있었다. 그리고 벽에서 종소리가 나면 담담한 표정으로 밥을 내려다 먹었다.

그러던 며칠 만이었다. 밥을 먹다가 갑자기 숟갈을 멈춘 영감 눈에 긴장이 피어오르고 있었다. 한참 그렇게 앉아 있다가 다급하게 혁대 위 새끼 주머니로 손이 갔다. 손가락으로 뒤져 무얼 꺼냈다. 오천원짜리 지폐 두장이었다. 영감은, 그 돈을 펴 들고 또 한참 생각에 잠겨 있었다. 그러다가 자기 속셈이 누구한테 들키기라도 한 듯 깜짝 놀라 그걸 무릎 밑에 감췄다. 영감은 한참 만에 밥을 먹기 시작했다. 영감은 여기 올라올 때 포켓에 있는 소지품을 몽땅 빼앗겼는데, 평소 비상금으로 이렇게 감추고 다녔던 그 돈은 발각이 되지 않았다. 영감은 서둘러 밥을 먹다 반나마 남긴 채 밥그릇을 주섬주섬 승강기에 얹었다. 영감은 재빨리 오천원짜리 한장을 여러 겹 접어 밥그릇 밑에 눌러놨다. 긴장된 표정으로 승강기가 내려가는 것을 지켜보고 있었다.

영감은 초조하게 방 안을 서성거렸다. 다음 끼니에 종소리가 나자 재빠르게 그쪽으로 갔다. 승강기 위아래 층을 바삐 살폈다. 메뉴에 변화가 있었다. 불고기 한접시가 더 놓여 있었다. 전에 없던 일이었다. 영감은 만족스런 표정이었다. 다음 끼니에는 생선과 달걀이 올라 있었다. 영감은 한결 만족스런 표정이더니 밥풀을 조금 떼어 한 쪽에 놓고 밥을 먹었다.

밥을 먹고 난 영감은 양복바지에서 검은 올을 몇가닥 뽑아냈다. 남은 지폐를 꺼내 방바닥에 폈다. 바지에서 뽑아낸 검은 올을 요리조리 구부려 지폐에다 정성스럽게 붙이고 있었다. 무슨 글씨가 되어가고 있었다. '종이, 펜, 봉투'였다.

다음 끼니에 영감은 그 지폐를 밥그릇 밑에 넣어 내려보냈다. 영감은 또 초조하게 기다렸다. 승강기가 올라왔다. 영감은 다급하게 그쪽으로 갔다. 그러나 금방 실망하는 표정이었다. 반찬이 좀 색다를 뿐이었다. 영감은 또 초조하게 다음 끼니를 기다렸다. 승강기가 올라왔다. 또 성큼 그쪽으로 갔다. 영감 얼굴이 활짝 펴졌다. 환성이라도 지를 듯한 표정이었다. 종이와 볼펜과 봉투가 밥그릇 옆에 놓여 있었다. 영감은 그것을 얼른 숨겨 저고리 안주머니에 간수했다. 숟갈을 놀리는 영감 손이 떨리고 있었다. 영감은 서둘러 밥을 먹고 편지를 쓰기 시작했다.

'너무나 갑작스럽고 어처구니없는 일이어서 무슨 영문인지 얼른 믿어지지가 않을 것이네. 그러나 이것은 모두 사실이며 지금 나는 이런 기막힌 처지에 놓여 있네. 이런 일에는 경찰관인 자네가 여러가지로 사려가 깊을 것 같아 신세를 지기로 한 것이니 내 이야기를 잘 들어보고 나를 구해주기 바라네. 그럼 우선 내가 여기 감금된 경위부터 말을 하겠네.'

영감은 엊그제 의사에게 했던 내용을 간추려 자기가 여기 감금된 경위를 써 내려갔다.

'나는 그 박가를 보는 순간 머리라도 한대 얻어맞은 것 같은 충격과 함께 형언할 수 없이 신선한 감동을 느꼈네. 죄지은 놈은 언젠가는 이렇게 응징을 받게 되는구나 하는 생각과 함께 여태까지 나를 살려둔 것은 이 작자를 응징하기 위한 무슨 섭리의 조화가 아닌가 하는 생각이 내 머리를 쳤네. 이것이 무슨 신의 뜻이라면 나는 그 신에게 무릎을 꿇고 감사하고 싶었네. 내가 만약 죽어버렸더라면 역사는 이런 큰 잘못을 지닌 채 그대로 진행이 되지 않겠나? 내세란 것이 있고 또 그것을 관할하는 신이 있어서 이런 일이 그런 데서 응보를 받는지 어떤지 알 수 없고, 지금 내가 확신하는 것은 저놈은 바로 이 세상에서 응징을 받아야 하고 저놈을 응징할 사람은 나밖에 없다는 것이네. 이것을 내 개인의 처지로 말하면 독립투사로서 또 하나의 내 생애를 완결 짓는 중대한 일이기도 하네.'

또박또박 써가던 글씨가 조금씩 흘려지고 있었다.

'그렇다고 저 작자를 죽일 생각은 없으나, 생사람을 이렇게 질식시키려는 것을 보니 이런 경우야말로 테러를 정당화해주는 경우가 아니고 무엇이겠나? 저 작자가 나를 만난 날 즉석에서 이런 식으로 손을 쓴 것으로 보거나, 또 여기 의사란 놈하고의 관계를 볼 때 이런 짓은 비단 나한테만이 아닌 것 같네. 일테면 무슨 흉악한 사업적 음모를 하다가 그에 반대하거나 고발하려는 부하가 있으면 이런 식으로 처리를 해왔을 거야. 동지가 아편쟁이까지 돼가며 마련한 독립자금을 가지고 뺑소니친 놈이니 보나 마나 노상 그런 흉악한 방법으로 돈을 벌었을 것이 뻔하고, 그러다보니 이런 사설 감옥이 필요했을 것이네.'

좀 흘려 쓰던 글씨를 또박또박 써갔다.

'전문가인 의사란 작자가 저 꼴로 매수되어 하수인 노릇을 하고 있으니 이게 이만저만 안전하고 편리한 감옥이 아닐 걸세. 지금 내가 도망쳐 나가 이런 조직을 사회에 폭로한다 하더라도 나더러 저놈은 미친놈이라고 의사가 한마디만 해버리면 세상 사람들은 웃고 말 걸세. 내가 박가 과거를 폭로했을 때도 마찬가지네. 그러니까 박가 놈은 나를 여기 집어넣은 것으로 이미 자기 목적을 다 달성한 셈이지. 그러니까 저 작자는 나를 대번에 없애버리는 따위 그런 위험한 모험을 하지 않고, 여기서 말려 죽일 생각인 것 같네. 돈은 얼마든지 있겠다, 이 병원에 계속 이런 일거리를 주어 의사와의 관계를 긴밀하게 다지는 한편 자기 조직의 기능을 점검하기도 하고, 또 어쩌면 저 작자가 지니고 있는 싸디즘까지도 이렇게 즐기고 있는지 모르겠어. 하여간 나를 여기서 구출해주게. 다음 일은 나가서 의논하세.'

점점 흘려 쓰던 글씨를 이번에는 또박또박 써나갔다.

'이 병원 위치는 내가 서울 지리에 어두워 어디쯤인지 자세히는 모르겠으나, 서울의 동북쪽 변두리 같은데, 이 집 뒤편으로 삼백 미터쯤 되는 지점에 ××아파트라 쓴 건물이 보이네. 두개의 고층 건물 사이로 거기만 조금 보이는데, 자세히 보니까 꼭 그 아파트 북쪽 끝으로 해가 떨어졌네. 해질 무렵 거기 가서 이쪽을 보면 이층인 이 집 복도 창문이 보일 걸세. 그런데 저 작자는 지금 이런 경우까지 생각하고 무슨 대비를 해놓았을지도 모르니 각별히 주의해서 일을 하게. 하여간 이 집을 찾기만 하면 무작정 덮치게.'

영감은 편지를 봉한 다음 겉봉에 저쪽 주소를 쓰고 나서, 다른 종이에 쪽지 한장을 또 썼다. 이 편지를 잘 좀 부쳐달라는 부탁과 그 은혜는 평생 잊지 않겠다는 내용이었다. 영감은 다음 끼니에 그것을 내려보냈다.

그런데 다음 끼니에 승강기 쪽으로 가던 영감 얼굴에 빠듯 긴장이 피어올랐다. 밥그릇을 내릴 생각을 하지 않고 승강기 위아래 층을 유심히 보고 있었다. 밥그릇 놓인 위치가 어제까지와는 달랐다. 밥도 전보다 양이 많이 담겨 있고 음식 차림새도 전같이 정갈하지 않았다. 영감은 거기 놓인 채로 국을 한숟갈 떠서 맛을 보았다. 영감의 얼굴에 낭패감이 나타났다.

의사가 올라왔다. 영감은 의사 표정을 살폈다. 그러나 의사는 파리 잡아먹은 두꺼비처럼 언제나 그 얼굴인 채 아무 표정이 없었다. 영감은 그래도 며칠 동안 바깥 동정에 신경을 곤두세우고 있었다. 이틀이 지나고 사흘이 지났다. 닷새가 지나고 일주일이 지나도 아무 소식이 없었다.

영감은 허공에 눈길을 띄우고 또 골똘한 생각에 잠겼다. 날마다 그렇게 앉아 혼자 생각에만 잠겨 있었다. 그러나 영감 얼굴에서 체념이나 절망의 표정이 나타난 적은 한번도 없었다.

그러던 어느날이었다. 영감 눈에 느닷없이 긴장이 피어올랐다. 방바닥 한군데를 뚫어지게 보고 있던 영감 눈이 마치 맹수한테 먹이가 발견되었을 때처럼 빛이 났다. 그러나 영감 눈이 멈춘 곳에는 영감이 벗어던져놓은 양말짝이 뒹굴고 있을 뿐이었다. 영감은 앉은 채로 그리 성큼 상체를 옮겨갔다. 양말짝을 집어 들었다. 그것을 길게 늘여놓았다. 영감은 자기가 신고 있던 것까지 마저 벗었다. 양말을 벗는 영감 손이 떨리고 있었다. 영감은 양말짝들을 모두 챙겨 들고 화장실로 들어갔다. 빨기 시작했다. 깨끗이 빨아 물을 짰다. 공중에다 여러번 뿌려 물기를 어지간히 빼낸 다음 못에다 걸었다.

— 땡땡.

영감은 깜짝 놀랐다. 영감은 양말을 널다 말고 얼른 가서 밥그릇을 내려놨다. 영감은 양말이 마르기를 초조하게 기다렸다가 양말의 실을 풀기 시작했다. 아래층에 신경을 쓰며 아주 정성스럽게 실을 풀어냈다. 문소리라도 나는 기척이 있으면 얼른 무릎 밑에 숨겼다. 양말 네짝을 다 풀었다. 주먹보다 조금 더 큰 공이 되었다.

영감은 그것을 한쪽으로 챙겨놓고 밤이 되기를 기다렸다. 영감은 시골 아낙네들이 베올 날듯이 그걸 여러 겹으로 길게 날았다. 노끈을 꼬기 시작했다. 전선줄 굵기의 노끈이었다. 세발 길이의 단단한 노끈이 되었다. 영감은 노끈을 쇠창살에다 걸고 양쪽 끝을 여러번 잡아당겨 매끄럽게 했다. 한쪽 끝을 매어 올가미를 만들었다.

영감은 줄을 사리더니 방 가운데로 훌쩍 던져보았다. 마치 서부영화에서 카우보이들이 올가미를 던져 말 모가지를 낚아채는 그런 동작이었다. 영감은 계단 쪽에 신경을 쓰며 연습을 계속했다. 영감은 새로운 긴장에 싸여 그 연습에만 열중했다. 그러다가 아래층에서 문소리가 나면 얼른 줄을 사려 복도 쪽 유리창 밑으로 슬쩍 밀어놓았다. 연습을 쉴 때나 잠잘 때도 줄을 항상 거기다 두었다.

이때부터 영감 생활에는 몇가지 큰 변화가 있었다. 아침저녁으로 요가를 하기 시작했다. 밥을 먹는 태도도 달라졌다. 밥알 하나하나를 아끼듯이 오래 씹어서 삼켰다. 밥 먹는 시간이 그만큼 길어졌다. 요가는 어디서 구경이나 한번 했던지 아주 단조로운 동작 몇가지를 되풀이했으나 이만저만 열심이 아니었다.

이렇게 밥을 아껴 먹고 요가를 하는 영감은 자기의 인생 한순간한순간을 그만큼 아껴서 살아가는 것 같았다. 줄을 사려 쥐고 가상한 목표를 향했을 때 표정은 마치 적의 총구 앞에라도 선 것 같은 표정이었다.

며칠 사이 영감 줄 던지기 솜씨는 알아보게 진전했다. 줄을 한가닥 한가닥 왼손에 사려 들고 숨을 한번 들이마신 다음, 공중으로 홱 돌려 던지면 올가미가 후루룩 원을 그리며 풀려나갔다. 처음에는 올가미가 좀처럼 원으로 풀려지지 않았고, 어쩔 때는 중간에서 줄이 꼬여 날개 부러진 새처럼 맥없이 떨어지기가 일쑤였으나, 지금은 우선 줄이 힘차게 공중으로 뻗어 나갔다. 일주일이 지나자아주 능란한 솜씨가 되었다. 줄이 저절로 먹이를 찾아 튕겨 나가듯공중으로 힘차게 솟아올라 아가리를 원으로 쩍 벌리며 목표물을 감았다. 마치 노끈에까지 영감 신경이 통해 있는 것 같았다.

영감은 이번에는 복도 쪽 문구멍 앞으로 갔다. 구멍에다 손을 넣어 복도로 줄을 던졌다. 방에서 던질 때와는 딴판이었다. 더구나 거기서는 한 손으로 던지기 때문에 더 서툴렀다. 영감은 거기서도 끈질기게 연습을 했다. 결국 제 솜씨가 나왔다. 방에서 던지는 것과 별로 다르지 않았다.

영감은 연습이 좀 뜸해졌다. 늘 계단 쪽에만 신경을 썼다. 영감은 아래층 문에 무슨 기척이 있기만 하면 재빨리 줄을 사려 허리춤에 넣고 기다렸다. 그러나 의사는 영감의 이런 일은 전혀 눈치채지 못한 것 같았다.

××상사 박 사장 피살 사건은 신문마다 대서특필이었다. '목 졸린 은혜' 어쩌고 영감의 경력을 곁들여 요란스런 제목으로 야단법석이었다.

"그런데 아무래도 이 사건 배후에는 뭔가 큰 게 있는 것 같아. 오늘 그 교장이란 자가 퇴원하는 것을 보았는데, 아무리 보아도 미친 사람 같지가 않았어. 정신병자의 눈이 그렇게 촉기가 있을 수는 없거든."

"그야, 전문가가 진찰을 한 일인걸?"

"그렇지만 아무래도 예감이 좀 이상해."

"어떻게?"

"완전범죄."

"뭐, 완전범죄? 무슨 말이야?"

"미친 척해가지고 그렇게 사장의 병문안을 기다렸다가 그랬을 수도 있잖아?"

"야, 야. 미친놈 취재하더니 너도 살짝 이렇게 된 게 아냐? 그 사람을 입원시킨 것은 그 사장이었다고 너 스스로가 보도했잖아?"

"미친 척해가지고 그 사장으로 하여금 입원을 시켜주도록 유도했을 수도 있지. 그러면 더 안전하니까."

"그러니까 그런 식으로 사장의 호의를 역이용해서 살인을 한 거라? 야야, 너무한다. 너무해. 무슨 일을 그렇게까지 비약해서 생각하기로 하면 하늘 무너질까봐 밖에는 어떻게 나다니고 있지? 전문적인 의사가 사람이 미쳤는지 안 미쳤는지도 모르고 입원을 시켰겠어? 그리고 또 입원시켜줄 만한 호의는 무어고, 살인을 할 만한 원한은 무어야. 좀 말이 되는 소리를 해라."

"전문가를 너무들 믿는데, 전문가에게 허점이 있기로 하면 어이없는 허점이 있는 거야. 그런 계획을 꾸밀 만한 사람이면 전문가를 속일 만큼 그 방면에 조예가 있었을 거 아냐? 그리고 호의와 원한이 모순이 아니냐고 했는데, 사업가란 원래 복잡한 인간관계를 가지고 있는 사람들이라 그런 관계를 그렇게 간단하게 볼 수도 없어. 그런데 무엇보다 문제가 되는 것은 목을 조른 노끈이야. 그게 양말을 풀어 꼰 노끈이라고 하거든. 양말을 풀어서 노끈을 꼴 만큼 한 가지 일에 집요했다면 그게 어디 정신병자야?"

"글쎄, 그렇게 듣고 보니 그 점은 그렇기도 하군. 그럼 한번 추적해보지 그래."

"그래서 한번 파볼 참이야."

"그렇지만 그게 쉽지 않을걸. 아무리 무슨 방증을 들이대보았자 의사가 미쳤다고 우기면 별수 없을 거고, 또 그런 사람을 다른 병원으로 끌고 가서 진찰을 시켜볼 수도 없겠지만, 특히 그런 정신병의 경우는 외과 같은 경우하고는 달라 다른 병원의 진단결과를 가지고 대항하기도 어려울걸."

"그래도 쫓는 데까지는 한번 쫓아봐야겠어. 그 작자가 생사람을 죽여놓고도 꿩 잡아먹은 구렁이처럼 넬름한 얼굴로 병원 문을 나간지도 모른다 생각하니 세상이 온통 그 작자한테 농락을 당하는 것 같아. 내가 모욕을 당한 기분이야, 기어코 한번 물고 늘어져볼 테야."

"너 또 그 물고 늘어지는 병이 발작했구나. 그 영감 잘못 걸렸는걸. 하하하."

『창작과비평』 1975년 가을호(통권 37호); 2007년 7월 개고

불패자

광호는 자기 집 옆에 있는 공지가 팔렸다는 소리를 들었을 때 그저 그런가보다 했었다. 그것을 산 것이 '불꽃표' 연탄공장 장 사장이라는 소리를 들었을 때도 처음에는 그저 그런가보다 했었는데, 그가 거기다 집을 짓는다는 것이고 집을 지어도 그냥 예사 집을 짓는 것이 아니라, 오십이평짜리 네필지를 한꺼번에 싸잡아 팔십 몇 평짜리 이층을 올린다는 소리를 듣고서야 어어 했다.

　담 하나를 사이에 두고, 그런 어마어마한 저택이 들어앉게 되면, 그 밑에 깔린 자기 집은 무슨 강아지 집 꼴이 될 수밖에 없을 것이었다. 갑자기 자기 자신까지 그 강아지만큼 왜소해져버리는 것 같았다.

　"허허. 그 죽일 놈한테 내가 속았다니까. 감쪽같이 속았어."

동네 복덕방 악발영감은 연기 쐰 괭이 상이 되어 그 꼬장꼬장한 성깔을 바글바글 끓이고 있었다. 자기가 그 땅을 소개했대서 단순히 변명으로 그러는 것이 아니었다. 그 영감의 집은 광호 집보다 더 험하게 그 저택 뒤로 묻혀버릴 판이니, 그건 도대체 꼴이 아닐 것이었다.

사십평에서 오십여평까지 고만고만한 대지에, 또 고만고만한 집들이 오밀조밀 어깨를 맞대고 의논 좋게 늘어앉아 있는 이 조용한 변두리 동네 한복판에 그런 저택이 하나 솟아놓으면, 이 동네 사백여호가 하루아침에 그 집 밑에 깔려버리게 될 것이어서 누구도 기분 좋아할 사람이 없었다. 그러나 다른 사람들은 그것이 기분으로 끝날 일이지만 그 저택에다 담을 면하게 될 여섯집은 당장 집값에 영향이 미쳐 가만히 앉아서 몇십만원씩 손해를 볼 판이었다.

그렇지만 어쩔 것인가? 제 땅에다 제 돈으로 집을 짓는데 거기다 저택을 짓건 대궐을 올리건 시비를 걸고 나설 수가 없었다.

광호는 그래도 자기 집이 그 집 뒤가 아니고 옆인 것만 다행이다 생각했으나 두고 보자니 그게 아니었다. 이층을 올린다는 작자가 거기다 흙을 실어다 땅까지 돋우는데, 돋우어도 그냥 한두자 돋우고 마는 것이 아니라, 광호 집 담의 반 높이로 돋우어 올라가는 게 아닌가?

광호는 그날도 퇴근하다, 한자쯤 더 올라가 있는 그 집터를 보고 다시 울화가 끓어올랐다.

"웬 연탄을 또 들여?"

연탄차에서 옮기다 쪼개져 마당 가운데 뒹굴고 있는 연탄 쪼가리의 '불꽃표' 종이딱지 부분을 냅다 걷어차며 애먼 여편네한테 괜한 악을 썼다.

"어이구, 얌체도 저런 얌첸 첨 봤어요. 오늘 이 근방 사람들이 죄 모여가지고 그만 돋우라고 아무리 항의를 해도 저 꼴이지 뭐예요? 돈이 있음 없는 사람은 사람으로 뵈지 않나 부죠."

아내의 말이 채 끝나기도 전에 집터 쪽에서 악발영감의 고함소리가 울려왔다. 불꽃표 장 사장이 자가용을 몰고 나타났던 것이다.

"여보시오. 당신 지금 정신이 있는 사람이오, 없는 사람이오? 여기다 이층이나 올린다문서 이 땅바닥은 또 몇층까지 돋우어 올릴 배짱이오? 돈이 있으문 곱게 써요. 돈 있다고 꼭 이런 데다 대궐 같은 집을 지어가지고 없는 사람 내려다보고 떵떵거려야 그것이 돈 쓰는 맛이오?"

악발영감은 들이당짝 장 사장에게 삿대질까지 하며 대들었다.

"허허. 영감님, 이웃에서 좋게 삽시다. 땅을 돋우면 얼마나 돋우겠습니까? 설계가 그리 돼서 조금 미안하게는 됐습니다. 하하."

불꽃표 장 사장은 유들유들하게 웃으며 영감을 달랬다.

"설계고 뭐고, 도대체 지금 이게 곁엣사람들을 사람으로 보고 하는 짓이오? 이러고도 여기다 곱게 집을 짓고 살 것 같소?"

악발영감은 표독스런 눈으로 장 사장을 쏘아보며, 턱밑에 한움큼 붙어 있는 염소수염을 푸들푸들 떨었다.

"영감님, 거 무슨 정 부족한 말씀을 그렇게 하십니까? 나는 이런 수수한 동네가 좋아서 일부러 여기까지 찾아와 집을 짓자는 건데, 첨부터 이렇게 괄시들 맙시다. 나중에 집 짓고 나거든 내 걸쭉하게 한판 내리다. 하하."

영감의 말이 다시 터져 나오려 했으나 장 사장은 그 뚱뚱한 몸집을 날렵하게 차 안으로 날려, 영감의 입을 틀어막듯 탕 차 문을 닫고 부르릉 떠나버렸다.

광호는 장 사장의 태도가 상상했던 것보다 의외로 온화하고 무던해서, 영감이 그렇게 표독스럽게 악을 쓴 것이 되레 민망스러울 지경이었다.

그런데 장 사장의 그 무던하던 태도로 보면 흙 돋우는 일은 당장 그칠 것 같았는데, 다음 날도 여전히 트럭이 흙을 실어 나르고 있었다. 광호는 그가 수수한 동네 어쩌고 하던 말을 생각하며 잠시 어리둥절하지 않을 수 없었다. 배신을 당한 기분이었다.

다음 날도 악발영감은 감독을 붙잡고 악을 썼으나 감독은 막무가내였다.

따지고 보면 영감은 자업자득인 셈이었다. 그 네필지 가운데 자기도 한필지를 가지고 있다가 다른 사람들 것과 한꺼번에 싸잡아서 팔아넘겼기 때문이다. 이런 땅 일이나 집 속이라면 눈치가 육주비전 거간장이 빼쳐먹을 악발영감이었지만, 바로 그 땅에 그런 어마어마한 집이 들어서서 자기 집이 게딱지 꼴이 되리라는 것은 상상도 못했던 모양이었다.

여기 택지가 구획된 지 사년 동안에 집이 들어앉을 자리에는 거의 들어앉고 어쩌다가 공교롭게 거기 한군데만 네필지가 바둑판한 부분처럼 남아 있었는데, 그것이 이렇게 엉뚱한 말썽을 몰고 올 줄은 아무도 몰랐다. 악발영감은 자기 손으로 계약서를 써 넘기고 나서도 한참 뒤에야 그런 사실을 알고, 아차 하는 표정으로 턱밑의 염소수염을 사뭇 실룩거리는 것이었으나, 때는 이미 늦어 있었던 것이다.

"임 박사 나 좀 봅시다."

광호는 오늘도 그 일을 생각하고 울화를 꼬약거리며 퇴근하는 길이었다. 악발영감은 잔뜩 흥분해 있었다.

악발영감은 얼토당토않게 광호를 임 박사라고 불렀는데, 그때마다 광호는 곁에 누가 없나 주위부터 살피는 것이었으나 오늘은 그럴 경황이 없었다.

자기를 부르는 악발영감의 단호한 목소리가 이 일이 지금 어떤 중대한 국면으로 접어들었거나, 무슨 결판을 내야겠다는 결의에 찬 목소리로 울려왔기 때문이었다.

광호는 복덕방 안으로 들어갔다. 악발영감의 염소수염이 가늘게 떨고 있었다. 며칠 전 장 사장에게, 여기다 곱게 집을 지어 살 것 같으냐고 덤비던 그의 말을 생각하며, 이미 무슨 결심을 한 것 같은 악발영감의 태도에 지레 빠듯한 공감이 느껴졌다.

광호는 여기에 집을 살 때 이 악발영감의 덕을 톡톡히 보기도 했지만, 예사 복덕방하고는 달리 눙치고 꿍기는 구석이라고는 없이 그냥 다 까놓고 말하는 이 영감을 은근히 좋아하고 있었다.

처음 이 악발영감을 만났을 때 광호는 이 영감의, 단순히 외고집이라고만 할 수도 없고 괴벽이라고나 해야 할 성미에 어안이 벙벙했었다.

집을 하나 보자고 했더니, 어디 근무하느냐기에 머시룸연구소에 있다고 했더니, 영감은 광호를 대뜸 임 박사라고 부르는 것이었다. 너무도 생뚱맞은 호칭에 광호는 잠시 멍청했다가 자기는 박사가 아니라고 펄쩍 뛰었다.

"연구하는 데 있으면 박사나 다름없지, 요새 세상에 꼭 박사래야만 박삽니까?"

영감은 이런 어처구니없는 소리로 대수롭잖게 투겼다.

"그래도 박사가 아닌 걸 그렇게 부르면 됩니까?"

"허허. 당신 행동거지나 풍신이 그만했으면 엔간한 박사 둘도 되고 남겠소."

광호는 기가 막혔다. 누구 아는 사람이라도 있는 데서 그렇게 불렸다가는 망신도 큰 망신일 것 같았다.

"연구시설을 놓고 연구하는 데가 아니고, 머시룸을 재배만 해서 파는 덴데 그냥 그런 이름을 붙인 것입니다. 일테면 판잣집에다 독사연구소, 개소주연구소 하는 거나 마찬가집니다."

광호는 다급해서 개소주 같은 걸 다 갖다대면서, 마치 무슨 사기를 치다 들킨 놈처럼 변명을 했으나, 영감은 그런 소리는 찬찬히 들으려고도 하지 않고 그냥 박사라고 부르는 것이었다.

이런 괴팍한 성미에 악발이 보통이 아닌 이 영감이면 장 사장쯤 못 당하랴 싶은 기대였다.

"임 박사! 도대체 장 사장인가, 그 똥돼진가 하는 자식을 임 박사는 지금 사람이라고 생각합니까?"

영감은 광호가 언제 그렇지 않다고나 했던 것처럼 책상을 꽝 치며 대들었다.

"오늘 임 박사 집 담벼락이 어떻게 된 줄 압니까? 그 흙더미에 눌려 중둥이 뚝 부러져서 옆으로 쫙 갈라졌습니다."

영감은 허공에서 빈손을 뚝 분질러가지고 수평으로 쫙 가르며 입침을 튀겼다.

"우리 담벼락이요?"

"가 보시오. 담 꼴이 뭐가 됐나?"

영감은 제물에 분을 못 이겨 턱밑의 염소수염이 푸들푸들 떨렸다.

"임 박사, 이제 저 자식을 도저히 가만둘 수가 없소. 사람을 사람으로 보지 않는 놈을 그냥 둬야 되겠소? 어떻소? 임 박사! 저 자식 저기다 집을 못 짓게 할 방도가 하나 있는데 임 박사도 한몫 거들지 않겠소?"

영감은 광호의 의견을 묻는다기보다, 무엇을 어떻게 거들라는지는 모르지만, 거들지 않으면 광호부터 가만두지 않겠다는 서슬이었다.

광호는 잠시 멍청하게 있었다. 불꽃표 장 사장같이 돈 있는 사람이 하는 일을 쉽게 막을 수가 있을는지 의문이기도 했지만, 한번 성미가 터지면 물불을 가리지 않는 이 악발영감의 서슬에 같이 끼어도 괜찮을까 겁이 났다.

그런데 듣고 보니 희한한 방법이었다. 이 영감이 팔았던 땅은 마침 조그마한 까탈이 있어서 아직 이전수속을 안 해주었다며 그걸 위약금만 물어주고 해약을 해버리겠다는 것이다. 그런데 광호더러 한몫 거들라는 것은 그 위약금을 나눠 물자는 것이었다. 둘이만 무는 것이 아니고 그 땅에 담이 접해 있는 여섯집이 같이 나눠 물기로 하자는 것이다.

"돈만 내면 일은 내가 책임지고 하리다. 만약에 그렇게 높이 땅을 돋운 위에 이층이 올라앉아보시오. 집값이 오만원이 아니라 오십만원은 떨어집니다. 하여간, 저 작자 하는 소갈탱이 보면 오기로라도 그쯤 못하겠소?"

광호는 고개를 끄덕였으나, 악발영감은 침을 튀기며 계속했다.

"임 박사! 내가 하자는 일이 경오에 한치라도 틀린 일입니까? 내가 복덕방을 해먹고 살긴 합니다만 그래도 경오 하나 가지고 세상을 사는 사람이오. 그 똥돼지 같은 놈 하는 짓에 대면 우리가 하는 일은 경오에 백번 옳고, 법률적으로도 걸릴 데가 없는 일이오. 임박사! 언제 내가 경오에 틀린 짓 하는 것 보았소?"

"아믄요. 좋습니다. 오만원이랬지요?"

광호는 영감의 말만 듣고도 반분이 풀리는 것 같았다. 집에서나 밖에서나 요새는 그 일만 생각하면 속엣것이 모조리 고개를 쳐들고 기어 나오려고 하던 판에 이런 희한한 방법이 있다니 광호는 마치 그 대궐 같은 이층 밑에 깔렸다가 그 집을 때려 부수고 일어난 기분이었다.

"허허. 집일이라면 저는 항상 영감님 덕만 봅니다그려."

광호는 기분이 한껏 풀려 영감에게 한마디 치하까지 했다. 광호는 지금 사는 집을 살 때도 영감의 덕을 톡톡히 보았었다.

광호는 집을 보는 일에 원체 경험이 없었기 때문에 나름대로는 여러채 본다고 보았지만 지금 사는 집을 살 때 값을 논다는 것이 엉터리없는 값을 놓았었다. 새 집이라 깨끗하고 훤칠한 맛에만 눈이 끌린데다가, 영감이 자꾸 박사라고 부르는 바람에 정신이 얼떨떨했기 때문인지 몰랐다. 삼백오십만원 달라는 것을, 광호 딴으로는 있는 배짱을 다해서 후려논다고 논 것이 삼백십만원이었다. 그러면서도 이야기되는 것을 보아서 십만원 한장은 누그릴 생각까지 하고 그렇게 운을 뗐더니 영감은 그냥 알았다고만 하고 다시 들어갔다. 그게 말이 되는 소리냐고 핀잔을 먹을까 싶었다가 안심했다. 그런데 어찌된 셈판인지 이백구십만원에 끊어가지고 나오지 않는가? 이쪽에서 부른 값에다 더 붙여 토를 달았으면 달았지 부른 값에서 깎아 오리라고는 상상도 못했기 때문에 광호는 한참 멍청하게 서 있었다.

"이백구십 받아서 억울한 것 하나도 없어. 그 집 진 것을 내가 빤히 본 담에야 더 받고는 팔지 못혀!"

영감은 마치 죄지은 놈 다루듯 집장수를 닦달했다. 집장수가 심히 못마땅한 표정을 하고 앉았는 사이 영감은 한참 계약서를 써 내려갔다.

"여봐! 그 집 전기, 옆집에서 끌어다 쓰고 있지?"

집장수는 그렇다고 고개를 끄덕였다.

"특약조건, 일, 갑은 전기시설 일체를 명도일까지 완료할 사."

영감은 한마디씩 소리를 내서 읽으며 적어 내려갔다. 광호는 아차 했다.

그 집에 사람이 살고 있었고, 또 전등도 달려 있었기 때문에 전기시설이 다 된 줄만 알고 있었던 것이다. 이래서 매사에 경험이 제일이구나 생각했다.

"수도도 마찬가질걸? 그렇지?"

"그런 거야 안 해주겠습니까?"

집장수가 볼 부은 소리로 투겼다.

"그래도 적어놔야 혀."

갈수록 불찰이었다. 한쪽에 비닐 호스가 늘여져 있기에 그런 줄만 알았더니, 그리고 보니까, 옆집에서 물을 끌어오는 호스였던 모양이다.

— 그러기 집은 여자들하고 같이 보아야 한다니까.

"담장에 철망도 쳐야 할걸."

— 어어.

"철망이야, 까짓것."

집장수는 영감의 태도가 비위짱이 상해 못 견디겠다는 듯 흙 씹어 뱉는 소리를 하며 고개를 걷어갔다.

"그 허허벌판 같은 데다 철망을 않음, 살림을 도적놈한테 맡겨놓고 살란 말인가? 집 지어 팔면서 철망도 안 해줄 배짱이었나?"

"누가 안 해준다고 했습니까?"

영감은 그것도 소리를 내며 써 내려갔다.

"담벼락 바깥에 쎄면또도 한벌 발라야 할걸."

"그것은 옆에서 집을 지으면 그쪽에서 다 바릅니다."

"그때는 그때고."

영감은 쥐어박듯 욱질러놓고 그것도 써 넣었다.

"그리고 비 올 때 그 진흙탕을 그냥은 댕길 수 없을 것이고 대문까지 자갈을 두어 도락구 실어다 부어야 사람이 지대로 댕길 수 있을 거여.”

“그런 것까지 해주는 사람이 누가 있습니까? 우리는 흙 파먹고 집 지어 팝니까?”

기어코 집장수의 분통이 터지고 말았다. 여기 이르러서는 곁에 앉았는 광호가 되레 민망스러울 지경이었다.

“여봐, 여봐, 여봐!”

영감은 손끝으로 책상을 토닥거리며 고압적인 가락으로, 저쪽을 향한 집장수의 얼굴을 돌려 세웠다.

“저 사람들은 이런 집 짓는 질속을 모르니까 이렇게 남이 지어 논 집을 사는 사람들이여. 허면, 그런 질속이 뻔한 사람들이 돈 몇 푼 더 들여서 그쯤 잔일을 해준다 치라면 서로 기분이 좋을 것 아 닌가? 이제 이 동네서 집 그만 지어 팔려?”

영감은 점잖게 말을 하다가, 끄트머리에 가서는 공갈 조로 말꼬리를 치켜세웠다.

“허 참!”

영감은 그것을 또 써 넣었다.

“이만하면 얼추 됐나?”

영감은 특약조건 조항을 소리내어 쭉 한번 읽어 내려갔다. 마치 무슨 문사가 글을 지어가지고 자기 글에 도취되어 읽어가는 것 같았다.

“험, 가만있자. 마당에 세멘또는 실허게 되었제?”

“자동차가 지나가도 끄떡없습니다.”

집장수는 정말 비위짱이 상해서 집 못 팔아먹겠다는 듯, 앙상한 눈으로 영감을 흘기며 소리를 질렀다.

"음. 그렇겠지. 그러니까 만약에 일년 내에 벌어지거나 한다 치라면 책임을 져야 혀!"

"책임지고 말고 하잘 것도 없어요."

다시 얼굴을 걷어가며 쏘았다.

"말로 장담을 했음 문서로 남겨야지. 육, 일년 내에, 마당, 기타 돌연한 처소에, 고장이 생할 시는, 갑이 책임을 지고, 원상 복구할 사."

"허허, 젠장 더러워서, 씨."

서로 한동네서 같이 벌어먹고 사는 사람들이면서 이렇게 쥐 잡듯 쥐어짤 수가 있는가도 의문이었고, 또 이 집장수는 어째서 이렇게 영감 앞에서 꼼짝을 못하는가, 광호는 잠시 자기 일을 제쳐두고 이런 한가한 의문에 싸여 그들을 건너다보고 있었다. 그런데 나중에 알고 보니 이게 바로 영감의 성미였고, 또 손님을 끄는 방식이었다. 이 영감은 자기 밑에다 다른 복덕방을 서너사람이나 거느리고 있었는데, 집장수들이 이 영감한테 잘못 보여 그가 집을 눌러놓기로 하면 영 팔지 못한다는 소리가 날 만큼 이 근방에서 복덕방으로서의 이 영감 위세는 대단했다.

이런 영감이니 그가 '경오'에 어긋난 짓 해본 일 없다는 것은 에누리 없이 맞는 말이었다.

하여간, 이 악발영감이 그 옹고집과 악발로 장 사장의 콧대를 꺾어도 죽사발로 꺾어버리기를 바라면서 광호는 집으로 돌아왔다.

일은 바로 다음 날 벌어졌다.

"뭣이 으짜고 으째? 땅을 팔지 않겠다는데 잔소리가 웬 잔소리야. 눈이 있음 가서 계약설 읽어봐! 위약금만 물면 된다고 똑똑히 적혀 있어.”

“여보시오. 그러면 흙을 돋우기 전에 안 판다고 해야 할 것이 아니오?”

불꽃표 장 사장이 아니고 현장감독이었다.

“흙을 돋우지 않았더람 해약할 생각을 안했지. 여러 소리 말고 가서 장 사장한테 내 말이나 전혀! ×동 뒷골목에서 자전거 빵꾸 나오시 하던 일도 가끔 생각하문서, 돈을 벌었음 곱게 쓰라더라구 말이여. 기역자 외짝다리가 어느 쪽으로 뻗었는지도 모르는 무식쟁이 주제에 돈 몇푼 쥐었다고 되잖게 떵떵거려?”

영감은 불꽃을 튀기듯 썹히는 대로 악담을 퍼부어댔다.

“여보시오, 영감! 나일 자셨으면 나잇값을 하시오. 영감 말대로 장 사장이 무식하기는 해도 오기가 한번 나기로 하면 유식한 영감이 왈칵 당해내들 못할걸요.”

감독은 독 오른 표정으로 험상궂게 빙글거리며 튀겼다.

광호는 감독의 말에 가슴이 섬뜩했다. 처음에는 영감의 악담으로 해서, 며칠 동안 쌓였던 울화가 폭삭 삭아 앉는 것같이 시원했었으나, 감독의 말을 듣고 나니 영감이 너무한 것 같아 겁이 났다.

공사는 자연히 중단되고 며칠 동안 아무 일도 없었다. 불뚝성이 살인낸다고, 무식한 놈이 앙심을 먹기로 하면 무슨 짓을 어떻게 할지 몰라 불안했으나 일주일이 지나도록 아무 일도 없는 것 같았다. 영감은 모아놓은 위약금을 들고 앉아 기다리는 모양이었으나 통 무슨 소식이 없는 것 같았다. 보름도 더 지났을 무렵이었다.

"임 박사 나 좀 봅시다."

영감의 얼굴에 웃음이 활짝 피어 있었다.

"장 사장이 기어코 항복을 했소. 땅을 되팔겠다구 내놨습니다."

그동안 영감도 상당히 긴장을 했던지 웃음이 한결 환했다. 그 위약금도 받아 갔다고 했다.

"임 박사 담벼락 벌어진 것은 그대로 조금만 참으시오. 그 땅을 팔 때 그 흙을 파내고 집을 짓도록 각설 받든지, 다 내 좋도록 조칠할 테니 염려 마시오."

광호는 마음이 푹 놓였다.

"나는 맨날 이렇게 영감님 덕만 보겠습니다. 이번에는 멀쩡한 집이 영락없이 강아지 집 꼴이 되는 건데, 허허."

"하하. 그러기 이웃사촌이라 하잖소? 내 입으로 그 땅을 흥정을 붙여가지고 또 내 땅까지 그 작자한테 팔아놓고 보니, 이웃 사람한테 꼭 죄를 진 것 같더니만, 우선 내가 후련합니다."

또 한 열흘 뒤였다. 그 땅이 다른 사람한테 팔렸다는 것이다. 영감의 땅과 장 사장 땅 한 필지가 잘 아는 집장수한테 팔렸다고 했다.

"잔금 완불 때는 내 따로 생각이 있으니, 그때 봅시다."

영감은 알쏭달쏭한 꼬리를 남겼다.

그후, 또 한 열흘 뒤 광호가 퇴근을 하는데, 광호 집 건너 막걸리 집에 술판이 걸쭉하게 벌어져 있었다.

"임 박사, 이리 오시오."

광호 뒷집 곰보영감이었다. 악발영감을 비롯해서 광호 이웃집 사람들이 거의 모여 있었다.

"자, 우선 한잔 드시오. 그리고, 나갔던 돈뭉치, 오만원이 그대로 굴러들어왔으니, 임 박사도 그 일할만 쓰시오. 하하."

광호는 영문을 몰라 술잔을 받으면서도 눈을 말뚱거렸다. 악발영감이 오늘 그 되판 땅의 잔금을 받았는데, 그것을 되팔 때 그 위약금 물어준 액수만큼 돈을 더 받았기 때문에, 지난번에 거두었던 돈을 되돌려준다는 것이다. 광호는 막걸리잔을 들고 멍하니 영감을 건너다보았다. 영감은 어느새 돈뭉치 하나를 꺼내 광호한테 내밀었다.

"허, 이것을."

광호는 감격해서 이렇게밖에 말을 못했다. 돈을 그만큼 더 받았으면 영감이 두고 쓰는 말마따나 그것을 돌려주는 것이 '경오'고 사리일지 모르지만, 그 돈을 거둘 때 그러자고 조건을 붙인 것도 아닌 담에야, 말이 쉽지 그걸 아무나 이렇게 선선히 내놀 수가 없는 일이었다. 광호는 악발영감이 새삼스럽게 돋보였다.

"본인을 앞에 두고 말하긴 안됐지만, 우리 악발영감은 이런 데서 집이나 소개함서 썩고 말기는 아까워."

"암, 아깝고말고. 장 사장 그 작자가 어떤 놈이라고 악발영감이 아니었음 호락호락 항복을 하고 물러설 것 같아?"

"아, 그러기, 이런 망신을 당하기 전에 돈이 있음 집을 지어도 방불한 자리에다 남이 아는 듯 모르는 듯 짓고 조용히 살면, 제 놈이야 대궐을 짓든 궁궐을 짓든, 누가 뭐라겠어?"

"건 모르시는 말씀입니다."

청소회사에 다니는 젊은이가 나섰다.

"대개 보면 말입니다. 그렇게 떵떵거리고 집을 짓는 작자들은 어렸을 때 천덕꾸러기로 사람들의 천대를 받으며 굴러다녔거나, 돈에 찌들었던 작자들입니다. 그러니까 그렇게 남 앞에 떵떵거리며 으스대야 분이 풀리겠지요. 여태 눌리고 살았던 만큼 누르고 살아보자는 것입니다. 따지고 보면 불쌍한 작자들이지요. 그 장 사장도 어렸을 때 자전거 빵꾸 나오시 했다는 게 정말입니까?

악발영감은 그냥 웃기만 했다.

"허허, 그러니까 그 작자 형편으로 보면, 기어코 여기다 집을 지어 애면 놈들을 누르고 살아야 하는 건데, 거 참 안됐구먼, 하하."

"눌러요? 못 누릅니다."

여태 말이 없던 악발영감이었다.

"그가 아무리 억지를 써서 여기다가 집을 지었다 하더라도 그가 우리를 누른 것이 아닙니다. 돈 몇푼 있다고 가난한 사람들을 그리 쉽게는 못 누릅니다. 그 작자가 아무리 집을 높이 짓고 떵떵거린다 하더라도 그 밑에 있는 우리가 마음까지 눌리겠습니까? 제 놈은 누르고 산다고 기분을 낼지 모르지만 그것은 그놈 생각일 뿐이지요."

영감은 예사 때와는 달리 차근하고 진지했다. 모두 고개를 끄덕였다. 청소회사 다니는 젊은이는 아주 감동하는 표정이었다.

"저 막걸리 한되 더 주시오. 하여간 오늘 술은 몽땅 내가 샀다."

악발영감 옆집에 사는 영감이었다.

"지금 내가 술을 안 사게 됐나? 만당 간에 그 작자가 저기다 집을 지어버렸더라면, 우리 집은 사시사철 해가 뜨고 져봐야, 햇볕 한줄기 구경하지 못할 뻔했다구. 그것이 우리 악발영감 덕분에 다시 쨍

하고 볕이 들게 되었는데, 지금 내가 술을 안 사고 배겨?"

"하하하."

영감은 요새 한창 유행하는 '쨍하고 해 뜰 날' 어쩌고 하는 유행가 구절을 제법 그 가락까지 흉내 내며 익살을 부렸다.

그때였다.

"저게 뭐여?"

곰보영감이 그 공터를 건너다보며 놀라는 표정을 했다. 모두 고개를 돌렸다. 전에 장 사장 그 트럭이 흙을 싣고 공지로 들어가고 있었다. 어느새 장 사장의 감독도 와서 차를 그 안으로 인도하고 있었다.

"아니 저게 어찌 된 거요?"

모두 악발영감을 건너다보았다. 영감도 얼빠진 눈으로 그쪽을 건너다보고만 있었다.

"그 자식이 기어코!"

그쪽에다 뚫어지게 눈을 박고 있던 악발영감의 턱에서 염소수염이 파르르 떨고 있었다.

"저 새끼들이 그러니께 그 집장수 놈을 중간에 넣어 농간을 부렸는가?"

다른 복덕방 영감이 혼잣말처럼 뇌었다. 모두 벼락이라도 맞은 꼴로 그쪽을 건너다보고 있었다. 마치 흥겹게 돌아가던 영사기가 뚝 멈춰 있는 것 같았다.

『문학사상』 1976년 9월호(통권 48호); 2006년 8월 개고

귀향하는
여인들

기차에 올라선 성호 일행 세사람은 좌석번호를 보며 좌석을 찾아 두리번거리다가 우뚝 멈췄다. 서로 마주보게 되어 있는 네 자리의 창가에 그들 연배의 여자가 앉아 있었다. 세사람은 놀란 눈으로 서로를 번갈아보았다. 여자의 미모에 놀란 것이다. 그들은 얼른 자리에 앉았다. 순간적이었지만, 세사람은 여자 옆자리와 앞자리를 차지하려고 불꽃을 튀긴 것이다. 여자는 말없이 창밖 먼 데다 눈을 꽂고 있었다.

　성호는 날렵하게 그 여자 옆자리를 차지했다. 성호가 거기 앉을 때 여자는 창밖을 내다본 채, 스커트 자락을 여미며 싸늘한 분위기를 드리워버렸다. 마치 사내들과 자기 사이에 그렇게 선을 긋는 것 같았다. 여자는 그뿐 그대로 창밖을 내다보고 있었다. 차에 오를 때

떠들썩했던 그들은 여자를 힐끔거릴 뿐, 여자한테 주눅이라도 든 것처럼 말이 없어졌다. 이따금 여자를 힐끔거릴 뿐이었다.

그때 먹을거리 수레가 왔다.

"야, 한잔하자!"

성호가 두홉들이 소주와 오징어를 샀다. 기차는 푸른 들판을 바삐 달리고 술판에서는 목소리가 커지고 있었고, 여자는 처음 자세를 흐트리지 않고 그대로 앉아 있었다. 사내들도 처음에는 바람둥이 눈초리로 여자를 몇번 훑어보다가, 어느새 눈초리들이 시들해지고 자기들 이야기에 열중했다.

신문기자 박성호는 지금 목포 근방 남해안 낙도 사람들 생활상을 취재 가는 길이고, 고등학교 역사교사들인 두 친구는 모처럼 여름방학을 맞아 오래 벼르던 남해안 지역의 산성(山城) 답사를 가는 길이었다.

"야, 저거다!"

여자 건너편에 앉은 친구가 갑자기 창밖 저쪽 산발치를 가리키며 소리를 질렀다.

"지난번에 내가 말했던 그 열녀비가 바로 저거야. 저기 비각(碑閣) 보이지?"

들판 건너 산자락에 비각이 하나 시커멓게 웅크리고 있었다.

"그러니까, 저게 살아 있는 열녀 귀신을 모셨던 그 열녀각(烈女閣)이란 말이야?"

두사람은 큰 소리로 웃었고, 박 기자는 어리둥절한 표정이었다.

"살아 있는 열녀 귀신이라니?"

박 기자가 묻자 두 친구는 또 한바탕 호들갑스럽게 웃었다.

"세상에는 웃기는 일도 많아. 목숨으로 정절을 지켰다고 저렇게 열녀각까지 지어서 요란을 떨었는데, 바로 그 열녀 귀신이 형편없는 화냥년이 되어 돌아왔던 거야."

박 기자는 아직도 어리둥절한 표정이었다.

"임진왜란 뒤에 정유재란 있잖아? 그때 전라남도 영광 출신 수은(睡隱) 강항(姜沆)이란 선비가 포로로 일본에 잡혀갔어. 수은 강항 기억나?"

"들은 것도 같은데, 기억이 아리송한걸."

"그가 벼슬로는 형조좌랑(刑曹佐郞)이었으니까, 좌랑이면 정오품, 요사이로 치면 법무부 과장쯤 될까? 관직은 그렇게 보잘것없었지만, 학식이 출중해서 문필로 이름을 날렸던 선비였어."

그는 이야기를 계속했다. 강항은 조정에서 벼슬살이를 하다가 모처럼 휴가를 얻어 고향에 갔는데, 바로 그때 임진왜란 뒤의 정유재란이 일어났다. 의협심이 불같은 강항은 고향에서 의병을 모아 싸웠다. 그렇지만, 백면서생이 의협심 하나로 나섰으니 결과는 뻔했다. 몇번 싸우다가 포로로 잡혀 일본으로 끌려갔다.

그때는 일본에 끌려간 포로들은 짐승 취급이었지만, 강항은 아무한테도 굽실거리지 않고 꼿꼿이 버텼다. 모두 목숨을 부지하려고 발발 기는 판에, 강항 한사람만 유독 꼿꼿하게 버티자 일본군 장수들이 그를 달리 보았다. 일본 장수들은 강항의 전력을 듣고 더 놀랐다. 대번에 대우가 달라졌다. 일본 사무라이(武士)들이 조선 선비의 통뼈를 알아본 것이다. 강항은 인품이나 학식이 대단했기 때문에 일본 가서도 일본의 한다는 문사들이며, 정계의 거물들과 교류가 트였다.

그는 특히 주자학을 일본에 전파하여, 일본 주자학의 개조(開祖)로 추앙을 받으며 지냈다. 잡혀간 지 오년 뒤에는 일본 식자들이 강항의 이런저런 공로를 내세워 강항의 귀국 운동을 벌여 조정의 승낙을 받았다. 전쟁포로가 의젓한 선비 차림으로 고국에 돌아왔으니, 이건 그냥 고국에 돌아온 것이 아니라, 지옥에서 벼슬을 살다가 금의환향한 것이나 마찬가지였다.

강항은 자기 혼자만 돌아온 게 아니라, 개인적인 영향력을 발휘하여 조선에서 끌려간 포로들을 수십명 데리고 왔다. 일생 동안 노예로 살아야 할 사람들이니, 그들에게는 은인도 이만저만 은인이 아니었다. 그 가운데는 조선에서 내로라하는 사대부 집안 부녀자들도 여러사람 끼여 있었다.

"그런데 문제가 생겼어. 사대부 집 부녀자들을 데리고 온 게 이만저만 잘못이 아니었던 거야."

"왜?"

"'화냥년'이란 말 있지?"

"그게 어떻다는 거야?"

박 기자는 곁의 여인을 힐끔거리며 퉁명스럽게 튀겼다. 여자 앞에서 그런 상소리를 하자 무안한 것 같았다.

"'화냥년'이란 임진왜란이나 병자호란 같은 비참한 역사가 낳은 말이야."

"역사가 낳은 말이라니?"

"환향(還鄕)이란 물론 고향에 돌아온다는 말이지. 그렇지만, 일본으로 잡혀갔던 여자들 처지는 뭐겠어? 일본으로 끌려가 왜놈들한테 험하게 더럽힌 몸뚱이를 이끌고 고향에 돌아오는 '화냥년'의 환향이었던 거야."

"아, 그렇군!"

박 기자는 아 소리를 크게 하며 곁의 여자를 돌아봤다. 여자는 아까부터 이야기에 귀를 기울이는 것 같았고, 방금 그 말에도 충격을 받은 눈치였다. 그러나 사내들 눈이 자기에게 쏠리는 걸 의식하는지, 좀 방심했던 표정을 얼른 도사리는 것 같았다. 어디 부끄러운데라도 잘못 보였다가 찔끔하는 표정이었다.

"그때 그 사람들을 맞이할 고향 사정은 어떻게 되어 있었는지 알아? 전쟁의 북새통에 여자들이 없어져버리자 사대부 집 사람들은 기막힌 씨나리오를 꾸몄던 거야. 자기 아내나 며느리들은 일본 군사들이 몰려들자, 임진왜란 때 논개(論介)처럼 적장을 껴안고 죽지는 못했지만, 사대부 집안의 요조숙녀들이 어찌 그 더러운 왜놈들에게 정조를 빼앗겼겠느냐, 이러고 모두 혀를 깨물고 죽기도 하고 치마를 뒤집어쓰고 강물에 몸을 던져 정절을 지켰다. 이런 식으로 미화시킬 대로 미화시켜 모두 만고 열녀를 만들어놨던 거야."

"어라. 일판이 그렇게 돌아갔단 말이야. 하하하."

"아까 그 열녀각을 세운 집안에서도, 그런 식으로 그럴싸하게 꾸민 사실을 임금에게 상주하자, 조정에서는 이런 열녀도 있었느냐고 저 열녀각까지 하사했던 거야. 그런데 이렇게 만고 열녀로 추앙받고 있던 열녀 귀신들이 시퍼렇게 살아 돌아오고 있었으니, 그게 알려지면 그 집안 꼴은 뭐가 되겠어?"

"허허. 기막힌 일이구먼. 그래서 어떻게 됐어?"

"별수 있겠어? 이제라도 만고 열녀 귀신을 만드는 수밖에."

"뭐야, 귀신을 만들다니?"

"쫓아가서 감쪽같이 없애버렸어."

"뭐라고? 생사람을 죽여버렸단 말이야?"

"그랬다니까."

"아니, 그 자식들이 사람이야?"

"허허. 한가한 소리 하고 있네. 열녀각까지 세워 떵떵거리던 사람들이, 하루아침에 흉악한 화냥년의 집안이 되어 집안 꼴이 쑥대밭이 될 판이잖아? 사실은 그런 것은 약과고 더 큰 일은 따로 있었어."

"더 큰 일이라니?"

"임금을 속인 죄로 모가지가 날아가도 줄로 날아갈 판이잖아? 그 판에 눈에 뵈는 게 있겠어? 그때는 돈이 있다고 누구나 저런 열녀각을 세울 수 있는 게 아냐. 조정의 승인이 나야 세울 수 있었는데, 그것은 단순히 본인이나 집안의 명예로만 끝나는 게 아니야. 열녀 밑에 충신 난다고, 그 후손들에게는 과거를 보지 않아도 등용하는 음직(蔭職)을 내렸어. 그 집에서도 물론 높은 벼슬을 받아 떵떵거리고 있었던 거야."

"하하하. 드라마로 치면 역전도 그런 기막힌 역전이 없겠는걸."

모두 웃었다.

"그런데, 그들보다 더 딱하게 된 사람은 일본에서 그들을 데리고 왔던 수은이었어. 그이는 그 때문에 수없는 중상모략에 시달리다가, 말년에는 거의 숨어 살다시피 했어. 그가 일본에서 데리고 온 사람들 말고도, 일본에는 아직도 그런 여자들이 많이 있었으니, 수은의 입이 벌어지면 큰일이거든. 그래서 수은을 죽이라는 상소가 빗발쳤다는 거야.”

“어이구. 여자들한테 정절을 지키라 하려면, 사내자식들이 자기 집 안방부터 제대로 지켰어야 했잖아? 평소에는 당쟁이나 일삼다가 일본군이 쳐들어오자, 왜놈들한테 안방이고 나라고 내놓고 도망쳤던 작자들이, 그렇게 도망친 체통은 시렁에 얹어놓고 연약한 여자들한테만 혀를 깨물고 죽으라?”

“하하. 네 선조들 가운데도 그런 사람이 있었는지 누가 알아? 모두들 의병장이니 뭐니 그럴싸하게 공적을 꾸며놨지만, 역사의 기록이란 강자들이 주무르는 것이라 거의가 그렇고 그런 거야. 아까 그 열녀각만 하더라도 그런 기막힌 사실은 묻혀버리고, 열녀각만 그렇게 덩실하잖아?”

모두 웃었다. 차창 곁에 앉아 있는 여자는 처음 그 자세 그대로 창밖에 눈을 꽂고 있었다.

산성 찾아가던 두 친구들은 중간에서 내렸다. 기차가 목포역에 도착하자 박 기자는 곧바로 내달아 택시를 타고 선착장으로 달렸다. 선착장에 이르자 출발 삼십분 전이었는데, 벌써 승객들이 많이 타고 있었다.

“박 기자가 또 무슨 일이요?”

배로 올라서자 갑판 위에서 누가 소리를 질렀다.

"아이고, 선생님!"

삼년 전에 섬사람들 생활을 취재할 때 여러가지로 도움을 받았던 암태초등학교 교사였다. 그는 지금도 그 학교에 있다며 몹시 반가워했다. 박 기자는 가까운 섬 학교부터 취재하려 했는데, 최 선생을 만난 김에 암태도부터 하기로 일정을 바꿨다.

갑판 위에서 최 선생과 이야기하고 있던 박 기자는 깜짝 놀랐다. 함께 열차를 타고 왔던 그 여자가 이 배로 오르고 있었다. 손에는 아무것도 든 것이 없고 좀 큰 핸드백 하나만 들었고, 얼굴은 기차에서보다 더 굳어 있었다.

"아니, 저 애가?"

그 여자를 본 최 선생이 몹시 놀란 표정으로 중얼거렸다.

"아는 여잡니까?"

"초등학교 때 내 제자였습니다. 그런데 저 애가 뭐 하러 오는 거지?"

최 선생은 심각한 표정으로 혼자 고개를 갸웃거렸다. 여자는 기차 칸에서 고집스럽게까지 보였던, 그 굳은 표정 그대로 아래층 객실로 들어갔다.

"아하. 주민등록증 발급받으러 오는 모양이구나. 허허허."

최 선생은 혼자 고개를 끄덕이며 어이없다는 표정으로 웃었다.

"주민등록증이요? 그것 없이는 살 수 없는 세상인데, 저 나이까지 발급받지 않았단 말입니까?"

"그동안 고향에 올 수 없는 사정이 있었습니다."

최 선생은 가볍게 웃을 뿐 더 말하지 않았다.

"저 여자하고 기차를 함께 타고 왔는데, 내내 바깥만 내다보고 있더군요."

"그랬을 거요. 그럴 만한 사정이 있습니다. 저 애 이름이 정명자인데 얼굴도 저렇게 예쁘지만, 내 이십여년 교직생활에 저 애만큼 머리 좋은 아이는 못 봤습니다. 그렇지만, 집이 가난해서 저 애도 다른 아이들처럼 부모들 몰래 집을 나갔습니다. 그런데 한참 뒤에 기막힌 사건이 벌어져 그 소문이 이 섬에 쫙 퍼졌습니다."

최 선생은 기막히다는 그 사건을 늘어놨다.

"목포 사람들이 이 섬에 있는 염전 소유권 관계로 재판이 붙었습니다. 그 염전 사정을 잘 아는 저 애 아버지 정호영 씨를 비롯한, 이곳 사람들이 증인으로 광주에 간 일이 있었습니다."

섬사람들은 명절에나 입던 두루마기를 입고, 염전 사장의 조카 곽가 성 가진 젊은이를 따라 그가 이끄는 대로 따라갔다. 증인이랬자, 여기서 살며 보고 들은 대로만 말을 해달라고 했을 뿐, 엉뚱한 말을 해달라고는 하지 않았다. 섬사람들은 처음에는 어리둥절했는데, 듣고 보니 그동안 본 대로 몇마디만 해주면, 광주까지가 숫제 공짜 관광이었다.

"광주 가면 잡것, 술판부터 걸쭉하게 한판 벌입시다. 주인네 초상이 머슴들한테는 잔치판이더라고, 우리는 증인 서고 나면 재판 끝이야 어디로 가든지, 우리 할 일은 다한 것인께, 이 판에 목구멍에 때나 지대로 한번 벗겨봅시다. 칼칼칼."

곽가는 너울가지가 봄바람에 능수버들이어서, 촌사람들 구슬리는 엉너리가 간이 녹게 살가웠다.

"여관비야 술값은 두말할 것도 없지만, 그래도 문밖에 나서면 돈인께 자, 모두 얼마씩 담아두시오."

곽가는 활수한 부자 마님 첫 며느리 이바지 떡 나누듯, 탕탕 마른 장구 소리가 나는 만원짜리를 석장씩이나 조끼 주머니에 쑥쑥 찔러주었다.

"그런데, 가기 전에 의논할 일이 한가지 있소. 광주 가면 술판은 어떤 술판을 어떻게 벌일 것인지, 그것부터 미리 취미대로 정해가지고 갑시다. 떵까떵까 장구 치고 나팔 불고 계집년들이 저고리부터 팬티까지 홀랑 벗고 춤추는 빠에서 맥주를 재낄 수도 있고, 열두폭 병풍 속에 차분하게 방석 깔고 앉아서 북장구 잡혀놓고 나긋나긋한 계집년들 주무름서, 부어라 마셔라 하는 데도 있소. 어디가 좋겠소? 돈 걱정은 이 곽가한테 맡기시고 어르신네들 입맛대로 취미대로 분부만 내리십시오. 칼칼칼."

곽가는 노상 야살스럽게 넌덕을 떨었다.

"원래 주색이란 것이, 그 말부터가 술하고 색은 한쌍으로 붙어 댕기는 것인께, 술에 계집이 따르는 것은 바늘 간 데 실이지마는, 그 빠가 어딘가 거기서는 먼 놈의 계집년들이 이불 속도 아니고, 술판에서 꾀댕이를 활딱 벗고 나대다니, 먼 술판이 그런 술판도 있어?"

나이가 제일 많은 박씨였다. 6·25 때 군인도 아니고, 노무자로 끌려가서 총 한번도 쥐어보지 못하고, 산꼭대기까지 군인들 밥만 지고 다녔다는데, 깐에는 그래도 객지 바람 쐤다고 무슨 일에나 아는 체했다.

"스트립쇼라고 그런 데가 있소. 생각이 있으면 어디든지 좋습니다마는, 그래도 점잖은 처지에서 차분하게 북장구 잡혀놓고 마시는 방석집이 나을 것 같은데, 어쩌겠소? 칼칼칼."

"그런 기생집에서는 술 한상이 나락 한섬 값이라던데, 그런께 그 방석집이란 데가 그런 기생집인가?"

그런 비싼 술을 우리 같은 촌놈들이 어떻게 마시겠느냐고 비쌔는 소리가 아니라, 나도 그만한 물정은 안다고 역시 아는 체하는 가락이었다.

"맞습니다. 기생은 옛말이고 지금은 그냥 삼삼한 색시들이, 옛날 기생 태로 아양 떰시로 술 시중을 듭니다. 그런 것들이라 술판 끝나고 여관으로 데리고 가기는, 수양딸로 며느리 삼기지라. 그 자리에 술 따른 계집은 누구든지 찍기만 하시오. 모두 찍은 대로 짝을 지어드리겠습니다. 칼칼칼."

곽가는 너스레가 흐드러졌다.

"허허. 알았네. 알았어. 늙은 말이 콩 마다할 것인가? 하하하."

"그려. 누가 보고 소문낼 것도 아니고, 샌님이 남의 동네 아니면, 어디서 돌담 밑에다 맘 놓고 오줌 쌀 것인가? 하하."

"좋습니다. 저도 노는 데라면 어렸을 때부터 고무신짝 벗어 들고 쫓아댕기던 놈이라, 어르신들 틈에 꼽사리 끼어 저도 재미 한번 봅시다. 칼칼칼."

모두가 헤벌쭉해졌다.

일행이 광주에 도착한 것은 어두워진 다음이었다. 섬사람들은 수학여행 온 초등학생들처럼 곽가 뒤에 바싹 붙어 따라갔다. 곽가는 대문간이 덩실한 한옥 집으로 제 집 들어가듯 쑥 들어갔다.

"아이고, 원로에 얼마나 피곤하십니까? 어서들 오십시오."

마담이 쫓아 나오며 너스레가 흐드러졌다. 얼핏 여염집 같았으나, 방 안에는 병풍이야 방석이야 으리으리했다. 마담은 연방 깔깔거리며 방석을 내놓고, 병풍을 고쳐 치고 한참 수선을 피웠다. 섬사람들은 잡혀온 부엉이들처럼 방석 위에 꼿꼿이 앉았다.

"이 집에는 색시들 안 키우는가?"

곽가가 소리를 질렀다.

"가요!"

쿵쿵 마룻장을 울리며 뛰어오는 소리가 났다. 한복으로 눈부시게 차린 색시 두사람이 윗목에 나란히 서서, 나비처럼 나붓이 내려앉으며 깊숙이 고개를 숙였다.

"미스 강입니다."

"미스 문입니다."

갯바람에 시커멓게 그을린 섬 여자들만 보던 눈에는 이 세상 여자들 같지 않게 예뻤다. 하늘에서 금방 날개옷을 펄럭이며 나비처럼 내려왔거나, 텔레비전에서 봤던 이삼백년 전 조선시대 임금 잔치판에 나온 궁녀들 같았다.

"미스 강, 미스 문, 오랜만이야. 쩌그 저 홍씨하고 김씨 몰라? 6·25 때 흥남 부두에서 손수건 흔들고 처음 아녀?"

"어마나, 첫사랑 서방님을 여기서 뵙겠네요."

두 색시는 깔깔거리며 두사람 곁으로 갔다. 어깨를 붙잡고 찰싹 붙어 앉으며 아양을 떨었다. 홍씨하고 김씨는 누런 이를 있는 대로 내놓고 웃었다. 여자 둘이 들어오고 뒤가 끊겼다. 정호영 씨만 남왔다.

"이 집에는 색시 둘만 키우는가?"

"잠깐 기다리세요. 진양이라고 머리하러 갔는데, 끝내주는 애가 곧 와요."

"그러니까, 색시 셋 두고 문패 달고 장사한단 말이야?"

"어이구, 점잖으신 분이 왜 이러실까. 손님이 또 한 방 들어서 그런단 말이에요."

"그럼 진양인가 마른 양인가, 그 색시는 정호영 씨하고 짝을 짓기로 하고, 그럼 나는 뭐야? 뚜쟁이 노릇이나 하고 그냥 손가락이나 빨라는 거야?"

"깔깔. 금방 예쁜 아가씨 빼올게요."

"허허. 그럼 한 년이 두 서방 보는 데, 나는 샛서방 노릇이나 하란 말이야. 하여간, 그건 그렇고 이건 농담이 아니니까 잘 들어요! 지금 앉은 자리가 이따 술판 끝나고 여관으로 직행할 자린께, 이 가운데서 나중에 사정 있고 형편 있을 사람들은 미안 섭섭하지만, 바로 지금 양보를 해줘야겠어. 초판에 미안 섭섭해버리는 것이 이따 눈꺼풀 걷어 올리고, 인상 긋는 것보다 나을 것 같아 미리 통고하는 거야."

"아따 성질이 왜 저리 급하실까? 나야 흥남부두 첫사랑을 만났으니 망정이지만, 말도 사촌까지 상피를 본다는데, 성씨도 졸가리도 본까지는 따져야 할 것이고, 취미 따라 궁합도 보고, 하룻밤을 자도 만리장성 쌓더라고 졸가리 칠 것은 쳐야 할 게 아녜요?"

"하하. 그건 그려. 하여간 졸가리를 치든 얼거리를 치든, 한번 정

182

했으면 일편단심 하라 이거야. 아까부터 손님 빼온다는 것이 이집 풍기가 좋지 않은 것 같은데, 우리들은 이래 봬도 주색잡기 같은 퇴폐풍조는 아침마다 조기청소로 쓸어버린 새마을에서, 일편단심 자가용만 타고 살다 온 양반들이다, 이거야."

곽가는 입심이 보통이 아니어서 금방 분위기가 훈훈해졌다. 그러나 섬사람들은 아직도 사돈네 안방에 들어온 사람들처럼 굳은 표정들이었다. 그때 술상이 들어와 술이 한순배씩 돌자 표정들이 조금씩 누그러졌다.

"마흔살 큰애기가 첫 시집을 갈란께 체일이 없다더니, 나는 체일이 아니라 신부가 없어."

정호영 씨가 이죽거리자 모두 와 웃었다.

"색시가 예쁘게 단장하느라고 늦잖아요? 이따 보세요. 아저씨 오늘 땡잡았다고요. 그애하고 한번 짝졌던 손님들은 언제든지 일편단심 그 애만 찾는다고요."

"예쁘든 일편단심이든 와야 할 게 아냐."

정호영 씨는 큰 소리로 호기를 부렸다.

"점잖으신 분이 왜 이러실까? 자, 제 잔부터 받으세요."

"허허. 남의 각시가 쳐준 술이야 술맛이 나야 말이지."

"점잖게 계시라니까요. 이따 여관에 가서 보세요. 끝내줄 거예요."

"점잖은 무슨 개 물어갈 점잖이여!"

"아이고. 이 아저씨 눈웃음치는 것 좀 봐. 골로 생겼어. 진양하고 궁합이 딱 맞겠다. 깔깔."

"허허. 진양이 그렇게 색골인가?"

정호영 씨 곁에 앉았던 김가가 끼어들었다. 그때 진양이 나타났다. 다른 색시들처럼 문턱 밖에서 안에다 나붓이 고개를 숙였다.

"진양아, 어서 온나. 너 때문에 몸 다는 양반이 한분 계신다. 궁합까지 천생연분이란다."

섬사람들은 몇잔씩 술이 들어가자, 거슴츠레한 눈으로 절하는 진양을 보고 있었다. 진양이 절을 하고 고개를 드는 순간이었다.

"어머머. 아부지!"

진양은 주발만 한 눈으로 정호영 씨를 건너다보며, 입안에 소리로 중얼거렸다. 멍청하게 건너다보고 있던 진양이 벌떡 일어섰다. 얼굴을 싸쥐고 달아났다. 섬사람들은 필름 멈춘 영화처럼 굳어버렸다.

"정호영 씨는 그때부터 술로 세월을 보내다가, 지금은 술에 찌들어 거의 폐인이 되다시피 했지요."

최 선생은 멀겋게 웃었다.

"그런데, 일판은 거기서 끝나지 않았습니다. 지난번 주민등록증 갱신 때입니다. 외지에 나갔던 사람들이 주민등록증을 발급받으러 오기 시작하자, 정호영씨는 술을 더 심하게 마셨다는 소문이었습니다. 이년이 집에 오기만 하면 당장 쳐 죽이겠다고, 몽둥이까지 챙겨놓고 악을 썼다고 합니다. 그런데 이럴 때 보면 야속한 일도 많아요."

최 선생은 또 혼자 웃었다.

"그 딸은 고향에 오는 게 얼마나 지겨운 일이겠습니까? 그렇지만, 지금은 주민등록증 없이는 살 수 없는 세상 아닙니까? 영수증

184

하나를 쓸 때도 주민등록증 번호가 있어야 하고, 하룻밤 여관 신세를 지려도, 하찮은 막걸리 집에 취직을 하려도, 주민등록증이 있어야 하는 세상 아닙니까?"

정명자는 처음 주민등록증 발급할 때도 발급받지 않았고, 몇 년 뒤 주민등록증을 갱신할 때도 발급받지 않았다는 것이다. 주민등록증은 본적지에서만 발급하기 때문이라는 것이다.

박 기자는 어제 기차에서 차창 밖을 내다보고 있던 정명자 표정이 떠올랐다. 그는 주민등록증을 가진 사람들만 온전한 사람으로 살아가는 세상에서, 주민등록증을 요구할 때마다 궁색스럽게 변명을 하며 살다가, 이제는 더 어쩔 수 없어 이 나라 주민으로 등록을 하고 주민등록증을 발급받으러 오는 것 같았다. 그러나 이 나라 국민으로 떳떳하게 들어가는 문은 오로지 고향에만 있는데, 그 고향에는 당장 아버지가 몽둥이를 을러메고 있고, 수많은 고향 사람들은 돌멩이를 들고 있는 꼴이었다.

"허허 참!"

이야기를 듣고 난 박 기자는 멀겋게 웃었다. 기차에서 했던 화냥년 이야기가 그에게는 너무 잔인한 이야기였다는 데 생각이 미치자 새삼스레 충격을 느꼈다. 아무 생각 없이 던진 돌멩이에 머리를 맞아 피라도 흘리는 것처럼 끔찍스러웠다.

여객선이 한시간쯤 항해를 했을 때였다. 갑자기 기관 소리가 이상해졌다. 기관이 둔탁한 소리를 내며 헛도는 것 같더니, 금방 멎어버렸다. 선실에 들었던 승객들이 밖으로 쏟아져 나왔다. 갑판 위에서 소주잔을 기울이고 있던 박 기자와 최 선생도 일어섰다. 그때

승무원이 올라오며 대단찮은 고장이니, 잠깐만 기다리라고 했다.

"세상에, 바다 한가운데서 기관 고장 나는 배도 있단 말이여? 육십여년 저쪽 왜정시대도 이런 일은 없었어. 만약 오늘 바람이라도 셌더라면 무슨 꼴이 됐지?"

나이 지긋한 이가 핀잔이었다.

기관이 통통거리더니 다시 그쳐버렸다. 오늘은 물때까지 나빠 항해 시간이 평소보다 더 걸릴 것 같았는데, 여기서 많이 지체하면 선착장에서 집이 먼 사람들은 집에 갈 일이 근심이 될 것 같았다. 승객들은 초조한 얼굴로 기관실을 들여다보기도 하고, 멀리 지나가는 배를 건너다보며, 무료하게 시간을 보내고 있었다. 기관이 통통거리다가 그치기를 서너번 하더니, 두시간도 더 지나서야 겨우 제대로 살아났다.

여객선이 암태도에 닿았을 때는 해가 넘어간 뒤였다. 선착장에는 버스가 기다리고 있었다. 썰물이라 연락선이 선착장에 접안하지 못하고, 종선이 나와 승객들은 종선으로 내렸다. 한사람 한사람씩 종선으로 굴러떨어지듯 내렸다. '줄을 당겨라' '배를 밀어라' '한쪽으로 비켜 앉아라', 악다구니가 쏟아졌다. 머리에 스카프를 두른 정명자는 박 기자 앞에서 사람들 부축을 받으며 종선으로 내렸다. 박 기자와 최 선생도 짐짝처럼 내렸다.

박 기자는 한바탕 북새질을 치고 나자, 섬 생활이 어떤지 새삼스레 실감이 났다. 섬사람들이 걸핏하면 섬놈, 섬놈 하며 자신들을 비하하는 심정을 이해할 수 있을 것 같았다.

―부우웅

여객선은 승객 열댓명을 떨어뜨리고, 뱃고동을 울리며, 마지막 기항지를 향해 섬 모퉁이를 돌아갔다.

종선에서는 박 기자 앞쪽 서너사람 건너에 정명자가 궁상스럽게 쭈그리고 앉아 있었다. 박 기자 옆자리 여자들이 서울, 불끼미, 똥갈보 어쩌고 수군거렸다. 저쪽에서 비쳐오는 불빛에 아래로 깊숙이 수그린 정명자 얼굴이, 더없이 처량하게 보였다. 불끼미는 아까 최 선생한테서 들었던 정명자 동네 이름이었다.

종선이 선착장에 닿았다. 사람들은 모두 홀딱홀딱 뛰어내려 기다리고 있는 버스로 달렸다. 정명자는 저쪽 상점으로 가더니, 손전등을 들고 나왔다. 거기서 빌려 온 것 같았다. 바삐 가서 버스에 올랐다.

"저는 저기 저 주막에서 자겠습니다. 최 선생은 저 차로 가시지요?"

"아닙니다. 나는 내일 일이 있어 박 기자님을 못 만나겠으니, 저 주막에서 한잔 더 합시다. 택시는 부르면 금방 옵니다."

그들은 주막으로 들어갔다. 최 선생이 한쪽에 걸려 있는 싱싱한 생선을 가리키며 저거 한접시 썰라고 했다.

"최 선생도 목포 갔다 오시는 것 같은데, 그럼 저기 불끼미 정호영 씨 딸도 그 배로 왔지라?"

주막 주인 남자가 웃으며 물었다.

"그렇습니다. 왜 그러시지요?"

"그 가시내가 우리 집에서 금방 손전등을 빌려 갔는디, 암만해도 쪼깐 껄쩍지근해서 그래요. 전등을 빌려 가는 것이 이 밤중에 그 징검다리를 건너갈 것 같은디……"

주인은 술병과 안주를 놓으며 말을 이었다.

"그 징검다리가 어떤 징검다리라고, 밤중에 일 키로도 넘는 징검다리를 건너간단 말입니까?"

"내가 전등을 빌려주고 생각해본께, 오늘 물때가 지금 바삐 가면 그 징검다리를 건널 만한 물때입니다."

"그렇지만, 이 밤중에 어떻게 그 징검다리를 건넙니까? 어디 친척집에서라도 자고 가겠지요."

"아니라. 그 가시내가 시집간 우리 집 딸년하고 어렸을 때 친구라 내가 잘 아요. 여기 큰 섬에는 자고 갈 만한 친척도 없지마는, 친척이 있더라도 무슨 낯짝으로, 더구나 이 오밤중에 우죽우죽 들어가겠소?"

"듣고 보니, 그럴 것도 같은걸요."

최 선생은 눈을 크게 떴다.

정명자 동네는 이 섬이 아니고, 불끼미란 조그만한 섬인데, 작은 섬이지만 논밭이 있어 정명자 집을 비롯한 대여섯가호가 살고 있다는 것이다. 그 섬에 가려면 여기서 이 킬로쯤 가서, 갯벌에 놓여 있는 일 킬로 길이의 징검다리를 건너가야 한다고 했다.

"옛날부터 그 징검다리에서는 더러 사람이 죽어, 으스스한 이야기도 많이 얽혀 있습니다. 그래서 그 동네에서는 해마다 정초에 징검다리에 제를 지낸답니다."

"으스스한 이야기라니요?"

최 선생은 허허 웃으며 차근하게 이야기를 시작했다.

"옛날에 여기 이 큰 섬 총각이 그 작은 섬으로 장가를 갔습니다. 그런데 그 신부 동네에는 그 신부한테 죽자 사자 짝사랑하는 총각이 있었답니다."

그 처녀가 시집을 가게 되자, 동네 총각은 그 신랑을 없애버릴 꾀를 하나 생각해냈다. 신랑이 소문난 효자라 그 효성을 이용하자는 것이었다. 그 징검다리는 바닷물이 들어오면 징검돌이 바닷물 속에 잠겨버리고, 바닷물이 나가면 징검돌이 드러나기 때문에 그걸 이용하기로 했다.

동네 총각은 해가 지자 신방 동정을 살피며, 그 징검다리 물때 짐작을 하고 있었다. 마침 알맞은 시각에 신방 불이 꺼졌다. 총각은 문을 두들겼다. 신랑이 깜짝 놀라 문을 열고 무슨 일이냐고 했다.

"나는 이 동네 사람인데, 낮에 큰 섬에 갔다가 지금 돌아오는 길이야. 그런데 신랑 집에 큰일이 났더구먼."

"뭐라고? 우리 집에 큰일이 나다니?"

"신랑 어머님이 마루에서 토방으로 낙상을 해서 지금 숨이 왔다 갔다 한다더만."

"아이고, 이게 웬일이야?"

효성이 지극한 신랑은 부랴부랴 옷을 입고, 징검다리를 쏜살같이 건너갔다. 그러나 집에 가보니 아무 일도 없었다. 신랑은 그때야 그 작자한테 속은 줄 알고 깜짝 놀랐다. 당장 신부한테 무슨 일이 있을 것 같았다. 신랑은 선 자리에서 길을 되짚어 징검다리로 내달았다.

신부는 신부대로 고개를 갸웃거리고 있었다. 자기를 좋아하는 동네 총각이 그런 말을 전해준 게 아무래도 꺼림칙했다. 신부는 벌떡 일어났다. 식구들을 깨우려다가 그만두었다. 동네 총각 말이 사실이라면, 엉뚱한 소동만 벌어질 것 같았기 때문이었다. 신부가 징검다리를 한참 건너가자, 저쪽에서 신랑이 뛰어오고 있었다. 그들은 징검다리 한가운데서 무사하기 다행이라고 얼싸안았다.

"아이고, 그새 이렇게 물이 들어왔네. 어서 가자고!"

바닷물이 양쪽에서 밀려들어 징검돌에 찰랑거리고 있었다. 징검다리 한가운데라, 어느 쪽으로 가도 육지에 닿기 전에 바닷물이 많이 들어올 것 같았다.

"아이고, 나는 헤엄을 못 치는데, 이 일을 어쩌면 좋아?"

신부가 우는 소리를 했다. 징검다리 양쪽에서 바닷물이 들어오고 있었다.

"나는 헤엄을 어지간히 치지만, 이렇게 물살이 세면 어렵겠는걸."

신랑과 신부는 있는 힘을 다해서 징검다리를 뛰어갔다. 그러나 하필 사리라 바닷물에 징검돌이 잠겨버렸다.

"결국 신랑과 신부는 가다가 죽고 말았습니다. 그런데, 시체들이 서로 어찌나 힘을 주어 껴안았는지 동네 사람은 껴안은 팔을 풀 수가 없었습니다. 그래서 그대로 묻어주었는데, 거기서 등나무가 두 그루 자라나더니 등나무 줄기들이 서로 친친 감고 자라더랍니다. 하하."

"첫날밤에 그 꼴이 되었으니 그랬겠군요."

다음 날 아침, 박 기자는 밖에서 사람들 떠드는 소리에 잠이 깼다. 목포 가는 연락선을 기다리는 사람들이었다. 비가 오는지 사람들이 상점으로 들어오고 있었다. 박 기자 곁에는 최 선생이 코를 골고 있었다.

"죽을라고 물귀신이 씌어댔어. 그 징검다리가 어떤 징검다리라고, 총한 정신 가지고야 그 밤중에 그 징검다리를 건네냐 말이여?"

밖에서 하는 말에 박 기자는 깜짝 놀랐다. 찬물이라도 한바가지 뒤집어쓴 것 같았다. 그대로 귀를 모았다.

"그려. 그 섬에서 자랐던 계집애가 뭣이 씌어대지 않았으면, 그 징검다리 물때 짐작을 못했을 것이여? 학교 다닐 때만 하더라도 날마다 하루 두번씩 육년을 건너댕기던 징검다리여."

"그려. 그래도 그 정신에 핸드바꾸는 안 놓칠라고, 핸드바꾸 손잡이 끈을 손목에다 친친 감고 죽었더랴."

"아니, 그 정신에도 핸드바꾸 끈을 그렇게 단단히 감고 죽어?"

"그려. 그래서 그 핸드바꾸를 끌러본께 만원짜리가 삼백장도 더 되더랴."

"만원짜리가 삼백장도 더 돼? 그러면 그 돈이 얼마여?"

"삼백만원도 더 되제 얼마여? 그래도 아무리 돈이제마는 물속에서 핸드바꾸를 그렇게 끌어 쥘 정신이 있었을까?"

"하여간, 쥐어도 얼매나 꽉 쥐었는지 몰라."

『월간중앙』 1976년 10월호(통권 103호); 2006년 8월 개고

가남
약전
略傳

매미 소리가 요란스런 한낮, 동네 입구 주막에서 막걸리를 마시던 사람들이 모두 동구 쪽으로 눈이 쏠렸다. 초췌한 차림의 중늙은이가 열두어살짜리 계집아이를 데리고 동네로 들어오고 있었다.

　"이 동네 김응팔이란 사람 살지라?"

　주막 마루에 걸터앉으며 주모에게 물었다.

　"김응팔이라 하셨소? 그런 사람 안 사는데라."

　마침 그 앞을 지나가던 동네 노인이 돌아봤다.

　"김응팔이라 했소?"

　"예. 김응팔입니다. 옛날에 이 동네서 살다가 오입을 나간 사람이지라. 혹시 그동안에 집에 와서 사는가 싶어 묻습네."

　"허허. 응팔이를 어찌 아시오? 이 동네서 나간 지가 거진 삼십년도 넘었소. 그런데, 그 사람은 어떻게 아시오?"

"좀 아는 사이지라. 그동안 고향에 한번이라도 오지 않았습네까?"

"한번 나간 뒤로는 소식이 없소. 일본서 산다는 말이 있었소마는, 이 동네는 그런 소식 챙겨 들을 사람도 없소. 그런데 귀꿈스럽게 응팔이를 어째서 찾소? 가만있자, 전에도 언제 한번? 아니, 당신이 여기 한번 온 적 있지라?"

동네 노인이 갑자기 눈을 밝혔다. 사내는 보일락 말락 입술 한쪽이 일그러지며 쓸쓸하게 웃었다. 자조와 회한이 얽힌 웃음이 그 차림만큼이나 피로해 보였다.

"그렇지라? 일본 놈 순사?"

동네 노인이 물었다. 사내는 아까보다 더 쓸쓸하게 웃으며 노인에게 잔을 넘겼다.

"허허. 틀림없구먼. 참말로 오랜만이요. 많이 늙었소. 그렇게 팔팔하던 사람이 많이 늙었소, 많이 늘어. 세월은 아무도 못 해보지. 지금 어디서 사시는데, 이번에는 또 무슨 일로 왔소?"

동네 노인은 사내가 따라주는 술잔이 차는 줄도 모르고 연거푸 묻기만 했다. 왜정 때도 이렇게 홀연히 나타나서, 어처구니없는 일로 일본 순사를 저 강물에다 처박아놓고 이름도 성도 남기지 않고, 나타났던 만큼이나 홀연히 사라졌었다. 일본 순사라면 먼발치로 옷자락만 비쳐도 죄 없이 사지가 오그라붙을 때, 난데없이 나타나서 촌사람들은 꿈도 꿀 수 없는 일을 저질러놓고 바람같이 사라졌던 것이다. 그 일은 홍길동이가 해인사를 털었다거나, 사명대사가 일본 임금을 어쨌다는 이야기보다 더 기막힌 사건이었다. 그래서 그 이야기는 그동안 과장될 대로 과장되고 살이 붙을 대로 붙어 지금까지 이 동네에 전해오고 있었다.

"옛날 그 사람이 왔단 말이야?"

전설의 주인공이 나타나자 동네가 발칵 뒤집혔다. 모두 달려와서 그 앞에 무춤무춤 멈췄다. 뛰어오던 사람마다 주먹 맞은 꼴로 멍청하게 노인을 건너다보고 있었다. 한참 만에 자기들끼리 서로 얼굴을 돌아봤다.

"저 사람이 옛날 그 사람이란 말이여?"

천방지축 천하에 거칠 것이 없던 옛날 그 천둥벌거숭이 호기는 간데없고, 산골 땔나무꾼보다 더 초라한 중늙은이가 앉아 있었기 때문이다. 화려한 전설이 박살난 꼴이었다. 옛날 그 광경을 직접 보았던 노인들은, 그때 그 사내와 지금 눈앞에 있는 사내를 두고 십수년 세월이 오락가락하는 것 같았다.

"개자식 거기 건너다 칵 빠져 뒈져버려라."

일본 순사가 동네 앞 징검다리를 건너가자 젊은이들이 한마디씩 욕설을 퍼부었다.

"저, 저놈의 주둥이들!"

동네 노인들이 주먹을 으르며 눈을 부라렸다. 젊은이들은 순사들이 이 동네서 일본 탄광에 징용 보낼 젊은이를 잡으러 왔다가 허탕 친 분풀로, 밀주를 뒤져 집집마다 북새질을 쳐놓고 징검다리를 건너가고 있기 때문에 순사들에게 주먹을 으르며 악담을 퍼부었다.

"저 쌍놈의 작자들 잡아먹는 호랑이는 없는가?"

"이놈들아, 지금 죽지 못해서 환장했냐?"

동네 노인들은 순사가 곁에 있기라도 한 듯 간이 받는 소리로 종주먹이었다.

"저 자식이 듣소, 어쩌요?"

한녀석이 볼 부은 소리로 튀겼다. 죄 없이 맞고 차이고 죽 훔쳐먹은 개도 아니게 당한 것을 생각하면 당장 작살을 내도 분이 풀리지 않겠는데, 들리지도 않는 욕설도 못하느냐는 핀잔이었다.

"뭣이 어째? 이 자식덜이 꼭 먼 일을 내고야 말겠네."

"저놈들이 뭣이간데 안 듣는 데서 욕도 못 한단 말이요?"

종로에서 맞은 뺨은 기왕에 맞은 뺨이지만, 한강에 나와서 눈 한번도 못 흘기느냐는 투로 모래 씹어뱉는 소리를 했다.

"이 자석들이 말을 하면 듣는 것이 아니라, 무엇이 어쩌고 어째?"

노인은 기어코 젊은이 마빡을 쥐어박았다. 녀석은 대가리를 싸쥐고 뒤로 물러나며 주둥이가 잔뜩 삐져나왔다. 노인은 노인대로 성이 덜 풀려 녀석을 흘겨보는 도끼눈이 서발이나 길었다. 그때였다.

"얼씨구, 얼씨구. 저 자식 못 본 재주 하겠다."

징검다리를 건너던 순사가 한쪽 발을 삐뚝했던지, 허공에서 네 활개를 허우적거렸다. 한참 만에 아슬아슬하게 중심을 잡았다. 중심을 잡은 순사는 동네 쪽을 노려봤다. 순사는 오냐, 네놈들이 나더러 여기 빠지라고 방자 놓는 줄 안다며, 나중에 보자고 으르는 것 같았다. 장단을 맞추던 녀석들은 자기들이 순사를 밀어뜨리기라도 했던 것처럼 겁먹은 표정들이었다.

"그런 배짱도 없는 자식들이 뭣이 어쩌고 어째? 어서 가서 일이나 해! 이러다가는 이번에도 또 무슨 일이 나고 말겠다."

영감은 순사가 걸음이 위태로웠던 것이 마치 이쪽 책임이기나 된 것처럼 소리를 질렀다. 그러나 젊은이들은 순사만 노려보고 있었다.

"이 자식아, 조심해라. 거기 한번 빠졌다 하는 날에는 염라대왕이 네놈 외조부라도 살았달 것이 없다. 이 상놈의 종자야."

이 징검다리는 예사 징검다리와는 달랐다. 높은 봇둑에다 디딤돌을 놓았기 때문에 이렇게 물이 불었을 때는 이만저만 위험하지 않았다. 자칫 발을 잘못 디뎌 봇둑 아래 소용돌이에 휘감기면, 제가 아무리 천하장사라도 무사할 수 없었다. 작년에는 저만 못한 물에도 체 장수가 빠져 죽었다.

그런데 작자가 겁 없이 건넜던 것은 아까 건너왔던 짐작이 있는 데다, 또 방금 이 동네 노인이 쉽게 건너온 것을 보았기 때문이다. 그러나 여기서 나고 자라 징검다리 돌덩어리 하나까지 발에 익은 동네 사람들은 처음부터 본을 볼 일이 아니었다.

그런데 저 녀석이 동네서 밀주 단속 북새질을 치고 있는 사이, 상류에서 소나기가 한바탕 무더기로 쏟아져 잠깐 사이에 물이 엄청나게 불은데다가, 그나마 시커먼 흙탕물이라 징검다리 디딤돌도 제대로 보이지 않았고, 거센 물살이 아랫도리를 획획 홀친 것 같았다. 작자들이 다른 때는 둘이 다녔는데, 한사람은 이웃 동네서 북새질을 하고 있는 것 같았다.

순사는 돌아설까 말까 망설이는 눈치였으나, 이미 징검다리 가운데를 지났기 때문에 뒤로 돌아서도 위험하기는 마찬가지였다. 동네 노인이 금방 건너온 것만 보고 쉽게 생각했던 모양인데, 그 노인은 어렸을 때부터 문턱 밟듯 건너다녀 물속에 있는 돌부리 하나까지 발에 익었기 때문에 그런 사람 본을 볼 수는 없었다. 지난번 체 장수만 하더라도 금방 건너왔던 사람이 건너지 말라고 말리는 걸 듣지 않고 고집을 세우다가 그 꼴을 당했다. 그렇지만, 이 징검다리를 건너지 않고는 길을 거의 오리나 돌아야 하니 설마 하고 그런 모험을 하기 십상이었다.

순사는 잔뜩 겁이 난 모양이었으나, 조심조심 건너고 있었다.

"그래도 제법이네."

순사가 디딤돌을 서너걸음 옮기고 나서 크게 한발 떼는 순간이었다.

"얼씨구, 얼씨구, 아이고매!"

젊은이들 얼씨구 소리가 잘리고 비명이 터졌다. 동네 사람들은 벌떡 일어났다. 작자는 두 팔을 휘두르며 한참 건공잡이를 하다가 거짓말처럼 소용돌이 속으로 처박혔다.

"나왔다!"

순사 머리가 물 위로 솟아올랐다. 젊은이들이 강가로 뛰었다. 모두 등이라도 떼밀린 듯 정신없이 내달았다. 순사 머리는 하염없이 물속으로 들어갔다 나왔다 하고 있었다.

"저 자식은 헤엄을 못 치는 것 같다. 더러운 순사 행티만 배워먹었지 어디 개울물에서 그 흔한 개헤엄 하나도 배우지 못했구먼."

순사는 머리가 물 밖으로 나오면 죽어라고 두 손만 허우적거리다가 또 맥없이 물속으로 들어갔다.

그때였다. 징검다리 저쪽에서 뛰어오는 사람이 있었다. 낯선 사내였다. 사내는 벼락소리에 소 뛰듯 뛰어오며 저고리부터 옷을 하나씩 벗어 팽개쳤다. 알몸으로 강으로 뛰어들었다. 먹이 본 독수리가 아래로 곤두박이는 기세였다. 팔을 죽죽 뻗어 물을 갈랐다. 젊은이들은 느닷없는 광경에 서로 얼굴을 돌아봤다.

"누구지?"

"모르겠구먼."

젊은이들은 넋 나간 꼴로 사내가 헤엄쳐 가는 걸 보며, 강둑으로 따라갔다. 따라가기는 하지만, 순사를 건져낼 엄두는 내지 못하는 것 같았다. 강가에 사는 젊은이들이라 어지간하면 뛰어들겠지만, 저렇게 거센 물살에는 자기 혼자 몸뚱이 가누기도 어려울 판이라, 물속에서 사람을 끌고 나온다는 것은 상상도 못할 일이었다. 젊은이들은 사람이 빠져 허우적거리고 있는데, 멀거니 보고만 있을 수 없어 무작정 뛰어왔던 것 같았다. 더구나 그들은 전에 겁 없이 뛰어들었다가 함께 죽은 사람을 본 적이 있기 때문에, 저게 제 살붙이라도 자기 죽을 일에 그런 겁 없는 짓을 할 사람은 없을 것 같았다.

그러나 사내가 물을 가르고 나가는 기세가 이만저만 능란하지 않았다. 헤엄 솜씨가 보통 사람으로는 흉내도 낼 수 없을 만큼 능란했다. 사내는 잠깐 사이에 순사 가까이 갔다. 순사는 그대로 허우적거리며 떠내려가고 있었다. 그러나 사내는 순사를 금방 끌고 나오는 게 아니었다. 적당한 거리를 두고 한참 따라가고 있었다. 그러다가 조금씩 순사 곁으로 다가갔다. 손이 닿을 거리에 이르자 허우적거리던 순사가 갑자기 사내를 덮쳤다. 순사와 사내는 서로 붙잡고 거세게 푸덕거렸다.

"오매."

그냥 푸덕거리는 게 아니고 사내는 자기를 붙잡은 순사를 떼미는 것 같았다. 그래도 놓지 않는지 주먹으로 패는 것 같았다. 그렇게 한참 푸닥거리다가 순사와 사내가 붙잡고 뒤엉켜버렸다. 검은 제복을 입은 순사는 시커먼 먹구렁이 같고, 사내는 누런 황구렁이 꼴이었다. 두사람은 뒤엉켜 물속으로 들어갔다 나왔다 하며 떠내려갔다. 그렇게 한참 뒤엉켜 뒹굴더니 둘이 다 물속으로 들어가버렸다.

"아이고!"

구경꾼들이 비명을 질렀다. 한참 있어도 나오지 않았다.

"둘이 다 죽은 것인가?"

그때 머리 하나가 솟아올랐다. 순사였다.

"아이고매."

죽어야 할 녀석은 솟아오르고 애먼 사람이 죽었다는 비명이었다.

"나왔다!"

사내도 솟아 나왔다. 사내는 순사를 찾아 고개를 두리번거렸다. 순사는 엎어져서 떠내려가고 있었다. 사내가 쫓아가서 붙잡았다. 순사는 숨이 멎었는지 나대지 않았다. 사내는 떠내려가며 순사 몸뚱이를 뒤집어 왼팔을 순사 목 밑으로 넣었다. 왼손으로 순사 얼굴을 위로 받치고 헤엄을 쳤다. 물살이 조금 느린 데에 이르자 천천히 강둑으로 다가갔다.

"허허. 저것이 누구여? 어디서 저런 사람이 왔어?"

물속에서 순사를 닦달해서 차고 나오는 솜씨가 이만저만 능란한 게 아니었다. 헤엄 솜씨는 그렇다 치고 물속에서 순사를 차고 나오는 게 보통 사람으로는 흉내도 못 낼 일이었다. 저렇게 사람 건지는 직업이라도 있어서 어디서 그런 일만 하다 온 사람 같았다. 사내는 동작이 아까보다 굼뜨기는 했지만, 그래도 한 손으로 거센 물살을 헤치고 천천히 강가로 다가갔다. 강둑에 닿았다.

"어디서 온 사람이여?"

동네 사람들은 강둑으로 몰려가며 저게 누구냐는 말만 했다.

강가의 모래밭에 이르자, 사내는 순사 두 발을 잡고 위로 잔뜩 올리며 거세게 흔들었다. 물구나무 선 꼴이 된 순사 옆구리에 차고 있는 칼도 함께 흔들리며 입에서는 물이며 밥알이며 김치며 험한 것이 쏟아졌다. 실오라기 하나 걸치지 않은 사내는 그렇게 한참 쏟아낸 다음 날래게 순사를 반듯이 눕혔다.

이번에는 순사 입에다 입을 대고 빠는 것 같았다. 찬찬히 보니 빠는 게 아니고 두 손가락으로 순사 코를 단단히 잡고 순사 입에다 숨을 불어넣는 것 같았다. 그러나 순사는 이미 숨이 넘어갔는지 꼼짝도 하지 않았다. 그러나 사내는 거푸 숨을 불어넣었다.

"살아났다!"

동네 사람들이 소리를 질렀다. 순사가 움직인 것이다.

"허! 쌍놈의 자식!"

사내는 숨을 헐떡거리며 그제야 안심한 듯 순사를 내려다보며 피식 웃었다. 한참 만에 순사 눈이 힘없이 움직이더니 눈을 떴다. 순사는 여기가 지금 지옥인가, 사람 사는 세상인가 정신이 가물가물한 것 같았다.

곁에 있던 동네 이장이 순사를 들쳐 업었다. 동네로 뛰었다. 순사는 정신이 제대로 돌아오는 모양이었다. 워낙 험하게 경을 친 다음이라 이장 등에 다소곳이 고개를 눕히고 마치 잠자는 어린애처럼 몸을 내맡기고 있었다. 이장의 종종걸음에 맞추어 순사 옆구리에 차고 있는 칼이 유별나게 덜렁거렸다. 서릿발 같은 서슬로 생사람 오한 들게 하던 순사가 파지가 되어 늘어진 것도 처참했지만, 옆구리에 대롱거리는 칼도 지푸라기에 모가지를 매인 갈치 꼴로 맥이 없어 보였다.

"여보시오. 물건이 쓸 만합디다마는, 그래도 가릴 것은 가려야지, 여기가 당신네 안방인 줄 알았소? 자칫했더라면 몰매 맞는 소동이 났을 텐데 운수 좋았소."

"하하하."

술판이 무르익자 웃음이 터졌다. 아까 헤엄쳐 나가 순사를 건져 내 올 때는 굉장한 사람으로 보였는데, 고의적삼을 입고 나서자 여기 산골 사람들과 다를 것이 없는 촌사람이라 쉽게 말이 터졌다.

"많이 미안하게 됐소. 내가 그렇게 염치없는 사람이 아니고 염치가 방불한 사람인데, 하도 다급한 판이라 그리 됐소. 과히 허물치 마시씨요. 하하하."

모두 웃었다. 익살 부리는 게 객지 바람깨나 쐰 것 같은데, 그런 사람치고는 되바라진 데가 없어 호감이 갔다.

"그런데 순사 얼굴에 혹은 그것이 먼 혹이요? 메주 주물러논 것처럼 여기저기 툭툭 불거졌던데, 혹시 물속에 두들겨 팬 거요?"

동네 사람들이 아까부터 궁금하던 것이었다.

"하하. 많이 부었던가요?"

사내는 혼자 한참 웃었다.

"그 자식들 평소에 하는 짓거리가 하도 괘씸하길래, 이럴 때 버르장머리부터 고쳐놓고 꺼내줘도 꺼내주려고 몇대 쥐알렸더니 그 꼴이 된 것 같소. 이 자식아, 이담에도 그런 못된 행티 부리겠느냐 안 부리겠느냐, 이러고 사정없이 쥐어팼지라. 그렇게 닦달했더니 다시는 안 그러겠다고 한번만 살려달라고 살살 빕디다. 그렇지만, 네놈 못 믿겠다고 이번에는 물속으로 끌고 들어가서 닦달을 했더니, 이제부터는 참말로 안 그러겠으니 한번만 살려달라고 숨이 넘어갑디다. 그래서 끌어내줬지라. 하하하."

사내는 한바탕 호탕하게 웃었다.

"하하. 순사를 쳤다고 한께 겁나요? 저런 못된 작자들은 살려주려면 닦달을 해도 단단히 닦달해서 살려줘야 하지라."

사내는 다시 크게 웃고 나서 정색을 했다.

"이런 물가에서 사시려면 알아둘 것이 있소. 사람이 물에 빠져 허우적거리면 허우적거리는 것만 보고 겁 없이 덤벼들었다가는 이쪽이 먼저 죽습니다. 물에 빠진 놈은 지푸라기라도 잡는다는데, 지푸라기가 아니고 사람이 가까이 가면 어쩌겠습니까? 잡아도 이만저만 세게 틀어잡는 게 아닙니다. 죽는 판이라 붙잡아도 이만저만 단단히 붙잡는 게 아닙니다. 그때는 절대로 가까이 가서는 안 됩니다. 저 혼자 잔뜩 나대다가 힘이 빠져 늘어질 때까지 기다려야 합니다. 그런데 아까 나도 다급한 김에 뛰어들었다가 저 작자한테 붙잡히고 말았습니다. 그래서 손을 놓으라고 두들겨 팬다는 것이, 순사 패는 맛이 괜찮아서 덤으로 몇대를 더 갈기다가 그만 실수를 하고 말았습니다.”

그는 말머리를 멈춰놓고 막걸리를 벌컥벌컥 들이켰다.

“이 녀석이 축 늘어진 것 같아서 가까이 갔더니, 갑자기 내 팔목을 잡아버리지 않겠습니까? 그 순간 물에 빠진 놈은 물로 닦달해야 한다는 생각이 들어, 무작정 물속으로 끌고 들어갔지요. 아무리 장사라도 숨이 막히면 손을 놓지 별수 있겠소? 하하하.”

동네 사람들은 고개를 끄덕였다.

“허허. 그러고 보니 당신은 보통 사람이 아닙니다그려. 그 다급한 판에 그런 생각을 하는 것도 그렇지만, 조선 팔도에서 일본 순사를 그렇게 개 패듯 팬 사람은 당신 말고 누가 또 있겠소? 작년 추석에 먹다 얹힌 송편 떡이 넘어가는 것 같소. 하하하.”

동네 사람들은 호들갑스럽게 웃었다.

“그런데, 대관절 형씨는 어디 사는 뉘시지요? 머슴살이 삼년 살고 주인 성 묻는다더니, 우리 통성명이나 하고 이야기를 해도 합시다. 나는 이 동네 이장 김동민이요.”

그러나 그는 그냥 웃기만 하며 술잔을 비우고 나서 어물쩍 다른 말을 했다. 아까도 당신은 누구냐고 물었으나, 못 들은 척했었다. 그렇지만 동네 사람들은 궁금한 것이 이것뿐만 아니었다. 어디서 살며, 이 동네는 무엇 하러 왔는가, 개도 짖을 일이 없을 만큼 한가한 동네라, 동네 사람들은 그게 궁금하지 않을 수 없었다. 다시 다 그치자 웃으며 입을 열었다.

"하하. 이렇게 그냥 부지거처로 떠돌아댕기는 사람이요. 살기는 충청도에서도 살다, 함경도에서도 살다, 경상도에서도 살다, 한군데 뿌리내리고 사는 데는 없고 성은 박가요."

"그러면, 이 산골에는 무슨 일로 오셨소?"

"옛날에 이 동네서 김응팔이가 산 적 있지요?"

"그렇소. 그런데, 그 응팔이를 어찌 아시오? 그 작자가 이 동네서 외입 나간 것이 사오년 저쪽이요."

"노가다판에서 만나 함께 일하다가 고기잡이배를 탔는데, 몇 년 전에 헤어졌소. 그래서 혹시 고향에 와서 맘잡고 사는가 하고 찾아 왔더니 헛걸음입니다그려."

"그러니까, 친구 찾아왔구먼요. 그런데 그 작자는 동네서 한번 나간 뒤로 지금까지 소식이 없소."

"그 사람이 무던하기에 돈 벌면 이 동네에서 살자고 했었는데……"

동네 사람들은 고개를 끄덕였다.

"응팔이가 없더라도 여기서 우리하고 함께 삽시다. 응팔이도 그런 약조가 있었으면, 언젠가는 고향을 찾아올 것 같소."

"하하하. 와서 보니 동네가 우리 같은 놈 살기에도 괜찮을 것 같 아 지금 생각중이요. 나는 역마살이 끼어도 크게 끼어서 젊어서부 터 이리저리 돌아다녔지만, 이제 나이도 있고 어디든지 제대로 뿌리를 내리고 살고 싶소. 머슴 데릴 사람이 있으면 지시하시오."

"아니, 이 촌구석에서 머슴을 살겠단 말이요?"

이장은 너털웃음을 웃었다.

"순사가 깨났다."

조무래기들이 소리를 질렀다. 동네 사람들은 웃음을 멈추고 순사를 봤다. 순사가 일어나서 주변을 돌아보고 있었다. 이장이 달려갔다. 모자는 떠내려가버려 맨대가리였으나, 그래도 옆구리에 찬 칼은 그대로 달려 그 싸늘한 서슬이 새로 살아났다. 이장이 저 아래 강가를 가리키는 게, 저기 산길을 돌아가는 길이 있다고 하는 것 같았다.

순사가 동네 사람한테로 오자 사람들은 불쾌한 얼굴에 새로 긴장이 피어올랐다. 그때 사내가 벙글거리며 순사한테로 갔다. 순사는 주먹 맞은 얼굴이 아까보다 더 부어올랐다. 동네 사람들은 순사와 사내를 번갈아 보았다. 사내가 웃으며 순사한테 고개를 주억거렸다. 이장이 사내를 가리키며 순사를 향해 일본말로 뭐라 하는 것 같았다. 당신을 건져준 사람이 이 사람이라는 말 같았다. 순사는 사내를 노려보며 상판이 묘하게 일그러졌다.

"단신이요?"

순사가 서투른 조선말로 물었다. 나를 건져준 게 당신이냐는 소린지, 나를 이렇게 쥐어팬 사람이 당신이냐는 말인지 알 수 없었다. 건져준 것에 감사하는 허두로는 너무 불손하고, 쥐어팬 걸 따지는 허두로는 여태 촌놈들 닦달하던 행티로 보아 너무 공손했다.

사내는 대답하지 않고 순사를 빤히 건너다보고 있었다. 순사도 빤히 사내를 건너다보고 있었다. 사내 얼굴이 굳어지고 있었다. 순사도 말없이 그대로 사내만 건너다보고 있었다.

"단신이냐고? 보시다시피 이렇게 혈혈단신, 천하에 거칠 것이 없는 외토리 단신이여."

사내는 당돌하게 순사 말을 흉내 내며 웃었다. 순사는 사내의 날넘은 표정을 보고 상판이 다시 험하게 일그러지며, 무슨 말을 하는 거냐는 표정으로 이장을 돌아봤다.

"여보시오. 왜 그렇게 말귀가 어둡소? 아까 건져준 사람이 당신이냐고 묻고 있소."

이장이 사내에게 역정을 냈다. 이장은 뉘 앞이라고 그렇게 당돌할 수가 있느냐는 질책이 섞여 있었다.

"허허허. 촌놈 글귀 돌아가는 속은 몰라도 말귀 돌아가는 짐작은 있소. 짐작이 있는디, 이 자식 여물통 놀리는 것이 사람이 할 소리요? 워낙 흉악한 쪽발이 쌍놈이라 제대로 인사할 줄도 모르는데, 그래도 제 놈 목숨 중한 줄 알면 염라대왕 아가리에서 건져내준 인사는 지대로 해얄 게 아니요? 내가 인사 받자고 건져준 것은 아니지만, 저 자식 하는 행티를 보니 제대로 인사를 받아야겠소. 하여간, 만중 앞에서 맨몸으로 덤벙거렸던 본전은 뽑아야겠소. 제대로 고맙다는 인사부터 하라고 하시오. 그리고 나서 따질 것이 있으면 따지라 하시오. 그러지 않으면, 도로 강물에다 처박아버릴 테니 꼭 내 말대로 전하시오!"

이장은 사내의 당돌한 태도에 어쩔 줄 몰라 순사와 사내를 번갈아 봤다.

"무시기 말이요? 산노무 조그바리?"

그러지 않아도 쥐알려놓은 메주 꼴로 험하게 일그러진 상판으로 사내의 말 가운데서 몇마디 알아들은 말을 되뇌며 애먼 이장한테 악을 썼다. 쪽발이란 조선사람들이 일본사람들을 얕잡아 부른 말이고, 순사가 '조그바리?'라고 한 것은 쪽발이의 일본말 발음이었다.

"여보시오. 내 말을 그대로 똑똑히 전해요."

사내가 비실비실 웃으며 말했다. 순사도 이장한테 뭐라고 고함을 질렀다. 제대로 통역하라는 말인 것 같았다. 이장은 두사람 사이에서 안팎곱사가 되어 어쩔 줄을 모르고 절절맸다. 순사가 다시 고함을 지르자, 떠듬떠듬 뭐라고 하는 것 같았다. 동네 사람들은 손발이 얼어붙어 눈알만 말똥거리고 있었다.

"무시기? 초오센진 노무 건반지다."

순사가 악을 버럭 쓰며 손이 칼로 갔다. '쵸오센진'은 일본사람들이 조선사람들을 얕잡아 부른 말이다.

"야, 쵸오센진 놈이 건방지다고? 살다가 안 건방진 자식 하나 보겠네. 허허."

사내가 크게 웃었다. 순사는 또 뭐라고 이번에는 일본말로 악을 썼다. 상판이 시퍼레지도록 악을 쓰며, 또 손이 칼집으로 가려 했다.

"야, 이 자식아, 어디 그 칼을 한번 빼봐라. 목숨 살려준 사람한테 칼 빼든 놈은 살다가 너 하나 본다. 야, 어디 한번 쳐봐!"

사내가 손가락으로 자기 목을 가리키며 다가들었다.

"곤나야쓰!"

순사가 정말 칼을 빼겠다는 시늉을 했다.

"어서 빼서 쳐봐! 어서!"

사내가 순사 턱을 손가락으로 걸어 올렸다.

순사는 악을 쓰며 칼로 손이 갔다. 손이 칼집으로 가는 순간 사내가 순사 팔목을 홱 낚았다. 팔을 홱 비틀었다.

"아아!"

순사가 몸을 뒤틀며 소리를 질렀다. 그 순간 사내 몸뚱이가 휘딱 꼬이는 것 같더니, 어느새 순사 몸뚱이가 공중으로 덩실 떠올랐다. 사내는 순사를 공중에 올리고 강가로 성큼성큼 걸어갔다.

"이 쌍놈의 종자야, 목숨 살려준 은혜 앞에 칼을 빼?"

순사는 공중에서 사지를 버르적거리며 악을 썼다. 사내는 강아지라도 한마리 들고 가는 것처럼 가볍게 떠올리고, 강이 아니고 벼가 파랗게 자라고 있는 논 귀퉁이로 갔다.

"이 자식아, 네 눈에는 조선사람들이 말짱 참새 열쭝이만치도 못해 보이지야? 어디 맛 한번 봐라."

사내는 뭐라고 계속 뇌까리며 발 하나를 논둑에다 버티고 버둥거리는 순사를 공중에서 한바퀴 돌린 다음 논바닥에다 사정없이 던져버렸다. 동네 사람들은 말리고 어쩌고 할 경황도 없었다.

"나는 가요. 응팔이 그 작자가 혹시 고향에 오거든 내가 다녀갔다는 말이나 전해주시오. 모두들 잘 계십시오. 하하하."

사내는 너털웃음을 터뜨리며 징검다리를 건너 동네를 나갔다.

2

이렇게 어처구니없는 일을 저질러놓고 동네를 나갔던 사람이 8·15 해방 된 한참 뒤에 이 동네에 다시 나타났다. 그러나 이번에는 화려한 전설의 주인공 모습이 아니었다. 이번에는 혼자 온 게 아니라 예닐곱살 되어 보이는 딸을 하나 달고 후줄그레한 꼴로 와서, 머슴살이를 하겠으니 지시해달라고 했다. 동네 사람들은 머슴살이를 하겠다는 말에 한참 동안 눈만 끔벅거리고 있었다.

"아니, 지금까지 어디서 살다가 이러고 왔소?"

동네 사람들은 조심스럽게 물었다. 그러나 주먹만 한 곰방대에다 불경이만 욱여넣으며 그냥 비실비실 웃기만 했다.

동네 사람들은 그동안 어디서 살다가 이번에는 또 어째서 이 산골까지 들어와서 머슴살이를 하겠다는 것인지, 그때 순사는 죽지는 않았지만, 그때 무사히 잘 피해서 탈이나 없었던지, 동네 사람들은 궁금한 게 한두가지가 아니었다. 그러나 영감은 비슬비슬 웃기만 할 뿐 그런 일에는 도무지 입을 열지 않았다. 그가 다시 오게 된 데는 틀림없이 심상찮은 곡절이 있을 것 같아 거듭 물었으나, 그냥 비실비실 웃기만 했다.

동네 아낙네들은 더러 그 딸을 구슬려보기도 했지만, 그 딸도 그런 말이라면 자기 아버지하고 똑같이 입을 열지 않았다. 이름이 무엇이냐, 몇살이냐, 이런 물음에는 아주 똑똑하게 대답을 하면서도, 어디서 살다 왔느냐, 어째서 다시 이 동네로 왔느냐, 이런 말에는 꿀 먹은 벙어리였다.

영감이 한여름에 옷을 벗었을 때 보면, 순사를 건져낼 때는 보지 못했던 칼자국 같은 게 네댓군데나 있어 동네 사람들 호기심은 더했으나, 영감은 도통 그런 일에는 입을 벌리지 않았다.

영감은 왜정 때 이장을 했던 집에서 머슴을 살았는데, 말없이 수굿하게 자기 할 일만 했다. 그저 묻는 말에나 한두마디로 대답했고, 사람들이 모이는 곳에 나가도 저만치 뒷자리에 혼자 앉아 먼 산이나 바라보며 곰방대만 뻐금거렸다.

그렇지만, 꼭 한가지 일만은 달랐다. 사람이 물에 빠졌을 때였다. 영감은 마치 그런 일을 하려고 이 세상에 나온 사람처럼 그때만은 먹이 본 맹수처럼 펄펄 나는 것 같았다. 그는 동네에 들어온 지 이삼년 사이에 그런 사람을 세사람이나 건져냈다. 평소에는 옛날의 그 호방하던 호기는 없어졌지만, 사람을 건져낼 때만은 예전에 순사를 건져낼 때의 그 날랜 솜씨가 그대로 살아났다. 먼 데서 꿀 사러 온 꿀 장수를 건져내기도 했고, 생선 장수 여자, 그리고 동네 왔다가 빠진 면서기를 건져내기도 했다. 그래서 이 동네 사람들은 사람이 빠지기만 하면 얕은 물에 어린애가 빠져도 영감부터 찾았다.

그러나 물에 빠진 인심이란 어쩌면 그렇게 야박한지, 하기야 물에 빠진 놈 건져놓으면 보따리 내놓으란다는 속담까지 있지만, 하여간 다 죽게 된 사람을 건져다가 천신만고 살려놓으면, 변변한 인사 한마디 없이 도망쳐버렸다. 그런데, 그 생선 장수는 심지가 어지간했던지 생선을 이고 올 때마다 꼭 영감을 찾아 인사를 하고 팔다 남은 생선을 놓고 갔다.

그 여자는 그때마다 영감을 가남영감이라 불러 난데없는 호칭에 동네 사람들은 어리둥절했다. 알고 보니 이 여자가 무식하기는 해도, 생선 장수로 여기저기 돌아다니는 사이 귀가 도자전 마룻구멍이라, 부처님 제자 가운데 관음보살이란 보살이 있어, 그 보살이 중생들에게 자비를 맡고 있는 보살이라는 말을 듣고, 관세음보살을 자기 나름대로 '가남영감'이라 부른 것 같았다. 이 영감이 진짜 보살일 수는 없으므로 보살 대신 친숙한 존칭으로 가남 밑에 영감을 붙인 모양이었다. 그 여자가 물에 빠져 허우적거리며, 경황 중에도 관음보살을 찾았는지 그것은 알 수 없지만, 하여간 금방 죽는다 하는 판에 나타난 영감은 그냥 보살이 아니고, 지옥에서 만난 부처님이었을 테니, 딴은 그럴싸한 별호였다. 동네 사람들은 처음에는 우스개로 그 여자가 부르는 대로 영감을 가남영감이라 불렀는데, 그때마다 영감도 그냥 웃어 그게 영감의 별호가 되어버렸다.

하여간, 이 강은 그 아래 들판의 젖줄이기도 했지만, 물이 불었을 때는 그렇게 공포의 대상이라 동네 사람에게 소원이 있다면 여기에 다리를 놓는 것이었다. 그러나 사십여집밖에 안 되는 이 동네 하나를 보고, 저 큰 강을 가로질러 다리를 놓는다는 것은 한갓 꿈으로나 가져볼 수 있는 소망이었다. 그런데 영감이 자꾸 사람을 건져낸 게 적선이 되어 그랬던지 영감은 이 강에서 횡재 덩어리를 하나 얻었다. 정말 어처구니없는 일로 삼십여마지기 가까운 논을 이 강에서 거의 공짜로 얻다시피 얻어, 영감은 이 동네에서 제일가는 부자가 되고 말았다. 지금도 옛날같이 서당이 있어, 거기서 훈장이 『명심보감(明心寶鑑)』을 가르친다면, 그 첫 장을 열어놓고 '선한 일을 해서 하늘이 복을 내린 사람을 보려면 저 영감을 보라'고 할 만한 일이 생겼다.

영감은 여기 들어와서 남의 행랑채에서 딸하고 둘이 살림 흉내를 내고 살기 시작했는데, 삼사여년 착실하게 남의 집을 살아 논 두마지기를 장만한 다음, 그때부터 엉뚱한 일을 시작했다. 이 동네 앞으로 흐르는 강이 한군데가 휘우듬하게 굽이치며 흘러갔는데, 가을부터 강물이 밭으면 그 안쪽은 널찍한 모래밭이었다. 영감은 거기다가 논을 치기 시작했다. 동네 사람들 눈으로는 도무지 가당치도 않은 일이었으나, 영감은 남이야 어찌 생각하든, 그런 것에는 아랑곳하지 않고 자기 일만 했다. 딸하고 둘이 살림, 일이래야 논 두마지기 농사짓는 일밖에 없으니, 날마다 강가에 나가 곰이 가재 뒤지듯 꾸물거리고 있었다. 그게 논이 된다 하더라도 여름 장마에 온전할까 싶었으나, 하여간 그렇게 둑을 막아 흙을 채워 일곱마지기나 되는 논을 얻어냈다.

땅을 고르고 모를 심었다. 여름에 장마가 지자 동네 사람들 짐작대로 그 논이 흔적도 없이 홀랑 씻겨가고 말았다. 일년 공들인 일이 하루아침에 개 핥은 죽사발이 된 것이다. 동네 사람들은 거 보란 듯 허허 웃었다. 그뒤부터 누가 어이없는 일을 하면 가남영감 논일 하듯 한다는 말이 생길 지경이었다. 그러나 영감은 그 자리에다 다시 일을 하기 시작했다. 지난번보다 자리를 더 넓게 잡아 전보다 배나 튼튼하게 둑을 쌓았다. 동네 사람들은 미련한 놈 똥구멍에는 불송곳도 안 들어간다는 속담까지 끌어다 대며 웃었다. 동네 사람들은 모자라도 크게 모자란 사람으로 여겨 그대로 두고 보고 있는데, 얼마 뒤에 전같이 논이 되기는 되었다. 여름 장마가 지나보아야 알겠지만 어찌 됐든 전보다 배나 더 넓은 논을 일구었다.

장마가 지자 동네 사람들은 가남영감 논 떠내려가는 구경이나 하자고 웃고 있는데, 이번에는 또 기막힌 일이 벌어지고 말았다. 가남영감 쌓은 둑에 부딪친 강물이 길을 엉뚱하게 바꾸어버린 것이다. 일테면 활줄로 흐르던 강물이 모래사장에 막혀 활등으로 길을 트고 나간 꼴이었다. 도대체 상상도 못했던 일이었다. 그러나 건너편 강둑이 상한 것도 아니고 남의 전답이 어긋난 것도 아니라 시비하고 나서는 사람도 없었다.

영감은 이번에는 또 새판잡이로 엉뚱한 일을 시작했다. 강물이 길을 바꾸어버린 옛날 물길을 싸잡아 둑을 막아나가고 있었다. 동네 사람들은 지금 저 영감이 정신이 온전한 것인가, 실성한 영감인가 서로 얼굴을 쳐다보았다. 거기다가 둑을 쌓는 일만 하더라도 몇삼년이 걸릴지 모르겠지만, 설사 제대로 둑을 쌓아도 거기다 흙을 채우려면, 그 일은 몇십년이 걸릴지 모를 일이었다.

그렇지만, 영감은 비가 오나 눈이 오나 거기 붙어 꾸물거리고 있었다. 동네 사람들은 아무리 남의 일이라도 하도 답답한 짓이라, 그가 젊기라도 하다면 쫓아가서 대가리라도 쥐알려버리고 싶었다. 그러나 늙은 영감한테 그럴 수도 없고 땅에 환장을 해서 눈에 헛거미가 끼었거나 실성한 사람 취급을 했다.

영감은 남의 손 하나 빌리지 않고 끝까지 혼자 힘으로 삼년 만에 둑을 완성했다. 헛일이든 아니든 그것만은 대단한 일이었다. 동네 사람들은 이제 저 영감이 흙을 어떻게 채우나 보자고 있는데, 이번에는 전보다 더 어처구니없는 일이 벌어지고 말았다.

동네 옆 산에서 산사태가 나서 그 논 위에 있던 저수지를 뭉개고, 그 밑에 있는 논밭을 몽땅 쓸어다가 영감이 막아놓은 둑 안에다 퍼부어버렸다. 물이 빠지자 그 넓은 땅이 그대로 논이 되어 있었다. 동네 사람들은 너무도 어처구니없는 일에 벌린 입을 다물지 못했다. 한번도 아니고 두번씩이나 이런 귀신이 곡할 일이 벌어지자, 도대체 이것은 하늘의 조화랄밖에 달리 할 말이 없었다. 논이 떠내려간 논 주인들은 하늘의 조화라 자기 논밭 어긋났다고 타박할 수도 없었다. 그저 어안이 벙벙해서 저 영감이 사람인가 귀신인가 겁먹은 눈으로 영감을 건너다볼 뿐이었다.

　하여간, 영감은 이렇게 거의 공짜나 다름없이 서른마지기 가까운 옥답을 얻어냈는데, 남의 논밭의 살을 벗겨 온 흙이라 땅도 이만저만 기름지고 살이 깊지 않았다. 영감은 딸 하나 중학교 보내는 것 말고는 달리 돈 쓸 데가 없으니, 해마다 논을 사서 오십여마지기 가까운 부자가 되었다. 이 동네서는 제일 큰 부자가 된 것이다.

　영감이 이렇게 부자가 되자 재산에는 사람이 붙기 마련이어서 여기저기서 마누라 얻으라는 중매쟁이가 들락거렸다. 그러나 영감은 그때마다 말도 아니고 도리질로 가볍게 내쳐버렸다.

　영감은 그저 전답 사들이는 것에만 재미를 붙인 듯, 논을 사도 상답으로만 골라, 각전 시정 통비단 감듯 살림을 늘려가고 있었다. 그러나 영감은 그렇게 재산이 늘어가면 갈수록 더 구두쇠가 되었다. 심지어 하나 있는 딸 시집보내며, 혼수며 잔칫상이며, 모두 입을 비죽거릴 지경이었다. 그저 돈이 한번 손에 들어왔다 하면 쥐고 펼 줄을 몰랐다.

"저놈의 영감쟁이가 죽으면 떠메고 가려고 저 꼴이야?"

그렇지만, 이렇게 살림을 불려가고 있을 무렵, 그에게 반가운 사람이 찾아왔다. 가남영감이 이 동네에 처음 왔을 때 찾았던 김응팔이란 사내가, 그도 가남영감처럼 반백이 넘은 노인이 되어 고향을 찾아온 것이다. 그동안 일본서 살았다는데, 그사이 형편이 폈던지 자기 아버지 산소에 성묘할 겸 해서 오랜만에 고향에 온 것이다.

"하하. 이 작자가 귀신이냐, 사람이냐?"

"허허. 자네가 여기서 살다니, 도대체 이게 어찌 된 일인가?"

두 노인은 어린애처럼 어쩔 줄을 몰랐다.

"이 무정한 작자야, 돈 벌면 꼭 여기 와서 함께 살자던 굴뚝같은 약속은, 개 물려 보냈던 거야 뭐야? 더구나, 그렇게 오래도록 고향을 배반하고 살 수가 있었단 말이야?"

두 노인들은 한참 호들갑을 떨었다. 가남영감이 여기 온 뒤로 이렇게 환하게 웃고 떠든 것은 처음이었다.

"그럼 일본서 돈은 많이 잡았어?"

"일본이 어디라고 우리 같은 무지렁이한테야 임자 없는 물외 밭이겠나?"

"이 사람아, 안 빼앗아 갈 테니 의뭉 떨지 말게. 자네 같은 억척이 돈을 못 잡았으면, 어떤 개아들 놈이 돈을 잡았단 말인가? 그러고 보니 자네 그 의뭉은 삼십년이 지나도 그대로구먼. 하하하."

"망할 작자, 자네 그 험담은 삼십년이 지나도 마찬가질세그려."

"하하하."

응팔 씨는 일본서 피혁공장을 한다는데, 말하는 눈치가 어지간히 돈을 모은 것 같았다.

"참, 그때 자네도 무사히 도망을 쳤었던가?"

응팔 씨가 물었다.

"도망이 뭔가? 그대로 잡혀 징역을 이년이나 꼬박 살았어."

"허허. 나는 자네도 도망친 줄만 알았어."

"나는 꼼짝없이 붙잡혔지. 더구나 자네를 도망치게 했다고 매는 자네 몫까지 곱빼기로 얻어맞았어. 하하하."

"허, 난 또 그런 줄은 까맣게 몰랐네."

"형무소에서 나오던 길로 이리 자넬 찾아왔다가, 이번에는 또 괜히 순사 녀석하고 티격이 붙어 그 녀석을 강물에다 처박아놓고 또 이년을 살았어. 하하하."

"허허. 그놈의 성깔!"

"헌데, 그때 자네가 도망칠 때 자네 보따리에 내 돈도 몽땅 들어 있었겠다!"

"하하하. 그걸 아직도 잊지 않았나?"

"잊지 않다마다. 그 돈, 이자까지 톡톡히 쳐서 갚아야 하네. 이자 계산은 복리로다가 말이야."

"하하하."

"웃을 일이 아냐! 자네 필경 일본 가서 그 돈을 밑천으로 돈을 벌었을 테니, 뚝 잘라서 자네 재산 반을 내놓게."

"하하하."

"웃을 일이 아냐. 그 돈으로 여기서 크게 할 일이 하나 있어."

"할 일이라니?"

"저 앞에 징검다리 건너다가 보이지 않나? 정치한다는 작자들이, 자기덜한테 표를 찍어준다 치라면 저 다리를 놔준다고 몇번이나 헛소리를 하다가, 저로크롬 교각 하나만 덜렁 세워놓고 말았네. 저것을 놓세. 내 논이 지금 한 오십두락 된께 나는 그걸 몽땅 내겄네."

응팔 씨는 잠시 어리둥절한 표정이었다. 그러나 금방 표정을 수습했다.

"자네는 그런 일 아니더라도 이 강에서 사람 건져냈다는 말 들어봤더니, 극락 가는 것은 떼어놓은 당상이더만. 하하하."

"아냐. 여태 물속이나 땅바닥에 메어꼰진 녀석을 촘촘히 세면, 아직도 그 푼수가 멀었어. 자네하고 얼려 다닐 때 메어꼰진 녀석만도 몇인가?"

"허허. 그뒤로도 만날 객기만 부리고 살았구먼."

"내가 객기를 부리래서 부렸나?"

영감은 가볍게 한숨을 내쉬었다. 얼굴에는 회한의 그림자가 스치고 지나갔다.

"하여간, 자네도 여기에 태(胎) 묻었다는 표적을 남기게. 사십년이 가까워지도록 고향을 잊지 못하고 이렇게 찾아온 게 뭐야? 근본을 못 잊어 그런 것 아니겠어?"

"하하하."

응팔 씨는 그냥 웃어넘기려는 눈치였다. 그러나 가남영감은 끈질기게 물고 늘어졌다. 이틀 동안이나 밤낮으로 실랑이를 쳤다. 사흘째 되는 날 저녁에는 두 영감이 멱살을 잡고 싸웠다.

"이 작자가 그동안에 일본 놈 다 되었구먼. 조선 놈 혼은 쏙 빠져버리고 일본 쪽발이 다 됐구먼. 자네가 여기 찾아온 까닭이 뭔가? 자네 부모 뼈 못 잊어서 온 것이 아니고 뭐냐 말이야. 조선 놈 혼은 빠져버렸어도, 자네 뼈다귀는 조선 놈 뼈다귀니, 뼈다귀값은 내놓고 가야 하네."

"뭣이, 뼈값? 하하하."

"그래 뼈값이야. 네 뼈는 조선 놈 뼈니 그 값을 내놓고 가라 이 말이네. 그 값을 내놓지 않고는 저 징검다리를 온전하게 건너가지 못할 거네."

"허허. 험한 놈은 일본에만 있는 줄 알았더니, 여기도 하나 있었구나."

"오냐. 나는 어디 가든지 조선 놈 혼하고 뼈다귀는 그대로 지니고 있다. 이 자식아, 너는 뭣이냐? 아무리 일본 물을 먹었다고 그 꼴이라면, 너 같은 녀석은 그냥 둘 수 없다. 두들겨 패서라도 조선 놈 뼈값은 챙겨야겠다."

두 영감은 고래고래 싸우다가 한참 만에 호들갑스럽게 웃었다. 그러나 응팔 씨가 누그러진 건 아니었다. 가남영감은 끈질기게 달래다 어르다 했으나, 응팔 씨는 끝내 듣지 않았다.

"그럴 돈이 없네."

"허허. 내 다 알고 있어. 그냥은 저 징검다리를 온전하게 못 건넌단 말이야. 거기 강에다 거꾸로 처박아버린단 말이다."

영감들은 다음 날도 그 실랑이였다. 그러나 응팔 씨는 끝내 듣지 않았다. 그대로 동네를 떠나는 날이었다.

"내 바래다주지."

가남영감이 뒤따랐다. 응팔 씨는 그가 따라오는 게 꺼림칙한 눈치였다.

"들어가게나."

"더 바래다줌세."

징검다리 한가운데 이르렀다.

"여보게."

응팔 씨가 뒤를 돌아봤다.

"자네가 여기서 죽어줘야, 내가 자네 뼈를 추심할 것 같네."

가남영감이 댓바람에 응팔 씨 멱살을 잡아 단단히 조였다.

"이 사람아, 이건 또 무슨 어린애 장난인가?"

"장난이라고? 아녀. 사람의 혼은 그것이 날아댕기는 것이라, 그 것은 붙잡을 수 없네마는, 뼉다구는 이대로 못 보내겠어. 그 뼉다구 값을 낸다면 모를까 그러기 전에는 이 강물에다 장사를 시켜버리 겠어."

"허허. 이 사람이!"

응팔 씨는 봇둑 아래 소용돌이를 내려다보며 웃었다.

"돈을 내겠다면 물속에서 이렇게 손을 흔들어. 그럼 건져줌세."

가남영감은 응팔 씨 팔을 잡았다.

"이 사람이 미쳤어?"

응팔 씨는 눈이 둥그레지며 악을 썼다. 가남영감은 두말없이 두 손으로 응팔 씨를 공중으로 훌쩍 떠올렸다. 응팔 씨는 공중에서 네 손발을 허우적거리며 고함을 질렀다. 가남영감은 그대로 거세게 흘러가는 물에다 내던져버렸다. 응팔 씨는 소용돌이에 처박혔다. 가남영감은 내려다보고 있었다. 응팔 씨가 한참 만에 저 아래서 떠오르며 두 팔로 허우적거렸다.

"돈을 내겠어?"

가남영감이 나팔 손을 하고 악을 썼다. 응팔 씨는 한참 허우적거리다가 다시 물속으로 들어갔다. 다시 솟아 나왔다. 뭐라 고함을 질렀다.

"돈을 내겠다는 소린가?"

응팔 씨가 손을 흔드는 것 같았다. 허우적거리는 동작이라 돈을 내겠다는 것인지 알 수 없었다. 가남영감은 활짝 웃으며 그대로 물속으로 뛰어들었다. 그는 능란한 솜씨로 응팔 씨를 닦달해서 끌고 나왔다. 가남영감은 물을 토해내고, 일본 순사를 그랬듯이 입으로 숨을 불어넣었다. 그날 저녁 두 영감은 언제 그런 일이 있었냐는 듯 웃으며 술을 마셨다.

다음 날이었다. 응팔 씨는 다시 갈 차비를 하고 나섰다.

"이 날강도 같은 작자야. 무엇 하러 또 따라와?"

"하하. 오늘은 곱게 건네주겠네. 헌데 일구이언(一口二言)은 이부지자(二父之者)여. 만약에 제대로 돈을 안 보내는 날에는 자네 부친 묏등이 온전하지 못할 테니 그런 줄 알게."

"이 강도 같은 작자!"

가남영감은 응팔 씨를 큰길까지 바래다 주었다.

222

3

가남영감이 젊었을 때 응팔 씨를 처음 만난 것은 충청도 간척지 공사장 노가다판에서였다. 노가다판이란 누구든지 마지막 흘러들어온 일자리였지만, 그때는 시국이 험할 때라 노가다판에도 몰리고 쏠린 사람들이 수없이 몰려들었다.

주색잡기가 판을 치고, 날마다 치고 박고 거의 날마다 싸움판이 벌어졌다. 노가다판이란 원체가 하루 종일 뼛골 빼서 몇푼씩 거머쥔 것을 서로 알겨먹자는 판이라, 주색잡기도 치사하기가 뼈다귀에 엉겨 붙는 강아지 꼴이었다.

비라도 오는 날이면 어지간히 마음을 사려 먹지 않으면, 어느 판이든 기웃거리지 않을 수 없었다. 그러나 한번 잘못 들여놓으면, 한두달 피나게 모은 돈이 화투장 한장으로 허망하게 날아가고 말았다. 건달이란 날 때부터 건달로 표 박아 난 것이 아니고, 이렇게 한발 차이로 진구렁에 빠져, 끈끈이에 붙은 파리처럼 헤어나지 못했다.

갯바람이 휘몰아치는 판자막이 썰렁한 숙소란 데를 들어서면, 어디 엉덩이 한군데 뜨뜻하게 디밀어놓을 데가 없어, 주색잡기 말고는 마음을 붙일 데가 없었다. 그러나 억주와 응팔이는 이런 험한 곳에서도 이를 악물고 그런 데 빠져들지 않았다. 가남영감 그때 이름은 억주였는데, 억주와 응팔이는 마치 축에 끼지 못한 아이들처럼 한쪽 구석에서 그럭저럭 말동무가 되었다. 이야기를 하다보니, 둘이 다 똑같이 어떻게든 손에 돈을 쥐면 고향에 돌아가서 알뜰하게 가정 꾸며 살아보기가 소원이라, 두사람은 며칠 사이에 십년 사권 친구처럼 가까워졌다.

응팔이는 농촌에 살아보아야 백년 가도 그 팔자겠다 싶어 제 발로 고향을 나온 사람이지만, 억주가 고향을 등진 데는 기막힌 사정이 있었다. 조선총독부가 한창 토지조사에 극성을 부릴 때였다. 억주 아버지는 옹고집인데다가, 더구나 일본사람들이 땅을 재고 어쩌고 한다는 것에 비위가 상해, 제 녀석들이야 측량을 하든지 땅덩어리를 잡고 태기를 치든, 내 논 떠메어 가랴는 배짱으로 내다보지도 않았다. 그런데 그런 일이 있고 몇년 뒤에 보니 엉뚱하게 자기 논이 다른 사람 이름 밑에 문서가 되어 있었다. 근동을 울리는 부자가 측량 기사를 속여 그런 짓을 했던 것이다.

댓바람에 쫓아가서 동네 사람들이 보는 앞에서, 그 작자 멱살을 잡고 공중으로 덩실 떠올렸다가 논바닥에다 처박아버렸다. 그렇지만, 이 부자는 일본사람들을 업고 돌 진 가재로 설치던 녀석이라 무사할 수가 없었다. 그 길로 억주 아버지는 일본 헌병대에 끌려가 몽둥이에 파김치 꼴이 되고 말았다. 눈 뻔히 뜨고 생논을 빼앗긴 울화에다 맞아 골병까지 들어, 안팎으로 골골하다가 그 길로 딸깍 숨이 멎고 말았다. 어머니마저 울화병으로 아버지 뒤를 따르자, 억주는 일곱살 나이에 고아가 되어 이 집 저 집 친척집을 찾아다니며 눈칫밥에 얹혀살았다.

열두살 때부터 남의 집 꼴담살이로 제 밥을 벌어먹게 되었다. 그래도 내림이 있어 체격 하나는 우람히여 열아홉살 때부터 상머슴 새경을 받았고, 스무살 때는 근동 씨름판을 휩쓸어 장사 말을 들었다.

그는 씨름판에서 씨름손을 잡기만 하면 상대가 자기 아버지를

224

속인 사기꾼이나, 일본 헌병 같은 착각이 들며 무서운 힘이 솟아, 그 힘을 제대로 모아 상대를 던지기만 하면 모두 저만치 나가떨어졌다. 더구나 상대가 처음부터 까불고 나오면 그 녀석을 마치 자기 아버지가 그 사기꾼을 그랬듯이, 공중에서 한바퀴 건공잡이를 한 다음 사정없이 태기질을 해버렸다. 상대를 머리 위로 들어 올렸을 때 와하는 환성소리가 나면 소리 지르는 군중들이 모두 자기편인 것 같았다. 그때부터 그는 걸핏하면 사람을 들어 메어꼰지는 게 버릇이 되어 나이를 먹어도 그 버릇을 고치지 못했다.

그는 이태째 머슴살이하고 있는데, 그때 그에게는 무지갯빛 꿈이 하나 익어가고 있었다. 일년에 넉섬씩 받는 새경은 색갈이를 주어 연 오할 변으로 새끼를 쳐서 다친 데 붓듯이 자라나고, 새경은 또 새경대로 해마다 불어나고 있었다. 이자는 이게 꼭 도깨비방망이 놀리는 것같이 부풀어 오르고 있었다. 남보다 싸게 오할 변으로 색갈이를 주었지만, 넉섬이 일년 지나면 이자만 두섬이고, 거기다가 작년의 본전에다 그해 새경을 보태면 열섬, 그런 식으로 다음 해에는 열아홉섬, 사년째는 서른두섬, 오년째가 되면 무려 쉰두섬이 되는 게 아닌가? 그게 한해를 또 지나면 여든두섬이 된다 생각하니, 꼭 남의 것 훔쳐오는 것 같아 겁이 나기도했다.

계산이 잘못된 게 아닌가, 돌멩이를 주워다가 몇번이나 촘촘히 계산을 해보아도 틀림없었다. 꼭 남의 것을 도둑질이라도 하고 있는 것 같았으나, 다른 사람들도 다 그러는 것, 그것을 가지고 마음 쓸 게 없다고 생각했다.

그걸 머슴을 살고 있는 집의 큰댁 영감한테 맡겨놓고 있어 누구한테 떼일 염려도 없고, 오년만 그렇게 더 모으면 논 다섯마지기 값이 들돌보다 확실한 계산으로 자기를 기다리고 있었다. 지금까지 논은 고사하고 쌀 한가마니도 자기 것으로 가져본 적이 없는 터라, 그 생각만 하면 하늘로 올라가는 기분이었다. 꾀죄죄한 머슴살이 꼴에 논 다섯마지기가 손짓하고 있으니, 도대체 내가 지금 꿈을 꾸고 있는 게 아닌가 볼을 꼬집어볼 지경이었다. 자기에게도 이런 장래가 있다는 것을 생각하면, 어디 하늘에라도 대고 감사하고 싶은 심정이었다.

그렇게 논을 장만하기만 하면, 한동네 옥분이를 아내로 맞아 오붓하게 살아야겠다고 생각했다. 옥분이는 자기 아버지가 농판이어서 찢어지게 가난했지만, 인물이며 심지가 나무랄 데가 없었다.

이것은 자기 혼자만 그렇게 마음을 먹고 있는 게 아니고, 옥분쪽에서도 자기한테 그렇게 마음을 두고 있는 것 같았다. 둘이 어쩌자고 약속을 한 것은 아니었지만, 여러사람이 한꺼번에 모여 일을 할 때, 일테면 벼베기나 타작일 같은 데서 일을 하다가, 사람들 눈을 피해 옥분이한테로 눈이 가면 옥분이도 꼭 그런 때를 가려 이쪽으로 눈을 주어 둘이는 화다닥 눈에 불꽃을 튀기며 골을 붉혔다. 그들은 그렇게 울렁거리는 마음으로 하루에도 몇번씩이나 눈을 맞추었고, 또 어디 골목 같은 데서라도 만나면 밥 먹었느냐는 평범한 소리를 하고 지나치었으나, 그런 평범한 말 속에는 수많은 말이 들끓고 있는 것 같았다. 그러니까, 그들은 눈빛으로 수많은 말을 주고받고, 평범한 말 한마디로 수많은 말을 전하며 가슴 두근거리는 나날을 보내고 있었다.

억주는 이렇게 무지갯빛 꿈을 키워가고 있었지만, 그때 나라 형편은 말이 아니었다. 그 동네만 하더라도 일년이면 몇집씩 거덜이 나서 만주로 어디로 유리걸식을 떠나고 있었다. 동양척식회사란 데서 쓸 만한 농토는 다 잡아들이고, 또 그 녀석들이 농토를 잡아들이면서부터 소작료는 이건 갈퀴질도 아니고 순 날강도나 할 짓이게 훑어갔다.

그 전에는 도조가 아무리 짜도 오할을 넘는 법이 없었고, 짜다 어쩌다 해도 오할을 얼마나 꼼꼼하게 받느냐였지 오할이라는 철칙은 준수되고 있었다. 그런데 일본사람들이 논을 사들여가면서부터, 칠할, 팔할, 심지어는 십할, 십이할의 어처구니없는 소작료가 있었다.

도대체 십이할이 말이 되는 소리냐고 하겠지만, 그것은 모르는 사람들이 하는 소리고, 실제로 그런 어처구니없는 소작료가 있었다. 일테면, 옛날에는 이 논에서 얼마 수확을 하겠으니 그 오할을 소작료로 내라, 이게 도조 매기는 방식이었다. 그런데 작자들은 처음부터 간평(看坪)이란 걸 나오면, 전체 수확고는 제쳐두고 자기들이 받아갈 소작료만 이 논에서는 얼마, 저 논에서는 얼마, 이렇게 개 입에 벼룩 씹듯 하고 돌아다녔다.

그래서 그것을 나중에 타작해보면 잘해야 칠할이고 거의가 팔할이었다. 더구나 그해 날이 가물었거나, 병충해가 심해서 평년작이 못 될 것 같으면, 아예 간평을 나오지도 않고 작년대로 한다는 말만 보내고 말았다. 그런 해에는 농사지은 것을 부검지까지 바수어보아도 소작료 푼수가 못 될 때가 있었다. 그렇지만 소작논을 떨구지 않으려고 색갈이를 얻어다가 소작료를 물면 그게 십할도 되고 십이할도 되었던 것이다.

원체 두더지 사촌으로 재주라고는 땅 뒤지는 재주밖에는 타고나지 못한 사람들이라, 그래도 소작을 떨구지 않으려고 살을 깎듯 그런 애먼 소작료까지 물며 명년을 기다려보았다. 그러나 다음 해라고 중뿔난 수가 있는 것도 아니었다. 이렇게 농사를 지어 날도적놈들 아가리에 털어 넣고, 색갈이를 내다가 연명을 했는데, 고슴도치 물외 짐 걸머지듯 걸머진 색갈이는 색갈이대로 물먹은 갈파래처럼 어깨를 눌러, 견디다 못한 사람들은 하는 수 없이 밤봇짐을 싸 짊어지고 야반도주를 했다. 오래 정 붙여 살던 고향 산천을 떠나는 것은 이보다 더 기막힌 일도 없지만, 빚진 죄인이라 이웃 사람에게 잘 있소, 잘 가소 인사 한마디 하지 못하고, 팔자에 없는 도적놈 신세로 고향을 등지고 눈물 콧물을 앞세우며 밤길을 재촉했다.

그해에는 농사가 어지간하여 오곡이 그득한 들판을 바라보며, 조금은 마음이 느긋해 있는 참이었다. 동척에서 간평을 나왔다. 그런데, 하필 나와도 도조 짜게 매기기로 소문난 늑대라는 별명을 가진 녀석이 나온 바람에, 동네 사람들은 얼굴이 샛노래지고 말았다. 뼛골 빠지게 일년 농사지은 게 간평꾼 눈짐작 하나로 한두섬이 왔다갔다하는 판에, 그 험한 녀석이 또 나와서 술 취한 녀석 달걀 파는 것도 아니고, 엿장수 엿가락 늘이는 것도 아니게, 이 논에는 얼마, 저 논은 얼마, 개 입에 벼룩 씹듯 내발리고 다닐 테니, 모두 손발에 떡심이 풀렸다.

봄에 씨앗 넣고 나면 가을까지 항상 비를 기다려 아침에도 저녁에도 하늘만 쳐다보고, 가을이 되어 간평을 나오면 또 간평꾼 눈치 쳐다보고, 겨울이면 소작이나 옮겨지지 않나 마름 집 강아지 눈치까지 보며, 법에 없는 죄인이 되어 드나나나 쳐다보고 내려다보고 사는 인생들이었다. 그런데 이 녀석은 이번에는 어찌 된 작자인지, 간평에는 염이 없고 사흘이고 나흘이고 마름 집에 죽치고 앉아 날마다 술 타작만 하고 있었다.

그 동네 사람들은 거의 반수가 넘게 동척 소작을 부치고 있었는데, 이 녀석이 간평 나왔다는 소문을 듣고, 동네 사람들은 모두 손에 일이 잡히지 않아 마름 집 대문만 건너다보고 있었다. 사흘이 지나고 사흘이 지나도 간평 소식이 없었다. 녀석은 부어라 마셔라 칼칼칼 개기름 흐르는 웃음소리만 담 너머로 넘겨 보내 사람 감질만 내고 있었다.

그렇게 며칠을 마시고 나서 간평을 한다는 아침이었다. 웬일인지, 여기저기 아낙네들이 모여 수군거리는 게 좀 이상했다. 더러는 어이없다는 표정을 짓기도 하고, 더러는 킬킬거리며 입을 비죽거리기도 하는 게 도무지 예삿일이 아니었다. 억주는 멀뚱한 눈으로 그들을 건너다보고 있었다.

간평 일이라면 억주한테는 상관없는 일이었으나, 수군거리는 눈치들이 사뭇 수상하여 슬그머니 가까이 가면 입을 싹 봉하고 돌아서며, 되레 억주 눈치를 살피는 것 같았다. 갑자기 빼돌림을 당한 것 같아 억주는 한참 멍청하게 그들을 건너다보고 있었다.

그러다가 몇마디 얻어들은 말 속에 옥분이 이름이 끼여 있어 억주는 빠듯 긴장했다. 순간, 불길한 예감이 머리를 때리고 지나갔다.

억주는 안달이 나서 어떻게든 귓속말 내막을 알아보려 했으나, 자기가 나타나기만 하면 약속이나 한 듯이 입을 싹 씻고 돌아서버렸다. 감질난 강아지처럼 여기저기 돌아다니다가 옥분이 집을 건너다보니 그렇게 보아 그런지 꼭 나간 집처럼 고즈넉했다.

억주는 설마 하며 혼자 도리질을 했으나, 그 아버지가 하도 농판인데다 동네 사람들 눈치가 사뭇 수상하다보니, 의혹의 검은 그림자가 가슴속을 비집고 들었다. 전에도 저 녀석이 바로 이웃 마을에서 소작 몇마지기를 주고 숫처녀를 어쨌다는 소문이 났었다.

들판에는 동네 사람들이 그 간평꾼을 따라 허옇게 따라가고 있었다. 억주는 손발에 힘이 빠져 멍청하게 들판만 건너다보고 있었다. 그게 사실이라면, 가만두지 않겠다고 주먹을 쥐었다. 숨이 꺽꺽 막히고 손발이 부들부들 떨렸다. 그런데 우선 부러진 내막을 알고 보아야 하겠는데, 누구를 붙잡고 물어볼 용기가 나지 않았다. 물어본다고 사실대로 가르쳐줄까 싶었지만, 그런 말을 입에 올리기도 끔찍했고, 만약 그게 정작 사실로 밝혀질 게 겁이 나기도 했다.

그런데 동네 사람들 눈치가 아무리 보아도 자기 짐작이 틀림이 없는 것 같았다. 억주는 옥분이부터 가만두고 싶지 않았다. 자기하고 어쩌자고 약속한 것은 아니었지만, 그렇게 뜨겁게 눈을 맞댔던 게 말로 백번 한 언약에 비길 것인가? 억주는 세상 땅덩어리가 그대로 무너져 내려앉는 것 같았다.

간평꾼들이 저쪽으로 몰려가고 있었다. 억주는 마침 소를 옮겨 매려고 간평꾼들 뒤를 따라갔다. 조그마한 개울에 이르렀을 때였다.

"억주야. 이분을 업어서 건네줘라."

마름 영감이었다. 저 녀석을 업어 건네주라고? 억주는 저도 모르게 마름 영감을 빤히 건너다보고 있었다. 그 녀석을 죽이고 싶은 판인데 업어서 건네주라니, 남의 안방 침노한 녀석을 무동 태워주라는 소리도 아니고, 너무도 어이없는 소리였다.

"어서!"

억주는 마름 영감의 재촉에 저도 모르게 그쪽으로 등이 돌아갔다. 마름 영감이 누구라고 감히 거역하겠는가? 녀석의 몸무게가 뭉청 등에 실려 왔다. 순간, 억주는 눈앞이 아찔했다. 억주는 도랑을 건너자 내던지듯 녀석의 몸뚱이를 부렸다.

"이런 빌어먹을 자식!"

녀석의 발 하나가 도랑에 빠져버린 것이다. 이 녀석을 물속에 그대로 처넣지 못한 게 분해서 한발이 인색했던 것 같았다.

"저런?"

마름 영감이 크게 소리를 질렀다. 녀석은 물에 빠진 발을 그대로 도랑에 딛고, 잡아먹을 듯이 억주를 노려보고 있었다. 억주는 자기도 모르게 맞바로 쏘아보았다.

"이런 쌍?"

녀석의 주먹이 날아왔다. 억주 눈에서 불이 확 켜졌다.

"이 자식 보기는?"

다시 주먹이 들어왔다.

"이런 제미!"

억주는 흙 씹어뱉는 소리를 하며, 녀석의 팔을 잡았다. 팔목을 잡은 억주 상판이 험하게 일그러졌다. 억주 몸뚱이가 녀석의 몸뚱이

밑으로 획 뒤틀려 꼬여 들어가는 순간이었다. 녀석의 몸뚱이가 덩실 공중으로 떠올랐다. 억주는 그 순간 막혔던 가슴이 툭 터지는 것 같았다. 마치 날 때부터 어디 큰 바위 밑에라도 짓눌려 꼼짝을 못하고 있다가, 그 바위를 떠메고 일어선 기분이었다.

억주는 지금 공중에 떠올리고 있는 녀석의 몸뚱이가 여태 자기를 짓누르고 있던 이 세상 전부인 것 같았다. 자기 아버지를 죽게 한 사기꾼과 일본 헌병이며, 또 옥분이와 마름, 밤봇짐을 싸 짊어지고 야반도주한 수많은 동네 사람들과, 자기 자신까지 합친 이 세상 전부를 지금 두 손 위에 치켜올리고 있는 것 같았다.

억주는 이 험한 세상과 와드득 연을 끊듯, 녀석을 잔뜩 더 치켜올렸다가 그대로 도랑에다 힘껏 대가리를 처박아버렸다.

4

"그 녀석은 죽었나?"

응팔이가 물었다.

"몰라. 버르적거리는 것 같았는데, 누가 옆구리를 찌르며 도망치라는 눈짓을 하길래 그대로 내뺐어."

"그럼, 이년 동안이나 남의 집 산 것까지 도랑에다 처박아버렸구먼. 하하하."

"자네 같으면 그럴 때 어쩌겠어?"

억주는 무슨 모욕이라도 당한 것같이 발끈했다.

232

"가시내가 세상에 그것 하나뿐인가? 나락이 열섬이면 그게 얼마야?"

억주는 대꾸하지 않았다.

"그런데, 여기 공사판 돌아가는 눈치가 싹수가 그른 것 같아 걱정이구먼."

"싹수가 그르다니?"

억주는 눈을 크게 떴다.

"돈줄이 달린 모양이야."

"아니, 일본 놈이 하는 일이라는데?"

"그래도 일판이 제대로 돌아가는 것 같지 않아."

"그러면 얼른 돈 찾아야겠네."

"서둘지 말고 눈치 보아가며 이번 간조 때는 모두 나서서 받아야겠어. 저 자식 집이 있어, 뭣이 있어? 세간살이라야 술잔 나부랭이뿐인데 그게 돈 되겠어? 싸 짊어지고 돛 달아 부치면 우리들은 핑떨어진 매야."

억주는 마음이 다급했다. 여기서는 어디다 돈을 간수할 데가 없어, 그동안 모은 것을 십장한테다 맡겨두었던 것이다. 인부들이 돈을 간수할 데라고는 제 몸뚱이밖에 없는데, 그건 잠잘 때도 위험했지만 노름하다가 돈 떨어진 녀석이 꿔달라고 조르면, 씨앗귀에 불알을 넣고 견디지 안 꿔주고는 견딜 재간이 없었다. 그래서 돈을 술집을 벌이고 있는 십장한테 맡겨놨는데, 공사판이 이렇게 돌아가기로 하면 통째로 날릴지도 모를 일이었다.

십장은 계집을 하나 데려다 놓고 공사판에서 술장사를 하고 있는데, 이 작자는 술장사보다 노름판을 벌여 더 재미를 보고 있었다. 이 작자가 여기서 맘 놓고 이런 짓을 하는 건, 현장감독과 그럴 만한 꿍꿍이속이 있기 때문인 것 같았다. 그 작자 밑에는 건달들이 네댓놈 있었는데, 인부들과 임금 문제로 무슨 까탈이 붙거나, 수상한 눈치가 보이면 그 녀석들이 미리 닦달했고, 주먹으로 해결할 일이면 그 녀석들을 풀어 처리했다. 그래서 십장은 공사판에서 왕초나 다름없었다.

간조 날이 왔다. 서너달 밀렸던 임금이 나온 것이다. 그런데 한달치만 나온다고 했다. 십장은 응팔이와 억주에게는 그전에 하던 대로 '보관증' 쪽지만 내밀며 전표를 내노라 했다.

"이번에는 현금으로 주셔야겠소. 집에 보내야겠으니, 지난번까지 모두 주셔야겠소."

응팔이는 마치 공짜로 달라는 것처럼 굽실거렸다.

"이 자식아, 그러면 며칠 전에 그런다고 말을 해야 할 게 아냐?"

십장은 대번에 고함을 질렀다.

"미안하요."

"미안이고 지랄이고 지금은 돈이 없어."

십장은 두말 못하게 쏘아놓고, 이번에는 억주한테 손을 내밀었다.

"나도 현금으로 주셔야겠소."

"이 자식들이 지금 무슨 개수작을 하는 거야?"

눈꼬리가 치켜 올라갔다.

"이 자식들아! 언제는 맡아달라고 사정을 하더니, 이제 와서 느닷없이 현금을 내노라면 나는 어쩌라는 거야? 나는 네 녀석들 돈

맡아가지고 있다가, 돈 내놔라, 똑딱 하면 내놓는 기곈 줄 아냐?"

"간조 날인께 돈이야 많이 돌지 않겠어요."

억주가 볼 부은 소리를 했다.

"이 자식 누구 앞에서 뻘을 씹어?"

십장은 당장 한대 올려붙일 상판이었다. 이 작자가 이렇게 나오면 나올수록 더 의심스러웠다. 기왕에 말을 꺼낸 것, 쉽게 물러서서는 안 될 것 같았다. 이자를 붙여주는 것도 아니고, 제 녀석은 그 돈을 저녁마다 노름판에서 몇바퀴씩 굴려 재미를 보고 있으면서, 내 것 달라는데 이런 배짱이라면 틀림없이 무슨 꿍꿍이속이 있는 것 같았다.

그렇지만, 이번 것까지는 주지 않을 수 없었던지 그것만은 현금으로 내놓으며, 나머지는 다음 간조 때 주겠다고 했다. 할 수 없이 그것만 받아가지고 엉거주춤 물러섰다. 그런데 그날 저녁에 들어보니 공사가 중단된다는 게 헛소문이 아니었다. 이번 간조가 마지막일 거라며 떠날 준비를 하는 사람도 있었다. 돈 나올 구멍이 없으니, 일을 해보았자 말짱 헛일이라는 것이다.

응팔이는 다시 사정을 한번 해보겠다고 십장을 찾아갔다. 한참만에 썰렁한 상판으로 돌아왔다.

"뭐래?"

"싹수가 틀린 것 같다."

"왜?"

"다른 녀석한테서 받으라며 엉뚱한 사람 차용증서를 내놓은 거야."

억주는 멍하니 웅팔이를 보고 있었다.

"그래서 뭐라고 했어?"

"뭐라고 하긴? 별수 없이 다음 간조 때는 꼭 주라고 했지."

"안 돼. 다시 가자!"

억주가 앞장섰다.

"우리는 오늘 여기 떠나겠소. 돈 주시오."

억주가 단도직입적으로 나섰다.

"이 자식들이 지금 사람을 놀리는 거야, 뭐야?"

십장은 벌떡 일어나며 버럭 악을 썼다.

"놀리는 게 아니고 일이 그렇게 됐소."

억주는 조금도 굽히지 않고 당당하게 나섰다.

"그렇게 급하면 여기서 받아 가라는데, 어째서 남의 안방까지 들어오냔 말이야?"

십장은 차용증서를 내던지며 악을 썼다.

"이 사람은 우리하고 상관이 없는 사람 아니요?"

"이 자식아, 돈만 받으면 되었지, 뭐가 어쩐다고 매화타령이야, 매화타령이!"

"십장님이 받아주시오."

"이 자식들이 정말!"

십장은 시퍼렇게 노려봤다. 그러나 억주는 조금도 굽히지 않고 십장을 맞바로 쏘아봤다. 십장은 또 한참 욕설을 퍼붓더니, 그 차용증서 임자를 이리 끌고 오라고 고함을 질렀다. 두사람은 서로 얼굴을 건너다보고 있다가, 십장이 또 악을 쓰자 엉거주춤 일어섰다. 가서 그 작자를 데리고 갔다.

"이 자식아, 이 돈 내놔!"

십장이 고함을 지르자, 그 녀석은 억주와 응팔이를 번갈아 보더니, 십장이 내던진 쪽지를 주워 들었다.

"내래 줄 끼니 나가자우!"

억주와 응팔이는 서로 얼굴을 보았다.

"여기서 주시오."

"깐나새끼들아, 줄 끼니 가자 이기야!"

녀석은 버럭 악을 썼다. 그들은 다시 서로 얼굴을 보았다. 엉거주춤 따라나섰다.

"내래 조선 팔도 공사판을 무른 메주 밟듯 쓸고 다니는 놈이지만, 지금까지 남의 돈 한푼 떼어먹은 적이 없는 놈이라, 이기야. 이것 받아두라우. 존 게 존 기니 받아두라 이기야. 까짓 돈 몇푼 떼어먹을 놈이 아니끼니, 이것 받아두고 이담 간조 때 보자우. 내래 공사판을 쓸고 다니문서 주먹이야 밥 먹듯 휘둘렀지만, 돈 떼어먹은 적은 없다, 이기야."

이 자식 잘잘 쩨는 것부터 비위 상하는데, 엉뚱한 오리발을 내밀면서 은근히 공갈까지 치자 속이 잠잠할 수 없었다.

"지금 사람을 놀리는 거야?"

억주가 버럭 악을 썼다.

"이 깐나새끼 누구래 버럭버럭 괌이야? 어디메서 굴러먹다 온 놈이가, 앙? 사람을 어드레 보고 까부는 기야? 주먹맛을 보아야 알가서?"

녀석은 제물에 약이 올라, 억주 턱을 걸며 고함을 질렀다.

"야, 이 자식아, 쥐약을 처먹었으면 혼자 발광해라. 누구한테 손 갈퀴질을 하고 지랄이냐?"

억주는 녀석 손을 사정없이 걷어치우며 호기를 부렸다. 이런 작자 하나쯤 거뜬히 해치울 것 같은 배짱이 생겼다.

"이 자식이 여물통 놀리는 소리 한번 사근사근하네. 네래 지금 초롱초롱한 정신으로 씨불인 게야 뭐야 엉?"

작자가 주먹을 쥐고 폼을 잡았다. 그사이 이 작자 패거리들이 한둘 모여들고 있었다. 이 녀석한테 덤비는 게 이 작자 수작에 말려 드는 것 같았으나, 이미 달리 무슨 방법이 없었다. 패거리들이 몰려 들자 녀석은 한껏 기세가 올라 억주 멱살로 손이 왔다. 순간, 억주 는 옆으로 슬쩍 몸을 빼며 되레 녀석의 팔목을 낚았다.

"이 자식아, 이런 새 다리 같은 팔목때기로 누구를 어쩌자는 거 야?"

녀석은 방심했다가 팔을 잡히자, 눈알이 홱 뒤집혔다. 억주는 녀 석의 팔을 으스러져라 틀어쥐고 홱 비틀었다. 우둑 소리가 나며 녀 석 몸통이 옆으로 비틀렸다.

"이 자식, 이것 놓지 못해!"

녀석이 악을 쓰는 순간, 어디서 난데없이 주먹이 억주 볼에 불을 냈다. 억주는 녀석의 팔을 잡은 채 돌아봤다. 다시 주먹이 들어오는 순간, 억주는 잽싸게 몸을 피하며, 잡고 있던 팔을 부러져라 비틀어 저쪽으로 밀어버렸다.

"아이고, 팔이 부러졌다."

녀석은 팔을 싸안으며 땅바닥에 나뒹굴었다. 순간, 또다른 녀석이 각목을 꼬나들고 달려들었다. 억주는 한걸음 물러섰다. 각목이 억주 머리를 향하는 순간, 곁에 섰던 응팔이가 냉큼 작자 팔을 낚았다. 응팔이와 그 녀석이 뒤엉켰다. 그때 옆에 섰던 녀석이 술청 안으로 뛰어 들어갔다. 시퍼런 식칼을 들고 나왔다. 억주를 향해 달려들었다. 그대로 찌를 것 같았다. 순간 억주는 아뜩했다. 억주는 한발 한발 뒤로 물러서며 옆에 있는 각목을 집어 들었다. 그러자 녀석은 칼을 머리 위로 치켜들었다. 대번에 던질 자세였다. 그 칼에 맞으면 죽을 것 같았다. 억주는 허허벌판에 혼자 휠렁 나동그라진 것 같은 절망감을 느끼며, 이제 죽는구나 하는 생각이 머리를 스쳤다.

구경꾼들도 손에 땀을 쥐고 보고 있었다. 녀석 손에서 칼이 날아온다 하는 순간이었다. 구경꾼 속에서 난데없는 사람이 튀어나왔다. 녀석의 칼 든 팔을 낚았다. 안면이 있는 사람이었다. 그는 한 손으로 칼 잡은 팔을 잡고, 한 손으로는 그 녀석 멱살을 거머쥐었다. 몇발짝 가다가 앞으로 홱 잡아당기며, 찌끈닥, 머리로 작자 머리를 받아버렸다.

"윽."

녀석은 칼을 떨어뜨리며 뒤로 발랑 나가떨어졌다. 대가리가 아니라 등뼈가 부러진 것처럼 몸뚱이가 힘없이 나동그라졌다. 통쾌한 솜씨였다.

응팔이는 아까 그 녀석 밑에 깔려서 얻어맞고 있었다. 억주가 성큼성큼 다가가 녀석 덜미를 낚아 일으켜 세웠다. 억주 몸뚱이가 녀석 배 밑으로 휘딱 꼬여 들어간다 하는 순간이었다. 녀석이 공중으로 덩실 떠올랐다. 억주는 몸을 뒤로 잔뜩 젖혔다가 땅바닥에다 내던져버렸다.

"픽!"

녀석은 채 맞은 개구리 꼴로 사지를 떨었다.

웅팔이가 일어나 곁에 뒹굴고 있는 각목을 꼬나쥐었다. 눈에는 불이 켜져 있었다. 술청 쪽으로 달려갔다. 마침 십장이 나오고 있었다. 웅팔이는 댓바람에 각목으로 십장 팔목을 후려갈겼다. 느닷없는 공격에 십장은 주먹 한번 휘둘러보지 못하고 그대로 나가떨어졌다.

"이 자식아, 일어나!"

억주가 십장 덜미를 잡아 일으켜 세웠다.

"이 자식, 엄살은?"

억주가 십장 볼따구니를 쥐어박았다. 멱살을 끌고 안으로 들어갔다. 밖에서는 웅팔이가 몽둥이를 들고 지키고 있었다.

"이 자식아, 돈 내놔!"

억주는 녀석의 옆구리를 다시 걷어차며 고함을 질렀다. 이런 데서 독기를 설 피웠다가는 되레 이쪽이 당한다는 것을 잘 알고 있었다.

"이 강도놈들!"

녀석은 이를 갈며 억주를 노려봤다.

"오냐. 강도다. 너 같은 날강도를 터는 강도는 무슨 강도라 하느냐?"

십장은 시퍼렇게 독이 오른 눈으로 억주를 쏘아봤다. 노가다판

240

오야붕다운 독기였다.

"오냐. 너 이 자식 언제 만나도 만날 날이 있을 게다. 똑똑히 명심해둬라."

"그래 만나자. 그때는 다리몽둥이가 아니라 대갈통을 수박 깨듯이 깨주마."

십장은 이를 갈며 조그마한 '손금고'를 끌렀다. 지폐가 가득했다. 지폐를 보는 순간 녀석이 강도라고 했던 말이 머리를 때리며, 눈이 홱 뒤집히는 것 같았다. 자기도 모르게 박치기한테로 눈이 갔다. 박치기 눈도 불꽃을 튀기고 있었다. 그러나 억주는 이를 악물며 눈을 걷어왔다. 덥석 돈다발을 집어 들었다.

"당신 받을 것은 얼마여?"

박치기는 얼른 대답을 하지 않았다. 돈뭉치를 본 박치기 눈에는 탐욕의 불꽃이 이글거리고 있었다.

"얼마여?"

억주가 다시 다그쳤다. 녀석의 눈은 돈과 억주를 번갈아 희번덕거렸다.

"얼마냔 말이야?"

억주가 쥐알리듯 소리를 질러서야 액수를 말했다. 억주는 침착하게 돈을 세어 박치기 앞에 놨다. 자기와 응팔이 몫도 세었다. 돈을 들고 금고문을 부서져라 깡 닫았다. 보기 싫은 녀석을 보고 방문을 벼락 치는 꼴이었다.

"네놈 행티로 봐서는 몽땅 쓸어가겠다마는 고이 두고 간다."

십장은 뺑한 눈으로 억주를 쳐다보고 있었다.

"다시 만날 날이 있을 게라 했지? 그때 보자!"

억주는 일어서며 녀석의 대가리를 사정없이 차버렸다. 그 발길은 십장을 쳤지만, 실은 아직도 탐욕스런 눈으로 금고를 힐끔거리고 있는 박치기를 차는 기분이었다. 밖에는 사람들이 몰려 있었다.

"당신들 가운데서 저 십장 놈한테 돈 받을 사람 있으면 나오시오. 있으면 지금 나와요!"

억주는 제가 무슨 홍길동이라도 된 것처럼 남의 걱정까지 하고 나섰다. 나오는 사람이 없었다. 뒷일이 무서워 나서지 못하는 것 같았다.

"어서 가자!"

응팔이가 억주의 팔을 끌었다.

"정말 아까는 고마웠소."

억주는 거기서 한참 빠져나오자 박치기한테 인사치레를 했다.

"하하. 그까짓 걸 뭘. 당신 사람 꼰지는 솜씨도 대단합니다. 그런 희한한 솜씨는 첨 구경했소."

"당신 박치기 솜씨는 더 일품이던걸요. 하하."

억주가 웃다가 주춤했다. 현장사무소 쪽에서 감독 두사람이 고함을 지르며 쫓아오고 있었다.

"당신들 지금 어디 가요?"

"싹수가 글러서 떠나고 있어. 왜?"

"잠깐 있다가 가시오."

평소에 하던 가락으로 명령조다.

"있다 가라니? 있다 가면 상 차려 대접해 보낼텨?"

"뭣이?"

작자들은 대번에 눈꼬리가 올라갔다.

"가만있자. 그러고 보니 네 녀석들도 한통속이었지. 네놈들도 맛을 한번 봐야겠다."

말이 떨어지기가 무섭게 억주 솥뚜껑 같은 손이 앞에 온 녀석 가슴팍을 덮쳤다. 홱 잡아채는 순간 억주 몸뚱이가 녀석의 배때기 밑으로 뒤틀려 들어갔다. 녀석의 몸뚱이가 거짓말처럼 공중으로 둥실 떠올랐다. 너무도 순식간에 당하는 일이라, 작자는 제대로 악을 쓰지도 못했다. 억주는 그 녀석을 떠받쳐 든 채 성큼성큼 갯가로 갔다. 녀석은 사지를 버둥거리며 악을 썼다. 억주는 석축에다 한 발을 버티고 몸뚱이를 뒤로 잔뜩 젖혔다. 그대로 뻘에다 던져버렸다. 머리부터 뻘 속으로 들어갔다. 작자는 뻘 속에서 허우적거렸다.

"뒈지지는 않겠소. 갑시다. 하하."

멍청하게 보고 있던 일행은 걸음아 날 살려라고 후다닥 달아났다.

5

멀리 함경도쯤으로 가서 어디 광산 같은 데서라도 일자리를 잡아보자는 박치기 제의로 세사람은 귀동냥으로 물어물어 어느 광산을 찾아들었다. 그러나 거기도 상 차려놓고 기다리는 데가 아니었다. 농촌에서 땅 뒤지다가 거덜난 무지렁이들이 온양온천에 헌 다리 모이듯 모여들어 줄을 잇고 있었다. 그래도 이런 데 오래 굴러

먹었던 박치기가 몇푼씩 추렴해서 뒷구멍으로 약을 쓰고 이틀 만에 일자리를 얻어냈다.

그날 저녁 십장이란 사람이 찾아왔다. 여기서 일자리를 주기는 주되, 조건이 하나 있다고 괴상스런 꼬리를 달았다.

"지금 이 광산에는 아주 못돼먹은 녀석들이 몇놈 스며들었소. 이 광산을 망해먹자는 수작을 꾸미고 있는지, 그 녀석들이 무슨 짓을 하는지 잘 보고 일일이 보고를 하시오. 이미 사람을 집어넣어 녀석들 동태를 손바닥에다 놓고 보듯 하고 있지만, 그 떨거지들을 몽땅 들어내려면 더 정확히 알아야겠으니, 그런 녀석들 동태를 하나도 빼놓지 말고 알리시오!"

일테면, 어느 녀석이 어느 녀석하고 대거리를 바꾸며, 어느 녀석과 어느 녀석이 귓속말을 속삭거리는지 그런 것까지 하나하나 보고를 하라는 것이다.

"만약에 제대로 보고하지 않으면 당신들은 귀신도 모르게 없어져버릴 거요. 더구나 그 녀석들 수작에 말려들어 한통속이 되는 날에는 그대로 껍데기를 벗겨버리겠소. 알겠소?"

그들은 서로를 돌아봤다. 늑대를 피하고 나니 호랑이가 으르렁 꼴이었다.

처음에는 얼떨결에 고개를 끄덕였으나 닦달하는 게 아무래도 심상치 않아, 일행은 한참 멍청한 눈으로 서로를 건너다보았다. 십장은 종이를 한장씩 주며 도장을 찍으라 했다. 서약서라는 것이다. 글자라면 세사람 다 기역자 외짝다리가 왼쪽에 붙었는지 오른쪽에 붙었는지 모르는 사람들이라, 글귀 따져서 찍고 어쩌고 할 계제가 아니었다. 그러나 닦달하는 서슬이 하도 시퍼레서 여기다 도장을 찍어도 좋을 것인가, 어리벙벙했다. 뒷구멍으로 돈까지 써가며 가까스로 얻어낸 일자리를 쉽게 버린달 수도 없고, 그들은 서로 건너다보며 멀뚱거리고 있었다.

"싫으면 관둬!"

"아, 아닙니다."

박치기가 고개를 저었다. 설마 죽이기야 하고 마음을 눙치며, 박치기 뒤따라 억주와 웅팔이도 손도장을 꾹꾹 눌렀다. 그러나 찍기는 했어도, 일이 일이라 도무지 뒤숭숭해서 그들은 한참 말이 없었다.

"제기랄 것, 닥치고 봐! 죽기밖에 더하겠어?"

박치기가 호기를 부렸지만, 마음이 쉽게 펴지지 않았다. 그들은 그날밤, 꼭 향청에 들어간 촌닭처럼 광부들 숙소라는 데를 들어갔다. 말없이 이쪽을 쏘아보는 눈들이 모두 시퍼렇게 가시가 돋쳐 있었다. 가시 돋친 눈길에 질려 마치 쥐구멍에 들어온 벌처럼, 한참 동안 엉거주춤 서 있다가 한쪽에 슬그머니 엉덩이를 내려놨다.

"요새 화낭년들한테서 외로 빠진 것들이 한두놈씩 기어들어갖고, 우리들이 하는 말을 솔솔 물어내고 있는데, 이것들을 으짜까? 곡괭이가 골통 맛을 못 봐서 징징 울고 있는 판에 한두녀석 찍어낼까?"

한쪽에서 이런 무지막지한 소리를 했다. 도대체 무슨 일인지, 내막이라도 알았으면 하겠는데, 도무지 이건 눈 가리고 벼랑길 걷는 꼴이었다. 벼랑도 그냥 벼랑이 아니고, 위아래서 호랑이가 아가리를 벌리고 있는 벼랑이었다.

다음 날, 대거리하고 나오다가 좀 어수룩해 보이는 사람을 붙잡고, 도대체 무슨 일이기에 판이 이렇게 험하냐고 넌지시 떠보았다.

"우리가 시방 여기서 받는 돈이 너무 싸다고 그것을 올려 받자는 것이요. 그런데, 양쪽에서 하도 험하게 눈에 불을 켜고 있으니, 이러다가는 사람이 상해도 여럿 상할 것 같소. 더구나 엊그제는 이 일에 앞섰던 사람들이 둘이나 온데간데없이 없어져버려, 지금 모두 눈에 불을 켜고 있소. 저 작자들이 우리들 속에다 간새꾼을 넣어 우리들 말을 뽑아내는 바람에 더 이를 갈고 있소. 당신들도 그런 사람으로 보고 있는 눈칩니다. 조심들 하시오."

짐작할 만했다. 싸움판은 이미 막판에 이른 것 같은데, 끼어들어도 험하게 끼어든 것 같았다. 돈벌이하러 온다는 것이 와도 하필 오귀 삼살 방위로 찾아든 것 같았다.

그런데 노임을 올리라는 걸 가지고 그런다니 도무지 납득이 가지 않았다. 이런 일도 쉽게 생각하면 농촌 품삯이나 마찬가진데, 노임을 떼어먹는다면 모를까, 노임이 양에 차지 않으면 일을 않으면 그만이지, 더 내라고 이렇게 억지를 쓸 수 있는 것인지 알 수 없는 일이었다.

그거야 어떻든지, 지금 자기들 처지가 이건 도대체 말이 아니었다. 한쪽에서는 일일이 꼬아바치지 않으면 귀신도 모르게 없애버린다고 으름장이고, 또 한쪽에서는 말을 물어내면 곡괭이로 골통을 찍는다고 으르렁거리고. 이판에 어정쩡하고 있다가 어느 귀신한테 작살이 날지 모를 일이었다. 그들은 껍데기에서 뽑혀 나온 달팽이처럼 늘 썰렁한 상판으로 놀란 눈알만 굴리고 있었다.

그런데, 일판은 생각보다 빨리 터지고 말았다. 이틀째 되는 날 아침, 대거리를 할 무렵이었다. 굴속에서 사람들이 나오고 이쪽 사람들이 미처 들어가기 전이었다.

"여러분 잠깐 내 말 들으시오!"

생김새가 여간 드레져 보이지 않는 사내가 앞으로 나섰다. 그러고 보니, 일부러 시간을 이렇게 잡은 것 같았다.

"윤씨가 행방불명된 게 오늘로 꼭 닷새쨉니다. 윤씨한테 죄가 있다면 우리를 대표해서 노임을 올리라고 앞에 나선 것밖에는 없소. 우리들 대표로 나섰던 사람이 이 꼴이 되었는데, 우리들이 이렇게 손 개어놓고 있다면 이것은 도리가 아닙니다. 노임보다 윤씨 행방부터 알아내야 합니다. 제 말이 틀렸습니까?"

"옳소. 우리들이 모두 몰려가서 따집시다."

"틀림없이 무슨 꿍꿍이속이 있습니다. 윤씨 행방을 제대로 말하지 않으면, 우리들도 저 녀석들을 찍어 죽이고 같이 죽읍시다."

"옳소!"

곡괭이를 치켜들며 악을 쓰자, 덩둘했던 사람들도 모두 소리를 질렀다.

"우리들이 너무 흥분하면 안 됩니다. 그 사람이 어떻게 되었는지 조용조용 알아봐야 합니다. 절대로 흥분하면 안 됩니다."

사내는 차근하게 달랬다.

"개자식들 뻔합니다. 여차하면 찍어버립시다."

"옳소!"

"그러다가는 이것도 저것도 모두 산통만 깨집니다. 윤씨가 죽었는지 살았는지 우리들이 어떻게 압니까? 차근하게 따져야 해요!"

"최씨 말이 맞소. 조용조용히 따집시다."

늙수그레한 사람이 거들었다. 더 나서는 사람이 없었다.

억주는 가슴이 울렁거려 아까부터 주먹을 쥐고 있었다. 자칫했더라면 그 녀석들 속임수에 그대로 꼭두각시가 될 뻔했다 생각하니, 잠시나마 속았던 게 부끄럽고 화가 났다.

"그러면, 앞에 나설 대표를 뽑읍시다."

"그럽시다. 지금 앞에 나선 장씨하고 그저께 들어온 사람 가운데서, 당신 이름이 박억주라 했소?"

느닷없이 억주 이름을 부르며 손가락질을 했다. 억주는 분명히 자기 이름을 부르고 있었으나, 하도 느닷없는 일이라 다른 사람이 아닌가 싶어 주변을 돌아봤다.

"당신이오. 당신! 돌아보는 당신이란 말이오. 이 두사람을 대표로 앞세우고 사무실로 갑시다."

억주의 우람한 몸집만 보고 지명을 한 것 같았다.

"좋습니다."

모두 박수를 쳤다.

"두사람은 앞에 서시오!"

억주는 놀란 토끼 벼락바위 쳐다보듯, 말하는 사람들을 보며 눈만 말똥거렸다. 도무지 얼떨떨하기만 했다. 정신은 초롱초롱한데, 몸뚱이만 혼자 어디 벼랑으로라도 떨어지고 있는 것 같은 기분이었다.

"대표들은 어서 앞으로 나서시오!"

여기저기서 고함소리가 터졌다. 살벌한 고함소리는 자기들을 대표로 내세운다기보다, 어디 벼랑으로 떼미는 것 같았다. 거듭 고함을 지르자 억주는 장씨라는 사람을 멍청하게 건너다봤다. 그 장씨도 억주를 멍청하게 건너다보고 있었다. 금방 곡괭이가 날아들어올 것 같은 고함소리에 밀려, 엉거주춤 일어서는 장씨를 따라 억주도 그렇게 엉덩이를 떼고 일어섰다.

뚝심으로 무슨 일을 하려면, 여태 누구한테 뒤지지 않았지만, 이런 일에 대표라니 이건 벙어리한테 글강 닦달보다 더 어이없는 일이었다. 더구나 일판이 어떻게 되었는지 앞뒤 내막도 제대로 알 수 없어, 도무지 어떻게 해야 하는 것인지 아뜩하기만 했다.

억주와 장씨를 앞세운 군중들은 사무실로 몰려갔다. 억주는 시키는 대로 앞장을 섰지만, 지금 자기 꼴이 사또 행차에 싸리비 메고 나서는 향청 머슴 꼴이라, 겹겹으로 주눅이 들어 평소에는 멀쩡하던 활갯짓까지 가위눌린 몸뚱이처럼 제대로 움직여지지 않았다.

모두 사무실 앞에 몰려섰다. 사무실에서는 사태를 알고 있을 법한데, 누구 하나 코빼기도 내놓지 않았다. 사무실 앞에서 고함을 질렀지만 기척이 없었다. 그 녀석들 시퍼렇던 서슬로 보아 겁을 먹었다고 할 수도 없고, 어찌 된 영문인지 어리둥절했다.

"대표가 사무실로 들어가서 따지시오. 윤씨가 어떻게 되었는지 따져요."

억주와 장씨는 또 머쓱하게 서로를 건너다보았다. 빨리 들어가라고 거듭 고함을 질렀다. 그러나 얼른 엄두가 나지 않았다. 저렇게 꼼짝 않고 닫혀 있는 사무실 문은, 건드리기만 해도 뺑뺑 총을 쏠 것 같았다. 군중들 고함소리는 더 거세졌다. 장씨는 자기보다 더 얼뜨게 보여 억주는 자기가 앞에 설 수밖에 없었다.

마음을 굳히고 나섰지만, 군중들 고함소리도 제대로 귀에 엉겨 오지 않았다. 슬금슬금 사무실 문 앞으로 갔다. 문고리를 잡았다. 마치 자기의 몸뚱이를 향해 방아쇠라도 당기듯 문고리를 잡아당겼다. 사무실에는 대여섯녀석이 난롯가에 앉아 있다가 이쪽으로 얼굴을 돌렸다.

"이 자식들아, 뭐야?"

한녀석이 어린애라도 놀리듯 벙글벙글 웃으며 퉁겼다. 놀리는 표정이 너무도 여유가 있었다. 밖에 몰려 있는 군중 따위는 안중에도 없는 것 같았다.

"윤씨, 그 사람이 어떻게 되었는가, 그것을 알아보고 오라고 해서 왔소."

억주는 자기가 하고 있는 말이 자기 귀에도 너무나 병신성스럽고 얼뜨게 들렸다.

"그것은 알아서 뭘 해?"

역시 웃으며 퉁겼다. 억주는 말이 막혀버렸다. 억주가 멍하고 있는 사이, 그들 한가운데 버티고 앉아 있는 일본사람에게 일본말로 뭐라 지껄이자 와크르 웃었다.

"가서 그 사람이 이십분 뒤에 올 것이니, 꼼짝 말고 거기 앉아서 기다리라고 해! 알겠어?"

"이십분이요?"

"그래. 이 새꺄!"

이게 뭔가? 그게 사실이라면, 이건 호박 나물에 용쓴 것도 아니고, 이런 실없는 일에 그 야단을 쳤다니, 어떻게 돌아가는 일판인지 새삼스럽게 어리벙벙했다. 그러나 그렇게 전할 수밖에 없어 밖에 나와 떠듬떠듬 그대로 전했다.

"뭐? 이십분?"

모두 놀라는 눈으로 서로를 봤다. 모두 몽둥이 맞은 꼴들이었다. 군중들이 잠시 웅성거렸다. 믿어지지 않는다는 표정들이었다. 그러나 이십분 뒤에 온다는데야 어쩔 것인가? 그때까지 기다려서 오지 않으면 모를까, 당장은 할 말이 없었다. 그렇다고 물러갈 수도 없고, 허깨비 보고 쫓아왔던 사람들처럼 웅성거리고 있었다.

"그럼. 모두 여기 앉아서 기다립시다."

한사람이 소리를 지르자 모두 사무실 앞 맨땅에 앉았다. 사무실에서는 이따금 칼칼 웃음소리만 흘러나왔다.

모두가 정말 올 것인가 머쓱한 얼굴로들 웅성거리고 있었다. 한참 그렇게 앉아 있자 느닷없이 저쪽 재 꼭대기에서 산사태 나는 소리가 났다.

"저게 뭐야?

윤씨가 아니라, 말 탄 헌병들이 세사람이나 우르르 산 무너지는 기세로 몰려오고 있었다. 군중들은 바위처럼 그 자리에 굳어버렸다. 헌병들은 한달음에 군중을 몽땅 짓밟아버릴 기세였다.

"그대로 가만히 앉아 있으시오!"

아까 그 최씨가 고함을 질렀다. 헌병들은 대쪽을 빠개는 기세로 군중을 향해 내달았다. 그들은 그대로 말을 군중 속으로 몰아붙였다. 멍청하게 앉아 있던 군중들은 설마 했다가 혼비백산, 서로 몸뚱이 밑에 대가리를 처박았다. 말들은 앞발을 치켜올리고 히힝 악을 썼지만, 헌병들은 고함을 지르며 발로 말 배때기를 내질렀다.

말과 사람이 한꺼번에 악을 쓰며, 수라장이 되었다. 헌병들은 몸뚱이 속으로 미친 듯이 말을 몰아 휘젓고 다녔다. 말발굽 아래서 악을 쓰는 사람, 몸뚱이를 고슴도치처럼 똥그랗게 뒹구는 사람, 꼬꾸라지는 사람, 손으로 머리만 끌어안고 땅바닥에 고개를 처박은 사람, 이건 도무지 난장 박살에 달걀 바가지도 아니고, 개구리 밭에 태질도 아니었다.

"모두 식당으로 모여라. 모이지 않는 놈은 그 자리에서 모가지를 처버리겠다."

녀석들은 고래고래 소리를 질렀다. 아무도 나서는 사람이 없었다. 녀석들이 몇번이나 악을 쓰자, 겁에 질린 상판으로 슬금슬금 모여들었다. 다리를 끄는 사람, 팔을 싸안은 사람, 피 흐르는 머리를 처맨 사람, 험한 꼴로 모여들었다. 십장이 앞에 나섰다.

"모두 모가지를 잘라버리려고 했지만 목숨은 살려준다. 그 대신 당장 여기서 전부 꺼져야 한다. 만약 여기서 얼씬거리는 작자는 단칼에 목이 달아날 것이다. 십분이다. 십분!"

발발 떨고 있던 광부들은 다시 헌병들 말채찍에 식당에서 쏟아져 나왔다. 헌병들 고함소리에 모두 퉁기듯 도망쳤다. 경황 중에도 숙사 쪽으로 뛰는 사람들이 있었다. 안으로 뛰어가 헌 옷가지를 가지고 나왔다.

억주와 응팔이는 박치기가 사무실 앞에서 절뚝거리는 것을 보고 깜짝 놀랐다. 박치기는 피투성이였지만, 그래도 아직 목숨은 붙어 있었다. 억주가 들쳐 업었다. 응팔이도 발을 다쳐 절름거리는 다리로 억주 뒤를 따랐다. 박치기는 억주의 등에서 거의 맥을 놓고 늘어졌다. 십리 가까이 가자 동네가 있었다. 거기 아무 집이나 들어갔다. 동네 노인이 불덩이 같은 박치기 머리를 만져보고 맥을 짚어보더니, 설레설레 고개를 저으며 나가버렸다.

밤중이 조금 지나서 박치기는 끝내 숨을 거두었다. 응팔이가 눈물을 흘리며 박치기 손을 개 얹어주고, 억주는 돌덩이처럼 굳은 얼굴로 박치기를 내려다보고 있었다. 뚫어지게 박치기를 내려다보고 있던 억주 눈에서 불이 타오르는 것 같았다. 그는 이를 악물고 일어섰다.

말없이 밖으로 나가 동네를 빠져나갔다. 낮에 왔던 길을 되짚어 광산으로 달렸다. 억주는 바람 찬 호랑이처럼 내달았다. 하늘에는 북풍에 찢어발겨지는 구름장 사이로 서리 먹은 별들이 차갑게 반짝거렸다. 깨진 사기 접시 같은 새벽달이 날을 세우고 구름장 사이를 어지럽게 내닫고 있었다.

광산에 이르렀다. 억주는 어둠속에서 잠시 동정을 살폈다. 사무원들 숙사에만 불이 켜져 있고, 이따금 바람소리뿐 사방이 죽은 듯이 교교했다. 억주는 다시 몸을 움직였다. 새벽달이 지우는 달그림자를 골라, 광부들 숙사로 스며들었다. 전에 봐두었던 석유통을 찾아 집어 들었다. 사무실 쪽으로 갔다. 섶나무 단을 들어 벽에 세우고 석유를 부었다. 억주 몸놀림은 도둑괭이처럼 가볍고 날랬다. 사무원들 숙사 쪽으로 가서 거기도 나뭇단을 세우고 석유를 끼얹었다. 억주는 숨을 바꿔 쉬며 어둠속에서 잠시 동정을 살폈다. 바람소리뿐이었다. 희미한 달빛에 음산하게 형체를 드러내고 있는 건물들은 그대로 숨이 멎어 있는 것 같았다.

억주는 사무실부터 섶나무에 성냥을 그어댔다. 석유 먹은 나뭇단은 금방 붙었다. 금방 불길이 솟아올랐다. 불길은 헛바닥을 날름거리며 건물을 핥았다. 억주는 퉁기듯 뛰어다니며 불을 놓았다. 마지막으로 그 녀석들 숙사에다 불을 던졌다. 억주는 죽어라고 도망쳤다. 광산촌이 한눈에 내려다보이는 재 꼭대기에서 걸음을 멈췄다. 어마어마한 불길이 광산촌을 핥고 있었다. 이 세상에 잔뜩 원한을 품은 무슨 악귀가 그렇게 발광을 하고 있는 것 같았다. 통쾌한 광경이었다.

6

"워매, 뭣이 저렇게 헤엄쳐 나오지?"

"아니, 저게 쥐 아녀, 쥐?"

출항의 돛을 올리고 있는 중선배(鮫鰊網 漁船)를 향해 손을 흔들고 있던 갯마을 사람들은 느닷없는 광경에 그 자리에 굳어버렸다. 요란스럽게 손을 흔들던 손들이 힘없이 내려갔다. 동네 사람들은 그대로 말뚝이 되어버린 것 같았다. 어부들은 무슨 일인가 고물로 몰려나왔다. 그들도 그 자리에 굳어버렸다.

선창에서 손을 흔들던 동네 사람들과 뱃사람들은 그렇게 넋 나간 꼴로 지켜보고 있고, 쥐는 앙증스럽게 바닷물을 가르며 뭍으로 나오고 있었다. 모래밭에 이르자 쥐는 짧은 모래톱을 달려 돌담 구멍으로 뽀르르 들어가버렸다. 바다를 향해 서서히 나가고 있던 배는 줄 끊어진 연처럼 속력이 죽으며 맥없이 떠 있었다.

"배를 대라고 해!"

동네 사람들과 함께 그걸 보고 있던 선주는, 한마디만 뱉어놓고 집으로 들어가버렸다.

조기 철을 맞아 만선의 부푼 기대를 안고 출항의 돛을 올리던 중선배는 쥐 한 마리 때문에 주먹 맞은 망건 꼴이 되어버린 것이다.

갯마을 사람들은 마치 초상이라도 난 것처럼 모두 말을 잊고 말았다. 그들은 출항하는 배에서 쥐나 뱀 같은 짐승이 뛰쳐나온 것은, 이만저만 불길한 징조가 아니라고 믿고 있었다. 미물이지만 배에 닥칠 위험을 알고 그렇게 피한다는 것이다. 갯마을 사람들은 그해 까치가 집을 높이 짓느냐 낮게 짓느냐로, 그해 태풍이 크고 작기를 점치고, 개미 같은 미물의 이동 상태를 보고도 날씨 낌새를 짐작했다.

바다에 목숨을 걸고 사는 사람들이라, 날씨 징후라면 무엇에나 이만저만 민감하지 않았다. 더구나 금년에는 영등달에 바다가 두 번이나 울었대서 모두 찜찜하던 판에, 이런 일이 일어나자 그만큼 놀란 것이다.

선장이 선주한테 불려가더니 한참 만에 나왔다. 고사를 다시 지내고 출항하기로 했다는 것이다. 고기잡이 일년 중 봄철 조기 철이 대목 가운데서도 큰 대목인데, 이런 일이 있다고 손 개 얹고 앉아서 바다만 건너다보고 있을 수는 없는 일이었다. 그렇게라도 액막이를 하고 출항을 할 수밖에 달리 도리가 없었다. 사리에 맞추어 떠나던 길이라 그만큼 바삐 서둘러야, 첫물 때를 놓치지 않을 것 같았다. 선주 집에서는 새로 고사 준비를 서둘렀다. 그러나 억주는 어긋하게 앉아 곰방대만 빨고 있었다.

"제기랄, 갯가 쥐새끼는 저런 큰 배를 붙잡아 매는 재주도 지녔구먼."

억주는 비위짱이 상해 선실에 벌렁 나자빠지며, 며느리 푸념으로 울화를 짓씹었다. 벌써 이년째 배를 타고 있지만, 뱃사람들 미신에 대한 태도는 도무지 비위가 상해 견딜 수가 없었다.

억주와 웅팔이는 일자리를 찾아 여기저기 떠돌아다니다가 여기까지 발길이 닿아, 배를 타게 되어 지금은 그런대로 바다 생활에 재미를 붙이고 있었다. 여기서도 마음만 제대로 죄어 먹으면, 시골 머슴살이보다는 낫게 돈을 잡을 수 있을 것 같았다. 더러는 뼈가 으스러지는 일이 없지 않았지만, 시퍼런 바다 속에서 엄청나게 큰 고기를 잡을 때는 이만저만 신명이 나는 게 아니었다.

처음 배를 탔을 때는 창자가 꼬여 넘어올 것 같은 뱃멀미에 파지가 되어 늘어지기도 했지만, 그런 고비를 넘기자 바다 생활은 그런대로 지낼 만했다. 더구나, 조기 철을 맞아 저 아래 흑산도 아래서부터, 위도를 거쳐 연평도 근해까지 조기 떼를 쫓아갈 때는 닿는 데마다 술이고 계집이었다. 사람이 살다가 이럴 때도 한번씩은 있어야 할 게 아니냐는 듯, 돈을 뿌리며 호기를 부리기도 했다.

그러나 억주와 웅팔이는 가슴속에 깊숙이 간직한 꿈은, 손에 돈만 잡히면 고향에 돌아가서 논밭 사고 오붓하게 가정을 꾸릴 생각뿐이라, 뱃사람들과 얼려 건들거리면서도 속살로는 한번도 그런 중심을 잃어본 적이 없었다. 그들은 잔잔한 바다 위에 달이라도 뜨는 호젓한 밤이면, 저마다 아련한 고향 생각에 한참씩 말이 없었다. 그때마다 응팔이는 자기 고향 자랑을 하며, 비록 산골이지만 그런대로 인심 하나는 어느 곳보다 따뜻하다며, 돈을 모으면 거기 가서 함께 살자고 입버릇처럼 뇌었다.

선주는 당장 선원들을 닦달해서 고사를 새로 지내고, 다음 날 아침 일찍 떠나기로 일정을 잡아 바쁘게 서둘렀다. 무당까지 불러다 거창하게 고사를 지냈다. 쥐새끼 한마리 때문에 귀기마저 풍기던 동네가 새로 생기를 찾는 것 같았다. 응팔이는 일을 거드는 척 조금 얼씬거리다가 선실로 들어가서 억주와 화투를 치고 있었다. 그런데, 갑자기 선주가 응팔이를 찾는다는 것이다. 심부름 온 녀석 눈치가 심상치 않았다. 응팔이는 뭔가 짚이는 일이 있는지 금방 얼굴이 굳어졌다.

"뭣 땀새 자네를 부른지 알제?"

선주는 연기 쐰 고양이 상판으로 응팔이를 노려보고 있었다. 응팔이는 이마 밑으로 허옇게 내질러 오는 선주의 시퍼런 도끼눈에 고개를 떨어뜨렸다.

"도대체 자네가 지금 누구를 망해묵자고 이러는가? 누구를 망해묵자는 수작이야?"

표독스런 눈으로 노려보며 고함을 질렀다. 응팔이는 처참한 표정으로 꼼짝 못하고 있었다.

"두말하면 잔소리고, 이번 고사 경비는 자네가 물게. 두말 말고 물어야 혀! 말 다 했으니 꼴 치워!"

선주는 벌레라도 씹다 뱉듯 말을 뱉어놓고 돌아앉아버렸다. 응팔이는 자리에서 일어서지도 못하고 그대로 앉아 있었다. 제물에 울화가 복받친 선주가 다시 이쪽으로 돌아앉았다.

"그래. 고사 지내는 게 애기들 장난인 줄 알았던가? 죽은 나무 거꾸로 맞춰 목숨 걸고 댕기는 자네들 목숨 생각해서 하는 일이여. 돼지 사러 갈 적에 그것 잘 보라고 내가 몇번이나 이르던가? 몇번이나 하더냐 말이야?"

선주는 새로 화가 나는 듯 악에 받쳐, 방바닥이 마치 응팔이 머리라도 된 듯 주먹으로 방바닥을 치며 고함을 질렀다. 응팔이는 죽은 듯이 고개만 떨어뜨리고 있었다.

일판이 묘하게 되어 배에서 쥐새끼 뛰어내린 게 응팔이 탓이 된 것이다. 따지고 보면 어처구니없는 일이었으나, 어찌 됐든 자기가 저지른 실수라 응팔이는 꼼짝없이 당할 수밖에 없었다. 이번 고사에 쓴 돼지를 사올 때 흰 털 박힌 돼지를 사온 게 말썽이 된 것이다.

응팔이는 돼지를 사오라기에 화장(火匠) 녀석을 데리고 장으로 갔다. 만날 바다에서만 살다가 오랜만에 장 구경이라, 응팔이는 마치 도시에 나온 시골 아이들처럼 여기저기 기웃거리다가, 막걸리를 한잔 걸친 다음 파장 무렵에야 돼지전으로 갔다. 종자로 새끼 칠 돼지가 아니라 씨 고르고 모양 고르고 할 것도 없었다. 선주가 잘 보라고 한 흰 털이 박히지 않았는지 그것만 보면 되었다. 이놈 저놈 몇마리 몸뚱이를 살핀 다음 돈에 맞춰 한마리를 골라잡았다. 돼지를 사놓고 또 막걸리를 한잔 더 걸친 다음에 화장 녀석한테 돼지를 지우고 장을 빠져나왔다.

그런데 재 꼭대기에서 오줌을 누고 교대를 하려고 돌아설 때였다. 화장 녀석이 돼지 배때기 한군데를 유심히 들여다보고 있었다. 갑자기 잔뜩 겁먹은 눈으로 응팔이를 돌아봤다.

"이것 좀 보시오!"

"뭔데?"

응팔이는 흰 털이 박혔으리라고는 꿈에도 생각하지 못하고, 담배연기에 게슴츠레한 눈을 씀벅이며 화장이 가리키는 데를 봤다.

"어라!"

응팔이는 담배꽁초를 집어던졌다. 난데없는 흰 털이 동전 두짝 넓이로 배때기 한쪽에 박혀 있는 게 아닌가? 흥정할 때 그것만 봤는데, 귀신이 곡할 일이었다. 응팔이는 한대 얻어맞은 것 같은 얼얼한 기분으로 다시 거기를 들여다봤다. 자세히 보니 거기 털에 똥이 묻어 그게 가려졌다가, 똥이 말라 똥 딱지가 떨어지자 그렇게 나타난 것 같았다.

큰일이었다. 이 일을 어쩌지? 화장 녀석은 겁먹은 눈으로 응팔이만 건너다보고 있었다. 응팔이는 고추 먹은 소리로 입술만 빨고 있다가 무슨 생각이 났는지 홱 돌아섰다.

"에잇, 이런 것은 모두 미신이다."

응팔이는 돼지 배때기 흰 털을 북북 뽑아버렸다.

"이런 것은 미신이니까 너만 입 딱 봉하고 있어! 쓸데없는 주둥이 놀렸단 알지?"

응팔이는 화장 녀석을 을러놓고 지게를 졌다. 화장 녀석은 눈이 주발만 했으나, 응팔이 서슬에 뭐라 대꾸를 못하고 따라왔다. 고사에 흰 털 박힌 돼지는 금기 중에서도 금기였다. 만약 이 소문이 나는 날에는 이만저만 큰일이 아니라, 응팔이는 집에 당도할 무렵 다시 한번 화장 녀석한테 으름장을 놓았다.

선주 집에서는 이미 물을 끓여놓고 기다리고 있었다. 응팔이는 일을 거드는 척 어물쩍 위기를 넘길 수 있었다. 그것으로 안심하고 있었다.

그런데 다음 날 아침 배가 떠나려는데, 화장 녀석이 갑자기 배탈이 나서 갈 수가 없다고 나오지 않았다. 그때는 눈치를 못 챘지만, 나중에 생각해보니 그 녀석이 어젯밤에 제 어머니한테 그 말을 했던 것 같고, 배탈도 그 때문에 난 꾀병인 것 같았으며, 오늘 아침에 그 쥐새끼 사건이 나자 그 여편네가 소문을 퍼뜨린 것 같았다.

고사는 지난번보다 훨씬 거들 만하게 지냈다. 음식이 푸짐한 것은 말할 것도 없고, 무당을 불러다 한층 더 요란스럽게 청승을 떨어댔다. 선주는 어느 때보다 인심이 후해 동네 사람들한테 푸짐하게 음식을 나눠 먹였다. 이쯤 액막이면 방불할 것 같았다.

다음 날, 배는 다시 알맞은 바람을 타고 기세 좋게 출항했다. 화장 녀석도 응팔이한테 군밤을 먹으며 배에 올랐다.

그러나 재수는 이미 나가놓은 재수였던지, 바다에 나가 일하는 동안 자꾸 문제가 생겼다. 고기를 싼 그물이 불꼬리가 터져 눈앞에까지 건져냈던 고기를 그대로 바다에 고스란히 쏟아버리는가 하면, 그 단단한 참나무 닻이 날개가 부러져 허탕을 치기도 했다. 또 멀쩡한 놋봉이 빠개져 노 젓던 사람이 물속으로 곤두박이는 어처구니없는 일이 벌어지기도 했다. 하여간, 일일마다 험한 일만 꼬리에 꼬리를 물었다.

어느 해보다 조기 떼가 많이 몰려, 다른 배들은 만선기를 휘날리며 기세를 올리는데, 이 배는 어구 손보다가 볼 장 다 봤고, 이런저런 자잘한 사고에 정신이 없었다. 하는 수 없이 거의 빈 배 꼴로 돌아왔고, 선주는 선주대로 저녁 굶은 시어미 상판이 되었다. 그물 불꼬리 터진 것은 그물이 낡은 탓이라 선원들은 선원들대로 불만이었고, 선주는 선주대로 일손이 거친 탓이었다고 불만이었다. 그 불만이 고기 깃 나누는 데서 터지고 말았다.

"그렇게 따지려면 응팔이한테서 따질 일이지, 어째서 선원들 짓에서 깝니까?"

"놓고 치나 메고 치나 일반 아녀?"

그 문제를 물고 늘어진 것도 치사한 일이었지만, 선원들 몫에서 그것을 깐다는 것은 더 치사한 일이었다. 선주 속셈은 뻔했다. 응팔이 배당이 모두 합쳐보아야 그 푼수가 못 되었기 때문이었다.

"그 쥐새끼 일을 그렇게 따질 수 있는지도 문제지마는, 그런 실수를 가지고 콩이야 팥이야 따지기로 한다면, 이번에 질닻 어긋나고 그물 찢어져서 손해 본 것은 어떻게 계산할 거요?"

선원 대표로 선장과 함께 나갔던 억주가 따졌다.

"이 사람이 시방 정신 있는 소리여, 없는 소리여? 그것은 애초부터 이것하고 다르다는 것도 모르고 여태 배를 탔어?"

선주는 버럭 말꼬리를 치켜올렸다.

"말씀 잘 하셨습니다. 경우가 다르다는 것을 우선 선주께서 잘 알고 계셔서 다행입니다. 그 질닻을 새것으로 갈아야 한다는 말을 우리들이 몇번이나 했고, 또 불꼬리만 하더라도 씽씽한 그물로 바꾸자고 소리 지른 사람이 누굽니까? 이런 사고는 그냥 난 사고가 아니라, 선주님께서 돈 아끼다 난 사고가 아니고 무엇입니까?"

"허허. 뭣이? 불꼬리가 어쩌고 질닻이 어째? 나는 어디 지리산 골짜기에서 산전이나 일궈먹다 온 사람인 줄 알아? 그물에 갈물을 들일 때 제대로 들이고, 요령 있게 일을 했더라면 그물에 조기 떼가 아니라 고래 떼가 들었어도 일할 나름이야!"

선주는 어림 반푼 없는 소리 작작하라는 투로 악을 썼다.

"그 걸레 같은 그물에다 갈물이 아니라 쇳물을 들인다고 삭은 그물이 새 그물 된단 말이요? 그리고 그물에 고기가 들었으면 당겨야지, 중선배 질체가 기생년 낚시질 하는 낚싯대라고, 살살 놀려감시로 끄집어내란 말이요?"

억주는 만만찮게 대들었다. 이 작자가 잘잘 째는 소리는 언제나 문선왕 대설 것 같으면서도, 이익 끝이라면 항상 큰 떡은 내 앞에 놓아라였다. 무슨 까탈만 있으면, 자기 허물은 뒷전으로 내놓고 어떻게든 그것을 선원들한테 덮씌워서 선원들 깃에 손을 대려 들었다.

사실, 어선의 깃 배당은 어디서나 말썽이 많았다. 충청도 이북 윗녘에서는 대개 삼칠제(三七制)고 아랫녘에서는 사륙제(四六制)인데, 그것은 무슨 사고로 손해가 났을 때 선주가 부담하느냐 공동 부담이냐에 따라 이런 차이가 있었다.

그런데, 억주가 말하고 있는 손해는 선주가 그 질닻 값을 같이 물지 않는다면 몰라도, 그것 때문에 고기 못 잡은 손해를 따지고

있는 것이라, 어느 경위로나 따질 수 없는 문제였다. 그러나 고사
경비를 따지고 나오는 선주 하는 짓이 너무 치사하고, 또 평소의
행티가 그렇다보니 한바탕 말썽을 부리자고, 처음부터 억지소리를
하고 나온 것이다.

사실 다른 선주들은 선원이 상당히 큰 실수를 해서 손해가 나더
라도, 뱃사람들이 두고 쓰는 말마따나 '죽은 나무 거꾸로 맞춰 목
숨을 걸고 다니는' 선원들을 위로하려고 그런 것은 입에 올리지 않
았다. 그런데 이 작자는 이렇게 깃을 나눌 때면, 자기 돈을 거저 주
는 것처럼 걸핏하면, 선원들 깃에 손을 대려 했다. 네 녀석들은 내
그늘에서 밥 빌어먹고 사는 놈들이 아니냐는 가락으로, 평소 뻗대
는 행티쯤이야 참을 수 있지만, 거센 바람과 싸우고 격랑에 갑판
위에 뒹굴며 뼈를 깎듯 벌어온 돈을, 마치 제 살이라도 깎이는 것
같이 큰소리칠 때는 결이 나서 견딜 수 없었다.

억주는 선주와 한참 실랑이를 치다가 그대로 나와서 선원들한테
경위를 설명한 다음, 선주가 제대로 계산을 할 때까지 돈을 받지
말자고 했다.

"이런 식으로 계산을 하다가는 우리 손에는 몇푼 들어올 게 없을
것 같소. 이번에는 개탕을 야무지게 칩시다."

모두 찬성이었다. 그러지 않아도 억주와 응팔이 말이라면 아무
도 쉽게 거역을 못했지만, 더구나 이번 일은 자신들의 이익과 결부
되는 일이라 두말없이 찬성이었다. 그러나 선원들은 억주와 응팔
이 등 서너사람 말고는, 모두 선주와 한동네 사람들이라 선주 눈치
를 볼지 몰라, 억주는 선주의 농간에 넘어가는 사람이 있으면, 가만

두지 않겠다고 미리 으름장을 놓기까지 했다.

"일이 제대로 해결될 때까지는 벌잇줄 하나도 고쳐 매지 맙시다."

이렇게 배가 들어와 있을 때는, 다음 출항 준비로 그물도 깁고 자잘한 일이 많았지만, 모두 억주의 지시대로 닻줄 하나 옮겨 매지 않고 날마다 빈둥거리고 있었다.

그런 며칠 만이었다. 억주와 응팔이가 술상을 받고 있는데, 전에 이 근방에서 한두번 낯이 익은 건달 두녀석이 나타났다.

"돈 벌어 왔으면 우리한테도 술 한잔 사보지그려."

그 가운데 유독 어깨판이 쩍 벌어진 녀석이 당돌하게 술판에 비집고 들었다. 두사람은 안주를 씹던 입을 멈추고 녀석 위아래를 훑어봤다.

"자. 한잔!"

녀석은 응팔이 앞에 놓인 잔을 들어 억주 코앞에 디밀었다. 녀석을 쳐다보던 억주 얼굴에 가벼운 웃음이 지나가고 있었다.

"너 같은 자식들한테 술 살 돈은 안 벌어 왔어. 먹고 싶거든 이것이나 씹어라!"

억주는 발라 먹던 생선 대가리를 젓가락으로 가리켰다.

"어라? 이 자식아 봐라. 너 지금 못 뒈져서 환장했구나. 이리 나와!"

녀석은 대번에 술사발을 놓고 토방으로 내려서며 소리를 질렀다.

"못 뒈져서 환장했다고? 야, 너는 어디서 놀아먹던 놈인데, 여물통을 그렇게 사근사근하게 놀리냐? 보아하니 주먹깨나 쓰는 것 같은데, 너 같은 놈을 여기 보낸 놈이 누구냐? 그것이나 알고 뒈져도 돼지자."

"뭣이? 이 자식이 돼지지 못해 환장했구나. 이리 내려와!"

토방이 높아 마당에서 악다구니만 썼다.

"아니거든 꺼져라. 그 뱁새 다리 같은 팔목으로 서툰 보릿대춤
추지 말고 곱게 꺼져!"

복싱하는 가락으로 몸을 놀리며 펄펄 뛰는 녀석한테 차근한 소
리로 이르고, 술잔을 입으로 가져갔다. 같이 온 패거리 두목인 듯한
녀석은 저만치서 이쪽을 노려보고 있었다.

"뭣이 어째? 이 뱃놈의 새끼, 어서 내려오지 못해?"

"허허. 그래 뱃놈이다. 너같이 불쌍한 녀석이 이런 뱃놈한테, 쌌
주먹이나 놀아묵고 사는 길밖에 달리 사는 길이 없다면, 그런 새
다리 같은 주먹 몇대 맞아줄 인정은 있다. 그런데 맞아도 그 주먹
임자나 알고 맞자."

"허허. 쌌주먹? 저 상놈의 새끼 주둥이 놀리는 것 봐. 야, 그 주둥
이가 부서지고 싶거든 어서 내려와!"

억주는 비실비실 웃으며 녀석을 건너다보고 있었다. 순간 억주
는 울화가 아니라, 여기서 내 생애가 또 한번 허물어진다는 절망감
을 느꼈다. 자기를 짓궂게 따라다니며, 자기 생애를 뒤흔들어버리
는 무슨 마귀 같은 것이 여기서도 발동을 하는 것 같았다. 파도와
싸우고 폭풍과 싸우며, 뼈마디가 으스러지게 쌓아 올린 자기 생애
가 또 무너지는 것 같았다.

억주는 토방으로 성큼 내려갔다. 여우한테 홀려가는 사람은, 자
기가 여우한테 홀려가고 있다는 사실을 뻔히 알면서도 홀려간다는

데, 꼭 그런 기분이었다. 억주는 그런 맑은 정신으로 자기 생애가 또 깨진다는 것을 알면서도, 어떤 감미로운 유혹에서 자기를 제대로 추스르지 못했다. 이런 자포적인 감정이 어디에서 연유한 것인지 알 수 없지만, 이번에는 신선한 감동까지 느껴졌다.

"어디 쳐봐!"

억주는 전혀 무방비 상태로 뚜벅뚜벅 녀석 앞으로 걸어갔다. 우람하게 발그라진 어깨판을 벌리고 다가서자, 녀석은 금방 기가 죽은 표정이었다. 녀석은 되레 한발짝씩 물러서고 있었다. 단순히 상대를 깔보는 것이 아니라, 죽음 같은 것까지도 쉽게 뛰어넘어버린 것 같은 억주의 표정에 기가 죽은 것 같았다.

"이 자식아, 쳐봐!"

억주는 버럭 고함을 질렀다. 차라리 한번 늘어지게 얻어맞아버리고 싶은 심정이었다. 그런데 이 녀석이 겁을 먹고 물러서자 울화가 터져버렸다. 더구나 자기를 짓궂게 따라다닌다고 느꼈던, 그 검은 손길이 이런 똘마니로 나타난 것 같아 더 울화가 치밀었다. 지금 자기가 대하고 있는 녀석은 주먹 하나로 자기 몸뚱이를 박살내버려야 한다고 생각했기 때문에, 이 녀석의 겁먹은 표정에서 어떤 모멸감까지 느껴졌다.

그런데 엉뚱한 데서 사태가 벌어지고 말았다. 저쪽에서 보고 있던 그 작자 오야붕이 다가오고 있었다. 억주는 응팔이가 염려스러웠다. 그 녀석은 오야붕다운 독기를 품고 있었다. 그러나 그 녀석들은 두 녀석 다 억주나 응팔이 적수가 아니었다. 이런 촌구석에나 돌아다니며 건들거리는 녀석들이라, 처음 기세와는 달리 별로 크

266

게 손댈 것도 없었다. 그러나 억주의 심통이 한번 부어터진 다음이라 녀석들은 험하게 작살이 나고 말았다.

그런데 그렇게 당하고 꽁무니를 뺐던 녀석들이, 다시 패거리를 더 모아 왔다. 억주는 이미 여기에서 더 지내기는 그른 것, 선주를 욱대겨 돈을 받아가지고 중선배로 올랐다. 배를 타고 도망치기로 작정한 것이다. 선주가 나와 악을 썼지만, 유유히 배를 몰아 거기를 떠났다. 한나절쯤 배질을 하여 육지에 닿았다. 그런데 거기 내리자마자 이미 순사들이 기다리고 있었다. 격투가 벌어졌다. 억주가 격투를 벌이고 있는 사이 응팔이는 날래게 도망쳤지만, 억주는 꼼짝없이 붙잡히고 말았다. 그대로 감옥으로 들어가 이년을 살았다.

여기까지가 응팔이와 얼려 다니며 저지른 일로, 응팔이 입에서 나온 이야기고, 가남영감은 그다음 이야기는 응팔이한테도 입을 열지 않았다.

7

일본으로 간 응팔이가 금방 돈을 보내 다리 일이 급진전되었다. 토건회사를 물색해서 일을 맡기자 금방 현장조사를 나오고, 얼마 뒤에 설계가 나와 금방 일이 시작된다는 것이다. 이렇게 사람들이 왔다갔다하자 정말 다리 놓는다는 실감이 났다. 동네 사람들은 모두 들떠서 앉으면 그 이야기고 그때마다 가남영감 치사에 침이 밭았다.

"허허. 사람이란 것이 오래 살고 볼 일이여. 말이 쉽지, 저 다리가 저렇게 쉽게 놓일 것이라고는 누가 꿈이나 꿨냐 말이여."

"그러고 보면, 저 영감은 그냥 영감이 아니라 참말로 보살님이구면. 그 생선 장수 여편네가 이름 하나는 떨어지게 지었네."

"그 영감이 이렇게 큰맘을 품고 있었던 걸, 인색하니 어쩌니 했으니 우리 같은 무지렁이들은 밥으로 패 죽여도 싸."

"그러고 보면 우리 동네가 산골이기는 해도 자리 하나는 제대로 잡아 앉은 모양이여. 우리 동네 정기를 타고난 응팔 씨는 객지에 나가서 저런 부자가 되었으니 그것도 그렇지마는, 또 저런 영감이 여기 들어온 것도 제절로 들어왔을 것이여?"

"하여간, 다리 놔줄 양반은 이렇게 따로 있었던 것을, 여태까지 엉뚱한 녀석들 장단에 헛물만 켜고 있었구면. 허허. 그 미친 작자들 선거 때마다 장담 버럭버럭 하던 것 생각하면, 저 양반이 저 다리를 놓으면 그 작자들 낯짝이나 만져주세."

"그려. 그것도 그렇지만, 저 양반들이 이렇게 동네다 큰일을 해주시는데, 우리는 그냥 주는 떡이나 받아 묵고 가만히 손 개놓고 있어도 될까? 오는 정 가는 정이라고 우리도 저 양반들한테 표 나는 일을 하나 해주어야 쓰지 않겠어?"

"우리 같은 사람들이 저런 양반들한테 무슨 일을 해주겠어?"

"아녀. 시방 내가 생각이 있어서 하는 말이네. 여보게 이장! 절에 가서 시주한 사람한테 스님들이 하는 것을 보고 생각이 나서 하는 말인데, 우리 동네 사람들도 십시일반으로 돈을 모아서 저 양반들 비(碑)를 하나씩 세워주면 어쩌겠는가?"

"비석 말이여?"

"산 사람 비도 세우는가?"

"이 사람아, 이런 비야 산 사람이라고 못 세우겠어?"

"그렇구먼. 자네가 말을 하다가 쓸 만한 말 한번 제대로 했네."

모두 그러기로 금방 의견이 모아졌다. 당장 동네 회의를 열어 영감 공덕비를 세워주기로 했고, 이 비도 바삐 서둘러 저 다리 낙성식 전에 세우기로 했다. 그 회의를 할 때는 가남영감은 참석시키지 않고 결정을 했는데, 나중에 이 말을 들은 영감은 펄쩍 뛰었다.

"허허. 이 사람들이 없는 살림에 먼 그런 총찮은 소리들을 하고 있는가?"

"그래도 우리들은 우리들대로 인사를 하자는 것인게, 모른 듯이 계십시오. 고양이도 낯짝이 있더라고, 동네다 이런 큰일을 해주셨으니, 우리는 우리대로 이런 일이라도 해드려야 인사가 될 것 같소."

"비가 그것이 어떤 것인데, 나 같은 사람한테 비를 세우다니, 그런 정신 나간 말은 그만들 하게."

"이런 일이 쉽게 있는 일이라고 그러시오. 모른 듯이 가만히 계십시오."

"그런 가당찮은 소리는 입 밖에도 내지 말어!"

영감은 따로 이장을 불러다 닦달을 하는 등 거세게 반대하는 바람에 난감했다.

"영감이 저렇게 반대를 하니 말인데, 비를 따로 세우지 않아도 비가 제절로 세워지는 수가 있겠구먼."

"비를 안 세워도 비가 저절로 세워지다니?"

"다리 이름을 지을 적에 저 영감 이름을 따서 지어가지고, 다리 양쪽 첫 돌기둥에다 저 양반 이름을 새겨놓으면 어쩌겠어. 멀리 있는 비보다 그것이 훨씬 생색이 날 것 같잖아?"

"참말로 말 한번 잘 했네. 그런께 다리 이름을 '가남교'라 이렇게 지어가지고, 다리 양쪽 첫 기둥에 '가남교'라, 이렇게 새겨놓자 이 말인가? 자네가 말을 하다가 기막힌 말 한번 했네."

"그렇구먼. 그려 그려."

동네 사람들은 모두 너털웃음을 터뜨렸다.

"가만있자. 그럼 다리 놓은 사람은 두사람인데, 한사람 이름만 새길 것이여?"

"그것도 문제네. 다리는 하난데 이름을 두개나 지을 수도 없고."

"가만있자. 그러면, 두사람 이름자에서 한자씩 따다가 지으면 으짜까? 일테면, '가웅교'라든가 '웅가교'라든가?"

"웅가교? 가웅교? 이름자도 둘 다 묻혀버리고 궁색스러워 쓰겠어? 우리들은 저분들을 잘 알고 있지마는, 한 백년이나 이백년 뒤에 저 다리 내력을 말할 적에, 가만있자, 이 다리를 '가'뭣이라고 하는 양반하고, '웅'뭣이라고 하는 양반들이 놓았다고 하더라마는? 이러고 고개를 갸웃거릴 것 아녀? 그러니 내 생각은 다리 이름을 꼭 두자로만 지어야 한다는 법도 없을 테니, 그냥 두 양반 이름자를 투철하게 내세워서 '가남웅팔교'라 한다든지, '웅팔가남교'라 한다든지 이러면 어쩌겠어?"

"가남웅팔교? 웅팔가남교? 그것 쓰겠네."

모두 따라 웃었다.

"영감님, 어쩌겠소? 이것은 돈 안 드는 일인께 반대 안 하시겠지라?"

"허허허."

영감은 오랜만에 소웃음 같은 웃음을 크게 웃었다.

"영감님께서 너무 반대하시기도 하시니, 비는 따로 세우지 말고, 있는 다리에다 이름이라도 이렇게 지어서 그것으로 대신합시다."

동네 사람들은 좀 아쉬운 표정이었으나, 다리 이름이라도 그렇게 지어서 명패석에 새겨놓으면 방불하다 싶은지 모두 그러기로 했다.

"다리 이름을 이렇게 가남응팔교라 지어서 큼직하게 새겨가지고, 다리 양쪽에다 떠억 세와놓으면, 한 백년 뒤에 우리 동네를 첨 오는 사람들이, 다리 이름이 괴상스런 것을 보고 고개를 갸웃둥할 때 이렇게 대답을 하요그랴. 옛날에 이 동네에 가남영감이라고 하는 묘한 영감 한 양반이 어디서 떠들어와서 살았었는데, 이 영감은 심이 장산인데다가 성질이 어찌나 고약하시던지……"

"하하하."

"이 영감이 한번 수가 틀렸다 하면, 그것이 일본 놈 순사든지 누구든지 강물에다 사정없이 처박아버리는 무서운 영감이었는데……"

"하하하."

모두 배를 쥐고 웃었다. 영감도 오랜만에 크게 웃고 있었다. 이장은 계속 능청을 떨었다. 구변이 좋고 익살맞은 사람이었다.

"또 이 영감이 힘만 그렇게 장산 게 아니라, 도술까지 맘대로 부리는 영감이라, 전에는 이 강줄기가 저쪽으로 흘러갔는데, 이 영감이 여기다가 논을 치려고 휘딱 도술을 한번 부려분께, 멀쩡하게 흐르던 강줄기가 저쪽으로 우르르 길을 바꿔버렸네그랴. 지금 내 말이 거짓말 같으면 저 강줄기하고 논 생긴 것을 봐!"

"우하하하."

모두 배를 쥐고 웃었다. 영감도 오랜만에 파안대소를 했다.

"이 영감이 그렇게 도술을 부려서 강줄기를 바꾼 담에, 또 둑을 싸서 이번에는 거기다가 흙을 채우는데, 동네 사람들은 저 영감이 또 어떻게 흙을 채우는가 보자 이러고 있었더니, 이 양반이 이번에는 저 뒷산에다 대고 또 휘딱 도술을 해버렸소그랴. 그러자 멀쩡하던 산이 천둥 치는 소리로 무너져서, 그 밑에 있는 저수지야 논이야 할 것 없이 싹싹 긁어다가 그 논에다 처박어버렸습니다그려."

동네 사람들은 배를 쥐고 웃었다.

"이 양반이 도술을 부리려면, 미리 귀띔이라도 해놓고 그랬더라면 동네 사람들이 놀래도 덜 놀랬을 것인데, 하도 뜬금없이 그래논께 동네 사람들이 얼마나 놀랬겠어? 그래서 어떤 사람은 벌어진 입이 안 닫혀져서, 두 손으로 위아래를 때려서 닫혔더랍디다."

"우하하하."

"그래갖고 그 영감은 동네서 젤가는 부자가 되었는데, 이참에는 이 영감이 다리를 놓으라고 그 논을 전부 동네다 내놓았소그려. 그래도 그 논 가지고는 다리를 놓는 데 돈이 조금 부족한 것 같아서 이번에는 어떻게 돈을 채우는가 하고 있는데, 그때도 이 양반이 또 도술을 부려서 그랬던지, 젊었을 때 이 양반하고 친구였던 사람이 삼십여년 만에 떠억 고향을 오셨소그려."

모두 웃음을 걷잡지 못했다.

"그 영감이 오자, 자네도 알다시피 이만저만해서 여기다 다리를 놔야 쓰겠는데, 내가 내놓은 저 논을 다 팔아도 반밖에 안 되니 자네가 그 반을 대게. 이러자 그 양반 이름이 저 다리 이름 밑에 있는 응팔 씨란 양반인데, 그 응팔 씨가 이름값을 하느라고, 딱 '응'해갖고 이 다리를 놨다는 거요. 그래서 두 양반 이름을 따다가 의논 좋게 짝을 지어서 이런 이름이 된 거요. 하하하."

동네 사람들은 한참 웃었다.

그런데 금방 공사를 시작한다 하는 판에 엉뚱한 말썽이 붙고 말았다. 선거 때 다리를 놓는다고 교각 하나를 세우고 말았단 토건회사가 그 교각을 미끼로 이 공사는 자기들이 맡아야 한다고 나온 것이다. 그러자 그 일을 군에서 조정하려 했다.

"저 일을 그 회사에 맡겨야 한다고? 어떤 미친 작자가 그런 총찮은 소리를 하던가?"

영감은 눈꼬리가 치켜 올라갔다.

"그때 그 회사는 저 일을 해놓고 아직까지 돈을 한푼 못 받았습니다. 그러니 기왕 일을 맡기려면 그 회사에 맡기는 것이 좋지 않겠습니까?"

이장은 영감 눈치 살피며 떠듬떠듬 말했다. 영감 서슬에 미리기가 죽어 마치 자기가 무슨 잘못이라도 저지른 것같이 주눅이 들었다.

"어떤 개 아들놈이 그따위 총찮은 소리를 하던가? 선거 때마다 그만큼 사기를 쳤으면 그만이지, 우리가 돈 내서 하는 일에 감 놔라

배 놔라, 되잖은 간섭이나 하고 나와? 그런 삶은 호박에 이빨도 안 들어갈 소리는 잘 모셔뒀다가, 이담 선거 때나 씨부렁거리라 하게."

영감은 어림 반푼어치도 없다는 투였다. 그러자 얼마 뒤에 군청에서 사람이 왔다.

"영감님께서 기왕 이런 좋은 일을 하신 김에, 이런 데도 마음을 좀 쓰십시오. 그 회사는 이 일을 해놓고 공사비 한푼도 못 받았으니, 저 일이 어떻게 시작된 일이든 그 회사가 시작한 일이니, 그 회사에다 맡기는 게 도리가 아니겠습니까?"

"뭐여? 모두 촌놈들 둘러먹자고 한통속으로 논 녀석들, 제 놈들이야 돈을 받았든지 못 받았든지, 나하고 무슨 상관이라고 그런 데다 맘을 쓰란 말인가? 일은 벌써 맡겨버렸으니, 괜한 말썽 부리지 말고 자네 일이나 보게."

영감은 두말 못하게 잘라버렸다.

"그러면 말썽이 생길 것 같습니다. 그 사람들은 저 교각을 사용하지 못하게 할 게 아닙니까?"

군청 직원은 되도록 영감 비위를 건드리지 않으려고 조심조심 말했다.

"뭣이 어째? 저 교각이 먼 교각인지 그것이나 알고 하는 소린가? 다리를 놔준다고 해서 우리는 한번도 아니고, 네번이나 표를 몰아주고 겨우 하나 얻어낸 것이 저것이네. 그 작자들 말대로 하자면, 교각 하나가 아니라, 다리를 놔줬어도 네개는 놔줬어야 할 판인데, 뭣이 어쩌고 어째? 그 작자덜이야 돈을 받았든 못 받았든 저것은 우리 교각이여. 어느 녀석이 저것을 쓰고 못 쓰고 한다고 잔소린가?"

영감은 삿대질까지 하며 호령이었다.

"그래도 그 회사는 돈을 못 받았으니, 자기 것이라고 우기고 나올 것입니다."

"우리는 저 교각 값을 몇배는 했으니, 우리하고 상관이 없는데, 어째서 갑갑하게 긴 소리를 하고 있는가?"

"그렇게 말씀하시기로 하면 그렇기도 합니다마는, 그래도 그 회사 처지를 생각해보십시오. 그 회사에다 일을 맡긴다고 영감님한테 따로 손해날 것도 없지 않습니까? 영감님께서 마음을 한번 쓰십시오."

"정치한다는 작자들 업고 노는 작자덜이라면, 일하는 솜씨도 뻔해. 외삼촌 묏등에 벌초하듯 다리를 걸쳐놀 것인데, 그런 솜씨로 다리를 놨다가 다리가 무너지면 뉘 다리 부러질 것인가?"

"허허. 그것은 지나친 말씀입니다. 아무런들 회사 이름 내걸고 공사한다는 사람들이, 그러기야 하겠습니까?"

"하여간, 정치한다는 작자들하고 배가 맞아 껄렁거리고 댕기는 녀석들은, 보기만 해도 비위가 상하는 사람인께 더 긴소리하지 말아!"

군청 직원은 이 사건을 제대로 해결 못하면, 자기가 문책을 당한다고 애걸을 했으나, 그따위 같잖은 소리는 반 귀에도 안 들어오니 돌아서라고 호통을 쳤다.

그런데 일을 맡긴 회사에서 일을 시작하겠다던 날이 며칠 지나도 소식이 없었다. 얼마 뒤에 사람이 와서 같은 토건회사끼리 처지가 난처하니, 전에 일했던 회사에 맡기라고 했다.

영감은 그 사람을 빤히 건너다보았다.

"좋소. 싫다면 하는 수 없소. 헌데, 다리 일을 못했으면 못해도 그 회사에는 맡기지 않을 테니, 그것이나 알고 가시오."

영감은 단호했다. 그 사람은 난처한 듯 입술을 빨다가, 그럼 다시 가서 사장님하고 의논해보겠다고 했다. 그런데 그 회사에서 시멘트를 비롯해서 자재를 싣고 왔다. 동네 사람들은 환성을 질렀다.

"그 사람들하고는 좋게 타협을 보았소?"

이장이 넌지시 물었다.

"말도 마시오. 한바탕 난리가 났습니다. 우리가 이 동네 사람들과 짜고 그런다고 하지 않겠습니까? 처음에는 저 교각 값은 물론 웃돈도 섭섭잖게 얹어주고 해결하려고 했는데, 이렇게 생트집을 잡고 나오는 바람에 이쪽에서도 감정이 틀어졌지요. 그들은 빽 믿고 그러는데, 우리라고 그만한 빽 없겠습니까? 그 자식들 하찮은 교각 하나 가지고 그러지마는, 그 대신 다른 공사를 맡아서 몇배 봉을 뺐어요."

영감은 말썽 없이 일을 하려고 그 교각을 피해서 다리를 놓으려고 했으나, 지형 생긴 게 그 자리를 피하고는 놓기 쉽지 않았다. 그래서 하는 수 없이 그 교각을 싸잡아서 일을 하기 시작했다.

공사가 시작되자 처음 계약조건이 그렇게 됐기 때문에, 자갈이나 모래 채취며 다른 잡일은 동네 사람들이 모두 나가서 했다. 동네 사람들은 일이 일이다보니 모두가 자기 일같이 몸을 사리지 않았다. 기술자들과 동네 사람들이 한덩어리가 되어 일은 흥겹고 신나게 추진되었다. 교각 공사가 다 끝나고 보 공사를 할 때 비가 와서 잠시 일이 중단되고 있었다. 그런데, 여태 말이 없던 옛날 회사에서 말썽을 부리고 나왔다. 깡패같이 생긴 녀석들이 서너명 몰려왔다.

"이 자식들, 이게 뉘 교각인데 이 짓이야? 지금 배때기에부터 콘크리트 해놓고 이러는 거야?"

"왜들 이래? 나는 이 회사에 고용된 사람이야."

감독은 침착하게 나왔다.

"고용원이고 사장이고, 저 교각에 손끝 하나만 대는 날에는 배때기에 칼이 들어갈 테니 잘 알아둬!"

영감은 녀석들이 하는 수작을 한참 보고 있었다. 그러다가 곁으로 갔다.

"젊은이들은 어디서 온 사람들인데, 남의 공사판에서 시빈가?"

녀석들은 당신이 그 장본인이냐는 눈으로 영감을 이윽히 건너다보았다.

"전에 저 일 했던 회사 직원입니다. 저 교각은 우리 회사가 세운 교각이니, 손대지 말라는 말을 하러 왔습니다. 잘 알고 계시지요?"

녀석들은 그래도 늙은 영감이라 말이 부드럽게 나오는 것 같았다.

"잘 알고 있네. 그러면 저 일을 시키고 있는 사람은 난께 나한테 말을 헐 일이지 왜 저 사람들을 잡고 시빈가?"

"일을 하는 녀석들이 먼저 알아둬야 할 것 아닙니까?"

"그거야 어쨌든, 그 공사비는 그때 자네들한테 일 맡긴 사람이 있을 테니, 그 사람들한테 가서 받게."

"아직 못 받았습니다. 그러니까 그 공사비를 받을 때까지 저것은 우리 것입니다."

"아닐세. 그것은 잘 모르고 하는 소리네. 우리는 저 교각에 그만한 일을 해줬으니 우리 것일세."

일판이 쉽게 가닥이 추려지지 않아, 똑같은 말만 오갔다. 녀석들은 저 교각에 손만 대면 정말 배때기에 칼이 들어갈 것이라고 으름장을 놓고 갔다. 감독은 콧방귀를 뀌었다.

"저 자식이 그 회사 사장 조칸데, 이만저만 악질이 아닙니다. 입찰하는 데마다 쫓아다니며 주먹 휘두르고 다니는 작자들입니다."

보름쯤 뒤였다. 보 공사가 시작되어 거푸집을 짜고 동바리를 세워 골조 공사를 하고 있는데, 이번에는 여섯명이나 몰려왔다. 작자들은 물이 불은 징검다리를 겁 없이 성큼성큼 건너오고 있었다. 녀석들 기세가 만만치 않았다. 꼭 무슨 일을 내고 말 것 같아, 동네 사람들은 겁먹은 눈으로 건너다보고 있었다. 기술자들은 모두 집에 다니러 가고 감독 혼자 있다가 그들을 맞았다.

"야, 이 자식아, 말이 말 같지 않아?"

녀석들은 대번에 감독 멱살을 잡고 쥐어박았다. 동네 사람들이 달려왔으나, 녀석들 서슬에 감히 나설 수가 없었다. 그런데 한쪽에서는 거기 쌓여 있는 시멘트 포대를 강물에다 처넣었다. 그것을 본 동네 사람들이 그쪽으로 우 몰려갔다. 끝내 일이 터지고 말았다. 동네 사람들과 치고 박고 난장판이 벌어졌다.

"저 자식들 죽여."

동네 사람들은 손에 잡히는 대로 몽둥이를 들고 대들었다. 동네 사람들이 눈에 불을 켜고 달려들자 녀석들은 한녀석씩 도망치기 시작했다. 동네 사람들은 그대로 쫓아갔다.

 그때 맨 앞에서 징검다리를 건너던 녀석이 그만 발을 잘못 디뎠던지 허공에 네 활개를 휘저었다. 바로 뒤따르던 녀석이 그 녀석을 붙잡자 두녀석이 한꺼번에 소용돌이에 말리고 말았다. 징검다리를 건너던 녀석들이 소용돌이를 내려다보고 있었다. 저만치서 머리가 솟아 나왔다. 조금 뒤에 또 하나가 솟아 나왔다. 한녀석은 헤엄을 치는 것 같았으나, 한녀석은 죽어라고 두 손만 허우적거렸다.

 그걸 보고 있던 가남영감이 물로 뛰어들었다. 그러나 영감이 헤엄쳐 가는 속력은 전하고 달랐다. 헤엄을 치는 녀석은 그대로 고개를 물 위로 띄우고 떠내려가고 있었다. 영감은 푸닥거리는 녀석 곁을 한참 봐 돌다가 가까이 갔다. 옛날 순사를 그랬듯이 몇대 쥐알리는 것 같았다. 한참 만에 제대로 닦달을 해서 옆구리에 차고 천천히 강가로 갔다. 그러나 영감은 전과는 달리 아래로 한참 떠밀려가고 있었다.

 동네 사람들과 그 패거리들은 영감을 따라 강둑으로 내려가고 있었다. 혼자 헤엄치던 녀석은 한참 떠내려가다가 겨우 둑에 닿았다. 그런데 영감은 헤엄친다기보다 겨우 물속에서 몸만 지탱하고 그대로 떠내려가고 있었다. 동네 사람들 눈이 둥그레지고 있었다. 저러다가 그 아래 물살이 센 데까지 떠내려가면 그 물살에 휘말릴 것 같았다. 영감은 있는 힘을 다해서 헤엄을 쳤지만, 좀처럼 둑에 가까워지지 않았다. 예전에 사람을 건져냈던 서너배나 되는 거리를 떠내려가고 있었다.

 "어. 저러다가 큰일나겠는걸."

동네 사람들은 손에 땀을 쥐고 영감을 따라 내려갔다. 후미진 데가 가까워지자 물살은 점점 더 거세지기 시작했다. 영감은 죽을힘을 다했다. 조금만 더 떠내려가면 거센 물살에 휘말릴 것 같은 지점에서 겨우 강가에 닿았다. 동네 사람들이 달려들었다. 늘어진 녀석과 영감을 끌어올렸다. 영감 몸이 물에서 반쯤 뽑혀 나왔을 때였다. 동네 사람들 손에서 영감 팔목이 빠지고 말았다. 영감은 그대로 뒤로 벌렁 나가떨어져 물속으로 들어가버렸다. 물속으로 들어간 영감은 얼른 나오지 않았다.

"어어?"

동네 사람들은 놀란 눈으로 서로를 건너다보았다. 그런데 엉뚱한 데서 영감 머리가 솟아 나왔다. 한참 아래였다. 그러나 헤엄을 치는 게 아니라 겨우 머리만 내놓고 떠내려가고 있었다. 동네 사람들은 둑으로 따라갔다. 영감 몸뚱이는 다시 물속으로 들어갔다. 한참 있어도 떠오르지 않았다. 동네 사람들은 강둑을 한참 내려갔으나, 영감은 나오지 않았다.

"웬일이지?"

모두 눈이 둥그레졌다. 동네 사람들은 한참 내려갔지만 영감은 나타나지 않았다. 동네 사람들은 겁먹은 눈으로 서로를 봤다. 동네 사람들은 그대로 강둑을 따라갔다. 그러나 영감은 나타나지 않았다.

영감 시체는 다음날에야 거기서 십리도 더 아래서 찾았다. 동네 사람들은 멍청하게 영감의 시체를 보고 있었다.

동네 사람들은 오일장으로 장례를 치렀다. 그동안 이 동네 사람들 눈에는 눈물 마를 때가 없었다.

　다리 낙성식도 눈물로 시작해서 눈물로 끝났다. 일본서 낙성식에 맞춰 나온 웅팔 씨도 명패석을 붙잡고 울었다.

　그뒤 텃골 사람들 가운데 나무하러 갔다가 영감이 흰 두루마기를 입고 산꼭대기에서 서성거리는 것을 보았다는 사람이 있었다. 이런 허황한 소리가 여러사람들 입에서 나왔고, 그때마다 텃골 사람들은 놀란 눈으로 고개를 끄덕였다.

『월간문학』 1977년 9~11월호(통권 10권 9~11호); 2007년 7월 개고

칠일야화
七日夜話

제1야 첫날밤에 만난 사람

김진수는 그가 근무하는 대학에서 나가는 '전남 진도학술조사단'의 일원으로 칠일 동안 설화 분야 조사를 했다. 그 지방에 지금까지 구전되고 있는 옛날이야기를 수집하는 것이 그가 하는 일이었다.

그가 첫날밤에 만난 사람은 설화 구술자가 아니고 그가 오래 전에 근무했던 교육대학 때의 제자로, 지금은 어느 조그마한 섬 분교에 근무하고 있는 섬마을 선생이었다. 진도에서도 사뭇 멀리 떨어진 섬에 내외가 부부 교사로 있다는데, 알고 보니 그 부부 교사가 진수 제자였다. 교육청에 볼일이 있어 나왔다가, 김진수가 여기 왔다는 말을 듣고 달려왔다며 그 제자는 김진수가 내민 손을 두 손으로 덥석 잡았다. 김진수도 이 제자를 만난 게 여간 반갑지 않았다. 그는 김진수를 대뜸 맥줏집으로 끌었다.

김진수가 그 대학교에 있을 때, 학생들이 학교 내부 일로 동맹휴교를 벌인 일이 있었는데, 그 주모자였던 이 제자는 그때 학생과장이던 김진수에게 그때 일을 되새기며, 요새 사제 관계에서는 허황하게까지 들리는 '존경'이라는 말을 써가며, 동맹휴교 주모자다운 호기로 술판을 익혀가고 있었다.

그는 그런 외딴섬에서 지내기가 얼마나 어려운 일인가 털어놓기 시작했다. 해당화 피고 지고 하는 유행가가 있지만, 섬에서 교사 노릇 한다는 게 유행가처럼 낭만적이기는커녕, 도시 학교에서는 상상도 할 수 없는 어려움이 많다는 것이다. 그는 그런 고충을 털어놓으며 교육환경 조성이라는 말을 쓰고 있었다. 섬 주민들의 교육에 대한 의식이 제대로 되어 있지 않아 그것이 나아져야 한다는 뜻이었다. 섬에 나가 있는 교사들이 새마을사업에 앞장서거나 주민들을 상대로 공익사업을 벌이는 것은 그런 효과 때문이라는 것이다.

그 제자가 늘어놓는 일들은 모두가 어처구니없는 일뿐이었지만, 그는 그런 어려움을 학생 때의 패기와 배짱으로 이겨나가고 있었다.

육성회장 아들에게는 으레 우등상을 주는 폐습을 고치다가 벌어진 알력이며, 교육청 관리과에 줄을 대놓고 학교에는 숫제 코빼기도 내비치지 않는 청부를 제자리에 불러들이려고 사표를 걸고 투쟁한 일이며, 거기 파견 나와 있는 순경과의 갈등 등, 그의 이야기를 듣다보니 그런 데서 선생질을 제대로 하자면 교사로서의 실력은 물론이고, 시골 사람들의 되잖은 소리들을 뭉개버릴 수 있는, 그가 자주 쓰는 말로 아구빨이며, 전천후 인간이 되지 않고는 교육은커녕 제대로 배겨나갈 수도 없을 것 같았다.

"자네 지금 나이가 몇이지?"

"서른셋입니다."

"음."

서른이 넘도록 학생 때의 패기를 그대로 지니고 있다는 게 대견스러웠다.

"평호 소식 더러 듣습니까? 하하하."

"음. 지난번에 출장 왔다고 찾아왔더군. 하하하."

두사람은 한참 웃었다. 지금 서울 어느 통신사 기자로 있는, 역시 김진수의 제자로, 이 제자의 일년 선배인데 그가 교직을 그만둘 때의 엉뚱한 일이 떠올랐다.

그도 대학을 졸업하고 섬으로 발령을 받았었는데, 두달도 채 못되어 김진수를 찾아왔었다. 주말도 아닌데 웬일이냐고 했더니, 교직을 그만두었다고 했다. 김진수는 깜짝 놀랐다.

"옥분 있잖습니까? 옥수숫가루 말입니다. 이게 미국 케아라는 구호재단에서 한국 결식 아동 급식용으로 나온 무상원조거든요. 도시에서는 빵 공장에서 빵을 만들어 학생들에게 나눠주는데, 섬에서는 그걸 가루로 나눠줍니다. 그런데, 한번은 그게 오래 밀렸던 것이 한꺼번에 나왔던 모양입니다. 담당 선생님이 나너러 그걸 한

포대 가져가라고 하대요. 처음에는 섬이니까, 벽지 수당 나오듯이 그런 게 나온 줄 알고 가져다가 하숙집에 줘버렸습니다. 그런데 알고 보니 그게 아니고 학생들 먹이라고 나온 걸 선생들이 잘라먹고 있는 겁니다. 도대체 이게 뭡니까? 우리나라 정부에서 주는 것도 아니고, 미국사람들이 우리나라 굶는 아이들 먹이라고 준 것인데, 노래기 간을 내먹고 말지 그것을 잘라먹고 있으니 이게 선생들이 할 짓입니까? 당장 교장한테 쫓아가서 항의했습니다."

말이 항의지 그의 성깔로 보아 이만저만 감때사납게 대들지 않았을 것 같았다. 김진수는 다음 사태가 예상되어 지레 웃고 있었다.

"그런데, 교장이란 작자 말하는 것 좀 들어보십시오. 선생들도 이런 섬 구석에까지 와서 고생을 하니까 후생사업 겸해서 한포대씩 나눠줬다며 그게 뭐가 나쁘냐는 것입니다. 손자 밥 떠먹고 천장 쳐다본다더니, 이건 되레 한술 더 떠서 큰소립니다. 말로는 안 되겠어서 사정없이 패버렸습니다."

"뭐야, 교장을 두들겨 패?"

"패도 그냥 팬 게 아닙니다. 반 죽여버렸습니다."

그는 김진수 책망에 미리 항거하듯 단호하게 말을 뱉어놓고, 아직도 흥분이 안 가시는지 코를 씩씩거리고 있었다. 김진수는 멍청하게 그를 보고 있었다.

"그래서 오늘 교육청에 가서 사실을 다 말하고 사표를 던져버렸습니다."

김진수는 어이가 없어 실소를 했다. 이럴 때 접장 가락의 훈계가 얼마나 무력하다는 것을 잘 알고 있었다. 김진수는 그의 흥분이 가라앉을 때까지 말없이 담배만 뻐끔거리고 있었다.

"그런 패기는 좋네마는 방법이 틀렸네. 교장을 팼대서가 아냐. 그 교장은 이제 자네 같은 사람이 없어졌으니 그런 엉터리 후생사업을 마음 놓고 계속할 게 아닌가? 정의감이나 애국심 같은 것도 애정과 마찬가지로 일정한 기교라면 기교를 통해서 발휘해야 하는 걸세. 그런 일을 고쳐나가는 데도 가장 효과적인 방법이 무엇이겠는가, 잘 생각해서 방법을 강구해야 한단 말일세. 벌이 화가 난다고 소 등에다가 독침을 쏘면 벌은 그 자리에서 죽고 말지만, 소는 한 발짝 팔딱 뛸 뿐이야. 자네는 지금 썩 영웅적인 일을 했다고 생각하는 것 같은데, 소 등에 독침을 쏜 벌하고 무엇이 다르지? 교장을 팬 것이 자네 기분풀이 이상의 무슨 효과가 있냐 말이야. 사회운동가나 혁명가에게 가장 큰 적은, 밖에 있는 적이 아니라 자기 안에 있는 이 격정이라는 적이야. 그런 사람은 큰일 할 때는 위험하기 때문에 빼돌림을 당하는 걸세."

말을 하다보니, 공자 왈 맹자 왈 접장 가락이 되고 말았지만, 그는 이미 후회하고 있는지 더 대꾸하지 않았다.

"더러워서 못해먹겠습니다. 더 공부해 가지고 신문사에나 들어갈까 합니다."

"신문기자? 허허."

그는 기어이 4년제 대학에 편입을 하더니 나중에 기자가 되기는 했다.

"섬사람들은 거개가 교사를 너무 불신합니다. 그것은 그들이 나

뻔 게 아니라 거기 들어갔던 선생들이 그렇게 만들어놨습니다. 모두가 들어가는 날부터 나올 궁리뿐인데, 상록수 교사란 사람들도 궁극적으로는 자기 영달이 목표라 그게 빤히 보이거든요. 요새는 벽지 교사 근무평점이 높아지자 우수한 교사들이 자원해서 들어오지만 목적은 근무성적 점수이니, 그런 사람들 열의는 뻔하지 않겠습니까? 그게 교사들뿐만 아닙니다. 육지 사람들이 섬에 들어오면 피해만 주고 있습니다."

그 교사 제자는 침을 튀기며 이야기를 계속했다.

"어느 섬에서는 서울 어느 대학에서 농촌봉사란 것을 나왔는데, 그들이 다녀간 뒤 그 섬에서 가출 소년소녀가 이십오명이나 되었다는 겁니다. 농촌봉사, 말이 좋지요. 그들이 농촌에 와서 무얼 한다는 것입니까? 선생님께서는 대학생들더러 그런 짓 좀 못 나가게 하십시오. 섬사람들은 외지 사람에게 배타적인데, 이렇게 음으로 양으로 피해만 입히고 있으니, 겉으로는 말이 없어도 그들을 보는 눈은 곱지 않습니다. 제가 봉급을 털어가지고 젖 염소를 사다 키워 어린아이들에게 젖을 나눠 먹였더니 제 점수 따려는 수작이라고 빗볼 지경입니다. 이만하면 말 다하지 않았습니까? 이제는 그런 오해도 풀렸습니다마는, 그러기까지 삼년 동안이나 노력이 필요했습니다."

섬 교사들이 육지에 나가려고 요로에 미리 돈을 뿌리는 걸 '함포사격'이라고 한다는 말을 들은 적이 있었다. 목표를 잘 관측해서 정확히 사격을 해야 하는데, 그게 빗나가 돈만 날리는 수도 있고, 또 탄약이 적어 제대로 효과가 나지 않는 경우 등, 그들은 그때 모여 앉으면 화제가 그런 것이라는 것이다.

그 제자는 자기가 있는 섬에 꼭 한번 들어오라고 했다. 김진수는 그러마고 단단히 약속을 하고 밤늦게야 헤어졌다.

제20야 대낮에 난 도깨비

십이개 분야 십이명의 조사단원들은 낮에 흩어졌다가 밤에 모이면 마치 수학여행 온 중학생들처럼 즐거웠다.

"김 선생. 재미있는 이야기 많이 수집했소?"

"뭐, 별로."

"어디, 하나 해보슈. 재미있는 걸로."

"하나 할까요? 옛날 어떤 새댁이 시집간 다음날 집안 청소를 했습니다. 새댁답게 꼼꼼히 청소를 하고 있는데, 큰방 천장에 웬 고등어 대가리가 하나 파리똥과 거미줄을 잔뜩 뒤집어쓰고 매달려 있지 않겠습니까? 뭐가 이런 얄궂은 게 매달려 있나 싶어 떼다 버렸습니다. 그런데, 밥을 차리다보니 이 집에 반찬이라고는 김치는 고사하고 장 한방울도 없습니다그려. 하는 수 없이 상에다 맨밥 두그릇만 달랑 놔가지고 시아버지 시어머니 방에 들어갔습니다. 그러자 내외가 천장을 쳐다보더니 눈이 둥그레져서, 천장에 매달아놓은 고등어 대가리가 어떻게 되었느냐고 묻지 않겠습니까? 며느리는 그게 어쨌다는 것인지 머쓱했다가 제가 떼어다 버렸다 했습니다. 그러자 시어머니가 깜짝 놀라, 그럼 무엇으로 밥을 먹느냐고 시퍼렇게 소리를 지릅니다그려. 우리는 살림을 경제하느라 밥을 한 숟갈 떠 넣고 그 고등어 대가리를 한번 쳐다보고 짜다는 기분으로 밥을 먹는데, 그것을 떼다 버렸으니 이제 무엇으로 밥을 먹느냐고 시퍼렇게 닦달입니다.”

모두 밥을 먹다 말고 웃었다.

“그러자 시아버지가 시어머니를 가로막으며, 그걸 떼다 버렸으니 오늘부터는 네가 우리가 밥 먹는 곁에 앉아서 수고를 좀 해야 하겠다. 우리들이 밥을 떠 넣을 때마다 ‘고등어 대가리’라고 말을 해라. 그러면 그 소리를 듣고 짜다는 기분을 내서 밥을 먹겠다, 이랬습니다.”

“하하하.”

“이제 갓 시집온 며느리가 어쩌겠습니까? 그저 시키는 대로 합니다. 시아버지가 밥을 한숟갈 떠 넣으면 ‘고등어 대가리’, 또 시어머니가 떠 넣으면 ‘고등어 대가리’, 이렇게 밥숟갈이 들어갈 때마다 고등어 대가리를 외고 있습니다. 갓 시집온 신부가 이런 곤욕을 당하자 신랑 녀석은 잔뜩 볼이 부었지만, 그도 별수 없이 곁붙이로 그 고등어 대가리 말 반찬에 밥을 먹고 있습니다. 그렇게 한참 며느리가 고등어 대가리를 외고 있는데, 이번에는 시아버지하고 시어머니 밥숟갈이 한꺼번에 들어갑니다. 며느리는 다급하게 ‘고등어 대가리’, ‘고등어 대가리’ 하고 연거푸 소리를 질렀습니다. 그러자, 시아버지가 상을 찌푸리며, ‘거 너무 짜다’.”

“우하하하하.”

“그러자, 잔뜩 부어 있던 신랑 녀석이 잔뜩 볼이 부어 ‘짜면 나눠 잡수시요그랴'."

"우하하하하."

"너무 가난하게 살아온 백성들이라, 그런 얘기가 많지요."

한바탕 웃고 나자 역사 분야의 교수가 한마디 했다.

그런데, 실은 이 이야기는 김진수가 그날 수집한 이야기가 아니었다. 김진수는 그날 이야기를 하나도 수집하지 못했다. 시골에 이야기가 없었다. 세 동네나 쏠고 다니며 노인들을 모아놓고 다섯차례나 술판을 벌였지만, 옛날이야기다운 이야기는 좀처럼 나오지 않았다. 단편적인 전설 한두개하고 음담패설 서너토막뿐이고, 설화는 이야기가 좀 되어가는가 하면 줄거리가 잘리거나 아귀가 맞지 않았다. 하루 종일 나댄 게 그런 토막 이야기 서너개였다.

어느 해변 동네에서는 마침 남자 노인들이 서너사람 모여 있어, 역시 술판을 벌이며 분위기를 잡으려고 이쪽에서 먼저 옛날이야기를 했지만, 이야기를 이어가는 사람이 없었다. 그래도 끈질기게 이야기를 유도하고 있는데, 오십세쯤 되어 보이는 그 동네 할머니가 어린애를 등에 업고 그 앞을 뛰어가며 저쪽에다 대고 소리를 질렀다.

"어야, 곱단네. 야구 보러 가세. 나 시바네 집으로 가네잉."

사뭇 다급하게 뛰어가며 소리를 질렀다. 야구라니, 뭐가 그렇게 신나는 구경거리가 있을까, 잠시 어리둥절했다가 그가 뛰어가고 있는 시바네 집이란 집 쪽으로 눈이 갔다. 그 집 울타리에는 텔레비전 안테나가 부스터를 달고 껑충하게 서 있었다. 그러고 보니, 그날이 황금사자기 쟁탈 고등학교 야구 준결승 날이었다. 그 할머니가 뛰어가는 기세며 표정이며, 친구를 부르는 목소리며, 그들은 이미 야구에 상당히 재미를 느끼고 있는 것 같았다. 그러니까, 그들은 '원 스트라이크 투 볼', '스틸', '스윙', '러너는 세컨드와 서드' 따위 야구용어도 짐작하고 그만큼 재미를 느끼는 것 같았다.

이런 판에 교수라는 사람이 대낮에 옛날이야기를 하라고 술판을 벌이고 너스레를 떨고 있으니, 이거야말로 옛날이야기에나 나옴직한 낮도깨비 꼴이었다.

그러나 모처럼 동료들의 기대를 저버릴 수가 없어 김진수는 그가 전부터 알고 있던 아까 그 이야기를 꾸어다가 좌중을 웃겼던 것이다.

제3야 모래를 먹고 자라는 돼지

이날은 엉뚱한 이야기가 녹음되어 한바탕 웃음판이 벌어졌다.

"넝협 조 서기라니? 그 콧중뱅이 옆댕이가 굴타리묵은 물외 꼬부리맨키로 칵 짜부라진 작자 말이여?"

"하하. 어디가 그로크롬 험하게 짜부라지기사 했을랍디여. 불 맞은 비니루 쪼빡맨키로 살짝 쪼깐 쪼그라질라다가 말았제."

"짜부라졌건 쪼그라졌건 그 늦대가리 없는 작자가 꼴값을 해도 유분수제. 아니, 사료에 모새가 몇 빠센토 섞였다고 아가리를 놀리더라고?"

"그 사람이 실제로 현장에 나와서 사실을 조사해본 측면에서는 사료에 모새가 섞인 것은 사실이되, 그것이 오십 빠센토라는 것은 너무 부락적인 칙면에서 하는 말이고, 정당한 칙면에서 볼 것 같으면 십 빠센토라 보는 것이 공정하다, 이것이지라우."

"워매, 그 작자 말하는 것 봐. 뭣이, 십 빠센토? 그 작자 우리하고 같이 있던 자리에서는 사료공장 놈덜 죽일 놈덜 하고 게버큼 물던 작자가 한발 빕더선께 이참에는 그따위 아갈창을 놀려? 생각을 해보란 말이여. 곡식이고 사료고, 근으로 달 때가 있고 되로 될 때가 있는디, 근으로 달아 온 사료를 갖고 뭣을 보고 십 빠센토가 으짜고 오십 빠센토가 으쩌고, 쩨고 있냐 말이여, 그 잡을 놈의 작자가?"

"하여간, 농협 이야기는 한번 보고 말 처지가 아닌께 너무 이해적인 칙면에서만 따지지 말고, 서로 협조적인 칙면에서 양해적으로 해결을 보도록 허라 이것인디……"

"개자식덜 양해 좋아하네. 그새 사료공장 물켜고 그 구실 하는 속내가 환한디, 협조가 으짜고 양해가 으째? 잡을 것들, 즈그덜이 진짜로 넝민을 위한다면 그런 놈덜을 당장 유치장에 처박는 것이 아니라, 속 찬 놈들은 즈그덜백이 없는 것맨키로 양해 찾고 협조 찾고 한가하게 아가리를 놀려?"

"하여간 때리는 서방보담 말리는 씨엄씨가 더 밉더라고 이럴 때 보면 업자덜보담 넝협 것들이 쥑일 것덜이여."

"누가 아니려. 잡것덜, 업자덜하고 그로크롬 넝민덜 농간질 해처묵을라면 넝협 창고 옆댕이에 써논 글씨나 쬐깐 지워번지고 농간을 해도 하라고 혀. '넝협은 넝민의 것'이라고 글씨나 적게 써놨음사. 열녀전 끼고 서방질도 유분수여."

"허허, 아직까지도 관에서 써논 그런 글씨 한나 새겨서 읽을 줄 모름쟈? 그런 것은 거꾸로만 새기면 틀림없어람쟈. 넝협이 넝민의 것이라고 써 붙여논 것도 그것을 꺼꾸로 새기면 '넝협은 넝민의 것이 아니다' 이로크롬 되는디 생각해봅씨다. 원래 임자가 확실한 것은 이것이 뉘 것이라고 말할 것이 없거던이라우. 우리가 논밭 귀퉁이에 이름표 붙여놓고 이녁 마누라한테 이것은 아무개 마누라라고 이름패 달아놈쟈? 집에 문패는 우체부 편지 전하기 편하게 붙여논 것이고."

"허긴 그려. 하여간 넝협이 진짜 농민의 것이 될라면, 팔모로 생각해봐도 방법은 딱 한가지뿐이여. 젤 꼭대기 조합장부터 젤 밑바닥 급사 새끼들까지 말짱 선거로 뽑는 재주뿐이다, 이거여. 그렇게 선거만 해봐. 농민들만 보면 한압씨 한압씨, 조반 잡수셨습니껴, 저녁 잡수셨습니껴, 조석 문안에 허리가 성하지 않을 거여. 그런디, 이 잡것덜이 젤 꼬래비 급사 새끼덜도 넝민이라면 눈 밑으로 한질이나 내려다보고 묻는 말에 값 안 드는 말 한마디 곱게 하는 법이 없어. 아이고, 은제 그런 세상을 한번 만나보고 죽을 것인고."

"얼른 갑시다. 괴수님덜이 아까부터 지달르고 있소."

"대학괴수들이 먼 일로 왔다고?"

"꿈금스럽게 귀신 나는 옛날이얘기나 옛날 노랫가락이나 그런 것 들으러 왔다고 안 그러요. 여든에 능참봉을 한께 하루에 거동이 열두번이라더니, 제기랄, 요새는 여그서 불러대고 저그서 불러대는 통에 이장 못해묵겄어. 괴순가 선생인가 그 작자들은 월급 타묵고 배가 땃땃하면 있는 돈에 해수욕장으로 바캉스나 갈 일이제 바쁜 촌에 와서 오라 가라 성가시게 야단이구먼.”

“하하, 지금 저게 그 이장이여?”

일행은 배를 쥐고 웃었다. 그 동네에 우리 대학에 다니는 학생이 있어 그가 일을 거든다고 녹음기를 들고 다녔는데, 잘못 간수하고 다녔던지 이런 엉뚱한 소리가 모두 녹음이 되었던 것이다.

“요새 테레비, 라디오에 연속극이야 유행가야 멋들어진 일이 흘러넘치는디, 그런 것 놔두고 귀신 나는 옛날이야기 찾는 것은 먼 입맛으로 간 맞춘 취미가 그런 취미가 있어?”

“그래도 대학괴수까지 된 사람덜이 이 더위에 여기까지 올 적에는 다 그만한 물정이 있겄제.”

“이런 농촌에 왔으면 그런 귀신 나는 소리나 들을 것이 아니라 농민덜 냉가슴 앓는 속사정이나 쪼깐 조사해다가 테레비나 라디오에서 말하라고 혀. 촌놈덜 속이나 쪼깐 풀리게. 테레비에 보면 괴수들이 뻔질나게 나오더마는 넝민들 사정 이야기하는 교수는 씨가 없더만.”

“괴수라고 다 테레비에 나오겄어? 소 갈 데 따로 있고 말 갈 데 따로 있더라고 다 적저금 취미가 다르겄제.”

“그래도 괴수덜이면 누가 됐든지 그만치 세상 이치나 물정에 환할 것 아녀. 아까 넝협 이야기만 하더라도 테레비 같은 데서 괴수들이 말을 해봐. 우리들 백마디에 댈 것이여. 환하게 이치 발라 개탕 치면 장관들도 그만한 생각이 있을 거 아냔 말이여.”

“제길, 이치고 깨묵이고 작년에 송청기미 가서 넝촌봉사 왔다는 대학생이란 것들이 얘기하는 것 들어본게 한다는 소리가 풀때죽에 이빨 빠질 소리만 골라서 하고 자빠졌데."

"먼 소리를 했간디, 그렇게 유감이 많어?"

"맘을 새로 고쳐 갖기라디야, 정신핵명이라디야, 귀신 씻나락 까
묵는 소리를 한나절이나 까잦히등마는 *끄트머리* 가서 한다는 소
리가 뭣인 줄 알어? 이것도 따지고 보면 아까 그 되아지 사료에다
모새 섞어 폴아묵은 놈덜하고 한 짝인디, 나는 되아지가 풀을 먹는
줄을 여기 와서 첨 알았다. 헌디 농촌에 흔해터진 것이 풀 아니냐,
그러니 스무마리고 서른마리고 농촌에서 되아지 키우기는 맘 한나
묵기에 달린 것이다, 이런 가락이여. 하하하."

"그런께, 되아지 키워서 부자 되는 것은 맘 한나 묵기에 달린 것
인디, 촌놈덜이 게을러터져서 그런 맘을 안 묵은께 사는 것이 이
꼴이다, 시방 이 소리네그랴. 허허. 씨 받아다가 가꿀 소리네. 그런
께 되아지가 썩은 것이고 곯은 것이고 걸퍽지게 퍼묵은께 풀도 묵
기로 하면 솔잎이고 갈잎이고 아무것이나 걸터듬을 것이다, 이러
고 허시는 호령이그만."

"허허. 그런 소리는 해도 칭칭히 해. 이 집 되아지가 들으면 웃다
가 사레들려."

"하여간, 되아지 사료에다 모새 섞어서 폴아묵는 놈이 있등마는
이참에는 되아지한테 풀 안 멕인다고 호령하는 작자들이 있다니,
그러고 보면 멍청한 것은 촌놈덜뿐이구먼."

"그래놓고도 돌아가서는 촌놈덜 정신이 화끈하게 정신핵맹 이
르켜놓고 왔다고 큰소리칠 거 아녀."

"대학생이고 괴수고 넝촌 사정에는 그 꼴로 담싼 작자덜이라 오

늘 같은 날도 넝민덜이 뙤약볕에서 몸뚱아리 곰 고다가 이렇게 점심 묵고 한잠씩 그늘에 들앉은 짬이 그냥 할 일 없어 노는 것인 줄만 안다, 이 말이여.”

“항상 그늘에서도 덥네 뜨겁네 피서다 바캉스다 헐떡거리고 댕기는 잭인덜이라 넝민덜이 이렇게 잠깐 들어와 있는 짬이 바로 피서고 바캉슨 줄 알간디?”

“정말 유구무언이구먼.”

“더 들어봐.”

“아이고, ××대학교 괴수덜이람쟈? 이 누추한 동네까지 오시느라고 을매나 수고가 많으셨음쟈? 이 동네 이장 오뒹만이올씨다.”

“하하.”

“글안해도 엊저녁에 군청 공보계장님한테서 전화를 받고 아침부터 지둘르고 있었제 으쨌담쟈. 공보계장 말씸이 모처럼 귀한 분네들이 우리 지방까지 이러고 오셨은께 우리 지방적인 칙면에서 협조를 잘 해드려야 할 것이라고 하시길래 시방 하여간 뭣이든 우선적인 칙면에서 협조적으로 나설 태세를 갖추고 있제 으쩐담쟈.”

“감사합니다.”

“그런께 공보계장님한테서 대략적인 칙면에서는 말씸을 들었습니다마는, 옛날이얘기라는 것이 일트먼 고담(古談)이지람쟈? 그런께 그런 고담이나 노랫가락 같은 것을 연구적인 칙면에서 조사하시겠다 이것인 것 같은디, 그런께 그런 것을 말씸드리더라도 제대로 말씸을 드려사 쓸 것인디, 모도가 무식한 사람덜 뿐이라놔서……”

"아닙니다. 유식한 사람은 되레 필요 없고."

일행은 모두 웃었다.

제4야 백만명의 유괴범

김진수는 사흘째도 수확이 별것 없고, 더구나 밥상머리에서 풀어놓을 만한 이야기도 없었다. 그런데 묘하게 그는 이번 여행에서 옛날이야기보다는 현대판 설화를 더 많이 접했다. 낚시터의 잡어처럼 김진수의 수집 실적에는 아무 상관도 없는, 설화 아닌 이런 실화(實話)들은, 모두가 옛날이야기만큼이나 황당하고 어처구니없는 것들이라 어이가 없었다.

며칠 전에 미성년자 집단유괴 사건으로 신문에 떠들썩했던 완도(莞島)의 넙도란 섬에서 일어난 사건도 그 한가지였다. 그게 신문에 난 것과는 전혀 다르다는 것이다. 김진수는 마침 거기를 다녀오다 여기 들른 신부를 만나 들었다는데, 그 신부는 전부터 진수와 잘 아는 사이로, 여름휴가를 얻어 여기저기 섬을 돌아다니다가 우연히 거기에 들렀었다는 것이다.

몇달 전에 있었던 이른바 광주 무등산 살인사건이 신문에 보도된 것과는 사실이 판이하다는 것을 파헤친 「무등산 타잔의 진상」이라는 어느 월간지의 르뽀를 읽고, 신문의 편향적인 보도에 혐오감을 느끼고 있던 김진수는 왜들 이러는가, 분노라기보다 허탈감에 빠졌다.

사건의 무대가 된 그 섬은 여러가지 조건이 유괴라는 흉악한 범죄가 일어나기에는 사뭇 엉뚱한 곳이었다. 이백육십호쯤 산다는 이 섬마을은 비좁은 뒷골목까지 모두 시멘트로 포장해버렸을 만큼 인근 어느 섬보다 부유한 섬이었다. 그리고 이런 일에 앞장선 새마을지도자는 그 섬사람들이 '지도자님'이라고 존칭으로 부를 만큼 지도력이 탁월한 육군 대위 출신이었다. 더구나 거기에는 경찰이 한사람 파견되어 상주하고 있고, 날마다 정기여객선이 다니고 날마다 중학교가 있는 건너편 섬으로 다니는 통학선이며, 다른 선박의 왕래도 잦아, 그 아이들이 정말 유괴되었다면 얼마든지 도망칠 수 있었다.

그러니까, 그 흔한 가출 소년들이 서울이나 다른 도시로 가지 않고 우연히 이곳으로 왔을 뿐이며, 그들을 혹사시켰다지만 그들이 한 일이란 서울의 식당이나 공장에서 하는 일보다 더 고될 것이 없었다. 그런데 거기다가 유괴란 말을 써놓으니 모두 그만큼 놀랄 수밖에 없었다.

"되레 양육비를 받아야 합니다. 이번 사건이 터지자 아이들을 전부 내보내려 했더니, 되레 일년만 더 살겠다고 애걸할 지경이었습니다. 그런데 이런 맹랑한 사건을 가지고, 여태까지 무엇이나 모범적이었던 동네를 유괴의 소굴로 만들어버렸으니, 이 오명을 어떻게 씻어야 할지 모르겠습니다."

새마을지도자는 어이가 없다며 웃었다.

미국 록펠러 아들놈을 납치해놓고 몇백만불을 흥정하는 암흑가의 유괴나, 부잣집 대여섯살짜리 어린애를 잡아다 놓고 돈을 요구하는 흉악한 범죄에나 사용하는 '유괴'라는 말을 써놓으니 모두 그만큼 놀란 것 같았다.

사건의 발단은 계모 슬하의 문제 가정에서 뛰쳐나온 아이가, 그 아버지에게 공갈 편지를 띄운 바람에 그 아버지 고발로 비롯되었다는데, 기자들이 거기다가 그들의 은어로 '초'를 쳐도 너무 진하게 쳐서 그렇게 엄청난 사건을 만들어버렸다는 것이다.

하여간, 기자들은 유괴라는 언어로 몇십년 만이라는 살인적인 무더위에 허덕이는 독자들의 간담을 서늘하게 해놓았는데, 사건이 이렇게 기삿거리로만 끝나고 말았다면, 그 초 맛이 조금 진한 대로 독자에 대한 납량(納凉)의 호의쯤으로 기특하다 할 수도 있겠지만, 그 때문에 일곱명인가 여덟명인가 된다는 섬사람들이 흉악한 유괴범이 되어 쇠고랑을 차고 구치소에 갇혀 있었다.

"그런 식으로 따지면 가출 소년소녀들을 식모로 데리고 있는 도시의 모든 가정과, 이발소며 식당, 여관, 또 그 수많은 공장의 공장주들은 모두가 유괴범입니다. 똑같은 가출 소년소녀를 서울 사람들이 부려먹으면 그것은 유괴가 아니고, 어째서 섬사람들만 유괴란 말입니까?"

새마을지도자의 이 말대로 따진다면 전국에 그런 유괴범은 줄잡아 백만명도 넘을 것 같았다.

좀도둑도 없어 사립문도 없는 이 섬에다, 철옹성 같은 담장도 못 미더워 철조망에 유리조각까지 박아놓고 사는 험한 도시에서나 있는 유괴라는 말로 솥뚜껑으로 자라 덮치듯 덮어씌워놓으니 이렇게 생사람이 결딴이 났다는 것이다.

김진수는 섬에 들어오는 사람들은 모두가 음으로 양으로 섬사람들에게 피해만 준다는, 지난번 제자의 말이 떠올라 기분이 씁쓸했다.

제5야 카이저의 것과 내 것과

"이 섬 호수가 사십육호랬지요? 톳이나 미역, 우뭇가사리 등 작년도 이 마을 어촌계 한집 수입은 전부 얼마나 됐습니까? 모두 똑같을 테니 계장님 댁 액수가 얼마였던지 기억을 한번 더듬어보십시오."

김진수는 첫날 만났던 제자가 근무하는 섬에 어업 분야의 박 교수와 함께 가서 그가 어업 분야 조사하는 걸 듣고 있었다.

"가만있자, 그런데 미역이 일곱속에 속당 이천오백원씩 받았은께, 일만칠천오백원이고……"

그는 하나하나 기억을 더듬었다. 톳이 이백근당 일백팔십원씩 삼만육천원, 석태(石苔)가 칠십속에 이만천원, 기타 우뭇가사리 등속이 약 사만원, 도합 십일만사천오백원이었다.

"그러면 그것을 어떻게 팔았습니까? 육지에서 사러 옵니까, 가지고 나갑니까?"

"대개 목포로 가지고 가서 상회에다 넘깁니다."

"그러니까 섬에 자라는 해초를 공동관리, 공동채취 해서 똑같이 분배하고, 판매는 개별적으로 하는군요. 그러면 거래하는 상회는 일정합니까?"

"대개 그러지람쟈. 이 섬사람들이 거래하는 상회가 네곳인데, 대개 자기들이 댕기는 상회가 따로 있지람쟈."

"다음에 해초 채취하면 갚기로 하고 그 상회에서 미리 돈을 꾸어다 쓰는 경우도 있지요?"

"그러지람쟈. 나도 작년에 십만원 가져다 썼그만이라."

"그 돈은 무엇에 썼습니까?"

"중학교 댕기는 아들놈 학비로도 쓰고, 또 섬 하나 사는 데 보태기도 했지람쟈."

"섬을 샀다는 말은, 이 근처 어느 무인도의 일년간 해초채취권을 샀단 말이지요?"

"허허. 이런 일을 잘도 아시네요."

"객줏집에서 그렇게 돈을 가져다 쓰면 어떻게 갚습니까?"

"해초를 채취해서 그 돈으로 갚지람쟈."

"그러니까, 해초를 목포 상회에 가지고 가서 그 해초 값에 상당한 액수만큼 공제를 해간다는 말이지요?"

"그러지람쟈."

"이자는 몇부나 됩니까?"

"사부지람쟈."

"그러면 연 오할쯤 되겠군요? 해초가 흉작이어서 그해에 돈을 갚지 못하면 빚을 돌려 앉힙니까?"

"그러지람쟈."

"해초를 가지고 갔을 때는 객줏집에서 잠도 재워주고 식사도 줍니까?"

"더러 그러기도 하는 모양입니다만, 나는 거기서 자본 적이 없그만이라."

"어때요, 객줏집에 드나들기가 기분이 좋습니까? 일테면 거기 거래할 일이 없어도 목포에 나가면 그 집에 들릅니까?"

"더러 그런 사람들이 있는 모양입디다마는, 뭣이나 쪼깐 얻어묵을라고 그러는 것 같아서 나는 잘 안 들리그만이라."

"어떻습니까, 일년 수입을 통틀어 말하면? 이 섬에 논은 없으니까 말할 것이 없고, 아까 계장님은 밭농사를 열다섯마지기 짓는다고 하셨는데 어느 쪽이 많습니까?"

"촘촘히 따져본다 치라면 반반쯤 될 것 같그만이라."

그러니까 이 섬사람들의 일년 총수입은 평균 이십이만구천원 안팎이었다.

"이 동네에서 밭농사나 해초 수입 말고 다른 수입 있는 사람 있습니까? 해태는 물이 깊어 발을 막을 수가 없을 테고, 고기잡이를 한다거나……"

"낭자망을 가지고 있는 집이 한집 있고, 더러는 주낙질도 합니다마는 자기 집 밥반찬 정도제, 그것으로 돈벌이는 안 되지람쟈. 나는 작년에 십일만원에 섬을 하나 샀는디 다행히 해초가 풍작이어서 십구만원이나 이익을 봤는데, 그런 사람이 또 한사람 있었지람쟈."

"일종어업공동권은 이전했습니까?"

"아직 못 했구만이라."

"아직 못 했어요? 왜요?"

"칙량비가 건당 칠만원이나 되는디, 본섬 말고도 여기 딸린 자잘한 섬이 세개나 되그던이라우. 그렁께 사칠은 이십팔, 이십팔만원이 있어야 하는디, 그런 돈이 한꺼번에 있어사제람쟈. 그래서 어업권 행사료만 매년 삼만사천육백원씩이나 물고 있짠담쟈. 명년까지 안 해가면 행사료를 비싸게 올린다고 하는디, 큰일이그만이라."

"수협에서는 융자라든지, 하여간, 무슨 명목으로든 돈 가져다 쓴 적 있습니까?"

"내가 시방 어촌계장 한 것이 오년쨴데, 그런 일은 없었그만이라."

김진수는 일종어업공동권 어쩌고 하는 것이 무슨 말인지 몰라 나중에 박 교수에게 물어보았다.

일종어업이란 간단히 말하면, 바다에서 저절로 자라는 해초 따위를 채취하는 걸 말하는데, 어느 섬이든 그 섬에 자라는 해초 채취권은 그 동네 사람들한테 있지만, 옛날 농촌에서 토지조사령에 따라 모두 자기 앞으로 토지등기를 했듯이, 이곳 해초 채취도 법률적으로 소유권을 획득해야 한다는 것이다. 그런데 측량비가 없어 그 수속을 못 하고 이 섬의 일종어업권은 국가에 있기 때문에 해마다 그 채취권 행사료를 물어야 한다는 것이다. 섬이 크고 해초 수입이 많은 섬은 별로 부담이 안 되지만, 이렇게 작은 섬은 그것이 상당히 큰 부담이라 이런 딱한 일이 생긴다고 했다.

"그러니까, 이 섬 사람들은 조상 대대로 해초를 뜯었는데, 수협이란 데서는 그 알량한 어업권 행사료만 해마다 받아 가고, 연 오할이나 되는 높은 이자를 내다 쓰는 섬사람들한테는 융자 한푼 내주지 않는단 말입니까?"

"원래 법률 취지는 어민들한테 그만한 혜택을 주려는 것인데, 이런 데는 너무 영세하기 때문에 그런 문제가 생긴 것입니다."

"그러니까 국가는 그런 것이 아니더라도 이런 영세어민들부터 객주들한테서 보호를 해야 할 게 아닙니까? 노래기 간을 내먹고 말지 이런 사람들한테서 행사료만 받아먹고 이게 뭡니까?"

"하하. 너무 흥분 마십시오. 수산업 전반적인 관점에서 보면 지금은 많이 나아졌습니다. 아직 이런 데까지는 손이 못 미치고 있는데, 정책은 여러가지로 서 있으니까 머지않아 실행이 될 것 같습니다."

광주 도청 앞에 수협 건물이 한창 거창하게 올라가고 있었는데, 윗부분은 다갈색이고 아랫부분은 시커먼 색이던 게, 이 말을 듣고 보니 그게 꼭 미역 색깔과 톳 색깔로 느껴져 기분이 좋지 않았다.

그런데 여러가지로 조사를 하는 동안 박 교수의 어민들에 대한 깊은 이해와 애정에 김진수는 새삼스럽게 감동했다. 그는 작년에 어업공동체 연구로 박사학위를 받았는데, 자기 분야뿐만 아니라 이런 어민들의 문제에 대한 이해가 이만저만이 아니어서, 고개가 끄덕여졌다.

김진수는 여기서도 자기 분야 설화는 별로 재미를 보지 못했다. 섬이니까 물고기 설화도 있을 것 같아 그런 쪽으로 이야기를 유도해보았지만 신통치 않았다. 그다음 날까지 겨우 대여섯편을 얻어냈을 뿐이다.

김진수 제자는 정말 잘하고 있었다. 젖 염소 세마리와 닭을 육십여마리나 기르고 있었는데, 오십육명의 학생들에게 날마다 꼭 어머니처럼 염소젖 한 컵과 달걀을 나눠 먹이고 있었다. 아침 여섯시에 종을 치면 한 동네뿐인 이 동네 아이들이 마치 토끼 새끼들처럼 눈을 부비며 뛰어와 염소젖과 달걀을 먹으며 즐거워했다. 감동적인 장면이었다. 그 제자의 말마따나 모두 빼앗아 가려고만 하는 이 섬에서 그는 섬 아이들을 가르치고, 염소젖과 달걀과 그리고 따뜻한 사랑을 나누어주고 있었다.

제6야 법성포 야화

김진수는 해변과 여기저기 섬을 돌아다니는 동안 그들의 이야기 속에서 여러가지로 음지에 가려진 사실들을 알 수 있었다. 그는 마침 여기 내려오기 전에 읽고 있던 문병란 씨 시집이 생각났다. 구체적인 현실은 차이가 있지만, 전체적인 인상은 이 시에 표현된 것과 비슷해서 그걸 다시 읽어보았다. 더러 직설적인 표현이 되레 마음에 들었고, 너무 높은 어조가 오히려 절실하게 느껴졌다.

바다에 와서
바다를 찾다가
바다를 못 보고 간다.
잃어버린 바다는
서울 조기눈깔 속에
냉동된 파돗소리

동지나해 고기잡이 간 남편을 기다리는
어떤 아낙네의 눈 속에서 문득
법성포는 실마리가 풀리기 시작한다.

흑산도 뱃놈의 손바닥 위에
따라지가 되어 놓인
만선의 꿈
깃발을 골백번 나부껴 보아도
남의 풍년 속에 살아온 인생
더디 나오는 장땡을 쥐면
까치놀 타고 온 슬픈 인생이
빈 손바닥 위에 엎어져 간다.

30년 기관사 김생원
월수입 4만원의 주름살 속에서
아득한 해조음을 듣고 있을 때
어촌 새마을사업
어협 직원의 빛나는 뱃지 속에서
비로소 나는 법성포를 보았다.

10원짜리 썩은 고등어가
100원짜리 반찬이 되어 놓인 식탁,
썩은 고등어눈깔 속에서

어부는 있어도
어업이 없는 포구가 술에 취한다.

칠산 바다 젊은 사공은
마이가리에 묶여 돌아오지 못하고
3·7제 설운 사연
바다의 소작어업 풀릴 길 없어
죄 없는 젓가락만 밤새도록 두드린다.

드높이 솟은 냉동공장아
줄지어 서 있는 선술집아
쫓겨난 임도 없이
구멍 뚫린 고무신 밑바닥에
쓸쓸히 적고 가는 슬픈 노래
홍어기의 2월 밤이 더디 새고 있다.

제7야 녹음기가 듣고 전한 고별사

김진수의 설화 수집 성적은 형편없었다. 처음 나설 때는 시골에 흔한 것이 옛날이야기일 테니 적당히 분위기만 조성해놓고 녹음기를 틀어놓으면 될 줄 알았다. 그러나 닷새 동안에 겨우 이십여편밖에 수집하지 못해 우선 보고서 쓸 일이 걱정이었다. 이런 현지조사는 경험이 중요할 것이라 생각했으나 경험보다 더 근본적인 문제가 있었다.

할머니 할아버지들이 손자들한테 이야기 졸림을 받아, 자기가 알고 있는 이야기를 자꾸 되풀이해야 기억에 남을 텐데, 그런 기회를 텔레비전에 빼앗겨버린 것이다. 김진수는 밤에 몇집을 찾아다니다가, 동네마다 한두대씩 있는 텔레비전 앞이나, 집집마다 있는 라디오 앞에 사람들이 몰려 있는 바람에 그런 분위기를 깰 수가 없어 발길을 돌린 적이 한두번이 아니었다. 지금은 사랑방도 전같이 북적거리지 않지만, 분위기도 옛날같이 차근하게 옛날이야기나 하게 되어 있지 않았다. 김진수는 초조한 나머지 뙤약볕을 무릅쓰고 막걸리 주전자를 들고 여자들이 밭매는 데까지 찾아다니며, 이건 조사라기보다 구걸이라 하게 싸대고 다녔지만 별로 성과가 없었다.

그러다가, 마지막 날 기막힌 이야기꾼을 한사람 만났다. 사십육세에 초등학교 졸업이래서 처음에는 탐탁찮게 여겼으나 만나보니 보통 이야기꾼이 아니었다. 김진수는 흥분하지 않을 수 없었다. 그는 이야기꾼답게 가난해서 생활보호자라는데, 얼핏 미욱하게 보였으나, 기억력이 비상하고 이만저만 입담이 좋은 게 아니었다. 그 동네 이장의 호의로 품팔이 논을 매고 있는 그를 불러왔는데, 이미 시간이 오후 네시를 지나고 있어 당황했다.

내일 떠나야 해서 오늘은 읍내 여관으로 가야 하기 때문이었다. 그래서 그를 읍내 여관으로 데리고 가려 했으나 그는 고개를 저었다. 품일 중동무이한 것도 그렇지만, 자기 마누라가 지금 앓아누워 있다는 것이다. 그러나 김진수가 흥분하는 것을 본 이장이 협조하라며 품일 중동무이한 것이나, 마누라는 다 자기가 잘 알아 돌보게 하겠다며 등을 떼밀자 사람 좋아 보이는 그는 하는 수 없이 따라나섰다.

택시를 불러 여관에 온 김진수는 다급하게 서둘렀다. 이장한테서 술을 좋아한다는 귀띔을 받았기 때문에 안주를 걸쭉하게 차려 술판을 벌였다. 이야기를 시작하자 그 입에서는 보따리에서 곡물 쏟아지듯이 이야기가 쏟아졌다. 도깨비 이야기라면 도깨비 이야기, 인색한 녀석 이야기라면 인색한 녀석 이야기, 그가 간혹 쓰는 말마따나 출출히 문장이었다.

"구술자에게 술을 너무 많이 먹이면 거개 실패하니까 조심하세요."

현지조사에 경험이 많은 교수가 귀띔을 하고 지나갔다. 김진수는 그동안의 부진을 만회할 수 있어 그가 그렇게 좋아하는 술도 조금씩 따라주고, 이야기 뽑아내기에 정신이 없었다. 밤 열두시까지 이야기를 이십여편이나 했다.

"쪼깐 쉬어감시로 합시다. 하하하."

"예, 예. 자, 한잔 드십시오."

김진수는 그가 너무 취할까 싶어 미리 술을 가져올 때 소주 한병에다 코카콜라를 두병씩이나 탔으나, 그래도 두꺼비 파리 잡아먹듯 주는 대로 꼴깍꼴깍 털어 넣었다. 열두시를 넘어서자 그는 지친 것 같았다. 낮에는 고된 논매기를 했으니 밥숟갈만 빼면 잘 텐데, 논에서 금방 나온 사람을 매 꿩 덮치듯 끌고 와서 그 달음으로 이렇게 이야기를 시키고 있으니 피로할밖에 없었다. 더구나 그는 또 내일 남의 일을 맞춰놓아 아침 여섯시 첫차로 가야 한다는 것이다. 그러나 김진수는 이런 기막힌 이야기꾼을 그대로 둘 수는 없었다.

"유기 장수 이 작자가 유기 짐을 떠억 짊어지고 그 집으로 써억 들어섰습니다그려."

작자는 술을 홀짝거리며 이야기를 계속했다.

"엊저녁에 죽은 놈이 이로크롬 멀쩡하게 살아서 유기 짐까지 짊어지고 나타났으니, 그 집 사람들은 얼매나 놀랬겠음쟈. 이 자석이 시방 귀신이냐 사람이냐, 한참 멀뚱거리고 있는디, 이놈이 유기 짐을 한쪽에다 떠억 받쳐놓고 주인 앞에 써억 나서서 곱게 인사를 하는구만이라. 나를 그렇게 존 데다 보내준 은혜를 못 잊어서 이러고 왔다고 한참 풍을 치요그랴. 나는 바닷속이 그로크롬 생긴지를 몰랐등마는 가본께 참말로 기가 맥힙디. 물속에 들어가서 눈을 떠본께 물속에 이런 유구 그릇이 쫙 깔렸는디, 유리그릇이 끝도 갓도 없습디. 이러고 풍을 친께 이 잭인덜이 눈이 둥글해가지고……"

그때 밖에서 노크 소리가 났다. 김진수 옆방 최 교수가 배를 움켜쥐고 오만상을 찌푸리고 서서 혹시 약 없느냐고 물었다.

"그대로 계속하십시오. 여기 그대로 녹음이 되고 있으니까 혼자 해도 다 녹음이 됩니다. 어서 계속하세요."

김진수는 밖으로 최 교수를 따라가며 계속하라고 했다. 두시가 넘고 있었기 때문에 마음이 바빴다. 이층 자기 방으로 뛰어올라가던 김진수는 다시 뛰어내려왔다. 방 열쇠를 놓고 갔던 것이다.

"아니, 그대로 계속하라니까요. 나 얼른 윗방에 다녀올 테니 그대로 계속해요. 지금 녹음기 돌아가고 있어요."

"예, 예."

바삐 약을 찾아 먹여주고 돌아서려 하자 최 교수가 또 붙잡았다. 배를 좀 문질러달라는 것이다. 마음이 바빠 죽을 지경이었으나, 아픈 사람을 내팽개칠 수가 없어 한참 동안 배를 주물러주고 내려왔다. 그는 벽에 기대어 졸다가 눈을 떴다.

"다 하셨습니까?"

"예, 예."

"아이고 수고하셨습니다. 그러면 이것으로 끝냅시다. 그만 주무시지요."

김진수는 녹음기며 거기 늘어놓은 것들을 치우고 어서 자라고 재촉했다.

닷새 동안이나 이야기를 찾아 헤매던 생각을 하니, 하룻밤 사이에 그 닷새 동안의 수확보다 더 많은 이야기를 채집하자 피로한 줄도 몰랐다. 다음날 아침 김진수가 차비를 합쳐 오천원을 내밀었더니, 너무 많았던지 눈이 둥그레졌다. 김진수는 고맙다는 말을 여러 번 하며 그를 보냈다.

김진수는 오는 배 속에서 칠일 동안의 여행을 되돌아보았다. 그동안 보고 들었던 일들이 생생한 감동으로 살아왔다. 무슨 뚜렷한 인상으로 정리가 되는 것은 아니었으나, 김진수는 시골 사람들 속에서 자기가 여태 잊어버리고 살았던 소중한 것을 공급받은 느낌이었다. 순수하고 질박한 그들의 따뜻한 인정이 그렇고, 섬놈들이라는 자기비하 속에 담겨 있는 빠듯한 저항 또한 그랬다.

김진수는 첫날 그 제자가 이런 섬에 들어온 사람들은 음으로 양으로 피해만 준다던 말이 떠오르며, 어제저녁 그 이야기꾼을 너무 혹사했던 게 좀 미안한 생각이 들었다. 그가 어지간한 사회적인 신분을 가진 사람이었다면 새벽 두시까지 붙잡고 늘어질 수가 있었을 것이며, 그는 또 그런 무리한 요구에 응해주었겠는가? 술도 기분대로 마시지 못하게 요령을 부렸고, 더구나 그 부인이 앓고 있다는 사람을 덮쳐 와서 눈꺼풀이 겹치도록 이야기만 뽑아냈던 것이다. 김진수는 그들에게 피해를 주는 사람들을 한심한 사람들이라고 생각했었는데, 그 자신도 바로 그런 사람이 되었던 것이어서 혼자 씁쓸하게 웃었다. 그러다가 마지막 했던 유기 장수 이야기가 어떻게 되었나 싶어 녹음기를 틀어보았다.

'그대로 계속하십시오. 여기 그대로 녹음이 되고 있으니까 혼자 해도 다 녹음이 됩니다. 어서 계속하세요.' '아니, 그대로 계속하라니까요. 나 얼른 윗방에 다녀올 테니 그대로 계속해요. 지금 녹음기가 돌아가고 있어요.'

'예, 예' '젠장, 이야기를 많이 해봤제마는 혼자 앉아서 이야기하라는 말은 살다가 한번 첨 들어보네. 무담씨 와갖고 잠도 못 자고 이것이 먼 꼴이여? 허, 이거. 여편네나 괜찮은지 모르겠네. 참말로 재수가 없을란께, 제미랄.'

김진수는 뒤통수라도 한대 맞은 상판으로 이어폰을 뽑으며 웃었다.

『현대문학』 1977년 10월호(통권 274호); 2006년 8월 개고

도깨비
잔치

1

　시골서 할아버지가 올라오셨다는 말에 성호는 가슴이 철렁했다. 마치 어렸을 때 못된 짓 하다가 할아버지가 커엄 할 때 깜짝 놀랐던 그런 충격이었다. 이것으로 일은 끝장이 아닌가 하는 낭패감이 들었다.

　"알고 오셨어요?"

　"모르겠다. 아무 말씀도 안 하고 계시니 속이 타서 죽겠구나."

　어머니는 전화기 저쪽에서 발이라도 구르듯 애가 달아 있었다.

　"어떻게 되겠죠, 뭐."

　성호는 어정쩡한 소리로 전화를 끊었다. 할아버지는 성호가 내

316

일 약혼식을 올린다는 소문을 듣고 올라오신 것 같았다. 상대가 왜정 때 카네야마 경부 손녀라는 걸 알고, 몽둥이라도 을러메듯 올라오신 것 같았다.

할아버지는 일년에 한두번씩 오셨지만, 지금처럼 모내기가 한창인 농사철에 올라오신 적은 없었다. 더구나 날이 가물어 온통 아우성인 것 같은데, 농사에 억척이신 할아버지가 엔간한 일로는 나들이를 할 까닭이 없었다. 따로 그럴 만한 일이 있어 오셨다면 며느리한테 용건을 말하지 않았을 까닭이 없다.

친일 민족반역자, 해방이 되어 청년들에게 맞아 죽을 뻔했던 카네야마 경부 같은 집안과 혼사를 한다는 말을 듣고, 기가 막혀 농사고 뭐고 팽개치고 올라오신 것 같았다.

"커엄!"

할아버지는 무슨 일로 비위가 상하면, 마치 호랑이가 으르렁거리듯 '커엄' 하고 큰기침을 했다. 그 기침소리의 높낮이로 그 노기의 정도를 짐작할 수 있을 만큼 성호는 할아버지를 잘 알고 있었다. 성호는 어디 깊은 산속에서 갑자기 무슨 맹수라도 만난 것 같은 아뜩한 기분이었다.

그동안 할아버지도 세월이 흘러간 만치 친일파들에 대한 분노도 어지간히 잦아들었을 거라 생각했는데, 그게 아닌 것 같았다. 바쁜 농사일을 팽개치고 올라오셨다는 사실이, 할아버지 태도가 어떻다는 것을 말해주고 있었다.

"무슨 일이 있어요?"

"아니."

윤주의 물음에 성호는 건성으로 대답하며 커피를 홀짝 마셨다. 윤주는 성호의 심상찮은 표정을 빤히 건너다보고 있었다. 성호는 담배를 물고 새삼스럽게 윤주의 까만 눈을 빤히 건너다봤다. 사랑스런 얼굴이었다. 이렇게 사랑스럽고 순박한 윤주가 할아버지에게는 친일 반역자, 동족의 탄압에 앞장섰던 카네야마 경부 손녀일 뿐이었다.

"결혼할 데가 없어서 그런 개망나니 집안하고 결혼을 한단 말이냐?"

할아버지 호령소리가 지레 귀에 울려오는 것 같았다. 할아버지는 평소에는 더없이 인자하신 분이었지만, 비위에 한번 거슬렸다 하면 타협이나 양보가 없었다. 커엄 하고 돌아앉아버리면 그것으로 그만이었다. 거기서 더 뭐라고 주접을 떨면 그때는 입에서 말이 아니라 불이 쏟아졌다.

윤주는 더 참견하지 않았으나, 심상찮은 일이 있다는 것을 눈치챈 것 같았고, 그게 자기들 두사람 사이의 일인 것도 어렴풋이 알아챈 것 같았다. 이럴 때 여자들의 육감은 그만큼 민감한 것 같았다.

그런데, 윤주는 무슨 일이 있으면 마치 조갯살이 그러듯 자기 세계 속으로 조용히 물러앉아 굴속에 들어간 토끼가 그러듯, 말똥말똥한 눈으로 바깥을 내다보는 것 같았다. 아무 일에나 주제넘게 나서지 않는 윤주의 이런 성격은 우선 상대방에게 불필요한 부담을 주지 않았다. 그건 미덕이기 전에 퍽 사랑스런 모습이었다. 여자들은 남자들과 관계가 어느 단계를 넘으면, 아무 일에나 수다스럽게 참견하기 십상인데, 그것은 반드시 애정의 표시로 상대방의 근심을 덜어주려는 배려에서라기보다, 단순히 수다벽일 때가 대부분인 것 같았다. 그러니까, 윤주의 이런 태도는, 그것이 타고난 성격이라면 큰 미덕을 타고난 것이고, 자제에서 온 것이라면 대단한 교양이었다.

"나가볼까?"

성호가 앞장을 서서 다방을 나왔다. 그들은 약혼반지를 찾으러 가려고 여기서 만났던 것이다. 둘이는 말없이 걸었다.

성호는 지금 자기가 당하고 있는 곤혹을 윤주에게 눈치채이지 않으려면 뭐라 지껄여야 하겠는데, 예사 때는 그렇게 쏟아져 나오더니 오늘은 입이라도 봉해져버린 듯 할 말이 없었다. 웃고 떠들다가 갑자기 주먹이라도 한대 얻어맞고 무색해져버린 꼴이었다.

며칠 전 반지를 맞추러 갈 때와는 너무나 대조적이었다.

"여자들은 이런 장신구라면 멋모르고 좋아만 하던데, 그 발생적인 내력을 알면 별로 좋아할 게 못 될걸. 이런 장신구가 처음 어떻게 생겨난 줄 알아?"

"아마, 첨부터 장신구는 아니었던 모양이죠?"

"맞았어. 추리력이 대단하군."

"치사는 거기까지만 듣겠어요."

"허허. 팔찌나 목걸이는 옛날 여자를 노예처럼 취급할 때 도망치지 못하게 목이나 팔에 매어둔 사슬이 변해서 그렇게 된 거래."

"아이, 망측해라."

"겉으로 보기에는 호화롭지만 속살은 그런 것 같아. 그러니까, 약혼이나 결혼 기념으로 남자가 여자한테 그런 것을 걸어준다는 것은 퍽 재미있는 상징이잖아? 하하.”

“너는 내 것으로 이렇게 꽉 붙잡아 매두었으니 꼼짝 마라, 이거군요. 그러면 반지는 어떻게 된 거지요?”

“모양을 축소시켜 위치를 손가락에다 바꿔놨을 뿐, 그 상징은 마찬가지잖아?”

“아이, 기분 나빠. 나는 그런 것 끼지 않을까보다.”

“결혼 때는 목걸이를 해줄 참인걸. 나중에는 팔찌나 발찌까지 해줄 작정이야.”

“아이 징그러. 손목 발목을 꽁꽁 묶어놓겠다는 거군요. 보석이라면 눈이 뒤집히는 여자의 약점을 잘도 이용했군. 남자들이 주도해온 문화란 게 여자한테는 매양 이 꼴이라니까.”

“황홀한 빛깔로 눈을 달콤하게 하는 결혼의 황금반지 속에는 남자들의 그런 흉측한 음모가 들어 있었느니라. 약한 자여, 그대 이름은. 하하.”

“결혼선서와 함께 그 이전의 모든 달콤한 약속은 깡그리 사라지고, 황금반지의 원가 상환으로 여자들의 일생은 가여웠느니라. 잔인한 자여, 그대 이름은, 깔깔.”

“하하.”

“나 반지 맞추고 싶은 생각이 싹 가셨어. 다른 걸 해줘.”

“다른 것? 그건 안 돼. 여기에는 관습이라는 더 큰 굴레가 있거든. 약혼 때는 그런 반지를 끼어야 한다는 관습이란 굴레가 씌워져 있어. 우리는 그 굴레에 지금 끌려가고 있는 거야.”

“아이, 속상해.”

보석상에 들어가자 주인은 반갑게 맞으며 반지를 내놓았다.

"예쁘군."

성호가 웃으며 참견했다. 윤주도 웃으며 반지를 손가락에 끼었다. 요리조리 보다가 다시 반지를 빼려 했다.

"어머, 빠지지 않네요."

손가락 매듭에 걸려 빠지지 않았다. 주인이 조금씩 돌려가며 빼보라고 했다. 그렇지만 좀처럼 빠지지 않았다. 주인은 윤주의 손을 잡아 쉽게 뺐다. 주인은 쉽게 빼는 요령을 설명해주었다. 윤주는 다시 끼고 빼려 했으나, 쉽게 빠지지 않았다. 윤주는 좀 키워달라고 했다.

"그대로 둬. 빼고 싶다고 맘대로 빼버리면 반지의 의미가 없어지지 않아?"

성호가 정색을 하고 말했다.

"남 속상한데."

윤주는 경황 중에도 곱게 눈을 흘겼다. 주인은 다시 반지를 빼보이더니 이 정도는 괜찮다고 했다.

두사람은 거기서 헤어졌다. 성호는 윤주와 헤어지는 게 전에 없이 허전했으나, 내일 잔치 준비를 거들어야 한다고 했던 다음이라 그냥 보내주었다.

성호는 할아버지를 대할 일이 도무지 아뜩하기만 했다. 집으로 향하는 발걸음이 돌덩어리처럼 무거웠다. 성호는 새삼스럽게 할아버지 기억들이 괴로운 영상으로 하나하나 머리를 스치고 지나갔다.

이런 일과 관련해서 성호가 맨 처음 당한 충격은 중학교에 막 입학을 했다가 그 학교를 그만두고 K시로 전학을 한 일이었다. 성호가 중학교에 입학해서 중학교 모자를 쓰고 할아버지 앞에 나서자, 할아버지는 얼굴을 활짝 펴고 웃으셨다. 할아버지가 그렇게 얼굴을 활짝 펴고 웃는 일은 드물었다. 그런데 입학을 하고 한달도 채 못 되어 할아버지 그 너털웃음은 그만큼 큰 노기로 변하고 말았다. 성호가 다니고 있는 학교의 교장이 옛날 카네야마 경부의 아들이라는 것을 알고 노발대발이었다. 그 카네야마 경부는, 성호 큰아버지를 항일사건으로 잡아다가 고문으로 죽게 한 바로 그 장본이었다. 그이가 바로 윤주 아버지였다.

"아니, 이 녀석들이 총찮아도 여러벌로 총찮은 녀석들이구먼. 그런 개망나니 아들을 교장을 시켜노면, 그런 작자더러 무엇을 가르치라는 게야? 교장 시킬 사람이 없어서 하필 그런 녀석을 추려다가 교장을 시켜? 망했구먼. 이 나라 또 망했어."

할아버지는 담뱃대로 놋쇠 재떨이를 꽝꽝 두들기며 죄 없는 성호 아버지에게 호령이었다. 그때 그 학교 교사이던 성호 아버지는 마치 자기가 그 총찮은 짓을 하기라도 한 장본인인 것처럼 아버지 앞에서 안절부절못했다.

"그래도 그 아버지가 친일했다고 그 아들까지야……"

성호 아버지는 잔뜩 주눅이 들어 있다가 겨우 한마디 했다.

"뭣이 어쩌고 어째? 그것이 지금 쓸개를 차고 하는 소리냐?"

할아버지는 재떨이를 깡 때렸다. 할아버지는 놋쇠 재떨이가 그 교장 대가리이기나 한 것같이 깡깡 갈기며, 그런 작자들 씨를 말리지 않고 살려준 것도 어딘데, 시켜도 하필 교장을 시켰느냐며 호령이었다.

이 소동이 성호한테는 엉뚱한 일로 돌변하고 말았다. 그런 작자가 교장으로 있는 학교에는 손자 교육을 맡길 수 없다며, 그다음 날 당장 성호를 데리고 K시로 올라가 전학을 시켜버렸다.

그때 성호 집은 성호를 도시 학교로 보내기에는 어려운 형편이었다. 그러나 할아버지는 성호를 데리고 교육위원회로 갔다. 교육감을 만나겠다고 했다. 웬 시골 영감이 교육감을 만나겠다고 하자, 직원들은 할아버지를 위아래로 살피며, 무슨 일이냐고 할 말이 있으면 자기들한테 하라고 했다.

"당신들하고 말할 일이 아녀."

할아버지의 그 완강한 태도에 교육감 면회가 되었다.

할아버지는 나는 아무 데 사는 아무개라고 자기소개를 했다. 교육감이라면 까마득하게만 느껴지던 성호는 할아버지 그 당당한 태도가 도무지 위태롭게만 느껴졌다. 저런 높은 사람한테는 마구 굽실거리며 이야기해야 할 것이라 생각했기 때문이다. 그러나 할아버지는 조금도 꿀리거나 주저하는 기색이 없어 성호는 저래도 괜찮을까 가슴이 죄었다.

"이 아이는 내 손자요. 헌데, 우리 골에 있는 중학교에는 이 아이를 보낼 수가 없어서 다른 학교로 전학을 시켜달라고 왔소."

"왜 그러십니까?"

교육감은 엉뚱한 말에 눈을 크게 뜨고 할아버지를 건너다봤다.

"커엄."

할아버지는 커엄 목청을 가다듬었다. 교육감은 할아버지의 심상
찮은 태도에 자리에서 일어나 응접용 의자로 자리를 권하며 자기
도 그리 옮겨 앉았다. 할아버지는 자리를 옮겨 앉자 차근히 담배쌈
지를 꺼냈다. 교육감은 거기 있는 궐련을 권했으나, 할아버지는 사
양하고 곰방대에다 풍년초를 욱여넣었다. 성호는 담배를 욱여넣는
시간이 너무 길고, 쌈지가 시커먼 게 교육감 앞에 부끄러웠지만, 할
아버지는 교육감을 한참 앉혀놓고, 담배를 욱여넣어 불을 붙인 다
음, 또 두어모금 빨고 나서 입을 떼었다.

"교육감님께서도 그 연세면 잘 아실 것이요마는, 우리 골 중학
교 김학모는, 왜정 때 항일 학생을 퇴학시킨 카네야마 경부의 아들
이요. 나는 그때 그 작자 손에 아들을 잃은 사람이요. 그런 험한 작
자 아들을 교장을 시켜놓으면, 그런 작자보고 무엇을 가르치라는
거요?"

할아버지는 전날 성호 아버지한테 했던 것처럼 호령은 하지 않
았지만, 말소리는 쉽게 범접할 수 없는 위엄이 있었다. 할아버지는
어디서나 그 곰같이 큰 몸집과 목소리에 어지간한 사람은 꿀리는
데 교육감도 그런 것 같았다. 교육감은 할아버지 얼굴만 건너다보
고 있었다.

"그런 작자들이 학생들에게 일본 침략을 제대로 가르치겠소, 삼
십육년의 통분을 되새겨 학생들의 정신을 깨우치겠소? 독립운동
을 하다가 그런 작자들 총칼에 쓰러져 지하에 묻혀 있는 혼백들도
생각할 때는 생각해야 하요. 다시는 남의 종살이를 하지 않으려면
무엇보담도 교육이 백성들 혼을 일깨워야 한다 이 말이요. 왜정 때

보지 않았소? 왜놈들한테 빌붙어 그 앞에 알랑거리고 제 백성 팔아먹은 작자들은 거의가 배웠다는 작자들이었소. 정신 나간 등신들한테다 지식을 실어놨으니 그런 꼴이 됐던 것이지요."

할아버지 말은 시멘트벽을 뚫고 들어갈 듯 힘이 있었다.

"영감님 말씀 잘 알겠습니다. 이제 와서는 그런 쓰라린 과거를 다 잊어버리고 서로 너그럽게 손을 잡고 나가야 하지 않겠습니까?"

교육감은 설득 조로 한마디 했다.

"너그럽게 손을 잡지 말자 해서 하는 말이 아니요. 그런 녀석들한테 다른 것은 몰라도 교육자를 시켜서는 안 된다, 이 말이요. 교육이 뭣이요, 교육이?"

할아버지는 탁자를 치며 목소리 높였다.

"그렇지만, 그런 사람이라고 법이 자격을 제한하고 있는 것은 아닙니다."

"법? 그 법 만든 작자들이 쓸개가 빠져 그렇지요. 하여간, 나는 그런 작자한테는 손주 교육을 맡길 수가 없으니 전학을 시켜주시요. 그런 작자 교장을 시키지 말라는 법이 없다면, 그런 작자한테 억지로 교육을 맡기라는 법도 없을 거요. 여기서 해결을 못하면 서울 가서 문교부장관한테 따지겠소."

교육감은 당황하는 표정이었다. 어디서 땔나무꾼 같은 영감이 나타나서 바쁜 사람 붙잡고 번거롭게 하는 것 아닌가 하던, 처음의 그 떨떠름하고 데데하던 표정이 싹 가시고 난감한 표정을 짓고 있었다. 해방되어 십년도 넘은 지금 갑자기 옛날에 죽은 망령이라도 나타난 것 같은 모양이었다.

교육감은 잠깐 기다리라며 밖으로 나갔다. 이 영감을 섣불리 대했다가는 큰코다치겠다 싶어 의논을 하러 가는 것 같았다. 성호는 거기까지는 미처 생각을 못 했지만, 만약 그 일이 신문기자들한테라도 알려진다면 이만저만 신나는 기삿거리가 아닐 것이라, 교육감은 할아버지 그 강경한 태도에 겁을 먹은 것 같았다.

교육감이 나간 뒤로 할아버지는 재떨이에다 탕탕 곰방대를 털고 다시 풍년초를 욱여넣었다. 그렇게 담배를 욱여넣고 있는 할아버지 모습은 꼭 곰 같았다.

한참 만에 교육감이 직원 한사람을 데리고 왔다. 그 직원은 좀 놀란 눈으로 할아버지를 건너다봤다. 그는 장학사 아무개라고 자기소개를 했다.

"영감님 뜻이 그러시다니 전학을 시켜드리기로 결정했습니다. 이분을 따라가십시오."

"고맙소."

할아버지는 가볍게 인사를 하고 장학사를 따라나섰다. 장학사는 '관' 자가 붙은 차에 할아버지와 성호를 태우고 어느 학교로 갔다. 교장은 반갑게 맞으며, 서류 수속은 차차 하기로 하고 내일부터 학교에 나오라고 했다.

그런데 전학을 가면 편입생이라고 텃세를 할 줄 알고 잔뜩 기가 죽었는데 그렇지 않았다. 어느새 소문이 퍼졌던지 성호는 급우들한테 엉뚱하게 대단한 아이로 대접을 받았다. 처음 온 도시 풍경에 기가 죽어 어리둥절해 있는 판에, 급우들의 그런 태도는 이만저만 위안이 되는 게 아니었다. 관청에 들어온 촌닭같이 어리둥절해 있는 성호를, 마치 옛날 독립투쟁을 하다 죽은 그 장본인이라도 대하듯 하여 성호는 되레 어리둥절했다. 중학교 일학년들인 순진한 학생들은 그만 때의 그런 감격과 선망으로 성호를 부러워했다.

할아버지는 한달에 한번 꼴로 성호에게 편지를 했다. 공부를 열심히 할 것은 물론, 국가와 민족을 위해서 항상 뜻을 높게 가지고 사내답게 의젓하고 당당해야 한다고 이르기를 잊지 않았다. 창호지에 붓으로 정성 들여 쓴 할아버지 편지를 받으면 성호는 그 편지를 몇번이고 읽었고, 또 놀러 오는 친구들한테 그 편지 보이는 것이 큰 자랑거리였다. 친구들은 그런 성호를 몹시 부러워했고, 그때마다 독립운동이 어떻고 한마디씩 했다. 할아버지는 성호의 성장을 왜정 때 죽은 자기 큰아들과 일치시켜 바라보는 것 같았고, 성호는 할아버지 그런 속마음을 어렸을 때부터 알고 있었다.

할아버지한테는 일년에 한두번씩 찾아오는 친구가 한분 계셨었는데, 그에게 성호 자랑을 늘어놓는 것을 들었을 때 그런 짐작을 하게 되었다.

성호가 초등학교 이학년 무렵 산으로 산딸기를 따러 갔다가, 갑자기 소나기가 어찌나 억수로 쏟아졌던지, 삽시간에 도랑물이 흘러넘쳐 논둑 밭둑을 툭툭 갈랐다. 그런 소나기 속에서 아이들이 오지 않자 동네 사람들은 아이들을 찾아 나섰다. 아이들은 나무 밑에서 비를 피하고 있다가 소나기가 지나가자 산을 내려왔는데, 다른 아이들은 모두 쫄딱 젖었지만 성호만 혼자 옷이 젖지 않고 말짱했다.

"어떻게 비를 피했냐?"

할아버지는 모두 무사한 것에 안도의 숨을 쉬고 나서 이번에는 성호가 다른 아이들과 달리 옷이 하나도 젖지 않은 것을 보고 물었다.

"피한 것이 아니고……"

비가 쏟아지자 옷을 벗어 바위틈에 끼워 두었다가 입고 내려왔다고 하자, 할아버지는 성호 머리를 쓰다듬으며 크게 웃었다. 할아버지는 그 일을 친구인 그 진객에게 자랑하면서 너털웃음을 웃었다.

"저 녀석이 얼굴 생긴 것부터 하는 짓까지, 어쩌면 저렇게도 제 큰아비를 닮았는지 아주 빼다 박았단 말이야."

평소에는 별로 말이 없는 할아버지가 그날따라 별나게 수다스럽게 자랑했다.

그 진객이란, 성호에게는 또 하나의 할아버지 같은 분이었다. 당호가 동곡(東谷)이라 성호는 동곡할아버지라고 불렀는데, 성호 할아버지가 젊었을 때 머슴살이했던 주인집 도련님이자, 왜정 때는 똑같이 항일사건으로 아들을 잃은 사람들이기도 했다.

그때만 하더라도 머슴과 주인집 도련님은 너무 동떨어진 사이였지만, 그들은 그만큼 서로 의기투합했던지, 주인과 머슴이란 관계를 벗어나 친구처럼 지냈다. 할아버지가 글을 익힌 것도 그이 호의로 어깨너머로 글을 배운 것이었다. 할아버지는 그만큼 총명했던지 어깨너머 글이 거기 전념하는 주인집 도령에 내리지 않아, 그이가 『논어(論語)』를 뗄 때면 할아버지도 『논어』를 떼고, 『맹자(孟子)』를 뗄 때는 『맹자』를 뗐으며, 『사략(史略)』을 같이 읽고 밤새워 『육도삼략(六韜三略)』을 논하기도 했다.

주인집 도령이 밑글을 외어 바치고 책씻이를 할 때는, 한사람은 주인으로 책을 끼고 가고, 한사람은 머슴으로 떡시루를 지고 갔지만, 그렇게 서당에 가는 행색은 달랐어도 주인이라고 거드럭거리지도 않았고, 머슴이라고 꿀리는 것도 아니었다. 다만 서당에서 돌아올 때 한사람은 훈장에게서 한계단 인정받은 절차를 밟았고, 한사람은 그런 절차가 없었을 뿐, 한단계를 성취했다는 기쁨은 똑같았다.

성호 할아버지가 스물다섯이 되던 해, 그 집에서는 팔년간 살았던 새경을 한꺼번에 계산해서 장가도 보내주고, 남은 돈은 논밭을 사서 살림을 차려주었다. 그는 그대로 그 동네에서 눌러앉아 살림을 늘리며 살았는데, 그렇게 가난하기는 해도 성씨도 줄기가 있어 그냥 곤쇠아비 아들은 아닌데다가, 사람됨이 무던하고 더구나 식자까지 들었으니, 옛날 머슴살이를 했다고 그를 깔보는 사람은 없었다.

주인집하고는 큰집 작은집처럼 가까이 지냈고, 더구나 그 집 아들하고는 형제 같은 사이가 계속되었다. 그런데, 이것은 또 너무 우연이라게 그들은 똑같은 나이의 아들을 두었는데, 그 아이들도 아버지들처럼 친하게 지냈고, 초등학교를 졸업을 하자 또 나란히 K시에 있는 고등보통학교로 진학을 했다.

그 학교는 반일감정이 유독 거세서 학교 분위기가 저 밑바닥에는 언제나 앙금처럼 반일감정이 짙게 깔려 있었다. 그들은 음성적인 반일단체인 독서회에 똑같이 가입했고, 최고 학년이 되었을 때는 그 회의 중심이 되었다.

이제 두 아들들이 학교를 졸업하고 의젓한 모습으로 나타날 기대를 부풀리고 있을 때였다. 느닷없는 비보가 성호 할아버지한테 날아들었다. 아들이 병원에 입원해 있다는 밑도 끝도 없는 내용이었다.

뭔가 불길한 생각이 들어 두사람이 K시로 갔다. 항일사건으로 경찰에 얻어맞아 그렇게 되었다며, 이미 사색을 뒤집어쓴 반송장 꼴로 누워 있었다. 그런데 동곡영감 아들도 같이 잡혀갔는데 소식이 묘연하다는 것이다. 맞아 누워 있는 사람은 기막힌 대로 그렇다 하더라도, 소식을 모르는 쪽은 더 답답했다. 경찰서에서는 내보냈다고 우겼으나, 백방으로 수소문을 해도 알 수 없었다. 동곡영감이 아들 소식에 경황이 없는 사이 이쪽 아들은 끝내 눈을 감고 말았다. 두 아버지가 통한의 눈물을 씹고, 친구들이 이를 가는 속에서 그는 마지막 숨을 거둔 것이다.

"카네야마, 카네야마."

아들이 숨을 넘기며 뇌고 간 이름이었다. 자갈길에서 달구지 바퀴 덜커덕거리는 것같이 괴롭게 가래를 끓이며 뇌던 그 이름을, 성호 할아버지는 일생을 두고 잊을 수가 없었다.

동곡영감 아들 소식은 그해가 넘어가도록 도무지 알 길이 없었다. 그런데 이듬해 봄에야 기막힌 꼴로 시체가 되어 나타났다. 시내 변두리 저수지 얼음장 밑에 처박혀 있다가 얼음이 녹자 물 위로 떠오른 것이다.

외아들을 그렇게 잃고 난 동곡할아버지는 만사에 뜻을 잃고 주유천하, 세상을 떠돌아다녔다. 성호가 철들어 동곡할아버지를 보았을 때는 그에게서 세상을 두루 달관해버린 사람의 고고한 기품만 느껴졌다. 별로 말이 없고 웃을 때 앞니만 조금 드러내고 마는 그 동곡할아버지는, 성호 할아버지하고는 달리, 항상 조용하고 쓸쓸한 분위기만 짙게 드리우고 있었다. 옛날 그 회한이 가슴속 깊이를 잴 수 없는 저 밑바닥에 쌓여 거기서 나오는 분위기인 것 같았다. 그래서 성호는 그 할아버지가 올 때마다, 자기 머리를 쓰다듬는 그 인자한 손길과 그가 거느린 쓸쓸한 분위기 속에서 형언할 수 없이 착잡한 감개에 뒤얽혔다.

그 동곡할아버지가, 늦가을이나 초겨울쯤 할아버지 농사일이 한가할 때 할아버지를 찾아오면, 성호는 이육사의 「청포도」에 나오는, 그 청포를 입은 나그네의 모습이 떠올랐다. 그가 거느린 분위기가 그렇게 신비스럽고 전설적으로 느껴졌던 것이다.

그래서 성호는 청포가 아니라 흰 두루마기를 입고 그 동곡할아버지가 집에 찾아오시면 또 한해가 지났구나 하고, 세월이 마치 그 할아버지에 얹혀 흘러가는 것 같았다. 그때마다, 성호 할아버지는 정성스럽게 담가두었던 모과주와 소나무 순을 따서 담근 송순주를 내놓았다. 성호는 두 할아버지가 술상을 가운데 놓고 주거니 받거니 술잔을 권하는 모습이 그렇게 정겨워 보일 수가 없었다. 동곡할아버지는 옛날, 한 오백년도 더 된 아득한 옛날 어떤 선비가 그렇게 살아 잠깐 여기 나타난 것 같았고, 자기 할아버지는 어디 산중 땔나무꾼이 어쩌다가 잠시 그런 사람과 대작을 하고 있는 것 같았다. 그렇게 동떨어진 인상이면서도 또 그렇게 잘 어울려 보일 수가 없었다. 동곡할아버지 인상이 정갈한 갈매나무라면, 자기 할아버지는 그들이 마시고 있는 모과주를 담근 마당가 모과나무같이 보여, 어쩌면 저런 사람들이 저렇게도 잘 어울릴까 도무지 신기하기만 했다.

2

그런데 성호 아버지는 그런 할아버지에 비해 전혀 딴판이었다. 우선 성호 아버지는 하필 그 카네야마 경부의 아들, 그러니까 지금 윤주 아버지와 형님 동생 하는 사이로 가까이 지내고 있었다. 언젠가 두사람이 술이 곤드레가 되어 성호 집에 온 적이 있었는데, 그들이 형님 동생 하는 것을 보고 성호는 머리가 아찔한 충격을 받았다. 그건 성호 아버지가 교감 승진을 한 얼마 뒤인데, 알고 보니 성호 아버지가 교감 승진을 한 것은 그때 교육위원회 학무과장이던 김학모 씨가 결정적인 역할을 했다는 것이다. 그런데 그이들만 그런 것이 아니고, 어머니들까지 어느새 언니 동생이 되어 있었다. 그런 일을 탓하기에는 이미 세대가 하나 바뀌었고, 세상도 많이 달라졌다고 성호는 생각을 누그리려 했지만, 뭔가 크게 잘못되어가고 있다는 생각과 함께 그런 아버지와 어머니에게 혐오감을 느꼈다.

그러나 성호는 자기가 너무 할아버지 쪽에서만 보기 때문에 그런 느낌이 드는지도 모를 일이라고 대범하게 넘기려 했다. 아버지가 김학모 씨에게 가까이한 것은, 본인들과는 아무 상관도 없는 할아버지 시대의 죄업을 짊어지고 그 강박과 수모 속에서 살아가는 김학모 씨에게 인간적인 동정을 느껴서 의식적으로 가까이한 것 같았고, 저쪽에서는 그런 배려가 고마워 서로 그렇게 가까워진 것 같아, 성호는 그이들의 관계를 좋은 쪽으로 이해하려고 노력했다.

나중에 들은 이야기지만, 김학모 씨는 자기 아버지 때문에 당한 수모가 한두가지가 아니라는 것이다. 성호 할아버지가 성호를 전학시켰던 일은 놔두고도, 교사들 직원회의 때 의견 충돌이 생겨 그 아버지 행적이 들먹여지며 모욕을 당한 일도 있었다는 것이다. 또 어느 시골에서는 삼일절 기념식장에서 경축사를 하려다가 유림(儒林)들한테 쫓겨나기도 했다는 것이다.

"저 작자가 카네야마 경부 아들 아닌가? 여기가 어디라고 저런 작자가 경축사를 한단 말이야?"

김학모 씨가 경축사를 펴 들자 노인들 석에서 고함소리가 튀어 나왔다.

"당장 물러서지 못할까?"

거듭되는 호령소리에 김학모씨는 어물어물 물러서고 말았다는데, 성호는 그 말을 들었을 때, 그 소리 지른 노인의 모습에서 할아버지가 떠올라 통쾌하기도 했지만, 한편으로는 김학모 씨에게 동정이 가기도 했다.

김학모 씨는 그런 약점을 지니고 있었지만, 이 지방 교육계에서 승승장구 출세가도를 달리고 있었다. 그런 약점을 극복하면서 살아가자니 남보다 그만큼 처세에 능한지, 성호 할아버지가 두고 쓰는 말마따나 씨 도둑질은 못하는 것인지, 하여간 그렇게 시류를 타고 처세를 해나가는 데는 천재적인 능력이 있는 모양이었다. 그의 그런 능력이 어느 정도인가는 도 단위 교육계에서는 꽃이라 할 수 있는 학무과장 자리를 그만한 나이에 올라앉았고, 얼마 안 가 학무국장 자리에 오른 것만 봐도 알 수 있는 일이었다.

그래서 그에게는 김길동이란 별명이 붙었을 지경인데, 그는 이 지방 교육계의 삼대 길동이 가운데서 우두머리 격이라는 것으로, 그들이 얼마나 뛰고 나는 재주를 지녔는지 수많은 일화가 있었다. 모두가 술수와 아첨에 관한 것들이었다. 정말 그런 일이 있었는지, 누가 지어낸 것들인지 알 수 없지만, 듣기만 해도 얼굴이 뜨거울 지경이었다.

일테면, 교육감이 새로 임명되었을 때, 세 길동이 가운데서 한 길동이가, 이만하면 나보다 먼저 인사 간 사람이 없겠지 하고, 통금해제 싸이렌 소리와 동시에 달려가 그 집 버저를 눌렀더니, 이미 인사를 마치고 나오는 사람이 있어서 쳐다보니 그게 김길동이라는 식이었다.

성호는 그런 이야기를 들었을 때 그런 사람이 교육계를 좌지우지하는 자리에 있으면 교육이 뭐가 되겠는가 하는 개탄보다, 그렇게 살지 않을 수 없는 김학모 씨에게 연민감이 느껴졌다.

그러나 차츰 교육계의 깊은 내막을 알면서부터 성호는 김학모 씨에 대한 연민감과는 달리 아버지에게 혐오감을 느끼기 시작했다. 특히 이 지방 교육계에서 출세를 하자면, 그 삼대 길동이 가운데 어느 한 길동이를 잡고 늘어져야 한다는 말을 들은 다음부터 더 그랬다.

그들을 잡아야 출세를 하는 것은 그들의 힘을 직접 빌리는 것도 빌리는 것이지만, 그보다 그들의 조언을 들어야 하기 때문이라는 것이다. 이런 일을 하자면 어떤 줄을 잡아야 하느냐, 그 사람한테는 돈이 드느냐, 권력이 드느냐, 돈이 든다면 어떤 방법으로 얼마나 써야 하느냐, 또 권력이라면 어떤 줄을 어떻게 대야 하느냐 등등 그들을 덮을 사람이 없다는 것이다. 높은 사람 하나가 자리를 바꾸는 데 따른 기류의 변동과 시세의 흐름에 그들만치 민감한 사람이 없고, 또 뒷거래의 취향에 대한 그들의 감각이란 유행에 민감한 여자들의 그것보다 더하다는 것이다.

그러니까, 그들의 조언을 얻기만 하면, 대개는 일이 그럴듯하게 맞아떨어지지만, 설사 어떤 일을 하는데 목을 잘못 짚어 그것이 당장 효과를 내지 못한다 하더라도, 그것이 새로 싹이 나도록 그루를 앉히는 차선책 등, 그들의 술수는 가히 길동이라는 별명에 손색이 없다는 것이다. 그런데, 그중에서도 김학모는 우두머리 격이어서 다른 길동이들이 모사를 하다가 수가 막히면 그에게 가서 지혜를 빌린다는 것이다.

성호 아버지가 김학모를 형님으로 모신 것도, 성호가 생각했던 대로 순수한 동기가 아니라 이런 계산이라는 것을 알았을 때 성호는 배신을 당한 기분이었다. 그리고 자기의 그런 약점과 깊은 관계가 있는 성호 아버지를 김학모가 그렇게 받아들이는 것도, 범상한 짐작으로는 그 깊이를 얼른 헤아릴 수 없는 처세상의 원모가 있을 것이라는 생각이 들어, 성호는 김학모에게 적개심이 느껴지기 시작했다.

그러니까, 성호가 윤주를 처음 알게 된 것은 그 아버지에게 이렇게 적개심을 느끼고 있을 때였다. 성호가 어려운 경쟁을 뚫고 의예

과에 입학한 얼마 뒤였다. 윤주 어머니는 윤주를 집에 데리고 와서 서로 오뉘처럼 지내라며 윤주더러 성호를 오빠라 부르라 했다. 부모들이 모두 형제간으로 지내니 자식들도 응당 그래야 할 게 아니냐는 태도였다. 부모들의 그런 관계에 혐오감을 느끼고 있던 성호는 그런 관계를 자기들에게까지 연장시키려는 것에 저항을 느끼지 않을 수 없었다. 그러나 윤주 어머니는 틈만 있으면 고등학교 이학년인 윤주를 성호 집에 데리고 와서 별의별 수다를 다 떨었다. 그런 윤주 어머니가 뚜쟁이 같았다.

그러는 사이 윤주는 성호의 마음속을 어느새 조금씩 파고들고 있었다. 성호가 윤주에게 처음 느낀 감정은 그 아버지한테 그랬듯이 그 집안의 약점에 대한 연민이었다. 그래서 성호는 윤주 어머니는 경멸했지만, 까만 눈의 좀 처량해 뵈는 윤주는 미워할 수가 없었다. 그 속에 자기대로 비밀스런 세계를 하나 조그맣게 따로 지니고 있는 것 같은 윤주의 까만 눈을 볼 때마다 자기에게 무엇을 호소하고 있는 것 같았고, 그 호소의 눈초리가 마음속에 또렷한 영상으로 남아 차츰 자리를 넓혀가고 있었다. 어느새 그 자리는 성호의 마음을 전부 차지해버리고, 그 농도는 차츰 짙어갔고 자기 생애 속으로 깊숙이 들어왔다는 것을 느끼게 되었다.

그래서 성호와 윤주는 부모들이 인정한 오빠와 누이라는 베일 뒤에서 '오빠', '윤주'라는 다정한 호칭으로 이성 간의 긴장을 느꼈다. 그러다가 문득 할아버지가 떠오르면, 성호는 커엄 하는 기침소리에 놀란 것처럼 찔끔한 불안을 느꼈다. 성호는 그때마다 윤주의 까만 눈을 빤히 건너다보며, 자기가 무슨 영화나 소설에 나오는 비극의 주인공이라도 된 것 같은 감상에 빠지기도 했다. 그러나 성호는 윤주와의 관계가 깊어질수록 할아버지에 대한 배신감을 주체할 수 없었다.

성호가 중학교 다닐 때부터 할아버지는, 방학 때면, 미리 집에 올 날짜를 편지로 알리도록 해서 성호가 거처할 방을 깨끗이 청소를 하고, 이불이며 베갯잇까지 깨끗이 빨도록 해서 꼭 신방 차려놓듯 해놓고 기다리고 있었다. 그리고 손수 남새밭에서 가꾼 참외며 수박을 뒤란 샘물에 채워뒀다가 손수 깎아주시며 그동안 공부한 이야기를 들으시며 대견해했다.

본과 일학년 여름방학 때였다. 성호는 방학을 하자마자 언제나 그랬듯이 시골로 할아버지를 뵈러 갔다. 할아버지는 성호가 고향에 올 때는 언제나 그랬듯이 그때도 집안과 골목까지 말끔하게 청소를 해놓고 성호를 기다리고 계셨다. 할아버지는 항상 그랬지만, 할아버지의 이런 정성에 새삼스럽게 감동을 느꼈다.

성호 아버지가 도시에 집을 마련한 다음에도 성호는 방학은 으레 할아버지 집에서 보냈는데, 그해에는 뒤꼍 대밭 한쪽을 치고 아담한 정자까지 하나 지어놓고 계셨다. 거기서 시원하게 공부를 하라는 것이다. 시골 원두막만큼 작았지만, 바닥을 대발로 엮은 정자는 이만저만 시원하지 않았다.

성호 할아버지는 성호한테만 그런 것이 아니고 성호 아버지한테도 그랬다는데, 성호한테는 한결 더 알뜰한 것 같았다. 성호는 이런 할아버지에게 절로 고개가 숙여졌지만, 할아버지의 이런 정성에 감동이 느껴지면 느껴진 만큼 윤주와의 관계가 무겁게 가슴을 눌렀다.

그때마다 성호는 윤주 집안과의 관계는 벌써 삼대째라며, 당신들 대의 원한을 손자들에게까지 물려주는 것은 지나친 일이 아니냐고, 정자에 누워 윤주의 그 까만 눈과 할아버지의 노여움을 떠올리고 있었다.

성호는 거기서 이십여일을 겨우 지내고 다시 K시로 올라왔다. 성호가 윤주한테서 떨어져 시골에서 견뎌본 시간은 윤주가 자기 마음속에 어느 정도 자리를 잡고 있는가를 시험해본 시간이라 할 수도 있었다. 사람이나 짐승이나 어미 품에서 어느 만치 자라면, 모두 제짝을 찾아가듯 성호의 마음도 이미 할아버지를 떠나 윤주한테로 그만큼 기울어 있었다.

성호는 할아버지 집을 떠나면서 할아버지가 윤주 집안을 아직도 용서할 수 없고, 그래서 윤주를 손자며느리로 받아들일 수 없다면 제가 갈 길은 이렇게 결정되었다는 듯, 할아버지한테 작별인사를 드리는 고개가 저도 모르게 예사 때보다 한참 깊숙이 숙여지고 있었다.

고등학교 교복을 벗고 그해에 대학생이 되었던 윤주는 그 이십일 만에 더 예뻐지고 성숙해 있는 것 같았다. 성호는 그 길로 윤주와 바다로 갔다.

"당신네 세대에 일어났던 일은 모두 당신네 세대에서 끝내시고, 우리들에게까지 그 무겁고 우울한 짐을 떠맡기지 마십시오. 우리 세대는 우리 세대들대로 인생이 있고, 또 우리 세대가 짊어져야 할 우리 몫의 짐이 있습니다."

성호는 멀리 있는 할아버지를 향해 마음속으로 이런 항변을 하며 그때마다 윤주를 껴안곤 했다. 오도카니 몸 전체를 성호한테 맡기고 있는 윤주는 마치 붙잡혀 온 날짐승처럼 파들파들 떠는 것 같았고, 성호는 자기 할아버지를 그렇게 가로막아주듯 더 힘있게 껴안았다.

그해 초겨울 성호 할아버지는 언제나 그러시듯, 그해 농사지은 쌀을 보내고 바로 성호 집에 오셨다. 그때 성호 아버지는 김학모 씨 이야기를 넌지시 꺼냈다.

"저는 그분한테 신세를 너무 많이 지고 있습니다. 지난번 교감 승진도 그분 덕택입니다. 그분이 저를 거들어주시는 것은 친형제에도 그렇게 할 수 없을 지경입니다. 오는 정 가는 정이라고, 이런 쌀이라도 조금 나눠 먹었으면……"

"뭣이?"

할아버지는 대번에 허옇게 아들을 노려봤다.

"어디서 그런 정신 나간 소리를 하고 있는 거냐? 커엄!"

살얼음을 밟듯 슬슬 눈치를 살피며 우물거렸던 성호 아버지는 할아버지의 커엄 소리에 조그맣게 오그라들었다.

"그래 빌붙을 데가 없어서 하필 그런 망나니 종자한테 빌붙는단 말이냐? 교감 같은 걸 하려고 그렇게 쓸개를 뽑는다면 교장이라도 하려면 이 아비도 팔아넘기겠구나. 다시 한번 그런 종자들하고 상종을 했단 봐라. 부자간의 윤기를 끊고 말여. 내 말 헛듣지 말고 명심해."

할아버지는 문지방이 쩡쩡 울리게 호령이었다.

"그 아버지가 잘못했으면 했지 그 아들이야……"

성호 아버지는 호랑이 아가리에다 머리라도 넣듯 한마디 대거리를 했다. 이 정도의 말대꾸나마 해본 것은 그로서는 난생처음일 것 같았다.

"그런 쓸개 빠진 소리를 또 하고 있구나."

할아버지는 담뱃대통으로 저만치 있는 재떨이를 홱 당겨 탕탕 재를 떨며 소리를 질렀다.

"그 김학모 애비가 어떤 작자냐? 어린 학생들이 모여 책을 읽은 독서회 학생들을 독립운동 이야기를 했다고 일본 경찰에 고자질한 작자다. 그런 학생들 가운데는 고문으로 거의 병신이 된 이도 있었다. 그런 죄가 그게 살인강도에도 비길 죄냐? 더구나 해방이 되어 나라 명색이 섰지만, 그 녀석들을 제대로 닦달을 했더냐? 응당 엄하게 법을 정해서, 처단할 녀석은 처단하고 용서할 녀석은 용서를 해서, 그래도 백성들이 그러겠구나 하게 처리를 했어야 했다. 더구나 왜정 때 나라를 찾겠다고 기를 쓰다가 바로 그 녀석들한테 죽은 사람들은 뭐가 됐느냐? 정치한다는 작자들이 그렇게 얼이 빠졌으면 백성들이라도 제정신 가진 녀석들이 있어야 할 게 아니냐 말이다."

할아버지 입에서는 말이 아니라 불이 나오는 것 같았다.

"아까 그 아비가 저지른 잘못을 어쩐다는 말은, 나라가 그 아비 같은 녀석을 제대로 닦달을 했거나, 또 그 자식들이라도 제 아비 잘못을 생각하며 다소곳이 살아갈 때나 할 소리여. 그런데 백성들 마저 모두 쓸개가 빠졌으니, 그 녀석들이 내 세상이라고 날뛰는 것이 아니고 뭐냐? 더구나 너같이 그런 녀석한테 빌붙어 알랑거리는 녀석이 있으니 그 작자들 더 날뛰고 있다. 또 한번만 그런 녀석하고 상종을 했다가는 너를 자식으로 여기지 않을 것이다. 커엄!"

성호는 할아버지 말이 마디마디 옳다고 생각했다. 김학모에 대한 할아버지의 감정이 단순한 원한관계인 줄만 알았더니, 할아버지 생각은 그보다 훨씬 깊은 데다 뿌리를 두고 있는 것 같았다. 시골서 농사나 짓는 할아버지가 저런 생각을 하고 계시다니 성호는 할아버지가 새삼스럽게 돋보였다. 그렇지만, 윤주를 생각하면 아득하기만 했다.

이런 일이 있고 나서도 아버지와 김학모 씨 관계는 계속되었고, 성호와 윤주 관계도 더 익어가고 있었다.

그러다가 윤주가 대학을 졸업하자 기다렸다는 듯이 윤주 집에서는 결혼을 서둘렀다. 그러나 알고 보니 윤주 집에서 결혼을 서두는 데에는 찜찜한 구석이 있어 성호는 빠듯 긴장했다. 이곳 교육감 임기가 육개월이면 끝나는데 교육감 자리를 노리고 있는 그에게 커다란 결점이 있다는 것이다.

결함은 그의 아버지의 그런 친일 행적과 그로 말미암아 그가 당한 모욕적인 사건들이라는 소문을 들은 적이 있기 때문이다. 그러니까 성호는 할아버지 때문에 윤주와의 결혼은 아직은 어떻게 생각해볼 방법이 없었지만, 그것이 더구나 그런 정략적인 것이라면 어떤 방식으로든지 호락호락 말려들어서는 안 되겠다고 생각했다.

이곳 사람들이 김학모 씨를 헐뜯을 때는, 으레 그 아버지 카네야마 경부를 들춰냈고, 그때마다 성호 할아버지가 성호를 그가 교장으로 있던 학교에서 다른 학교로 전학시킨 일과, 어느 시골에서 삼일절 경축사를 하려다가 쫓겨난 사실을 내세웠는데, 만약 교육감 경쟁자가 그 사실을 들춰내면 그건 치명적인 약점이 아닐 수 없었다. 아직도 성호 할아버지처럼 옛날 상처를 안고 있는 사람이 시퍼렇게 살아 있으니 그가 만약 교육감이 되어 그런 봉변을 당한다면, 이것은 그 개인의 망신으로 끝나는 일이 아니고 교육계 전체의 망신이기 때문이다.

세상이 아무리 그런 일에 매가리가 없고, 또 그게 법률적인 결격 사유는 아니라 하더라도, 옛날의 그 뼈저린 상흔들이 이렇게 도처에 살아 있으니, 성호 할아버지의 말마따나 다른 자리면 몰라도 일개 도의 교육자의 우두머리인 교육감으로는 사회적인 자격이 없다는 것은 명백한 일이었다.

그런 약점을 누구보다도 잘 알고 있는 김학모 씨는 성호 집과 혼사를 함으로써 자기 집안에 대한 사회적 수용을 시위함과 동시에, 자기 가계를 말할 때마다 세인의 입에 오르내리고 있는 주인공을 사위 삼아버림으로써 그 일화의 김을 빼버리자는 계산인 것 같았다.

그러니까, 성호와 자기 딸을 결혼시킨다는 것은 자기 아버지의 죄업을 등에 업고 해방 뒤 삼십년 가까이 살아오던 그 약점에서 벗어나려는 안간힘이자 또 그만한 모험이기도 했다.

그리고 보면, 이것은 아주 오래 전부터 계획되어온 모사인 것 같았다. 처음부터 이렇게 결혼까지 생각한 것은 아니라 하더라도, 성호 아버지와의 관계를 그렇게 밀착시켜온 것은 이런 계기를 기다리는 원모였다고 할 수 있었다. 그래서 성호는 전문의 과정을 마칠 때까지는 결혼을 하지 않겠다고 버텼다. 양쪽 어머니들은 펄쩍 뛰었다.

"할아버지가 승낙하실 것 같아요?"

성호는 할아버지를 내세웠다.

"아니, 그게 무슨 소리냐?"

"몰라서 물으세요? 괜히 평지풍파 일으키면 윤주 아버지만 또 옛날같이 창피를 산다고요."

"할아버지는 그럼 도대체 어쩌자는 거냐? 윤주 아버지가 친일을 했다는 거야 뭐야? 우리한테는 은인도 그런 은인이 없는데, 옛날 생각만 하고 그러시면 후손들은 세상을 어떻게 살라는 거냐 말이다."

"그러니까, 시간을 두고 천천히 이해를 시켜가면서 일을 해야지요."

"이해고 뭐고 고집이 어지간이래야지."

"그게 어디 고집입니까?"

"고집이 아니면 뭐란 말이냐?"

"어머니도 할아버지 처지가 되어보세요. 자식을 죽인 원수 집안이잖아요."

"그럼 대대로 원수 물림을 하겠다는 거야 뭐야."

"하여간, 지금 섣불리 서둘렀다가는 이것도 저것도 다 산통만 깨고 말 테니 알아서 하세요."

어머니는 애먼 성호만 붙잡고 안달복달이었다. 그러다가 나온 절충안이 약혼이었다. 성호는 거기까지는 반대할 수가 없었다. 어차피 윤주하고 관계를 끊을 수 없으니 그렇게라도 해두는 수밖에 없고, 또 그만큼 이용을 당한다 해도 하는 수 없는 일이었다. 할아버지 몰래 하는 것이 마음에 한짐이나 켕겼지만, 이것 또한 하는 수 없는 일이었다.

3

성호가 집에 들어서자 어머니가 썰렁한 얼굴로 안절부절못했다. 어머니가 성호를 붙잡고 뭐라 귓속말을 하려는 순간이었다.

커엄! 건넌방에서 할아버지 기침소리가 쩌르릉 울려왔다. 성호가 들어오는 소리를 듣고 어서 이리 건너오라는 호령이었다. 성호는 바글바글 애를 끓이고 있는 어머니를 뒤로 하고 할아버지 방으로 들어갔다. 할아버지는 장죽을 문 채 저쪽으로 좀 비켜 앉아 있었다. 오늘은 할아버지의 모과나무가 아니라 바윗덩어리 같은 위압에 성호는 숨이 막히는 것 같았다. 성호는 할아버지를 향해 정중하게 큰절을 했다. 할아버지는 돌아보지도 않고 그대로 장죽만 뻐끔뻐끔 빨고 계셨다.

"별고 없으셨습니까?"

하얀 백지에다 조심스럽게 선을 긋듯 입을 뗐다.

"김학모 딸하고 혼사를 맺기로 했다는 말이 참말이냐?"

할아버지 말은 예상과는 달리 착 가라앉아 있었다. 그 말에는 노기가 차돌같이 굳어 있는 것 같았다.

"죄송합니다. 어쩌다보니 그렇게 되어 할아버님 뜻을 어기게 됐

344

습니다.”

성호는 아주 침착하게 말을 하고 있었다. 자기도 뜻밖이라 할 만치 침착했다. 할아버지께 이렇게 말해보기는 처음이었다. 그것은 나도 이만큼 자라 사리 분별을 할 만큼 할 수 있다는 은근한 저항 같다는 생각도 들었다.

“쓸개 빠진 녀석 같으니라고.”

“죄송합니다.”

“안 된다. 그런 모판에다 씨를 뿌려노면 거기서 무슨 개망나니 종자를 얻겠다는 게냐? 새도 앉을 때는 자리를 보아 앉는 법이고, 개똥참외도 열매를 앉힐 때는 자리를 가려 앉힌다. 어림없는 생각 마라.”

할아버지는 처음 예상했던 것과는 달리 낮은 소리로 말했다. 그러나 그 한마디 한마디는 도무지 거역할 수 없는 중압이 느껴졌다. 성호는 더 대거리를 못하고 앉아 있었다.

“우리 집안은 크게 내세울 것은 없다마는, 그래도 그런 망나니 종자는 없었다. 내가 눈뜨고 있는 동안에는 어림도 없다.”

할아버지 태도는 바위 같았다.

“그렇지만, 그 손자야 무슨 죄가 있겠습니까?”

성호는 조심스럽게 입을 뗐다.

“또 그따위 소리구나. 쓸개 빠진 녀석들. 세상이 워낙 못돼먹어 노니 배웠다는 녀석들이 말짱 이 꼴이구나. 대관절 대학에서 배운 것이 그런 것이냐? 전에는 그 무지막지한 일본 놈들 총칼 앞에서도 나라를 찾겠다고 눈에 핏발이 섰는데, 그런 의기는 씨가 말랐으니 이래가지고 나라 꼴이 무엇이 될 것인지 모르겠구나. 내가 너희들을 가르칠 때 그런 점은 부실한 점이 없었는데, 도대체 이게 무슨 꼴인지 모르겠구나. 쓸개를 챙겨라, 쓸개를 챙겨! 커엄!"

성호는 문지방을 찌르릉 울리는 커엄 소리에 실없이 찔끔했다.

그때 대문 초인종 소리가 났다. 아버지가 오신 것 같았다. 어머니가 다급히 뛰어나가는 것 같았다. 대문께서 아버지 음성이 들려왔다. 일은 이제부터 벌어질 판이었다. 어머니가 한참 뭐라 말하는 것 같았다.

"커엄!"

할아버지는 어느 때 없이 커엄 소리를 크게 질렀다. 팔십 줄에 앉은 영감 어디에서 저렇게 사람 간 떨어질 호령이 나오는 것인지, 꼭 호랑이가 으르렁거리는 것 같았다.

성호 아버지가 참담한 표정으로 들어섰다. 아까 성호처럼 너부죽이 절을 했다. 칼이라도 겨누고 있는 앞에 목을 늘이는 패장의 처참한 모습이었다. 성호는 아버지의 처참한 표정을 더 보고 있을 수가 없어 슬그머니 방을 빠져나왔다.

"집안 대사를 결정하는 데 애비를 빼돌리다니 그게 어디서 배워먹은 버르장머리냐?"

할아버지는 들보가 욱신거리게 호령이었다.

"천하에 못돼먹은 개망나니 종자들한테 빌붙어 쓸개를 뽑더니, 이제 애비까지 속이고 집안을 팔아넘길 작정이구나."

할아버지는 여태 참고 있던 노기가 한꺼번에 터지는 것 같았다.

"정신이 있으면 생각을 해봐라. 네 형이 어떻게 죽었느냐? 너는

네 쓸개만 뽑은 것이 아니라 네 형의 죽음까지도 팔아먹은 것이다. 그것도 부족해서 이번에는 자식까지 팔아넘기겠다는 것이냐? 도대체 카네야마 경부가 어떤 작자고, 그 아들 김학모는 또 어떤 작자냐? 출세하려고 권력 앞에 알랑거리기를 제 아비가 일본 놈들한테 빌붙어 민족을 팔아먹던 것보다 더 한다는 말을 다 듣고 있다. 내가 진즉부터 그런 녀석하고는 상종을 말라고 부자간의 윤기를 걸고 일렀거늘, 항차 그런 종자들하고 혼사를 맺어?"

성호는 할아버지 호령소리에 등에서 식은땀이 났다. '너의 형의 죽음' 어쩌고 하는 말은 그대로 폐부를 찌르는 것 같았다. 할아버지 그 한마디 한마디가 자기 머리를 깡깡 쥐어박는 것 같았다. 어머니도 성호 곁에서 새파랗게 떨고 있었다.

"어쩔 테냐, 애비하고 김학모 중에서 택일을 해라."

할아버지는 막다른 골목으로 몰아붙이고 있었다.

"어쩔 테냐, 말을 해봐!"

아버지가 뭐라고 우물거리는 것 같았다.

"뭣이?"

간 떨어질 것같이 내질러 오는 소리에 어머니는 성호 손을 잡았다. 그러자 또 아버지가 뭐라고 우물거리는 것 같았다.

"그러면 내 앞에서 파기를 해!"

할아버지가 방문을 깡 열었다. 어머니는 깜짝 놀라 성호 팔을 부둥켜안았다.

"거기 전화기 가져오너라."

성호와 어머니는 눈을 맞댔다.

"어서!"

성호는 전화기를 떼어 들고 갔다.

"내 앞에서 전화를 걸어!"

"가서 직접 사정을 말하고……"

"사정을 말하고 말 것도 없다. 네가 전화를 못 걸겠으면 내가 걸겠다. 전화를 걸어서 바꿔라!"

할아버지는 몰아붙였다.

"어서!"

할아버지는 담뱃대로 전화기를 두들겼다. 아버지는 하는 수 없이 전화기를 집어 들었다. 떨리는 손으로 다이얼을 돌리기 시작했다.

"제가 말하겠습니다."

마지막 번호를 남겨놓고 애원하듯 할아버지를 쳐다봤다.

"어서 걸어!"

성호 아버지는 처참한 표정으로 마치 자기 가슴에 총이라도 쏘듯 마지막 번호를 돌렸다.

"거기 국장님, 국장님 댁이지요? 아이고, 국장님이십니까?"

그 순간 할아버지가 전화기를 홱 낚았다.

"당신이 김학모란 사람이오? 나는 이길주 애비 되는 사람이오. 당신이 우리 집안하고 혼사를 맺으려 한다고 해서 하는 소리니, 명심해서 들으시오. 당신, 지금 당신 애비가 어떤 사람인 줄이나 알고 그따위 수작을 하고 있는 거요? 세상이 좋아져서 당신이 지금 건들거리고 사니께, 이 세상이 전부 당신네 세상인 줄 알아? 당신 애비가 죽인 항일투사가 몇명이고 죽은 사람이 누구누군지나 알고 건들거려도 건들거려요. 내 가슴에는 지금도 불이 타고 있어. 다시 한 번만 그따위 수작을 했다간 다리몽둥이가 온전하지 못할 줄 아시오. 다리몽둥이를 분질러 주저앉혀놓고 말텨!"

말을 끝내자 전화기를 탕 내려놨다. 성호는 모든 것이 와장창 무너지는 소리를 듣는 것 같았다. 성호는 머리가 띵한 혼란에 빠졌다. 이 일이 어떻게 될 것인지 어리둥절했다.

아무리 김학모라 하더라도 정신을 차리지 못했을 것 같았다. 내일 약혼식을 한다고 법석이던 그 집안 꼴은 또 뭐가 됐을까? 조심조심 들고 가던 교자상이라도 쏟아버린 꼴이 되었을 것 같았다.

성호는 한참 멍청해 있다가 윤주를 불러내야 할 것 같았다. 이 일을 제대로 감당하기에는 너무 벅찰 것 같았다. 성호는 윤주와 만나던 다방으로 택시를 몰았다. 마담에게 전화를 걸어달라고 쪽지에 전화번호를 적어 건넸다. 성호와 윤주를 잘 아는 마담은 놀리는 가락으로 입을 비죽이며 농을 하려다 성호는 우거지상을 보더니 표정을 바꾸고 다이얼을 돌렸다. 윤주에게 이런 옹색스런 방법으로 전화를 걸어보기는 처음이었다.

"나야, 급하게 알릴 것이 있어. 그 다방으로 나와. 바로 지금. 나 여기 기다리고 있어."

다급하게 말을 맺고 전화기를 났다. 성호는 돌아서다 말고 다시 전화기를 돌아봤다. 뭔가 할 말은 하지 않고 엉뚱한 소리를 한 것 같았다. 다시 전화를 걸려다가 자리에 앉았다. 그러자 윤주가 나오지 않을지도 모른다는 생각이 들었다. 전화를 받을 때 목소리가 어쨌었는지 되새겨봤다. 생각이 나지 않았다. 그것이 윤주라는 것을 알고 자기 쪽에서 할 말만 다급하게 한 다음 전화를 끊어버렸던 것이다. 아무래도 그는 여기 나오지 않고 어디 먼 데로 도망쳐버릴 것 같아 당장 그 집으로 뛰어갈까 했다. 그렇지만, 거기 가면 그 아버지 김학모 씨와 맞닥뜨릴 것 같아 겁이 났다. 전화를 다시 걸까 했다. 그러나 다시는 전화를 받지 않을 것 같았다. 성호는 애가 탄다는 말을 많이 하는데, 정말 애가 타는 것은 이런 것 같았다. 갑자기 얼마 전에 했던 말이 떠올랐다.

"사랑한다는 것, 그것은 애가 달고 마음이 밭는 일인가봐요. 꽃나무를 옮겨 심으면 그해에는 꽃을 피우지 못하게 꽃망울을 죄다 따버려야 나무가 튼튼하게 자라요. 꽃을 피우게 놔두면 꽃이 그만큼 나무 진을 빨아먹어버리거든요. 사랑한다는 걸 나무에 비하면 나무가 꽃을 피우는 것일 거예요. 그러니까, 사랑은 사람의 그 진을 빨아먹으며 피는 꽃일 거예요. 그래서 속에서 진이 밭느라, 마음이 달고 애가 타는 것 같아요."

언젠가 윤주가 했던 말이었다.

윤주가 곧장 집을 나와서 택시를 잡았으면 십분이면 올 거리였다. 옷을 갈아입고 택시를 잡는 데 오분, 그러니까 십오분이면 올 것이다. 그때까지 기다려보자. 다방 문이 열리면 벌써부터 저도 모르게 고개가 그쪽으로 돌아가고 있었다.

"우리 집 정원에는 장미가 여러 종류 있는데, 그 가운데 피스라는 탐스런 장미꽃이 한그루 있어요. 노란색인데 이른 봄 장다리 밭에 날아다니는 노랑나비가 그렇게 모여들어 꽃송이가 된 것처럼 탐스럽고 예뻐요. 나는 그게 봄부터 늦가을까지 내내 한송이씩만 피게 하느라고 정성 들여 꽃망울을 따주고 거름을 해줘요. 그런데, 그게 어쩌다가 잘못되어 제때에 꽃이 피지 않으면 마치 내 일부가 어디로 날아가서 돌아오지 않는 것 같아 조바심이 나요."

성호는 윤주가 그 노랑나비처럼 지금 어디로 훨훨 날아가고 있는지도 모른다는 생각이 들었다. 그렇게 날아가고 있는데 자기는 지금 이렇게 멍청하게 앉아 있는 것 같아 겁이 났다. 성호는 카운터로 가서 전화기 다이얼을 돌렸다.

"여보세요."

그 어머니 목소리였다. 평온한 목소리였다.

"여보세요."

목소리는 그대로 옛날 같았다. 풍파가 일어난 것 같지 않았다. 성호는 수화기를 놔버렸다. 윤주는 지금 이리 오고 있는 것 같았다.

"세상 사람들은 싸우지 말고 살았으면 좋겠어요. 노랑 장미꽃처럼 평화롭게 살았으면 얼마나 좋아요. 나는 노란색이 좋아요. 무슨 외교문서 같은 것은 이 노랑 색종이에 씌어 있을 것 같아요. 더구나 평화조약 같은 것은."

윤주는 무슨 기쁜 일이 있을 때는 노란색 원피스를 입겠다고 했다. 지금 그 노란색 원피스를 입고 어디 먼 데로 나비처럼 날아가고 있는 것은 아닐까? 성호는 또 시계를 봤다. 십분이 지나고 있었다. 성호는 윤주가 나타나주기를 기도라도 하고 싶었다. 그렇지만, 윤주는 지금 눈물이라도 흘리면서 어디로 도망치고 있는 것 같은 영상만이 어지럽게 헷갈리고 있었다. 다방 문이 여닫힐 때마다 가슴에서는 쿵쿵 소리가 나는 것 같았다.

"참, 오빠한테 하나 물어보고 싶은 게 있었다. 오빠는 무슨 꽃을 좋아하죠?"

"꽃? 글쎄. 내가 무슨 꽃을 좋아할까? 얼른 생각이 나지 않는 걸 보니 특별히 좋아하는 꽃이 없는 모양이지. 그럼 이제부터 나도 피 슨가 하는 그 장미꽃을 좋아해볼까?"

"아이, 싱거워. 오빠네 정원에 피어 있는 꽃 가운데서 다른 꽃보 다 더 마음에 드는 꽃이 있을 게 아녜요?"

"그 가운데라면 꽃이 아니라, 거기 한그루 서 있는 모과나무를 좋아한다고 할까?"

"모과나무? 히히. 뭐가 어째서 모과나무를 다 좋아하지요?"

윤주는 까르르 웃었다.

"힘 덩어리가 꼬인 것 같은 그 나무줄기가 나는 맘에 들어. 단단 하고 야무진 게 무슨 의지의 상징 같거든. 시골 우리 집에는 아주 큰 모과나무가 한그루 있는데, 과일 망신은 모과가 시킨다는 말이 있듯이 나무나 열매나 볼품없는 나무라고만 생각했어. 그런데 찬 찬히 보니 힘이 꼬여 뒤틀려 올라가면서도 그 매끈한 나무줄기가 일품이야. 그래서 요새는 그게 정원수로 인기가 있는 모양인데, 나 도 대학에 갓 입학했을 때 입학 기념으로 그걸 한그루 사다 심어놨 더니, 지금은 그게 제법 커서 작년에는 열매를 하나 맺었어."

"참 취미도 별나다."

윤주가 다방 문을 들어섰다. 성호는 자리에서 벌떡 일어섰다. 천 인단애에서 아찔한 곡예를 하다가 저 밑바닥으로 똑 떨어져버린 것 같은 곤혹에 싸여 성호는 멍청한 눈으로 윤주를 건너다보고 있었다.

"무슨 일이죠?"

윤주는 놀란 눈으로 물었다. 그러고 보니 아직 아무것도 모르고 있는 것 같았다. 그 아버지가 가족들한테 말을 하지 않은 모양이었다. 생각해보니, 그 구렁이 같은 사람이 화가 난다고 그대로 감정을 드러냈을 것 같지 않았다. 할아버지의 그 험한 전화를 받고도 뜨거운 것 삼키듯 울분을 삼키며 약혼식을 취소한다는 무슨 그럴싸한 구실을 찾아 궁리를 굴리고 앉아 있는 것 같았다. 그런 김학모 씨에 혐오감이 느껴지면서도 지금 윤주로 해서는 고맙기도 했다.

성호는 무슨 일인가 겁을 먹고 서 있는 윤주를 돌려세워 밖으로 나갔다. 택시를 잡아 교외로 가자고 했다. 윤주는 무슨 일이냐고 다그쳤지만, 마치 귀한 도자기를 잘못하여 땅바닥에 떨어뜨려 깨뜨린 줄 알았다가 그게 깨지지 않았을 때의, 그런 혼접과 안도감이 교차되는 얼얼한 기분이라 얼른 입을 열수가 없었다.

4

"이건 우리들 할아버지 대에서 일어났던 일이라 말하기가 거북스럽지만, 사실대로 알아야 할 것 같아. 윤주 할아버지가 왜정 때 무엇을 하신 분인지 알고 있지? 이것은 새삼스럽게 무엇을 따지자는 게 아니고 이야기가 거기서부터 시작되기 때문이야."

윤주는 가늠이 잡히는 것 같은 눈으로 성호를 빤히 봤다.

"알고 있지?"

윤주는 고개를 끄덕이며 눈을 아래로 떨어뜨렸다.

"우리 집안과 원한이 있었다는 것은?"

"그런 일이 있었나요?"

윤주는 눈이 동그래졌다. 문초받던 죄수가 설마 했던 사실이 이쪽에서 다 알고 있을 때 느낌직한 경악이 윤주 얼굴을 지나고 있었다.

"어차피 윤주도 알게 될 테니 사실대로 말하지. 지금 살아 계셨다면 우리 큰아버지가 되셨을 분이 고등보통학교 때 항일사건으로 경찰의 고문을 받다가 돌아가셨어. 그 고문을 한 장본인이 윤주 할아버지였다더군."

윤주는 놀라는 표정이었다. 윤주의 표정을 보는 순간, 성호는 얼마 전에 아문 발등의 상처가 갑자기 아려오는 것 같았다. 성호는 좀 완곡하게 말을 하는 건데 그랬나 후회가 잠시 스쳤다. 그러나 완곡한 표현 속에 남겨질 불필요한 의혹의 찌꺼기는 되레 이야기 전체를 신빙성 없게 만들 수도 있을 것 같았다. 그러면 나중에 다른 말도 설득력이 없을 것 같아, 메스를 들고 수술환자 앞에 선 의사처럼 자초지종을 하나도 숨기지 않고 모두 털어놨다. 윤주는 서쪽 하늘에 빨갛게 타고 있는 낙조를 보며 듣고 있었다. 핏빛 저녁놀이 길게 드리운 위로 하얀 조개구름이 하늘 한쪽에 가득했다. 성호는 맥주를 한잔 따라 마셨다.

"그렇지만, 나는 이런 일들을 불행했던 우리 역사의 단면으로 생각할 뿐 우리 집이나 윤주 집의 가계와 연결시켜 생각하고 싶은 생각은 없어. 윤주 할아버지는 조금 못난 선조 가운데 한사람이고, 우리 백부란 분은 좀 나은 우리 선조 가운데 한사람이라고 생각할 뿐이야. 삼대나 지났으니 그들은 우리들의 좀 못났거나 잘난 선조들인 것이지. 우리 할아버지는 직접 그런 피해를 당한 분이니까 개인적인 원한을 이해할 수는 있지만, 그 원한을 우리한테까지 물려주려 한다면 나는 그걸 거부할 수밖에 없어.”

윤주는 어리둥절한 표정으로 듣고 있었다.

“그리고 우리 할아버지는 윤주를 카네야마 경부의 손녀로만 보고, 또 술수에 능하다는 김학모 씨의 딸로만 보지만, 나는 장미꽃 피스를 사랑하고 정성 들여 가꾸는 여자로만 볼 뿐이야. 지금 우리들은 우리 할아버지 원한을 풀어줄 수도 없고, 당장 저렇게 드세게 나오니까 우리들이 잠시 물러설 수밖에 없어. 내일 우리가 약혼식을 취소하는 것은 우리 할아버지 같은 불행한 분이 지니고 있는 상처를 어루만져주는 일쯤으로 느긋하게 생각하는 거야.”

윤주는 성호 말에 아무 대꾸도 없이 아까부터 그 자세를 흘뜨리지 않고 그대로 듣고만 있었다. 성호는 더 지껄였지만 윤주는 그대로 듣고만 있었다. 그들은 한참 만에 다방을 나왔다.

“우리들은 이런 일쯤 참아내야 할 거야.”

윤주는 역시 말이 없었다. 성호는 윤주의 침묵이 불안했으나, 윤주는 끝내 입을 열지 않았다. 성호가 택시를 잡았다. 오늘 응급실 당번이어서 내일 아침에 전화를 하겠다고 했다. 윤주는 자기 집 앞에서 내리며 고개를 끄덕였다. 눈에는 눈물이 가득 괴어 있었다.

성호가 병원에 들어가자 병원은 난장판이었다. 교통사고가 크게 나서 환자와 가족들이 아우성을 치고 있었다. 성호는 바삐 가운으로 갈아입고 그 북새통 속에 뛰어들었다. 여기서는 또 세상이 이렇게 아우성 속에서 숨가쁘게 돌아가고 있었다.

밤 열시가 넘어서야 겨우 숨을 좀 돌릴 수 있었다. 누가 찾아왔다는 간호원의 말에 밖으로 나갔다. 뜻밖에 아버지가 피로한 모습으로 기다리고 있었다. 오래 기다린 것 같았다.

"웬일이세요?"

"잠깐 나갈 수 있겠냐?"

성호는 얼른 손을 씻고 아버지를 따라 병원 앞 다방으로 갔다. 아버지는 의자에 털썩 몸을 던지며 가볍게 한숨을 깔아 쉬었다.

"약혼식은 낼 예정대로 하기로 했다."

아버지는 힘없이 말했다. 뜻밖이라 성호는 멍청한 얼굴로 아버지를 보고 있었다. 어떻게 된 일인지 갈피를 잡을 수 없었다.

"할아버지가 승낙을 하셨어요?"

"그 성질에 승낙을 하겠냐?"

아버지는 경황 중에도 발끈했다.

"그럼 어떻게?"

"도대체 그게 모욕도 보통 모욕이냐? 김 국장이 도량이 넓으니까 망정이지 보통 사람 같았으면 살인이 날 일이다."

성호는 뭐가 뭔지 얼른 가닥이 잡히지 않았다.

"그렇지만, 할아버지가 저러고 계시는데……"

"약혼식 올리러 가네 하고 외장치고 갈 판이냐? 네 어머니만 집에 있으라 하고 우리만 가자."

성호는 어리둥절한 눈으로 아버지를 건너다보았다. 그렇게 펄펄 뛰시는 할아버지를 속이겠다는 아버지도 이해할 수 없지만, 그런 험한 수모를 당하고도 이렇게 나서고 있는 김학모 씨도 이해할 수 없었다.

"김 국장은 이번에 새 집을 마련한 잔치 겸, 교육감을 비롯해서 가까운 사람들을 모두 초대해놓은 모양이다. 그래놓고 식을 올리지 않으면 체면이 뭐가 되고, 또 소문은 어떻게 나겠냐?"

성호는 짐작이 가서 고개를 돌렸다.

"내일 열두시 그대로다. 일찍 와서 오신 손님들에게 인사를 해야 한다."

아버지는 앞에 있는 커피를 한모금에 마시고 일어섰다.

성호는 뚝배기로 개 패듯 했던 할아버지 고함소리가 귓가에 살아왔다. 그런데 김학모 씨는 그런 수모를 삼키고 식을 올리겠다는 것이다. 카네야마 경부 아들로 세상 사람들 손가락질을 이겨내며 살아온 배짱과 집념이 바로 그것이었던가, 성호는 허탈한 기분이었다. 그러니까, 삼일절 경축식장에서 쫓겨날 때도 여기는 내가 설 자리가 아니라고 겸허하게 물러선 게 아니고, 두고 보자고 독기를 가다듬었을 것 같았다.

성호는 병원으로 가며 어째야 할지 얼른 작정이 서지 않았다. 할아버지를 속이고 여러사람 앞에 나선다는 게 끔찍스러웠다. 그러나 자기가 가지 않으면 아버지 처지는 뭐가 될 것인가? 성호는 밤새 잠을 설치고 나서도 결단을 못한 채 집으로 갔다.

"오늘 무슨 일 없느냐?"

아침상을 물리고 나자 할아버지가 아버지에게 물었다.

"별로 없습니다."

아버지는 얼결에 대답을 해놓고도 혹시 눈치챈 게 아닌가 하는 표정이었다.

"아무 일도 없어?"

"예. 아무 일도 없습니다."

아버지는 겁먹은 얼굴로 대답했다.

"성호는?"

"저도 없습니다."

아무래도 무슨 눈치를 챈 것이 아닐까 조마조마했다.

"그럼 잘됐다. 오늘이 동곡영감 탈상이다. 너희들은 초상 때도 못 갔으니, 오늘 나하고 같이 가자."

성호 아버지는 깜짝 놀라 성호를 돌아봤다.

"사람이 사람 구실을 하려면, 이런 인사부터 제대로 차려야 한다. 그 양반은 너희들하고는 친살붙이나 마찬가지다. 작년에도 그만 일로 조문을 못 갔으니 말이 되느냐?"

성호 아버지는 멍청한 표정으로 할아버지를 빤히 보고 있었다. 거기까지는 하룻길이 빠듯했다.

"우리 동네 월촌영감이 집에 내려올 때마다, 여기 와서 쓸 일이 있거든 자기 아들 차를 이용하라고 하도 그래싸서 엊저녁에 전화를 했더니, 오늘 아침에 차를 보내준다고 했다. 그 차를 타고 가면 편하게 다녀올 것 같다."

성호 아버지 이마에는 땀이 보송보송 맺히고 있었다.

"거기까지라면 일이 조금……"

"무슨 일인데……"

할아버지가 못마땅한 듯 돌아봤다.

"중요한 일이 있어서……"

다급한 판이라 그럴듯한 핑계가 얼른 잡히지 않는 것 같았다.

"친구는 담에 만나도 될 것 아니냐?"

할아버지 말에는 가벼운 노기가 서려 있었다.

"그래도 그것이 중요한 신상 문제가 돼놔서……"

성호는 아버지 쪽으로 자꾸 돌아가려는 고개를 손으로 붙잡듯 모른 척 앉아 있었다. 그러자 아버지가 또 더듬더듬 말을 꺼냈다.

"아마, 성호도……"

"뭣이?"

할아버지가 발끈했다.

"아니, 약혼식 날 무슨 일이 그렇게 번거롭다는 게야?"

할아버지는 이미 낌새를 눈치챈 것 같았다. 그때 밖에서 자동차 경적 소리가 울려왔다.

"성호 너나 가자."

할아버지는 성호를 채근하며 자리에서 일어섰다. 아버지와 어머니는 사색이 되어 어쩔 줄을 몰랐다. 그러나 성호는 할아버지 위압에 못 이긴 척 할아버지 앞장을 섰다. 대문 밖에는 차가 기다리고 있었다.

"성호야, 나 좀 보자."

새파랗게 질린 어머니가 결사적인 표정으로 성호를 불렀다. 내외 표정은 이미 그들이 할아버지 몰래 어떤 음모를 꾸미고 있었다는 것을 너무도 환하게 내비치고 있었다. 어머니가 성호를 한쪽으로 끌어 뭐라 귓속말을 하려는 순간이었다.

"커엄!"

어머니가 찔끔했다. 성호는 그 커엄 소리에 이끌리듯 문이 열려 있는 차 속으로 들어갔다. 이어서 할아버지가 올라앉으며 쾅 문을 닫았다.

내외는 멍청하게 서 있고 차는 부르릉 떠났다. 차가 시내를 달렸다. 성호 눈앞에 몇사람 영상이 얽혔다. 시내를 빠져나가 고속도로에 들어서자 차는 물 찬 제비처럼 미끄러져 나갔다. 성호는 가슴이 툭 트이는 것 같았다. 여태 어디 어두운 미로를 헤매다가 빠져나온 것 같았다.

등받이에 몸을 기댄 성호 눈앞에는 김길동이 이길동이들이 형님 동생하며 너털웃음을 터뜨리며 잔칫상 앞에 도깨비들처럼 모여들고 있을 광경이 어른거렸다. 그 요란스런 도깨비들 잔치판에서 꼭 두각시 노릇을 하고 있었을 자기 꼴을 상상해봤다.

그 영상 위에 엉뚱한 영상이 하나 떠올랐다. 동곡할아버지였다. 이육사의 「청포도」 나그네처럼 전설적인 분위기를 거느리고, 갈매나무같이 고고하고 정갈한 동곡할아버지였다. 성호는 울컥 몰려드는 정감에 조용히 옷깃을 여몄다.

『현대문학』 1978년 6월호(통권 282호); 2006년 8월 개고

'도깨비' 세상에 '송기숙'이란 작품

임규찬(문학평론가·성공회대 교수)

1

작가나 시인의 작품세계를 이야기할 때 우리는 그들의 삶과 인간적 면모를 먼저 앞세울 때가 있다. 역사 속에 행한 작가의 삶 자체가 자신의 작품 속에 곧바로 투사되는 경우에 대체로 그러하다. 이런 사례라면 송기숙 역시 빠질 수 없을뿐더러 진국 중의 진국이다.

작가와 오랜 인연을 맺은 사람일수록, 이를테면 이문구·고은·염무웅·황석영 등으로 이어지는 작가 '송기숙'에 대한 평을 보노라면 그들이 표현한 질감에서 남들과 다른 송기숙만의 인간적 품성과 미덕, 그리고 글과 사람의 일치에 대한 애정이 아주 살갑다. 이를테면 '순 조선 얼굴' '산적 같은 인상파'에서 시작하여 많은 일화를 거느린 익살스런 행동거지에다 화통한 마음거지 등 '너무나 남성 과잉'(황석영)일 만큼 '천연기념물'로서 인간적 매력이 안팎으로 가득한 대장부이기에 '송기숙이라는 사사로운 이름이 어느덧 많은 사람들의 마음에서 공동의 문화'(이문구)로 빚어져 '천연기념물 송기숙/광주는 그가 있어 광주'(고은)가 될 정도로 인간 '송기숙' 자체가 이미 하나의 '작품'이다.

우리는 곧잘 송기숙의 문학을 이야기할 때 교육지표 사건과 광주항쟁이라는 역사적 격랑의 상징을 삶의 대표성으로 놓고 여기에 근거하여 그의 문학을 설명하곤 한다. 그러나 그의 문학세계를 차례로 펼쳐놓으면 집요한 작품 실천이 자신의 삶을 행동의 역사, 지사의 실천으로까지 끌어올렸음을 알게 된다. 특히 작품의 성취를 뜻하는 '리얼리즘의 승리'가 1970년대 후반에 이르러 삶의 성취로까지 그를 밀어올린 셈이다. 「도깨비 잔치」 속 할아버지의 발언은 마치 '교육지표'를 최촉하는 작품 속의 메아리다.

"그런 작자들이 학생들에게 일본 침략을 제대로 가르치겠소, 삼십육년의 통분을 되새겨 학생들의 정신을 깨우치겠소? 독립운동을 하다가 그런 작자들 총칼에 쓰러져 지하에 묻혀 있는 혼백들도 생각할 때는 생각해야 하요. 다시는 남의 종살이를 하지 않으려면 무엇보담도 교육이 백성들 혼을 일깨워야 한다 이 말이요. 왜정 때 보지 않았소? 왜놈들한테 빌붙어 그 앞에 알랑거리고 제 백성 팔아먹은 작자들은 거의가 배웠다는 작자들이었소. 정신 나간 등신들한테다 지식을 실어놨으니 그런 꼴이 됐던

것이지요."(324~25면)

　이문구가 송기숙의 문학세계로 호칭하여 대표적인 상징 용어가 된 '불패자(不敗者)'란 말도 그러하다. 이 말은 작품 「불패자」에서 왔다. '불패자'란 의당 악발영감인데 작품 결말에서 참담하게, 그것도 반전의 패배를 당하고 만다. 도시 변두리 동네를 통해 개발독재 시대의 사회상을 담고 있는데, 화자인 '나'와 직접 관련있는 동네 복덕방의 악발영감과 불꽃표 연탄공장의 장 사장, 두 사람의 대결이 핵심이다. 장 사장이 4필지의 땅을 사서 2층집을 지으려고 복토 작업을 하자 악발영감이 동네에 위화감을 조성한다며 계약상의 문제를 들어 위약금을 물어주고 해약을 주도한다. 악발영감은 동네 주민의 편에서 장 사장의 부당한 처사에 강력히 맞서 그동안 유지해온 동네 공동체를 지켜나간다. 돈으로 무엇이든지 할 수 있다고 생각하는 장 사장은 속물의식과 오만감에 빠져 그저 돈의 힘으로 공동체에 피해를 주면서까지 다른 사람 위에 군림하려고 든다. 동네 주민들의 원성이나 악발영감이 제시한 원칙 따위는 안중에도 없으며, 그저 돈이면 된다는 속물근성으로 술수를 부려서 끝끝내 자신의 욕구를 관철시킨다.

　이렇듯 결말만 놓고 보면 돈의 힘으로 장 사장이 상황을 반전시켜 악발영감을 눌렀다. 그러나 어느 누구도 장 사장을 '불패자'로 생각하지 않는다. 패배했으면서도 '불패자'인, 바로 패배로 이겨나가는 '불패자의 의지'를 우리는 삶의 동력으로 읽는다. 불의에 맞서 당당한 대장부의 삶과 태도가, 그리하여 작가와, 작가가 창조해낸 작품, 작품 속의 인물 자체가 이렇게 일체화된 단일한 이미지를 축성하면서 내뿜는 기운과 활력이야말로 우리 문학사에서 찾기 드문 송기숙 소설의 한 특징이다.

2

작가는 두번째 작품집 『도깨비 잔치』(백제 1978)의 '작가의 말'에서 "우리가 제정신을 가지고 살아간다는 것은 우리가 처한 역사적 현실 속에서 자기 존재를 확인하고 그것을 성실하게 실현하는 것이겠고, 글을 쓴다는 것은 그러한 존재의 가장 적극적인 발현이라 생각한다"라고 말했다. 송기숙의 두번째 소설집인 『도깨비 잔치』와 주로 겹치는 2권에는 「전설의 시대」「어느 여름날」「흰 구름 저 멀리」「김복만 사장님 금의환향」「추적」「불패자」「귀향하는 여인들」「가남 약전」「칠일야화」「도깨비 잔치」 등 총 10편이 수록되어 있다. 한국전쟁과 분단의 상처로 인한 민초들의 삶과, 해방 이후 일제 식민지 잔재 청산에 철저하지 못했던 한국현대사의 왜곡과 당대 사회를 향한 비판의식 등을 담고 있다. 흔히 분단소설과 농민소설로 불리는 1970년대의 대표적 민중문학의 흐름에 송기숙 역시 합류한다.

「전설의 시대」는 평화롭던 마을이 한국전쟁으로 좌·우익으로 갈려 폭력과 보복의 현장이 됨으로써 친구들까지도 그뒤 서로 용서하지 못한 채 증오하면서 살아가는 민중들의 왜곡된 현실을 드러낸다.「흰 구름 저 멀리」는 실향민의 고향을 그리워하는 마음과 이산된 형제간의 애틋한 정과 안타까움을 낚시를 소재로 서정적으로 형상화하였다.「추적」에서는 항일운동을 했던 퇴직 교장과, 동지를 배반하고 거사 자금을 독식하여 치부한 친일분자 사이의 갈등과 그 응징 과정을 그렸다.「귀향하는 여인들」은 '환향녀(還鄕女)'라는 역사적 사실에 유비하여 제목과는 달리 섣불리 '귀향'하지 못하는 한 여성의 삶을 아프게 보여준다.「가남 약전」은 전국 각지를 떠돌며 안 해본 일이 없이 치열하게 살아온 가남영감의 굴곡진 삶의 역사를 그렸다.「칠일야화」는 '제1야'에서부터 '제7야'에 이르는 7일 동안의 현장조사의 결과를 에피소드 형식으로 구성하여 근대화와 텔레비전 등으로 판이하게 달라진 어촌 현실의 실상을 흥미롭게 보여준다.「도깨비 잔치」는 일제 때 경찰 간부를 지내면서 독립투사를 고문하고 죽이는 데 앞장섰던 카네야마 경부의 아들이 해방 후에도 중학교 교장 등 교육계의 지도적 인물로 활약하는 부조리한 현실을 고발한다. 이처럼 2권은 뜻밖에도 다양한 인간들과 다채로운 내용으로 구성되어 있다.

송기숙은 "문학의 사회적 기능은 도깨비가 도깨비인 줄 모르고 살아가는 것을 그것은 도깨비의 삶이라고 깨우쳐주고 서로가 도깨비가 아닌 사람으로 살아가는 것일 게다"(초판 작가의 말)라고 했다. 이 전집 2권의 제목이 '도깨비 잔치'이듯 작품들은 하나같이 도깨비와 정상인의 삶이 전도된 사회, 본질적인 가치와 부정적인 가치가 현상과 본질처럼 뒤바뀐 도깨비 같은 사회를 향한 다채로운 문학적 대응이다.

송기숙을 우리 근대문학의 리얼리즘 계보에서 중요한 적자의 한 사람으로 생각하는 것은 일제 식민지 지배와 해방 후, 그리고 분단이 야기한 왜곡된 체제, 그 사이에 놓인 중대한 역사적 연속성을 놓치지 않고 그렸다는 데 그 이유가 있다. 곧 과거와 현재의 대화를 중시하는 한국적 리얼리즘의 한 계보를 우리는 송기숙에게서도 찾을 수 있다. 무엇보다 '전라도'라는 특정한 공간성 속에서 이루어지는 민중의 역사와 문화적 기억의 상상력을 통해 우리 문학의 영토를 넓혀온 한 주역이다.

사실상 송기숙이 역사를 중요시한다고 했지만, '역사'가 아니라 '전기'를 쓴다는 점을 놓쳐서는 안 된다. 어떤 역사적 위업이나 사건의 기술이 아니라 인간의 미덕과 죄악과 같은 윤리적이고 심리적인 것의 운동을 지향한다. 그러므로 이때 역사적이라는 것은 개인적인 것이 아니라 집단적이고 문화적인 윤리나 심리를 의미한다. 독립운동의 동지를 배신하고 거부가 된 인물을 응징하는 「추적」에서도 작가는 인물의 자의식을 분석하는 심리주의나 인간 내면의 정신분석학적 해석을 택하는 대신 인물의 행동과 사건을 냉정하게 관찰하고 건조하게 묘사하는 말 그대로 '추적'의 역사적 형식을 취한다.

또한 「전설의 시대」는 왜곡된 세태의 근저에 극단적인 반공주의라는 불구화된 역사의식이 놓여 있음을 보여준다.

"하여간 이런 사소한 것이 아직도 본질적인 것을 가리고 있으니 이러고 있으면 통일은 언제 생각하지? 우리 동네 분단 사정도

별로 달라지지 않았겠지? 하하하."(33~34면)

"네가 즐겨 쓰던 수법으로 버스비 사십원을 사기 쳐서 막걸리를 사왔다. 그동안 변한 것은 아무것도 없다. 정치는 한사람의 첫소리 나는 구호뿐이고, 국민들은 그 구호 밑에서 여유가 없으니 유머도 이렇게 치졸하다."(39면)

「전설의 시대」 속의 이러한 발언들에서 변화하는 시간의 흐름에도 변치 않는 숨겨진 역사성을 대면한다. 송기숙은 「귀향하는 여인들」에서 새마을운동으로 가장 피해를 보는 인물로 '이촌향도(離村向都)'한 매춘 여성을 형상화했다. 그리고 그것을 조선시대의 '환향녀'와 유비시킨다.

"환향(還鄕)이란 물론 고향에 돌아온다는 말이지. 그렇지만, 일본으로 잡혀갔던 여자들 처지는 뭐겠어? 일본으로 끌려가 왜놈들한테 험하게 더럽힌 몸뚱이를 이끌고 고향으로 돌아오는 '화냥년'의 환향이었던 거야."(174면)

'정절 이데올로기' '가부장제' 등을 앞세워 과거 임진왜란과 병조호란 때와 같이 가장 피해를 본 것은 사회적 약자인 여성이라는 것이다. 이러한 시간의 적층성, 즉 역사의 지속과 유비 속에서 발견되는 민족적·민중적·지역적 정서야말로 송기숙이 가장 중시한 소설적 서사의 뼈대이다. 송기숙에게서 역사가 전라도적인 것과 결합하는 것도 향토성과 구별되는 다분히 역사적이고 정치적인 지반을 형성한다. 이러한 사실들이 단순한 현실 재현이나 현실 고발 등의 소박한 자연주의적 접근과 구별되는 생동하는 리얼리즘의 원천이 된다.

> "어느 책에 보니까, 그 남한대토벌작전 사령관이란 작자가 이런 말을 했다더군요. 이 전라도는 옛날 분로꾸케이쬬오(文綠慶長, 壬辰倭亂) 때 대일본 군대의 말발굽이 제대로 미치지 못했기 때문에, 이놈들이 분수없이 날뛰고 있다. 차제에 대일본 군대의 용맹을 유감없이 발휘하여 천황 폐하의 위엄이 산간벽지까지 떨치게 하라고 했다는 것입니다."
> "그러니까, 전라도는 임진왜란 때 일본군 맛을 보지 않은 곳이라 의병이 많이 일어났다는 것입니까?"
> "그것은 그 자식들이 하는 말이 그렇다는 것이고, 동학농민전쟁 후손들이 그때 응어리졌던 원한이 다시 터져 나온 것이라고 보는 게 옳을 것입니다."(「어느 여름날」 56면)

물론 송기숙이 소설의 교육적 가치를 매우 강조하지만, 단순히 도덕적 교훈을 위해서 어떤 인물을 창조하는 것은 아니다. 작가가 무엇보다도 근간으로 하는 것은 사실감과 삶의 재현을 전달하기 위해서 그 인물의 경험 내용을 철저히 역사화하고 의식화하는 데 있다. 이런 역사적 경험의 구체화 속에서 점차 송기숙은 사실의 역사적 정확성을 더욱 기하고 더욱 확대하는 장편서사의 방향으로 발전해나갔다는 것은 이후의 문제적 작품들이 잘 말해준다.

3

송기숙만의 소설적 특징으로 우리의 눈에 쉽사리 잡히는 것은 주인공의 형상이다. 한결같이 황소고집이고 세상과 쉽게 타협할 줄 모르는 이들이다. 평소에는 별말 없이 세상 돌아가는 일에 둔감하다가도 눈꼴 사납고 비위에 안 맞는 일이 눈앞에 벌어지면 물불 안 가리고 온몸으로 맞서는 '불뚝성'이 그 특징이다. 이들에게서 느껴지는 체취는 인간 본래의 심성 자체이다. 「도깨비 잔치」의 할아버지와 동곡 노인, 「가남 약전」의 억주 노인, 「불패자」의 악발영감, 「추적」의 전직 교장선생 등을 떠올려보라. 작가 자신의 인간적 면모에 자연스럽게 합치하는 인물이기도 하다. 이들을 분노케 하는 것은 일제 강점기의 지주나 고등계 형사, 그리고 해방 후에 다시 이들 혹은 이와 연관된 이들 중 다시금 발호하는 반민족적·반민중적인 모리배들과 근대화에 재빠르게 편승하여 자기만의 이익과 욕심을 탐하는 기회주의자들이다.

그러니까 작품들의 대부분이 불의와 타협을 모르는 인물들의 역사이자 이야기인데, 그것은 곧 이 땅의 민초들이 겪어온 좌절과 고통의 삶이요, 그로부터 일어나는 저항과 분노의 역사다. 물론 이런 인물들이 대부분 노인이라는 사실도 주목된다. 삶의 연륜이 빚어내는 줏대야말로 역사에 상응하는 시간성을 부여하고, 그런 시간성이 만들어내는 삶의 통찰력이야말로 눈앞의 현상이나 타락한 현실 문제들을 직시하는 서사의 눈(혜안) 역할을 해준다. 이러한 형상은 더 나아가 근대화의 파괴적인 격랑을 넘어설 하나의 대안으로서 전통적인 공동체 사회가 품고 있는 근원적 활력과 건강성을 상징하기도 한다. 훼손된 농촌 현실과 자연친화적 인간상의 대비를 통해 스러져가는 것들에 대한 연민과 안타까움 또한 부각된다. 이런 본원적 낙천성은 그들이 자연과 더불어 살면서 체득한 '일하는 존재'의 활력과 무관치 않다. 「가남 약전」의 억주 노인은 일하는 인간의 내면에 자본주의가 망가뜨릴 수 없는 고귀한 심성이 숨 쉬고 있음을 존재 자체로 웅변해준다.

그런데 우리는 여기서 한걸음 더 나아가 이와 닮아 있으면서도 약간 다른 인물 유형도 주목할 필요가 있다. 가령 「칠일야화」에서 화자인 교수 김진수는 섬에서 교사를 하는 제자가 "서른이 넘도록 학생 때의 패기를 그대로 지니고 있다는 게" 대견스러웠다. 그런데 김진수에게는 미국 구호재단에서 무상 원조한, 한국 결식(缺食) 아동 급식용으로 나온 옥수숫가루 일부를 빼돌린 교장한테 항의하다 오히려 반박하는 교장을 패대기치고 그 자리에서 교직을 떠난 평호라는 제자도 있었다. 작가 자신을 직접 투영한 화자 김진수가 이 제자에게 한 말을 보자.

"정의감이나 애국심 같은 것도 애정과 마찬가지로 일정한 기교라면 기교를 통해서 발휘해야 하는 걸세. 그런 일을 고쳐나가는 데도 가장 효과적인 방법이 무엇이겠는가, 잘 생각해서 방법을 강구해야 한단 말일세. 벌이 화가 난다고 소 등에다가 독침을 쏘면 벌은 그 자리에서 죽고 말지만, 소는 한발짝 팔딱 뛸 뿐이야. 자네는 지금 썩 영웅적인 일을 했다고 생각하는 것 같은데, 소 등에 독침을 쏜 벌하고 무엇이 다르지? 교장을 팬 것이 자네 기분풀이 이상의 무슨 효과가 있냐 말이야. 사회운동가나 혁명가에게 가장 큰 적은, 밖에 있는 적이 아니라 자기 안에 있는 이 격정이라는 적이야."(288면)

화자의 말처럼 송기숙의 작품에서 '용기와 신중'은 하나의 짝을 이루는 미덕이다. 화자 자신이 영웅처럼 생각하는 수중구조 전문가 원 계장과의 일화를 그린 「어느 여름날」에서 원 계장이 가장 경계한 말도 '영웅심이란 악마와 설마라는 악마'였다. 그러므로 작가는 용기의 미학을 칭송하되 신중을 결여한 용기가 야기할 수 있는 맹목성에 대한 경계를 간과하지 않는다. "구조기술은 세번째, 네번째 자격에나 해당하고 그보다 중요한 자격은 다른 데 있습니다. 그 가장 중요한 자격이 뭐냐? 그것은 사람이 눈앞에서 물에 빠져 구조를 해달라고 아우성을 칠 때 여러 조건이 내 능력으로 구조가 가능하냐를 판단하는 능력입니다"라는 말에서 보듯 무엇보다 치밀한 사태 파악과 현실 인식을 강조한 것이다.

분명 우리가 상대하고 있는 세계는 쉽게 답을 줄 수 없는, 삶에 관한 숱한 의문들을 담고 있는 문제적 세계이다. 많은 것들이 수수께끼처럼 이해할 수 없고 변덕스럽다. 그렇기 때문에 송기숙은 어떤 상황에서도 놓쳐서는 안 될 어떤 인간적 덕목을 일차적으로 지향한다. 무엇보다도 용기가 그것이다. 영웅이면서 과거의 영웅화는 아닌, 말하자면 과거의 영웅과는 구별되는 오늘의 시대가 요구하는 '작은 영웅들'을 작가는 내심 지향한다. '민중적 영웅상'이라 부름직한 이런 인물 형상이 내뿜는 오뚝이 같은 뚝심, 그것을 안받침하는 엄격한 현실 인식과 역사적 이해를 한데 묶어 보아야 한다. 작품의 결말에서 뜻밖에도 영웅적 성취보다 「불패자」처럼 실패나, 「어느 여름날」이나 「가남 약전」에서처럼 비극적 죽음으로 끝나는 것도 그런 반증의 예일 터이다.

그리고 「도깨비 잔치」에서 볼 수 있듯이 작품의 구성 또한 단순치 않다. 단순한 친일부역자 비판, 역사의식의 강조만을 생각한 작품은 아니다. 할아버지와 나 사이에 아버지는 오히려 거기에 부화뇌동하는 세속적 욕망을 따르는 인물인 점이나 나와 결혼하기로 한 여자가 바로 친일부역자의 손녀로 설정된 것부터 보라. 또한 서로 의기투합하여 평생지기의 우정을 나눈 할아버지와 동곡 할아버지가 머슴과 주인집 아들 관계였다는 점 등을 보면 송기숙은 결코 획일적인 사회관계나 선입관으로 현실과 인간 사회를 구성하지 않았다. 이 점은 형제에 맞서 친구를 내세워 분단이데올로기의 난맥상을 구성한 「전설의 시대」도 마찬가지다.

4

송기숙의 소설에서 그만의 보물로 우리는 언어와 문체를 꼽지 않을 수 없다. 하나같이 빠른 템포로 사건을 서술하고, 전라도 사투리와 속담을 적절히 섞어 만든 투박하면서도 구수한 입담체는 비록 암울한 현실일지라도 소설 속의 세상을 아연 활기차게 만든다. 송기숙의 소설은 우리를 문체 속으로 이끌지 않을뿐더러 복잡한 사건 구성으로 긴장을 유발하지 않는다. 언어와 문체의 힘은 오히려 인물들의 행위와 사건에 집중하게 만든다.

집에 든 도둑을 쫓아 담을 뛰어넘다가 그 아래 벼랑으로 굴러 떨어져 위급하다는 것이다. (「전설의 시대」)

그해 우리들 첫 낚시는 좀 빠른 편이었다. (「흰 구름 저 멀리」)

"야, 이놈아! 도대체 나를 어쩌자는 것이냐? 생사람을 이렇게 무작정 가둬놓고 어쩌자는 것이냐 말이다. 그래 정신과 의사란 놈이 사람이 미쳤는지 안 미쳤는지도 모른단 말이냐?" (「추적」)

광호는 자기 집 옆에 있는 공지가 팔렸다는 소리를 들었을 때 그저 그런가보다 했었다. (「불패자」)

기차에 올라선 성호 일행 세사람은 좌석번호를 보며 좌석을 찾아 두리번거리다가 우뚝 멈췄다. (「귀향하는 여인들」)

매미 소리가 요란스런 한낮, 동네 입구 주막에서 막걸리를 마시던 사람들이 모두 동구 쪽으로 눈이 쏠렸다. (「가남 약전」)

시골서 할아버지가 올라오셨다는 말에 성호는 가슴이 철렁했다. (「도깨비 잔치」)

소설의 첫머리부터 대부분 특별한 배경이나 인물, 사건의 설명

없이 이처럼 불쑥 시작하는 경우가 많다. 현대소설에서 많이 보이는 대화를 생략한 간접화법이나 지문도 별로 활용하지 않는다. 대화 위주의 사건 진행과 직접적이며 단순한 묘사와 직선적인 플롯으로 속도감을 불러일으키며 '장편 같은 단편'을 주조해낸다.

실제로 송기숙 소설의 봉우리는 『자랏골의 비가』『암태도』『녹두장군』으로 이어지는 장편의 능선에 있다. 역사에 대한 송기숙 특유의 관심은 단편보다 장편에서 더욱 효과적으로 발휘될 수밖에 없다. 그래서인지 이렇게 작품집을 보면 개별적인 단편 하나하나의 성취보다 단편집 전체가 어깨동무하며 내보이는 서사의 결집이 더 좋아 보인다. 아마도 인생의 단면이라는 아주 일반적인 단편의 성격에 견주어 송기숙의 단편이 사회의 단면을 더 강조하고, 인물과 배경의 관계를 더 중시하기 때문일 터이다. 또한 묘사나 서술 기법이나 인물의 배치, 갈등의 처리 방식도 장편과 크게 다를 바 없다. 예술화 과정의 이런 일관성과 소박성까지도 송기숙의 숨길 수 없는 특징이다.

작가 송기숙이 생래적인 천성으로 구수하고 질박한 민중적 정서를 살려내고, 또한 민중과 민족의 근원적 삶을 성실하게 추적하고 온몸으로 기억하는 이야기꾼이기에 글이 크든 작든 언제나 이야기의 맛이 살아 있다. 송기숙은 즉자적 삶이 보여주는 평면성과 협소함에 매몰되지 않고 적절한 거리와 시야로 역사의 깊이를 들려주는 거장의 풍모를 지니고 있다. 단순한 역사로서가 아니라 설화와 민속, 민담과 노래, 유적 등과 폭넓게 접맥하면서 역사가 만든 문화의 맥놀이를 활용할 줄 아는 귀한 작가이기도 하다. 우리는 이러한 활용이 1970년대 중후반부터 서서히 싹트고 있음을 본다.「김복만 사장님 금의환향」에서 보듯이 졸부 김복만과 마을 사람들의 대립을 단순히 풍자나 비판으로만 끌고 가지 않고 불두덩에 웃거름하기, 댕기풀이 등과 같은 민속놀이를 통해 화해시키는 과정이 그 점을 잘 말해준다.

1970년대 중후반은 송기숙의 삶과 문학세계에서 본격적인 개화를 예감케 하는 문학적 개간의 시작이자 삶과 문학이 서로를 추동하며 역사의 벌판을 질주하는 사회적 실천의 시작이었다.

　우리가 제정신을 가지고 살아간다는 것은 우리가 처한 역사적 현실 속에서 자기 존재를 확인하고 그것을 성실하게 실현하는 것이겠고, 글을 쓴다는 것은 그러한 존재의 가장 적극적인 발현이라 생각한다. 그러나, 지난 몇년간 발표했던 작품을 매만지며, 과연 나는 우리 현실을 어느 만치 올바르게 보고 또 그것을 어느 만치 성실하게 작품으로 표현했는가 생각할 때 부끄러운 생각뿐이다. 너무 허랑한 자세로 안이하게 써온 것이다.

　'너는 도깨비다'라는 말을 뒤집으면 '나는 도깨비가 아니다'가 되는데, 나도 그런 도깨비 중에 하나로 살아온 것이다. 문학의 사회적 기능은 도깨비가 도깨비인 줄 모르고 살아가는 것을 그것은 도깨비의 삶이라고 깨우쳐주고 서로가 도깨비가 아닌 사람으로 살아가자는 것일 게다. 도깨비가 세상에서 활개를 치고 도깨비들이 세상에서 득세를 할 때 작가의 사회적 사명은 그만치 커지는 것이 아니겠는가? 이때 문학의 목적이 어디 그게 전부더냐는 소리는 한가한 소리라고 생각한다.

　여기에는 단편집 『백의민족』 이후의 작품을 전부 모은 것은 아니다. 그대로 내놓기 부끄러운 것은 다음에 손질을 해서 내놓기로 하고 여기서는 우선 뺐다.

1978년 7월

송기숙

| 수록작품 발표지면 |

전설의 시대 『문학사상』 1973년 9월호(통권 12호)

어느 여름날 『월간문학』 1973년 9월호(통권 6권 6호)

흰 구름 저 멀리 『개는 왜 짖는가』(한진출판사 1984)

김복만 사장님 금의환향 『현대문학』 1976년 9월호(통권 261호)

추적 『창작과비평』 1975년 가을호(통권 37호)

불패자 『문학사상』 1976년 9월호(통권 48호)

귀향하는 여인들 『월간중앙』 1976년 10월호(통권 103호)

가남 약전 『월간문학』 1977년 9~11월호(통권 10권 9~11호)

칠일야화 『현대문학』 1977년 10월호(통권 274호)

도깨비 잔치 『현대문학』 1978년 6월호(통권 282호)

1935년	7월 4일(음력) 전남 완도군 금일면 육산리 산9번지에서 부 송복도 씨와 모 박본단 씨 사이에서 출생.
1939년(5세)	외할아버지가 동학농민운동에 참가했다는 것을 들음.
1942년(8세)	외할아버지 사망. 진도 산립초등학교 입학. 초등학교 입학 당시 이름은 송귀식(宋貴植)이었음.
1947년(13세)	4학년 때 전남 장흥군 용산면에 위치한 계산초등학교로 전학. 글쓰기를 잘해서 선생님께 칭찬받고 소설가의 꿈을 키움.
1950년(16세)	5월 4일 계산초등학교 졸업. 6월 3일 장흥중학교 입학.
1951년(17세)	송기숙(宋基琡)으로 개명.
1952년(18세)	문학에 흥미를 가졌으며, 소설을 창작.
1953년(19세)	3월 31일 중학교 졸업. 4월 10일 장흥고등학교 입학. 소설 창작에 많은 영향을 준 국어교사 김용술을 만남.
1954년(20세)	꽁뜨 「야경」(『학원』) 발표.(심사 최정희)
1955년(21세)	장흥고등학교 문예부 활동. 3학년 들어 문예부장을

하면서 교지 『억불』을 창간. 교지에 단편소설 「물쌈」과 장흥 보림사 사찰에 대한 글을 발표.

1956년(22세) 3월 10일 장흥고등학교 졸업. 4월 8일 전남대학교 문리대학 국어국문학과 입학(인문계 수석).

1957년(23세) 8월 22일 휴학. 8월 29일 학적보유병(학보병)으로 육군에 입대.

1959년(25세) 4월 30일 복학. 군대 내 비리를 고발하는 「진공지대」(『국문학보』 창간호) 발표.

1960년(26세) 4·19혁명 시위에 참가. 작가 손창섭, 황순원 등과 함께 앙드레 말로, 알베르 까뮈 등의 작품을 읽으며 본격적으로 소설 창작.

1961년(27세) 5월 10일 전남대 대학신문사에 입사해 전임기자로 편집업무에 종사함(~1965. 3. 31). 8월 30일 전남대 졸업.

1962년(28세) 2월 8일 전남대 대학원 국문과에 입학. 3월 3일 장흥군 장흥읍 평화리 출신 김영애(金永愛)와 결혼.

1964년(30세) 2월 26일 전남대 대학원 졸업(석사학위논문 「이상론 서설」). 9월 1일 전남대 국문과 시간강사로 '소설론' 강의. 조연현의 추천을 받아 「창작과정을 통해 본 손창섭」을 『현대문학』 9월호에 발표.

1965년(31세) 4월 9일 목포교육대학 전임강사 부임. 석사학위논문을 수정한 「이상 서설」(『현대문학』 9월호)로 추천완료 되어 평론가로 등단.

1966년(32세) 「진공지대」를 수정하여 「대리복무」(『현대문학』 11월호)

발표.

1968년(34세)　「어떤 완충지대」(『현대문학』 12월호) 발표.

1969년(35세)　「백의민족·1968년」(『현대문학』 7월호) 발표.

1970년(36세)　평론 「이상(오감도)」(『월간문학』 6월호) 발표.

1971년(37세)　「영감님 빠이빠이」(『월간문학』 3월호, 이듬해 「영감은 불속으로」로 개고해 『백의민족』에 수록), 「사모곡 A단조」(『현대문학』 4월호), 「휴전선 소식」(『현대문학』 8월호) 발표.

1972년(38세)　「어느 해 봄」(『현대문학』 1월호), 「낙제한 교수」(『월간문학』 8월호), 「전우」(『현대문학』 10월호), 「테러리스트」(『월간문학』 10월호), 「재수 없는 동행자」(소설집 『백의민족』) 발표. 첫 소설집 『백의민족』(형설출판사) 출간.

1973년(39세)　3월 16일 단편집 『백의민족』으로 제18회 현대문학 소설부문 신인문학상 수상. 6월 1일 전남대 교양학부 조교수로 인사 발령받아 목포에서 광주로 이사. 「지리산의 총각샘」(『현대문학』 1월호), 「갈머리 방울새」(『현대문학』 5월호), 「전설의 시대」(『문학사상』 9월호), 「어느 여름날」(『월간문학』 9월호) 발표. 「흰 구름 저 멀리」 집필.

1974년(40세)　귀속재산 처리의 문제점을 제기한 『자랏골의 비가』 연재(『현대문학』 1974년 2월호~1975년 6월호).

1975년(41세)　「추적」(『창작과비평』 가을호) 발표.

1976년(42세)　「불패자」(『문학사상』 9월호), 「재수 없는 금의환향」(『현대문학』 9월호, 「김복만 사장님 금의환향」으로 개고해 본 전집에 수록), 「귀향하는 여인들」(『월간중앙』 10월호) 발표.

1977년(43세) 「가남 약전」(『월간문학』 9월호~11월호 연재), 「칠일야화」 (『현대문학』 10월호) 발표, 『자랏골의 비가』(전2권, 창비) 출간으로 민중문학의 거봉으로 주목받음.

1978년(44세) 5월 1일 자유실천문인협의회 단식농성 참가를 위해 상경을 시도했으나 경찰 방해로 참석하지 못함. 6월 27일 전남대 교수 10명과 함께 교육민주화 선언문인 「우리의 교육지표」를 발표. 「국민교육헌장」 비판으로 대통령 긴급조치 9호를 위반한 혐의로 체포, 중앙정보부로 압송. 7월 4일 구속 기소. 8월 12일 광주지법에서 첫 공판. 8월 17일 교육공무원법 55조 위반 혐의로 교수직에서 파면당함. 8월 28일 선고 공판에서 징역 4년, 자격정지 4년 선고. 「만복이」(『문예중앙』 봄호), 「도깨비 잔치」(『현대문학』 6월호), 「몽기미 풍경」(『한국문학』 7월호), 「물 품는 영감」(『월간문학』 8월호, 1986년 「뚱바우 영감」으로 개고해 『테러리스트』에 수록) 발표, 두번째 소설집 『도깨비 잔치』(백제출판사) 출간.

1979년(45세) 7월 17일 제헌절 특별사면으로 출소. 한승원을 주축으로 광주에 있는 소설가 9명이 참여한 『소설문학』의 동인으로 활동. 파면 후 복직되지 않아 전남대 농과대학 시간강사로 교양국어 강의. 청주교도소에서 나무 젓가락 사이에 샤프심을 끼워 실로 고정한 연필로 국어사전 아래 여백에 한줄씩 써내려갔던 장편 『암태도』를 3회 분재(『창작과비평』 1979년 겨울호~1980년 여름호).

지리산 화엄사에 12월부터 석달 기거. 「청개구리」(『소설문학』 2월호), 「유채꽃 피는 동네」(『재수 없는 금의환향』), 「낙화」(『현대문학』 12월호) 발표. 세번째 소설집 『재수 없는 금의환향』(시인사) 출간.

1980년(46세) 광주 5·18민주화운동 기간에 시민수습위원회 참여, 학생수습위원회 조직. 6월 27일 '수습을 빙자한 폭동지휘자'의 누명을 쓰고 체포, 형법 87조 '내란중요임무종사 위반' 죄명으로 징역 10년 구형받고 1981년 3월 31일 5년형 확정. 광주교도소에서 복역. 「사형장 부근」(『실천문학』 봄호), 「살구꽃이 필 때까지」(『한국문학』 6월호) 발표.

1981년(47세) 1월 12일 송기숙(宋基琡)에서 송기숙(宋基淑)으로 개명. 4월 3일 대법원 확정판결 후 관할관 확인과정에서 형집행정지 출감. 대하소설 『녹두장군』(『현대문학』 1981년 8월호~1982년 10월호) 1부 전반부 연재, 암태도 소작쟁의를 소재로 한 『암태도』(창작과비평사) 출간.

1982년(48세) 3월 민중문화운동협의회 상임고문으로 재야와 연계하여 반정부 활동. 박석무, 고은, 황석영, 박현채, 김지하 등과 교류. 12월부터 『녹두장군』 집필을 위해 지리산 피아골(전남 구례군 토지면 평도리)에 들어가 이듬해 8월까지 칩거.

1983년(49세) 8월 15일 내란중요임무종사 위반 등의 선고에 대한 복권. 김지하와 동학농민운동 배경지를 탐방하며 숙

식 함께함. 12월 20일 해직교수아카데미 조직, 전국
강연. 「오늘의 시각으로 고쳐 쓴 옛 이야기」 연재(『마
당』 1983년 1월호~1984년 7월호). 「당제」(『공동체문화』 6월호),
「개는 왜 짖는가」(『현대문학』 7월호) 발표.

1984년(50세) 3월부터 『정경문화』에 『녹두장군』 재연재 시작. 8월
17일 해직 7년 만에 전남대에 특별 신규임용(조교수)으
로 복직. 「어머니의 깃발」(『한국문학』 1월호), 「백포동자」
(14인 소설집 『지 알고 내 알고 하늘이 알건만』, 창비) 발표. 네
번째 소설집 『개는 왜 짖는가』(한진출판사) 출간.

1985년(51세) 8월 9일 부산 가톨릭센터에서 민중문학에 대한 강의.
8월 17일 '학원안정법' 제정 반대 투쟁. 「신 농가월령
가」(소설집 『그리고 기타 여러분』, 사회발전연구소) 발표. 첫
산문집 『녹두꽃이 떨어지면』(한길사) 출간.

1986년(52세) 4월 18일 시국선언 서명에 적극 참여. 다섯번째 소설
집 『테러리스트』(한겨레출판사) 출간.

1987년(53세) 6월 18일 한국인권문제연구소 위원 자격으로 시국선
언문 「현 시국에 대한 우리의 견해」 시국 선언문 발
표. 7월 23일 '민주화를위한전국교수협의회' 창립, 초
대 공동의장(1987~89년). 전남 승주군 선암사 해천당
에 집필실을 마련해 이후 매주 나흘씩 7년간 『녹두장
군』 집필. 10월 1일 부교수 승진. 12월 30일 독일학술
교류처(DAAD)의 초청으로 출국해 석달간 유럽 체
류. 「부르는 소리」(13인 소설집 『매운 바람 부는 날』, 창비),

「파랑새」(『한국문학』 9월호) 발표.

1988년(54세) 전남대 인문과학대학 국어국문학과장(1988. 3. 1~1989. 2. 28). 「우투리 ─ 산 자여 따르라 1」(『창작과비평』 여름호)로 5·18민주화운동에 대한 연작을 시작하였으나, 쓸 엄두가 나지 않아 더이상 집필하지 못함. 5월 23일 '한국현대사사료연구소' 설립, 초대 소장. 5·18민주화운동에 대한 본격적인 자료 조사와 연구 시작. 리영희, 강만길, 백낙청, 김진균, 이수인 등 이사로 참여. 「제7공화국」(『한국문학』 12월호) 발표. 여섯번째 소설집 『어머니의 깃발』(심지), 두번째 산문집 『교수와 죄수 사이』(심지), 일곱번째 소설집 『파랑새』(전예원) 출간.

1989년(55세) 3월 15일 성명서 「현대 노동자들의 생존권 확보 투쟁을 지지하며」 발표 주도. 4월 30일 전남대에서 한국현대사사료연구소, 4월혁명연구소, 전남사회문제연구소 공동 주관 '5·18민중항쟁 9주년 학술토론회' 개최. 민담집 『보쌈』(실천문학사) 출간.

1990년(56세) 5월 30~31일 '광주 5월 민중항쟁 10주년 기념 전국 학술대회' 개최. 한국현대사사료연구소 『광주오월 민중항쟁 사료전집』(풀빛) 발간.

1991년(57세) 민족문학작가회의 부회장(~1994년).

1992년(58세) 어린이와 청소년을 위한 소년 역사소설 『이야기 동학 농민전쟁』(창비) 출간.

1993년(59세) 6월 12일 '균형 사회를 여는 모임' 공동대표(1993~95

년). 7월 8일 민주평화통일자문위원 위촉.

1994년(60세)　12년 만에 대하소설『녹두장군』(전12권, 창비) 완간.『녹
두장군』으로 제9회 만해문학상 수상. 민족문학작가회
의 회장 및 이사장(1994~96년).

1995년(61세)　제12회 금호예술상 수상.

1996년(62세)　민족문학작가회의 이사장직 사임. 제13회 요산문학
상 수상. '문학의 해 조직위원회' 위원. 한국현대사
사료연구소 해체. 전남대 5·18연구소 설립 주도, 자
료 및 재산 이양. 5·18연구소 초대 소장(1996. 12. 10
~1998. 5. 31).「고향 사람들」(16인 소설집『작은 이야기 큰 세
상』, 창비),「산새들의 합창」(『내일을 여는 작가』 9월호,「보리
피리」로 개고해 본 전집에 수록),「가라앉는 땅」(『실천문학』 가
을호) 발표. 장편소설『은내골 기행』(창비) 출간.

1997년(63세)　8월 20일 전남 화순군 화순읍 대리 산18-2번지로 이
사. 12월 22일 칼럼「전·노씨 사면, 역사의 후퇴라 생
각」을『한겨레신문』에 특별기고.

1998년(64세)　민족문학작가회의 상임고문.

2000년(66세)　총선연대에 관여. 8월 31일 전남대 정년퇴임. 장편소
설『오월의 미소』(창비) 출간.

2001년(67세)　「길 아래서」(『창작과비평』 가을호),「들국화 송이송이」(『실
천문학』 여름호) 발표.

2002년(68세)　「북소리 둥둥」(『문학동네』 봄호),「성묘」(『문학과경계』 여름
호),「꿈의 궁전」(『실천문학』 가을호),「돗돔이 오는 계절」

(『현대문학』11월호) 발표.

2003년(69세)　여덟번째 소설집『들국화 송이송이』(문학과경계) 출간.

2004년(70세)　2월 문화중심도시조성위원회 위원장(총리급).

2005년(71세)　세번째 산문집『마을, 그 아름다운 공화국』(화남) 출간.

2006년(72세)　11월 30일 순천대학교 학술문학상 시상식 초청강연회 강연.

2007년(73세)　6월 용봉인 명예대상 수상. 8월 남북정상회담 자문위원단 참여. 설화 총 53편을 정리한 설화집『거짓말 잘하는 사윗감 구함』『제 불알 물어 버린 호랑이』『모주꾼이 조카 혼사에 옷을 홀랑 벗고』『정승 장인과 건달 사위』『보쌈 당해서 장가간 홀아비』『아전들 골탕 먹인 나졸 최환락』(창비)을 출간.

2008년(74세)　『녹두장군』개정판(전12권, 시대의창) 출간.『오월의 미소』가 일본에서 번역 출간(『光州の五月』, 藤原書店).

2009년(75세)　한국작가회의에서 주관한 '독재 회귀 우려' 시국 선언에 참여. 광주시교육감 시민추대위 활동.

2010년(76세)　6월 광주 YMCA 무진관에서 열린 '교육지표 사건' 32주년 기념식 참석.

2013년(79세)　교육지표 사건, 재심에서 35년 만에 무죄판결 받음.

2014년(80세)　교육지표 사건 무죄판결로 받은 형사보상금 전액을 전남대 장학금으로 기부.

2015년(81세)　『녹두장군』으로 제5회 동학농민혁명 대상 수상.

2018년(84세)　5·18민주화운동으로 인한 고문 후유증으로 투병 중.

송기숙 중단편전집 2
도깨비 잔치

초판 발행 • 2018년 2월 9일

지은이 / 송기숙
펴낸이 / 강일우
엮은이 / 조은숙
책임편집 / 박주용 신채용
조판 / 황숙화 박지현
펴낸곳 / (주)창비
등록 / 1986년 8월 5일 제85호
주소 / 10881 경기도 파주시 회동길 184
전화 / 031-955-3333
팩시밀리 / 영업 031-955-3399 · 편집 031-955-3400
홈페이지 / www.changbi.com
전자우편 / lit@changbi.com

ⓒ 송기숙 2018
ISBN 978-89-364-6039-6 04810
       978-89-364-6987-0 (세트)